대한민국 여성 CEO 10인의 성공 로드맵

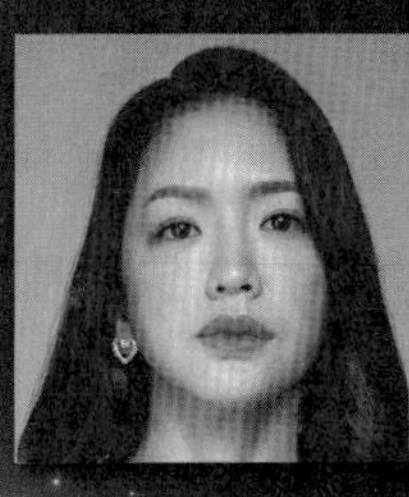
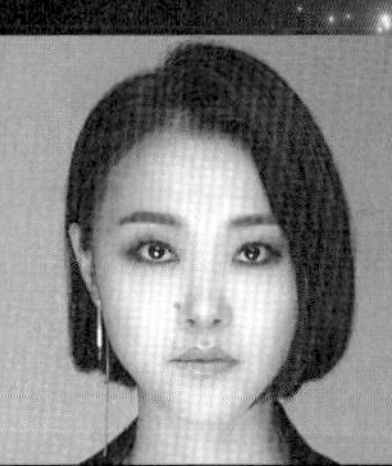

장이지 서수진 정은이 임태은 한아름
조주연 윤상숙 김지현 조윤미 홍정혜

1판 1쇄 인쇄 2022년 4월 11일
1판 1쇄 발행 2022년 4월 15일

기획 장이지 이세훈
지은이 장이지 서수진 정은이 임태은 한아름
조주연 윤상숙 김지현 조윤미 홍정혜

발행인 김영대
펴낸 곳 대경북스
등록번호 제 1-1003호
주소 서울시 강동구 천중로42길 45(길동 379-15) 2F
전화 (02)485-1988, 485-2586~87
팩스 (02)485-1488
홈페이지 http://www.dkbooks.co.kr
e-mail dkbooks@chol.com

ISBN 978-89-5676-904-2

책 | 을 | 기 | 획 | 하 | 며

장 이 지
(브랜딩포유 대표)

저는 40대의 평범한 워킹맘으로 퍼스널 브랜딩 전문기업을 운영하고 있습니다. 그러면서 누군가에게는 평범해 보일 수 있는 저의 일상이 다른 누군가에게는 특별해 보인다는 사실을 알게 되었습니다. 현장에서 활약하고 계신 수많은 여성 CEO들을 만나 브랜딩하는 과정에서 진솔한 이야기를 나누다 보니 한 명 한 명의 고군분투기 속에서 반짝이는 보석들을 발견하였습니다.

이 책을 통해 여성 CEO 10명의 진솔한 이야기와 자신의 분야에서 탁월하고 진취적인 성과를 낼 수 있었던 노하우들을 만나보시기 바랍니다. 한 걸음 한 걸음 꿈을 향해 나아간 선배들의 모습을 만나고 나면, 어느 순간 독자분들도 그들과 함께 걷고 있음을 깨닫게 될 겁니다.

저는 좋은 책이란 독자들에게 움직일 수 있는 동기를 심어주는 책이라고 생각합니다. 이 책은 전업 주부로 살고 있거나, 경력단절로 인해 당장 무엇으로 어떻게 수익을 실현할지 막막한 분들, 또는 직장에 근무하고 있지만 새롭게 경력을 업그레이드하려는 분들, 조만간 창업을 생각하고 있거나, 1인 기업의 대표를 꿈꾸는 여성분들을 위한 책입니다.

나의 근처에서 살아가고 있는 평범해 보이지만 결코 평범하지 않은 성공한 10명의 여성 CEO들의 지혜와 리더십, 사업 전략과 노하우를 접하면서 새로운 길을 모색할 수 있는 힘을 얻기를 바랍니다. 그럼으로써 공감능력과 의사소통능력, 융 · 복합능력, 창조력 등이 중시되는 디지털 혁명시대를 살아가면서 대한민국의 당당한 여성으로서 생존하고 성장해 나가시기 바랍니다.

이 세 훈(작가)

작금의 디지털혁명 시대에 '여성우위'라는 말이 주요 화두로 떠오르는 것처럼 사회의 근간을 이루는 주요 분야에 수많은 여성분들이 진출하여 남성들과 어깨를 나란히 하며 눈에 띄는 성과를 내고 있습니다.

한편 노동 분야에서 여성의 역할과 영향력을 조사해 집계한

'유리천장 지수'에서 한국이 10년째 최하위를 기록한 것으로 나타났습니다. 영국 유력 언론사 〈이코노미스트〉는 "여성이 여전히 가정이나 일 가운데 하나를 선택해야 하는 일본과 한국은 하위의 2자리를 채웠다"고 발표했습니다.

조직 규모가 제법 큰 회사에서나 일어나는 현상이라고도 볼 수 있지만, 여전히 우리나라의 현실은 여성들이 가정이나 일 가운데 하나를 선택해야 하는 불편한 진실에 직면하고 있습니다.

평생직장 개념도 사라진 지 오래고 코로나 19의 팬데믹 상황까지 겹쳐서 여성들의 실직은 증가하고 경력 단절이 상식이 된 시대에 살고 있습니다. 선진국에 비해 노동 시장의 유연성이 약한 우리나라의 현실에서 직장을 한 번 잃으면 재취업하기란 하늘의 별따기입니다.

이런 불리한 환경에서도 육아와 사업을 병행하며 여성 CEO로 살아가는 분들은 과연 어떻게 그 자리에까지 오를 수 있었을까요? 저 역시 두 딸을 양육하고 있는 부모 입장에서 소중한 자녀들의 행복한 미래를 위해서라도 롤 모델로 삼을 수 있는 여성 CEO들의 라이프 스토리를 이 책에 담고 싶었습니다.

이 책에 수록된 여성 CEO 10명 중에는 독자분들이 이미 알고 계신 분도 있을 수 있고, 아닐 수도 있습니다. 또한 이들이 화려한 학벌을 지니고 대기업에서 승승장구했던 화려한 경력의 소유자들이 아니라서 살짝 기대에 어긋나실 수도 있을 겁니다. 하지만 급격한 사회 변화 속에서 독자 여러분들과 함께 이 시대를 살아내고 있는 보통 사람으로서, 자신의 일과 육아를 병행하며 각자의 분야에서 고군분투하며 지금의 위치를 일구어 낸 생생한 성공 스토리를 만나 보실 수 있습니다.

커리어와 개성이 다르지만 각자의 분야에서 성공한 10명의 여성 CEO를 만나면서, 독자 여러분들께서 각자의 상황에 필요한 전략과 유용한 팁들을 찾아내어 자신의 것으로 만들어 가시기 바랍니다.

차/례

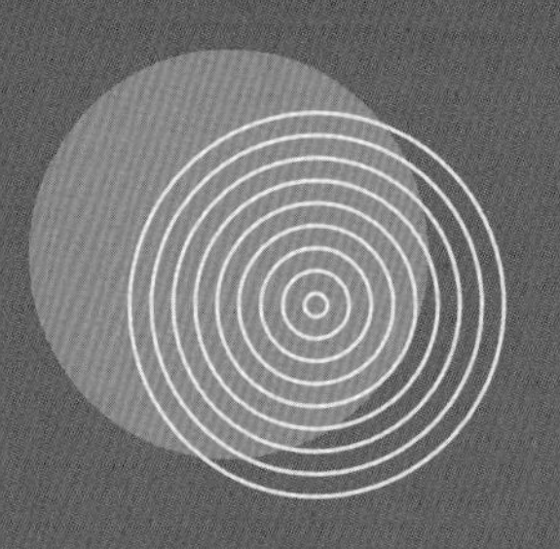

삶을 디자인하는 '퍼스널 브랜딩'
브랜딩포유 장이지

장이지 대표

최근 자신에게 딱 맞는 색깔을 찾아 창업화에 성공하려는 1인 기업이 늘어나는 추세다.

이러한 흐름 속에서 자신의 브랜딩을 구축할 수 있도록 컨설팅해 주고 퍼스널 브랜딩을 만들어 주는 회사인 브랜딩포유의 대표이다.

브랜딩포유(대표 장이지)는 퍼스널 브랜딩을 원하는 1인 기업을 대상으로 온라인에서 자신을 표현할 수 있는 프로그램을 기획하고 홍보까지 지원한다. 퍼스널 브랜딩은 개인의 특징과 강점을 기반으로 맞춤형 브랜딩을 구축하고, 비즈니스 모델을 설계하는 컨설팅을 말한다.

브랜딩포유에서는 이를 기반으로 브랜딩 콘셉트과 플랫폼 구축 등 수익까지 연결할 수 있는 온·오프라인 비즈니스 강의와 프로그램 등을 제공한다.

특히 장이지 브랜딩포유 대표는 다년간의 온라인 강사 경력을 바탕으로 퍼스널 브랜딩과 함께 성장에 필요한 마케팅, 도서 출판, 온라인 영상 제작 및 홍보 등 다양한 마케팅 대행과 온라인에서의 브랜딩 계획을 직접 강의하고 있다.

또한 브랜딩포유는 브랜딩 교육 및 온라인 비즈니스 기업과 업무협약을 통해 기존 플랫폼을 활용한 중개 역할을 자처하고 있다. 상장사 (주)윌비스와 MOU를 맺고, '1억뷰 N잡'과 '클래스 101' 등 다양한 플랫폼을 통해 브랜딩포유의 강의를 온라인 클래스로 만날 수 있다.

브랜딩포유는 앞으로 스튜디오 확장과 함께 개인 브랜딩뿐만 아니라 기업 브랜딩까지 영역 확대를 목표로 하고 있다.

장이지 대표는 "함께하는 모든 기업과 사람들이 가능성으로 움직이며 지속적으로 성장할 수 있도록 최선을 다하겠다."며 "자신만의 개성을 가진 1인 기업들이 세상에 알려질 수 있도록 계속해 비즈니스 브랜딩을 지원해 나가겠다."고 말한다.

장이지의 브랜딩포유
링크 한번에 보기

퍼스널브랜딩의 모든것
VOD 보러가기_1억뷰N잡

돈이되는 1인기업 시작의 기술
VOD 보러가기_클래스101

인생의 무지개를 찾아서

가끔 인생은 무지개와 같다는 생각이 듭니다. 촉촉하게 비가 온 뒤 해가 비치고, 어느 순간 빛이 어우러져 아름다운 빛깔의 색을 뽐내다 사라지곤 합니다. 우리는 그 아름다운 빛깔을 늘 기다리고 바라면서 하늘을 바라보지만 기대하고 기다린다고 해서 늘 나타나 주지 않습니다.

뭔가 마음먹은 대로 이루고 싶은 것이 있지만 그 일이 일어나지 않을 때는 '도대체 무엇이 잘못되었나? 왜 내 인생에는 무지개가 뜨지 않을까?'라고 생각하며 인생을 되돌아볼 때가 있었습니다. 무언가에 목말라 하고 갈망하며 기다리다 보니 삶에 여유가 없어지고, 내가 진짜 바라는 것이 무엇인지도 모른 채 무작정 좋은 일이 생기기만을 바라고 있는 것이 제 모습임을 깨닫게 되었습니다.

하늘에서 비가 내린 뒤 어여쁜 무지개가 등장하듯, 그 아름다운 빛깔을 볼 수 있도록 하기 위해 잠시 비가 내렸다고 생각하니 제 인생에서 힘들었던 순간순간들이 다음에 올 가능성을 예비하는 지나가는 비라는 생각이 듭니다. 이렇듯 살아가는 데 가장 중요한 것은 인생을 바라보는 태도라고 하겠습니다.

저에게 인생을 바꿔 놓은 한 권의 책이 있느냐고 묻는다면, 저는 웨인 다이어의 《인생의 태도》라고 대답할 겁니다. 웨인 다이어의 책을 처음 접하게 된 계기는 '워킹맘으로 아이를 어떻게 하면 잘 키울 수 있을까?'하고 고민하고 있을 때, 우왕좌왕하던 제 양육 태도를 바로잡아 준 책인 《아이의 행복을 위해 부모는 무엇을 할 수 있을까?》를 만나면서부터였습니다.

그 책을 읽고는 엄마의 시선과 경험으로 자녀의 미래를 설정하지 말고, 인간의 능력에는 한계가 없으므로 자녀에게 제한을 두지 말고 가능성의 세계를 열어주어야겠다고 마음먹게 되었습니다. 그러고는 제 자신을 바라보았더니 무수히 많은 제약과 이유들로 가능하고 가능하지 않은 것을 미리 설정해 두고 있는 자신을 발견했습니다. 그래서 웨인 다이어가 쓴 다른 책 《인생의 태도》을 찾아보게 되었습니다.

"행복한 삶은 어떤 목표나 도달해야 할 목적지가 아닙니다. 다만 나아가는 여정입니다. 좋은 관점과 애정을 가지고 한 걸음 한 걸음씩 나아가는 자세에 달려 있습니다."

《인생의 태도》 p.9

이 책을 만나면서 저는 삶의 전환점을 맞게 되었습니다. 기존에 하던 온라인 교육 강사를 넘어 1인 기업가로서 새로운 영역에 도전하게 된 것이죠. 1인 기업을 창업한 후 많은 사람들을 만났습니다. 청소년, 대학생, 워킹맘, 경력 단절 여성, 직장인, 은퇴 후 새로운 삶을 준비하시는 분, 자영업자 등 다양한 분들과 이야기를 나누며 노하우를 전수해 주고 컨설팅과 상담을 해주었지만, 오히려 제 스스로가 더 많은 것을 배우게 되었습니다.

다양한 분들을 만나는 만큼 그들의 고민거리도 다양했습니다.

"워킹맘으로 일도 하고, 가사도 하고, 아이들 교육까지 신경 쓰려니 지치고 힘들어요."

"무엇인가 진짜 제가 하고 싶은 일을 찾고 싶은데, 막연하고 어떻게 해야 할지 모르겠어요."

"저는 남들처럼 잘하는 것도 없고 자신도 없는데 어떻게 하지요?"

저에게 고민스러운 부분들을 솔직하게 털어놓으시며, 늘 처음에는 부풀은 마음으로 시작했다가 결국에는 답답한 현실을 마주하며 마치 꿈에서 깬 듯 꿈을 내려놓고 현실에 안주하는 것을 선택하는 분들을 많이 만났습니다. 그때마다 저는 《인생의 태도》에서 읽었던 강력한 메시지를 전하곤 합니다.

" 대상을 바라보는 방식을 바꾸면 그 대상이 변화한답니다."

《인생의 태도》 p.7

우리 스스로 인생의 모든 순간에 어떻게 반응할지 선택할 수 있는 힘이 있다면 과연 어떨까요?

파도는 늘 치지만 그 파도가 나에게 다가오는 것을 위협으로 느끼는 대신 그 위에서 춤을 추듯 서핑을 해보면 어떨까요?

저는 기존의 온라인 강의 일을 하면서도 퍼스널 브랜딩을 하고 자신의 콘텐츠를 찾고 싶어하는 분들을 위해 〈브랜딩 포유〉라는 회사를 만들어 운영하고 있습니다. 워킹맘으로, 엄마로, 한 남편의 아내로, 딸로, 며느리로 살아가는 다양한 지의 역할들을 하루하루 조율하며 살고 있습니다. 많은 분들이 "장이지 대표는 어떻게 일과 가정생활의 균형을 이루며 계속 새로운 분야에 도전해서 그 많은 사람들을 돕고 있지요? 일과 삶을 함께 지속적으로 성장시키는 노하우가 있나요? 그게 가능한 일인가요?"라고 묻습니다.

저는 《인생의 태도》라는 책에서 주는 메시지처럼 늘 창조적이며 건강하고 행복하게 사는 완전히 새로운 방식에 초점을 맞추어 생활하고 있습니다.

인디언들이 기우제를 지낼 때마다 비가 오는 이유는 비가 올 때까지 기우제를 지내기 때문이라지요. 저도 늘 좌절 속에서 가능성이 사라지는 경험을 하지만, 다시 새로운 관점으로 세상을 바라보기를 반복할 생각입니다. 언젠가는 비가 온 후 무지개가 뜨는 것이 당연하듯 나의 삶에 늘 무지개를 만들 수 있도록 행복한 순간순간을 보내려고 합니다.

여러분들의 인생의 태도는 과연 어떤가요? 무엇 때문에 시작하지 못하고 계신가요? 아니면 스스로 자책하고 계신가요?

제가 삶을 대하는 솔직한 태도를 이해하신다면, 여러분들에게도 가능성이 열리기 시작할 겁니다.

잠시 멈추고 나를 바라보다

저는 온라인 교육 기업에서 기획자 출신으로, 직장생활을 하다 온라인 교육방송에 강사로 뛰어들어 이제 15년의 경력을 가지게 되었습니다. 그사이 EBS, 이투스, 교원, 웅진, 미래엔 등 다수의 교육 플랫폼들을 거쳤고, 퍼스널 브랜딩 전문기업 브랜딩포유로 1인 기업을 운영해온 지 3년이 지났습니다. 이제는 직원들도 생기고 여러 회사들와 협업을 하며 개인의 브랜딩 사업을 통해 수익을 얻고 확장을 도모하고 있습니다.

남들이 보았을 때는 지속적으로 도전하는 삶을 살고 있는 것으로 보였을지 모르겠지만, 온라인 강사 일을 15년째 하면서 나 자신도 모르게 슬며시 '꿈'이라는 단어를 내려놓고 살았습니다. 일과 가정생활을 함께해야 했기 때문에 경력 단절 없이 멈추지 않고 이 힘든 세상에서 생존해야 한다는 생각에 사로잡혀 새로운 것을 추구하기에 앞서 두려움이 가득했고, 수동적인 태도로 흘러가는 대로 삶을 살았던 거죠.

로망이 가득한 결혼 생활을 꿈꾸며 결혼 생활을 시작하였고, 앞으로 어떤 일들이 나에게 일어날지 예측도 해보지 않은 상황에서 자녀까지 생기게 되었습니다. 급변하는 이 사회 속에서 어떻게 버티며 살아가야 할지 대책도 마련하지 않고 하루하루 주어진 일들을 하며 삶에 찌들어가고 있었습니다. 마치 누군가의 삶을 대신 살아주는 것과 같았다고나 할까요.

분명 내 일을 하고 있었고 사랑스러운 아이를 키우고 있었지만, 엄마로서 또 직업인으로서 모든 일을 열심히 잘하고 있다는 착각 속에 살고 있었습니다. 하지만 현실은 좋은 아내도 좋은 엄마도 되지 못한 채 일에서마저도 자유로움이 없다는 것을 깨닫게 되었습니다.

더 이상 내 인생에 새로운 것은 없다는 좌절감을 느끼게 되었고, 그렇게 저 자신의 내면과 마주하는 시간을 가지게 되었습니다. 겉으로는 완벽해 보였지만 내면은 불평불만으로 가득찬 저 자신의 모습을 깨닫게 된 것이 제 인생에서 새로운 터닝 포인트가 되었습니다. 그래서 저는 저의 내면을 계속해서 들여다보고, 제 삶을 진지하게 바라보고, 제 주변을 돌아보았습니다.

잠깐 멈추어 서서 스스로를 바라본 소중한 시간들. 그것이 바로 지금의 제 모습을 만들게 된 가장 큰 계기었습니다. 이미 내 인생은 늦었다고 생각하였고, 더 이상 아무것도 할 수 없다고 생각하며 현실에 안주하고 살아왔는데, 자신을 돌아보면서부터 무모하다고 생각될 정도로 다시 도전을 시작하게 되었습니다. 그

무렵부터 일과 삶이 하나로 연결되기 시작했습니다.

저는 어떠한 일을 하든 나를 브랜딩하는 것이 출발지점이라고 생각합니다. 외부에 보여주기 위한 포장이라고 생각하시는 분들도 더러 있지만, 그것은 단편적인 모습일 뿐입니다. 저는 사업에 성공했고, 앞으로 주변에 선한 영향을 주는 삶을 살고 싶고 지금 그 길을 위해 걷고 있습니다. 바닷가에 우뚝 서 있는 등대처럼 어두울 때 빛을 비추어 길을 밝혀주는 사람으로 살고 싶습니다.

제가 말씀드리고자 하는 것은 내가 살고 싶은 삶의 모습을 만들어 놓고, 그 방향으로 삶을 이끌어 나아가야 한다는 것입니다. 1인 기업은 나 자신이 기업의 모든 것이 되는 겁니다. '나'라는 기업은 가능한 모든 것들을 할 수 있는 존재입니다. 그렇게 되기 위해서는 꼼꼼하게 설계해야겠지요?

반석을 세우고, 튼튼한 뼈대를 만들어야 무너질 걱정 없이 더 많은 것들을 그 위에 올려놓을 수 있습니다. 퍼스널 브랜딩의 기본은 내가 사람들에게 보여주고 싶은 모습을 형상화하는 것입니다. 그리고 누군가가 형상화된 나의 모습을 보고 영향력과 전문성을 인정해야만 나의 가치가 상승하고 당연히 몸값도 오르게 됩니다.

여러분들은 어떠한 모습으로 살고 싶나요? 여러분은 어디를 향하고 계신가요? 잠시 멈추고 자신을 들여다 보세요. 들여다 보고 또 들여다 보세요. 그리고 주변으로 눈을 돌려 보세요.

진정한 멘토의 힘

여러분들은 인생에서 또는 사업에서 '멘토'라고 생각하는 사람이 있나요?

사업에 도전하려는 분들이나 지금 활발하게 운영하고 계신 대표님들께 멘토를 만들어 보시기를 추천드립니다. 이미 멘토가 있는 분도 계시겠지만, 아직 없다면 지금부터라도 '나의 멘토는 누구일까?' 고민해 보고 만들어 보시기를 추천드립니다.

멘토라는 단어의 유래는 호메로스의 서사시 《오디세이아(Odyssey)》의 주인공 오디세우스의 충실한 조언자의 이름에서 유래합니다. 오디세우스가 트로이전쟁에 출정하면서 집안일과 자기 아들인 텔레마코스의 교육을 그의 친구인 멘토르에게 부탁합니다. 오디세우스가 전쟁에서 돌아오기까지 무려 10여 년 동안 멘토는 왕자의 선생이자 친구, 상담자, 때로는 아버지가 되어 그를 잘 돌봐주었습니다. 이후로 그의 이름은 한 사람의 인생을 지혜와 신뢰로 이끌어주는 동의어로 사용되었다고 해요.

여러분들에게는 자신만의 멘토라고 부를 수 있는 사람이 있나요? 현명하고 신뢰할 수 있는 상담 상대 또는 스승이 있나요? 만약 없으시다면 꼭 찾아서 만들어 보시기를 추천드립니다. 여러분들의 서재나 근처에 있는 도서관, 또는 서점에 가면 가장 빠르게 찾으실 수 있습니다. 현존하는 분이라면 전화, 메일, SNS 등 다양한 방법으로 연결할 수도 있을 겁니다.

또는 지금 함께할 수 없는 분이라면 그분의 업적과 사상을 익히고 공부함으로써 나의 고민에 대해 '그 분이라면 어떻게 답해줄까?'라고 객관화하여 스스로 답을 낼 수도 있을 겁니다.

저는 감사하게도 지금의 새로운 도전을 시작할 때 멘토 분이 손을 내밀어 주셔서 함께할 수 있었습니다. 1인 기업의 대가 김형환 교수님을 만나 그분의 과정을 함께하였고, 지금까지도 서로에게 든든한 파트너로 시너지를 내고 있습니다. 처음 도전을 앞두고 여러 두려움의 감정들이 올라 올 때 무조건적인 확신으로 무엇이든 시작하면 잘할 것이라는 용기를 주셨고, 독립할 수 있는 힘을 주셨습니다. 때로는 따끔하고 냉철하게 아닌 것은 아니라고 말씀해 주셨기 때문에, 사물을 있는 그대로 보고 받아들이는 습관이 형성되어 제게 큰 도움을 주었습니다. 이렇듯 근원적인 관계 속에서 멘토와 연결되면 사업에 큰 도움이 됩니다.

또 한 가지 제 생각을 말씀드리면 한 사람의 멘토뿐만 아니라 영역별로 멘토를 만들어 보자는 겁니다.

한 인간이 모든 면에서 완벽한 모습을 가졌으리라고 기대하였다가 그 모습 중 하나라도 충족되지 않으면 실망하기 마련입니다. 하지만 영역별로 멘토를 만들고 나의 고민과 이슈들을 그 분들의 전문 영역에 맞게 대입하여 생각해 보는 매우 효과적일 수 있습니다.

사업을 하며 막히는 부분이 있거나 문제가 발생할 때마다 다른 사람에게 의지하고 답을 기다리라는 것이 아닙니다. 우유부단함을 가장한 질문을 하자는 것도 아닙니다. 근원적인 관계를 만들어 어떤 문제가 닥쳐도 단단한 뿌리를 내리도록 견고한 협력관계를 만들어야 한다는 뜻입니다.

어떤 문제가 발생했거나 막막한 상황이 되었을 때 멘토와 멘티의 관계를 맺고 있으면 혼자서 해결하는 것보다는 더 현명한 해결책을 찾고 상황을 개선하는 효과를 얻을 수 있습니다.

사람을 통해 길을 만들고 철저하게 대안을 세우다

1인 기업 창업은 무자본으로도 가능하고 사무실이 없이도 가능합니다. 저는 그렇게 시작하였습니다. 창업을 하겠다고 마음먹었을 때 가장 중요한 것은 불가능해 보이는 그 무엇인가를 명확하게 만들고 가능하게 만들어갈 수 있다는 신념입니다. 그리고 제품 · 기술 또는 나만의 노하우도 중요하지만, 나와 같은 생각을 하는 사람을 모으는 일도 중요합니다.

저는 무엇을 해야 할지 모르는 상황에서 막연하게 1인 기업을 하겠다는 의지만 가지고 독서모임을 시작했습니다. 창업이라고 할 것도 아니었지요. 내가 무엇을 잘할 수 있는지, 어떤 아이템을 선정해야 할지 등 선택하고 결정하는 일은 드넓은 바다에서 원하는 조개를 찾는 것보다도 더 막연했습니다.

그때 저의 선택은 일단 나와 비슷한 사람들을 만나보는 것이었습니다. 독서모임의 주제를 정하고, 나와 같은 고민을 하는 사람들에게 도움이 되는 프로그램을 구상하기 시작했습니다. 그렇게 시작한 것이 지금은 지식 창업을 시작하려는 사람들의 퍼스널 브랜딩을 도와주고, 온라인 플랫폼에 들어갈 영상을 제작해 주는 일로 확장되어 왔습니다.

대부분의 사람들은 처음부터 완벽하고 멋지고 근사한 것을 만들어야 일을 시작할 수 있다고 생각합니다. 가슴속으로는 웅대한 큰 그림을 그리고 있더라도, 당장은 작게 지금의 상황에서 스타트하시기 바랍니다. 그리고 하고 싶은 일 또는 진행하고 있는 일에 대해서 사명감을 가지시길 바랍니다. 그 사명감이야말로 힘든 일이 생겼을 때 또는 무리하더라도 확장하고 싶은 마음이 들 때 속도를 조절하며 올바른 길로 나아갈 수 있게 하는 엔진과 브레이크 역할을 해 줄 겁니다.

그럼 구체적으로 창업을 준비하는 동안 일어날 일들을 저의 경험에 비추어 말씀드리겠습니다. 저는 사업 초기 잘 굴러갈 때에 적용할 수 있는 최상의 계획과 목표를 가지고 시작했습니다. 물론 그마저도 없이 시작하시는 분들이라면 기본적인 전략을 채워 나아갈 수 있는 비즈니스 캔버스 모델 활용을 추천드립니다.

저는 최상의 시나리오만을 생각하고 일을 시작하였습니다만, 금세 변수들이 나타났습니다. 그때의 저를 생각하면 우왕좌왕 정신이 없었고, 포기할까 하는 생각까지 했습니다. 그 경험을 직접

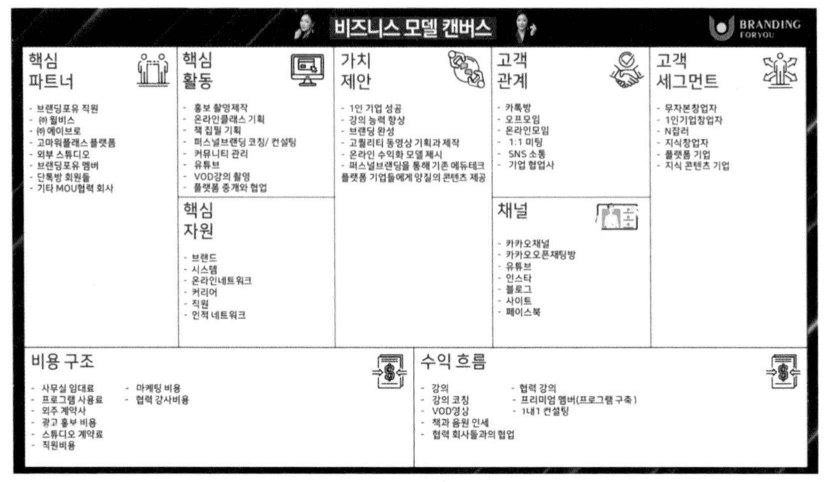

비즈니스 모델 캔버스 예시

하고 나니 최상의 시나리오만 구상하는 것이 전부가 아니라는 사실을 알게 되었습니다.

그래서 여러 가지 경우의 수를 고려하여 시나리오를 작성해 보거나 대안을 생각해 둘 필요가 있습니다. 우리의 삶은 늘 예측대로 흘러가지만은 않습니다. 외부의 문제이든 개인적인 문제이든 항상 새로운 문제들이 발생되기 때문에, 준비해 둔 대안과 경우의 수를 고려한 시나리오를 통해 적극적으로 대처하면 됩니다.

최상의 시나리오, 여러 방향의 대안책을 준비해 두면 마치 나에게 날아오는 야구공을 언제 쳐야 할지 감이 오고 홈런을 칠 수도 있겠다는 자신감이 생기는 것과 같습니다. 하지만 다음의 시나리오를 생각하지 못하면 정신없이 날아오는 강속구가 몸에 맞을까 무섭게만 느껴지겠죠. 최악의 순간 대처해야 할 사항들도 생각해 두고, 그 경우 어떤 대처를 하면 될 것인지도 미리 그려본다면 사업을 추진할 때 자신감과 여유가 생길 겁니다.

상상하고 또 상상하라

저에게 찾아오는 대부분의 고객은 1인 기업 창업을 준비하시는 분들입니다. 그들은 저에게 이렇게 묻습니다.

"대표님, 저 어떤 것을 해야 할까요? 어디서부터 어떻게 시작해야 할지를 모르겠어요. 도와주세요."

그리고 제가 수많은 제안을 드리면 이렇게 대답합니다.

"저보다 잘하고 뛰어나신 분들이 많은데 제가 그걸 어떻게 하겠어요."

상담을 할 때마다 반복된 질문과 답변 속에서 저 역시 스스로에게도 질문을 하게 됩니다. '과연 나는 컨설팅을 하러 오시는 대표님들보다 무엇을 더 잘할까? 과연 내가 더 뛰어나고 잘나서 하고 있는 건가?' 결론은 '아니다'입니다. 하지만 그렇게 생각하고 멈추어 있으면 저는 지금 아무것도 할 수 없고

잡지사 기자와의 인터뷰 현장

홍보 영상 촬영 코칭 현장

많은 분들이 저를 찾아오지도 않을 겁니다.

회사의 대표는 미래에 대한 비전을 세울 수 있어야 하고, 그것을 위해 계속해서 가능성을 불러일으킬 수 있어야 합니다. 비록 직원이 나 한 명뿐이라도 또는 열 명, 백 명이라도 같다고 생각합니다. 당장 처리해야 하는 일들에 매몰되어 그것을 반복하고 있다면, 잠시 멈추고 미래를 상상하고 필요한 능력과 힘을 충전하고 가시길 바랍니다.

창업에 필요한 노하우가 부족하다면 배우면 될 것이고, 추가적인 마케팅이 필요하다면 대행 회사를 찾으면 됩니다. 하지만 마인드가 잡히지 않으면 출발선을 벗어나기 어렵습니다.

이번에는 마음가짐에 대해 말씀드리고자 합니다. 마음가짐 중 가장 중요한 것은 '균형감각'입니다.

> "고요히 자기를 들여다 보는 시간을 갖지 않으면 목표가 빗나간다."
>
> -알베르트 아인슈타인

1. 나에게 맞는 일하기 방법을 찾아라

저는 고도로 집중하고 몰입할 수 있는 환경에서 일을 할 때 좋은 성과를 냅니다. 사람마다 각자 일하는 방식이 다릅니다. 어떤 분들은 새벽에 혼자 생각할 때 가장 큰 성과가 나고, 어떤 분들은 잠들기 전 고요한 분위기에서 성과가 나기도 합니다. 또는 압박감이 느껴지면 오히려 하던 일들이 안 되어 조금씩 천천히 쌓아 나아가시는 분들도 있습니다.

우리는 모두 다른 사람들이기에 일하는 방식이 다릅니다. 맞고 틀린 것은 없습니다. 다만 다르다는 것만 존재합니다. 나에게 맞는 방식을 찾고 성과를 낼 수 있는 다양한 장치들을 만들어놓아야 합니다.

2. 생각하는 시간 만들기

저에게 가장 필요한 것은 바로 시간이라 이번 기회에 넣어 보았습니다. 올해에는 참 많은 일들을 했습니다. 1인 기업을 운영하며 기존 강사의 직업 영역으로부터 이어지는 성과의 관리, 저서 2권 집필, 직접 노래를 불러 앨범 내기, 기술보증기금에서 자금 마련하기, 직원을 채용해서 1인 기업 확장하기, 한 달에 8번의 강의 오픈하기, 온라인 강의 오픈하기, 웹사이트 만들기, 프로그램 멤버십 운영하기, 컨설팅하기, 미국 갤럽 강점 인증 코치되기, 재능 기부로 코칭하며 기여하는 삶 디자인하기, 아들 학교 운영위원회 참여하기, 습관 관리해 주기 등….

성과를 내는 것도 중요하지만 내가 하고자 하는 일들이 어떤 의미를 가지고 있는지 생각하고 고민하는 시간도 필요합니다. 나는 왜 이 일을 하고 있는가? 나의 인생이라는 큰 틀에서 오늘 이 일은 어떤 부분을 차지하고 어떤 의미를 가지고 있는가? 내 삶에서 이 일은 왜 중요한가? 이렇게 자꾸 되물어 보시기 바랍니다.

일에 매몰되지 않고 한 발짝 물러서서, 마치 잠수함이 물 밖으로 잠망경을 올려서 방향을 탐색하듯이 내가 하고 있는 일에서 한발짝 나와서 객관적으로 바라보고 점검해야 합니다.

3. 상상 속에서 내 삶을 바라보기

공자님은 "인생의 지혜는 반성, 경험, 상상에서 나온다."라는 말씀을 남기셨습니다. 공자님이 강조하셨던 상상에 대한 말씀을 드리고 싶습니다. 저는 대한민국 사회는 상상력이 참 부족한 사회라고 생각합니다.

일단 대한민국에서는 제도권에서는 틀에 박힌 교육을 하고, 기발한 생각은 인정하지 않고, 모범적인 정답만을 인정합니다. 단 하나의 정답만 인정받는 교육을 받은 우리는 인생의 정답만을 찾으려고 발버둥칩니다. 그러나 생각을 해 봅시다. 여러분도 아시겠지만 인생에는 정답이 없습니다. 그러나 우리는 정말 콩을 메주틀에 넣어 메주를 만들 듯 틀에 박힌 생각만 하는 법을 배워 왔습니다.

그러한 관점을 가지고 세상을 바라본다면 이것은 이래서 안 되고 저것은 저래서 안 되고, 결국에는 아무것도 할 수 없습니다. 10살 아들에게 저도 가끔 틀에 박힌 말을 하고 있는데, 나중에 다시 생각해 보면 이렇게 아무런 생각 없이 아이를 틀에 가두려고 하는 행위에 저 스스로 소름이 돋습니다.

여기에서 제가 제안하는 것은 진짜 상상을 해 보자는 것입니다. 단 조건이 있습니다. 상상에는 조건이 없다는 것이 바로 그 조건입니다. 조건 없이 상상을 해 봅시다. 현실 속에서 우리 미래에는 조건으로 가득 차 있습니다. 이러한 것에서 조건을 다 빼버리자는 겁니다. 그냥 모든 것이 다 가능하다고 상상해 봅시다.

실행 동기부여 발표 현장 촬영

정말 가볍고 신나는 상상을 해 봅시다. 상상만 해도 가슴이 뛰지 않습니까? 상상은 여러분의 가슴을 뛰게 합니다. 그리고 행동을 불러 일으킵니다. 상상이 없는 사람은 움직이지 않습니다. 우리는 상상을 꿈이라고 표현하지요.

마지막으로 인생에서 진짜 중요한 것은 무엇일까요? 소중하고 깊이 있고 의미 있는 인간관계를 맺고 사람들과 연결되고, 나로 인해 주변과 사회의 변화를 일으키고, 의미를 만들어내는 것이라고 생각합니다. 마하트마 간디는 "내 인생이 내가 전하려는 메시지다."라고 말씀하셨습니다.

커뮤니티 활성화 노하우 온·오프 강의

리더로서의 삶, 내 삶을 경영하는 1인 기업인으로서 우리는 내면과 외면이 일치하는 삶을 지향하며 성취하고자 하는 바를 이루는 가치 있는 삶을 살아야 한다고 말씀드리고 싶습니다.

저의 경우 무자본으로 창업하여 영향력 있는 수익화 시스템을 만드는 데 2년 정도 준비하고 도전하는 시간이 들었습니다. 지금은 퍼스널브랜딩과 기업브랜딩 프로젝트를 만들고 외부 플랫폼 기업과 협력하여 사업을 진행하고 있습니다. B to C 영역에서는 VOD 강의를 통한 자동 수익화 모델을 만들어 안정적인 매출 구조를 만들었습니다. 또한 다양한 분야의 직원들과 함께 영상제작까지 사업 영역을 확장시키고 있습니다.

고객의 눈으로 바라보다

1인 기업인으로 도전하시는 분들은 내가 진짜 하고 싶은 일이 무엇인지를 찾아 내서 그것을 토대로 수익을 얻고 본인의 영향력을 제고하고 싶어합니다.

먼저 현실적인 이야기를 드리겠습니다. 당장 생계 유지가 어렵다면 자신이 좋아하는 일에 열정을 쏟기 어렵습니다. 어찌 보면 가장 좋은 방법은 기존에 하던 일을 기반으로 하고, 추가로 새로운 사업에 도전하는 것입니다. 그러나 대부분의 사람들은 시간과 금전에 제약이 있고, 하고 싶은 일들을 마음껏 할 수 없는 상황에 놓여져 있습니다.

그렇기 때문에 악조건을 뛰어넘는 열정과 의지, 그리고 주어진 상황에 대한 고찰만이 새로운 도전을 가능하게 하고 사업을 성공으로 이끕니다. 생계 유지에 대한 대책이 없이 기존의 일을 팽개치고 1인 기업에 무작정 뛰어들었다가는 시작도 하기 전에 무너지게 될 겁니다. 또는 처음 추구했던 사명과 비전이 어느 순간 퇴색되고 수익화에만 몰두하는 경우도 있습니다.

살아남기 위해서는 진정한 '실력'이 필요합니다. 제가 생각하는 실력은 시스템에 의존해서 고객들을 만족시키는 것을 넘어서서 고객의 자발적인 선택을 이끌어내는 모객의 힘, 진정한 문제해결사가 되어 디지털 트랜스포메이션의 시대에 적응하는 것까지를 의미합니다.

온라인 시대에는 더욱 더 많은 정보들이 기록되고 저장되어 빅데이터로 활용되고 있습니다. 데이터 테크놀러지의 시대에 사업에 성공하기 위해서는 클릭을 하는 소비자의 관점을 정확하게 읽어내고 그들의 니즈에 부응해야 합니다.

사업을 시작하기 앞서 SNS를 통해 나의 콘텐츠를 공개하고 반응을 보면서 고객들의 성향을 분석하는 것은 요즘같은 시대에 가장 효과적인 방법입니다. 유튜브, 페이스북, 인스타그램, 블로그 등 다양한 매체를 통해 내가 알리고 싶은 이슈를 다양하게 표현해 보고 반응을 살펴보아야 합니다. 소비자의 선택은 1인 기업의 성패를 가르는 가장 중요한 요소입니다.

저는 오픈 채팅방을 만들어 내가 하고자 하는 분야에 관심 있는 분들을 모아놓고 사업 오픈 전에 알려서 반응을 살펴보았습니다. 사전에 이렇게 체크한 다음 사업을 시작하면 외부에서 진행될 프로젝트의 베타 테스트를 거치는 셈이기 때문에 실제 실행 시에는 더 나은 방향으로 진행할 수 있게 됩니다.

세계적인 기업 마이크로소프트의 CEO 사티아 나델라도 데이터를 활용해 고객을 파악하고 직원의 역량을 강화하는 일이 가장 중요하다고 하였습니다. 1인 기업을 추구하시는 분들은 이점에 더욱 유념하여, 나로부터 출발하지만 결국은 시대에 흐름과 사람들의 요구에 발맞추는 노력이 필요하다는 것을 반드시 기억하셔야 합니다.

제가 늘 참고하고 있는 트렌드 분석 사이트를 알려드리겠습니다.

네이버 데이터랩(datalab.naver.com)
네이버 광고키워드도구(searchad.naver.com)
구글 트렌드(www.google.com/trends)
유튜브 트렌드(www.youtube.com/trends)

내가 살고 싶은 삶을 위하여

가끔 일이 몰아쳐 며칠 밤을 새워도 해결할 수 없을 만큼 해야 할 일들이 넘칠 때 스스로에게 질문을 던져봅니다. '나는 왜 이렇게 몸을 내던지다시피 하면서 사업을 하고 일을 하는 것일까?' 이렇게 자신에게 질문을 해 보면 어김없이 '내가 살고 싶은 삶을 살기 위해서'라는 답이 나옵니다.

사무실에서 회의 중

저처럼 엄마 · 아내의 역할을 동시에 수행하면서 사업을 하시려는 대표님들께는 서로간에 핑계거리가 되지 않아야 한다는 말씀을 드리고 싶습니다. 이것은 제 경험에서 우러나오는 것입니다. 일과 삶이 분리되어 사명감 없이 성과만 바라보고 일을 할 때에는 엄마와 아내의 역할을 핑계 삼아 일을 회피하거나 변명거리로 삼은 적도 많았습니다. 또는 업무를 핑계삼아 집안일이나 가족을 위한 일에 헌신하고 사랑을 쏟지 못하는 저 자신을 발견하기도 했습니다.

그 후 저는 일과 삶을 나누지 말고 하나로 연결해 보자는 생각을 하게 되었습니다. 일과 삶을 하나로 연결하고 나니 내가 하는 일이 내가 사는 방식이 되었고, 가족들의 동의와 파트너십이 필요하다는 사실을 알게 되었습니다. 한때는 이 모든 것을 완벽하게 다 해내야 한다는 슈퍼우먼 콤플렉스에 사로잡혀 스스로를 괴롭히기도 하였습니다. 하지만 지금은 내가 하고자 하는 방향을 아이 · 남편 · 부모님 · 시댁의 지지를 얻을 수 있도록 동의를 구하고 설득해 나가게 되었습니다.

고객 감동 혁신기업 대상 퍼스널브랜딩 부문 수상 기념 (한국스포츠경제)

그 결과 이제 남편은 저에게 다양한 비즈니스 아이디어를 전달해 주기도 하고, 아이는 엄마의 기사가 나오거나 강의가 런칭되면 주변 사람들에게 자랑스럽게 알려주고 대신 모객을 해 주기도 합니다.

아침에는 식사 준비와 업무가 겹쳐 늘 힘들어했지만, 지금은 친정어머니께 말씀드려 일을 분담하고 서로의 파트너십을 만들어 가고 있습니다.

가끔은 시댁에 가서 인사드리면서 밀린 일들을 하기도 합니다. 예전에는 절대 상상도 못할 일들이었지만, 제가 하고 있는 일을 솔직하게 말씀드리고 상의함으로써 상호간에 타협점을 찾게 되었습니다. 서로를 사랑하는 가족이라면 누군가가 희생하는 것이 아니라 함께 성장해 나아갈 수 있도록 방법을 찾고, 서로를 응원해야 하는 게 아닐까요.

잡지 《위클리 피플》 메인커버 모델 선정

만약 가족 간에 서로의 입장에 대해 의견 차이가 있다면 남들과 비교하지 말고 가족 내에서 가능한 방법을 찾아보시기 바랍니다. 모든 답은 외부에 있지 않습니다. 진짜 내가 일을 하려는 이유가 무엇일까? 이 일을 하기 위해 나는 어떤 도움이 필요할까? 이러한 근본적인 질문들이 진정한 힘이 된다는 것을 다시 한번 명심하시기 바랍니다.

팬덤을 만들고 큐레이션하라

지금 이 시대야말로 제가 하고 있는 1인 기업 비즈니스가 더욱 필요한 시대입니다. 시대가 많이 변했습니다. 예전에는 학력과 스펙 위주의 정형화된 사회였다면, 이제는 인터넷과 여러 기술들의 발달로 인해 매우 역동적이고 변화무쌍한 시대가 되었습니다. 이런 사회 분위기를 고려하면 진짜 내가 좋아하는 일, 나의 꿈을 현실로 만들어낼 수 있는 가능성이 높아졌음을 느낄 수 있습니다.

얼마 전에 활동명이 〈쭈니맨〉인 1인 기업가이자, 10대 경제 유튜버인 권준 군과 그의 엄마 이은주 대표를 만난 적이 있었습니다. 이은주 대표는 급변하고 있는 이 시대를 꿰뚫어본 듯한 말을 하였습니다. 초등학생 아들이 아직 조절능력이 없는 나이라고 생각하며, 아들에게 핸드폰을 쉽게 내주지 못한 저에게 이은주 대표님은 뒤통수를 확 치는 여러 말씀들을 해 주셨습니다. 아이를 틀에 가둬서 키우지 말고, 소비자의 삶보다는 생산자의 관점에서 볼 수 있도록 하는 것이 부모가 할 일이라고 말씀해 주셨습니다.

브랜딩포유 멤버 모임

그리고 아이가 게임을 좋아하기에 게임을 잘할 수 있도록 가르치고, 또 게임을 만들 수 있는 방법을 가르쳤더니 15살인 권준 군은 이제

법인 사업자등록증을 내고 본격적으로 사업을 시작했다고 합니다. 권준 군은 동화책 계약, 게임 개발 계약, 발명 특허 등 가시적인 성과를 이루어내며 정말 이 시대에 더 빠르게 적응하고 앞서나가고 있습니다. 제가 옆에서 본 권준의 엄마 이은주 대표는 '네가 가는 길이 곧 옳은 길'이라는 메시지를 아들에게 지속적으로 심어주고 있었습니다.

이 이야기는 학생들에게만 해당되는 것은 아니라고 생각합니다. 성인이 되어서, 60세가 넘어서까지 지속적으로 본인들의 스펙이 부족하다고 느끼며, 다양한 자격증을 더 취득하고 학력을 쌓고 있지만, 정작 그 실력을 이 세상에서 발휘하는 것에는 머뭇거리고 있는 분들이 많습니다.

급변하는 이 시대에는 과거의 안목으로는 이해할 수 없는 일들이 넘쳐납니다. 과거에는 존재하지 않았던 프로게이머라는 직업이 100억 이상의 연봉을 제시받기도 하는 세상이 되었습니다. 늦지 않았습니다. 진정으로 내가 원하는 일, 나의 재능 · 강점이 급변하는 디지털혁명 시대에는 또 다른 기회를 만들어줄 수 있습니다. 그것은 나의 열정과 신념을 담아 지속할 수 있는 힘만 있다면 가능한 일입니다.

1인 기업에 반드시 필요한 것은 팬덤입니다. 팬덤을 만들 수 있는 힘이야말로 이 시대에 살아남을 수 있는 무기입니다. 상품을 예로 든다면 저는 단연 애플의 아이폰 팬덤을 이야기합니다. 통계적으로 보면 주변 지인 5명 중 2명은 아이폰 사용자이고 팬

〈애프터 코로나 위기를 기회로 바꾸는 법〉 뮤직 북 콘서트 저자 특강

입니다. 아이폰을 사용하는 사람들은 무조건적인 팬덤을 형성하고 있고, 단순히 사용과 기능의 만족감을 넘어서 무조건적인 열정과 사랑으로 애플의 제품들을 사랑합니다.

유튜브도 초기에는 팬덤으로 확산되었고, 페이스북도 서로 소통하는 전 세계적인 플랫폼으로 팬덤을 구축하고 있습니다. 제품이나 서비스뿐만 아니라 사람 또한 마찬가지입니다. 내가 브랜드가 되어 나를 알리고, 나의 팬들을 모으고, SNS상에서 팬들이 모이거나 나와 같은 관심사를 가진 사람들이 모여 서로 응원하고 소통합니다. 그러한 채널을 통해 다양한 관심사를 수렴하고 그들이 남긴 디지털 기록들을 모두 담아 새로운 콘텐츠를 만들고, 실력과 진정성으로 팬덤을 구축해 나간다면 디지털혁명 시대에 가장 걸맞는 비즈니스가 될 겁니다.

1인 기업에 필요한 또 다른 요소는 큐레이션입니다. 무수히 많은 정보들이 쏟아지고 있는 이 시점에 나의 팬들에게 좋은 정보들을 큐레이션해 주는 것도 디지털 시대에는 좋은 사업이 됩니다. 최근에 이러한 트렌드가 잘 반영된 '카카오뷰'가 큰 인기를 얻고 있습니다. 고객들이 바라는 관심사의 질 좋은 정보들을 모아주며 나의 콘텐츠로 알릴 수 있는 가장 뛰어난 방법을 선택한 것이지요.

2022년 1월 발매한 싱글 앨범 커버

팬덤 파워를 증명하는 예를 들면, 중국에서 가장 파워 있는 왕홍(중국에서 유튜버와 같은 인플루언서를 이르는 말)은 1초에 2만 개씩 상품을 팔 수 있는 위력을 가졌다고 합니다. 라이브 커머스 시장 또한 제품도 좋아야겠지만 팬덤이 제품의 판매를 결정한다고 볼 수 있습니다. 그렇기 때문에 퍼스널 브랜딩은 앞으로도 계속 강조될 것으로 보입니다.

고객을 성공시키면 나도 성공한다

저는 작고 탄탄한 팬덤을 기반으로 하여 점점 영역을 키워 나아가 큰 시장으로 팬덤을 구축할 계획을 세우고 있습니다. 처음부터 큰 곳으로 뛰어드는 것도 과감한 선택일 수 있으나, 작은 시장에서 확실하게 안착하여 피드백을 통해 큰 시장으로 그 요소들을 반영해 나가려고 합니다. 처음에는 작게 소규모 모임으로 시작하였고, 이후 오픈 채팅방에 사람들을 모아 2년 동안 소통하며 신뢰를 만들어가고 있습니다. 앞으로는 유튜브와 TV 등 다양한 매체에 도전할 것이며, 저의 사업 생존을 위해 함께 시너지를 내고 협력할 곳들을 찾고 있습니다.

최근에는 상장회사인 〈윌비스〉와 협력하여 온라인 플랫폼 시장에서 판을 함께 키우고 만들어갈 것을 약속하였습니다. 또한 소상공인들을 위한 개인 플랫폼 회사인 〈고마워 클래스〉와도 긴밀한 콜라보를 통해 1인 브랜딩 시장에서 서로 상생하며 살아 나아갈 수 있는 연대를 모색하고 있습니다.

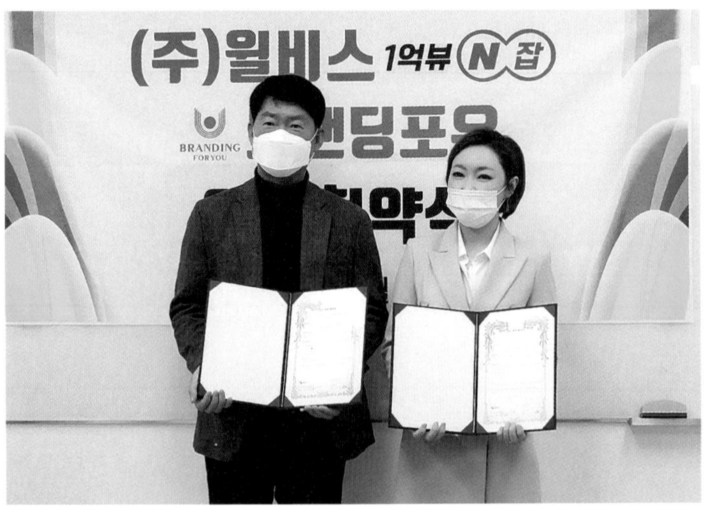

코스피 상장업체 (주)윌비스 〈1억뷰 N잡〉과 MOU 체결

저의 성장을 위한 필살기를 공개하면, 그것은 누군가를 성공시키는 일들을 끊임없이 고민하고 만들어내고 있다는 것입니다. 제 사업의 핵심이 바로 고객의 성공을 돕는 것입니다. 1인 브랜딩을 원하는 전문가들을 위해 지원 영역을 더욱 확대하여 최고의 서비스를 제공할 것입니다. 이 글을 읽고 급변하는 디지털혁명 속에 개발자처럼 무엇인가의 기술을 익혀야 하는 것이 아닌가 하고 반문하시는 분들도 있을 겁니다.

물론 기술이 있으면 특정 영역에서 전문가로 자리잡을 수 있을 것입니다. 하지만 이 거대한 소용돌이 속에서 실질적인 판을 만들고 움직이는 것은 그것을 찾는 소비자들의 마음을 꿰뚫고 기회를 선점하는 안목입니다. 즉 기술에 앞서 고객들의 마음을 움직이고, 트렌드를 읽어내는 안목을 갖고 그것을 실행할 수 있는 용기가 필요하다는 것입니다.

당신을 위한 브랜딩포유

장이지의 〈브랜딩포유〉는 "사람의 마음을 움직이는 '퍼스널 브랜딩'으로 나만의 삶을 디자인하다"라고 슬로건을 만들었습니다.

더 이상 퍼스널 브랜딩은 유명인사나 연예인의 것이 아닙니다. 이제 퍼스널 브랜딩은 이미 대중화되어 일반인들도 자신의 브랜드를 구축할 수 있게 되었습니다. 개인이 브랜드가 되어 자신이

〈서울경제 TV〉 인터뷰 촬영 중

걸어온 인생을 진솔하게 이야기하고 자신만의 개성을 표출할 수 있다면 새로운 기회를 창출할 가능성이 높아질 것입니다.

저는 퍼스널 브랜딩의 리더로 1인 기업 또는 자신만의 콘텐츠를 수익화하고 싶어 하는 모든 이들에게 브랜딩을 통하여 강의 기획, 촬영과 제작, 마케팅, 플랫폼 구축 등 자립할 수 있도록 돕는 일을 하고 있습니다. 앞으로도 개인의 삶을 감성을 경영하고, 사람의 마음을 움직이는 교육을 통해 고객의 성장을 추구해 나갈 계획입니다.

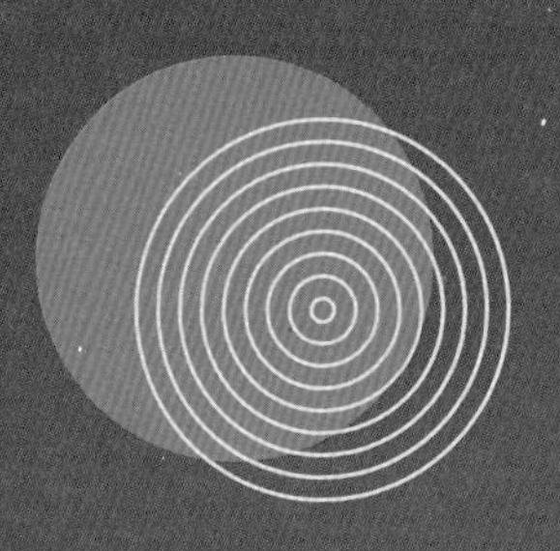

제1호 한류 메이크업 아티스트 서수진

서수진 대표

자타가 공인하는 제1호 한류 메이크업 아티스트 서수진 대표는 지난 30여 년 동안 메이크업 스튜디오와 강단, 방송에서 메이크업 아티스트로 활동해 온 국내 정상의 메이크업 아티스트이다. 또한 성신여대 겸임교수를 거쳐 브랜드사인 〈S2J〉를 설립하여 사업가로서도 활동하고 있다.

서 대표는 〈겟 잇 뷰티〉, 〈KBS 뷰티의 여왕〉, 〈멋 좀 아는 언니〉, 〈김민정의 뷰티크러쉬〉 등 다수의 방송 프로그램에 출연해 MC 또는 뷰티클래스 강연을 했다. 또 해외 패션쇼 메이크업 디렉터로 활동하면서 중국 상해 미디어그룹의 〈맘마미아〉 및 중국 드라마 〈일과 이분의 일 그리고 여름〉 등의 중국 방송 프로그램에서 뷰티 디렉터를 훌륭하게 소화해 내 찬사를 받았다. 뿐만 아니라 2014년에는 메이크업 저서 《서수진의 올댓 메이크업》을 중국·대만·태국에 동시 출간하여 화제를 모으기도 했다.

이처럼 한류에서도 특히 주목받고 있는 K-Beauty 메이크업의 우수성을 널리 알린 서수진 대표는, 코로나 19 전에 알리바바 엔터회사의 뷰티 고문을 맡아 활동하기도 하였다. 그리고 미국, 이탈리아, 호주, 태국, 베트남, 말레이시아 등에서도 K-Beauty를 알리는 활동도 하였다.

한편 서 대표는 라이브 커머스와 NFT, IT 분야에 이르기까지 산업 간의 왕성한 융합과 콜라보 활동을 통해 미래의 시장을 개척하고 있는 뷰티업계의 선구자이기도 하다.

◇ 페이스북 https://www.facebook.com/sujin.seo.12

◇ 인스타그램 @seosujin_makeupartist

◇ 홈페이지 https://www.seosujin.com

◇ 유튜브 서수진팔레트

나를 울린 울지마 톤즈

평소 쉬는 날이면 연속으로 4~5편의 영화를 볼 때가 있습니다. 물론 이렇게 영화를 몰아서 보면 영화의 여운이 많이 남지 않는 단점이 있지만, 영화를 보는 그 자체로 휴식이 될 만큼 영화 보기를 좋아합니다.

인생 영화는 어떤 것이냐고 질문을 받을 때마다 저는 그냥 제가 보았던 여러 영화들 중에서 여러 편을 예로 들어줍니다. 〈쉰들러리스트〉, 〈미션〉, 〈시네마천국〉, 〈피아니스트〉, 〈울지마 톤즈〉, 〈내 사랑〉 등 감명 깊게 본 영화들이 너무 많습니다. 특히 실화를 바탕으로 만든 영화를 좋아하는데, 영화 속의 장면을 보면서 내가 그 속에 살고 있다고 가정해 보기도 합니다. 그러면 영화의 스토리와 제 삶을 연관지어 볼 수 있어서 더욱 영화의 장면 장면이 뜻깊게 다가오게 됩니다.

예전에 혼자 영화관에 가서 고 이태석 신부님을 그린 다큐멘

터리 영화 〈울지마 톤즈〉를 보고 나서 통곡하듯 울었던 기억이 납니다. 지금까지 영화를 보고 극장에서 그렇게 울어본 적이 없었습니다. 진정한 사랑을 실천하고 하늘나라로 가신 고 이태석 신부님의 스토리에 너무나도 큰 감동을 받았습니다. 평소 봉사에 관심이 많아서 가끔 자원해서 봉사 활동을 하곤 했었지만, 고 이태석 신부님의 타인을 향한 사랑은 제가 봉사를 바라보는 것과는 비교도 안 될 만큼 고귀한 사랑이었습니다. 제가 무언가 일을 해서 성공한다면, 조금이라도 타인을 향한 진정한 사랑을 실천하고 싶다는 다짐을 하게 만들어준 영화였습니다.

한편 역사적인 내용을 소재로 한 영화를 보면 인간에 대해 깊게 성찰하게 됩니다. 때로는 인간의 소름 끼치는 악함에 치를 떨기도 하고, 때로는 숭고하리만큼 강한 신념을 지닌 인간의 모습에서 엄숙함을 느끼기도 하고, 또 심금을 울리는 고귀한 사랑에 깊은 감동을 받기도 합니다.

'어떤 인간으로 살 것인가'에 대해 자주 생각하게 되는데, 역사를 배경으로 한 영화를 보면 더욱 자주 그런 생각을 하게 됩니다. 혹시 제가 쉰들러처럼 손에 낀 금반지 하나를 지키기 위해 한 사람의 귀한 목숨을 살리지 못했다는 후회 비슷한 것을 하게 되는 건 아닌지, 또 누군가의 절실한 도움 요청을 외면하면서 살고 있는 건 아닌지 하고 말입니다. 살아 남는 것이 인간에게 얼마나 엄청난 열망인지 그 의지를 볼 수 있었던 〈피아니스트〉도 정말 여운이 많이 남는 영화였습니다. 죽을 고비를 여러 번 넘기는 주인공인 피아니스트의 삶을 통해 삶과 죽음의 순간이 얼마나 찰나에 결정되는지, 영화 내내 살아도 살았다 할 수 없는 운명의 기로에 선 순간이 얼마나 많은지 깨닫게 됩니다.

우리네 인생 자체가 그런지도 모르겠습니다. 그래서 저는 언제부터인가 현재의 행복도 챙기려고 노력하게 되었습니다. 단순히 지금 참고 견디며 현재를 희생해서라도 미래에만 잘되면 된다는 생각은 이제 하지 않게 되었습니다. 대신 그 과정도 행복했으면 좋겠다는 생각을 하게 되었습니다.

영화를 통해서 인간에 대해 고찰하고 저의 삶을 성찰해 볼 수 있어서 좋습니다. 물론 머리가 복잡할 때에는 단순 흥미 위주의 영화도 기분 전환에 도움을 주지만, 그래도 오래도록 기억에 남는 영화들은 인간 삶 자체를 깊숙이 들여다볼 수 있는 영화들이었습니다. 영화 속 인물들의 삶이나 저의 삶이나 그리 다르지 않다고 생각합니다. 영화를 통해 얻은 진리는 사랑하는 사람들과 최대한 사랑을 나누며 사는 것이 행복이며, 동시에 되도록 많은 사람들에게 사랑을 나누어 주어 서로 도우며 살아갈 수 있으면 좋겠다는 아주 소박한 결론이었습니다.

결핍이 주는 강한 의지

저는 결핍이 주는 동기부여를 아주 잘 이용하는 편입니다. 결핍을 탓할 시간에 행동을 하죠. 창업도 그런 경우입니다. 처음부터 기업인이 되려고 해서 된 것은 아니었습니다. 기회가 제대로 주어지지 않았기에, 제가 저를 직접 고용해 보면 어떨까 하는 생각으로 시작한 것이 바로 사업의 시작이었습니다.

결국 결핍이 주는 간절함이 제게 큰 동기부여가 되었습니다. 만약 제가 다 가지고 태어났다면, 길이 순탄하게 열린 환경에서 공부하고 일을 하게 되었다면, 지금처럼 큰 노력을 기울이지는 않았을 듯합니다.

저는 1993년에 처음으로 메이크업을 배웠습니다. 제가 메이크업을 배우게 된 동기는 바로 대학 입학시험에 낙방했기 때문입니다. 인생에서 맛본 첫 번째 대실패였습니다.

정말 패배자가 된 것 같은 그때의 그 우울함이란…. 저는 20대 초에 많이 우울했습니다. 대학에는 떨어지고, 아버지가 경영하시던 회사는 부도가 나서 재정 상태도 아주 안 좋았으니까요. 뭐하나 풀리는 것이 없었던 때였습니다.

살까지 포동포동하게 찐, 제가 봐도 그리 예쁘지 않은 20대 초의 여성이었습니다. 대학 입학시험에 떨어지고, 무엇을 할까 고민하던 차에 우연히 신문 광고에서 메이크업 학원 광고를 본 것이 지금 제 직업을 선택하게 된 결정적인 순간이었습니다.

아버지가 경영하시던 회사가 부도가 나서 재정 상태가 안 좋았는데도 부모님은 메이크업 학원비를 선뜻 내주셨습니다. 하지만 학원비를 제외하고는 스스로 벌어서 교통비도 하고 밥도 사먹고 다녀야 하는 상황이었죠.

이 또한 저에게는 결핍이었지만, 그 결핍 때문에 더 간절하게 배움에 집중할 수 있었습니다. 그 시절 저에게 메이크업 일은 'one of them'이 아닌 'only one'이었습니다. 다양한 진로를 모색할 수 있는 상황이 아니었고, 부모님의 배려로 어렵게 주어진 기회였기 때문에 더더욱 열심히 할 수밖에 없었습니다. 다행인 것은 그림에 소질이 있어 고등학교 때부터 초상화도 곧잘 그려내곤 했기 때문에 더 즐겁게 메이크업을 배울 수 있었습니다.

그렇게 어렵사리 학원을 졸업하고, 얼마나 열심히 일자리를 알아봤는지 모릅니다. 어디에서 그런 용기가 솟아났는지 제가 살던 동네에 있는 웨딩홀까지 찾아가 일자리가 있는지 직접 물어보고 고용해 달라고 들이댈 정도로 열심이었습니다.

하지만 초보 메이크업 아티스트한테 취업의 기회는 그리 흔치 않았습니다. 결국 초보임에도 불구하고 저는 프리랜서로 활동할 수밖에 없었습니다. 아무도 저를 채용해 주지 않았으니까요. 프리랜서란 특별히 고용주가 없는, 말 그대로 일 있는 곳에 지원해서 그때그때 일하고 페이를 받는 자유계약자입니다.

그렇게나마 조금씩 일을 하면서 다양한 일을 해볼 수 있었고, 스스로 스케줄 관리를 하게 되었습니다. 특정 회사에 고용되어 고정급을 받으며 일을 했다면 그 자리에 안주했을지 모르지만, 프리랜서는 늘 경쟁에서 이겨야 일을 따낼 수 있기 때문에 스스로 실력도 키우고 동시에 영업도 해야 하는 상황에 놓일 수밖에 없었습니다.

이 업계에서 일을 계속해서 따내려면 메이크업 스킬도 좋아야 하지만, 메이크업하는 속도도 빨라야 합니다. 그래서 익힌 스킬을 더욱 연마하고 다양한 기술을 개발하고 업그레이드해야 했습니다. 결국 고정된 일자리가 없었던 저의 결핍은 저의 경쟁력을 업그레이드시켰습니다. 저는 내성적인 성격을 가지고 있었지만, 하고 싶은 일은 반드시 하고 보는 그런 성격의 소유자입니다.

그렇게 메이크업 아티스트로 활동하면서, 대학에 다니지 못한 것이 내내 마음에 걸렸었습니다. 고등학교를 졸업하고 5년이 지난 1995년 저는 결국 다시 대학 입시 공부를 시작했습니다. 제가 대학에 들어가게 된 사연도 참 재미있습니다. 메이크업 프리랜서로 열심히 활동하던 1995년 봄, 연세대학교 백주년기념관에서 상영하는 영화를 보게 되었습니다. 제가 대학 캠퍼스에 들어가 본 것은 학력고사 볼 때와 시험장 확인할 때 빼고는 그때가 처음이었습니다.

5월의 대학 캠퍼스는 너무나 낭만적이었습니다. 넓은 잔디밭에 삼삼오오 모여 앉아서 담소를 나누며 쉬거나 책을 읽고 있는 학생들의 모습이 너무너무 좋아 보였습니다. 비슷한 또래인 저는 직업의 세계에서 돈을 벌기 위해 아등바등 살고 있는데, 대학 캠퍼스 안의 학생들은 부러울 만큼 여유롭고 낭만적으로 보였습니다. 저는 그때 결심했습니다. 다시 대학에 도전해 보겠다고!

저는 그 길로 노량진에 있는 학원으로 가서 등록했습니다. 저녁에 3시간 강의를 듣는 직장인 반에 등록했는데, 6월에 공부를 시작해서 그해 11월 22일 수능을 봐야 하는 말도 안 되게 빡빡한 일정이었습니다.

이것이 얼마나 무모한 도전이었는지 느낌이 오시죠. 5년이나 공부에서 손을 뗀 사회인이면서 학력고사 세대였던 제가 수능이라는 새로운 제도하에서 시험을 봐야 했으니, 거의 불가능에 가까운 도전이었습니다.

하지만 저는 한다고 하면 하는 그런 성격의 소유사입니다. 대신 하기 싫은 일은 잘 하지 않는 단점도 가지고 있습니다. 고등학교 때는 공부가 그렇게 하기 싫었습니다. 그래서 방학 때나 보충수업 때도 학교에 안 갔습니다. 게다가 부모님도 공부를 억지로 시키시는 분들이 아니었기 때문에, 저는 공부에 매진하는 대신 음악 듣고, 그림 그리며, 노는 것에 관심을 둔 학창 시절을 보냈죠.

하지만 다시 대학에 도전하려고 마음을 먹었을 때에는 대학교에 가고 싶은 마음이 간절했기 때문에 스스로 열심히 할 수 있었습니다. 6월에 공부를 시작하고 첫 모의고사를 봤을 때 제 점수는 정말 참담했습니다. 그 점수로 봐서는 바로 포기하는 것이 맞겠지만, 저는 반드시 대학에 합격하겠다고 마음먹고 남은 5개월 동안 공부에 집중했습니다. 결국 마지막 모의고사를 봤을 때는 200명 남짓한 노량진 재수학원의 직장인 반 전체에서 1등을 했었죠.

사실 수능에서도 모의고사 때처럼 잘 봤으면 연세대나 고려대 정도는 합격했겠지만, 수능점수는 생각만큼 잘 나오지 않았습니다. 결국 점수에 맞춰서 성신여대 정치외교학과에 입학했습니다. 제로 상태에서 6개월 공부하고 수능을 봐서 전국 8% 안에 드는 점수를 받고 대학 진학에 성공한 셈입니다.

저는 대학 진학에 성공한 이후 강한 자신감을 갖게 되었습니다. 하고자 하면 무엇이든 해낼 수 있다는 자신감을 얻었습니다. 대학 재학 중 3, 4학년 때는 거의 만점 수준의 성적으로 전액 장학금을 받으며 학교를 다니고 졸업할 수 있었습니다.

대학에 다니면서도 메이크업 일은 꾸준히 했습니다. 교재비와 식대, 용돈은 직접 벌어서 써야 했기 때문입니다. 메이크업 학원비를 부모님한테 지원받은 이후, 저는 다시는 부모님으로부터 지원을 받지 않겠다고 다짐을 했습니다. 그래서 학교에 갈 차비가 없었을 때에도 부모님께 손을 벌리지 않고 가까이 사는 친구한테 차비를 빌려서 학교를 갈 정도로 철저히 경제적으로 자립하고자 노력했습니다.

우여곡절 끝에 대학에 입학하고 우수한 성적으로 대학을 졸업했음에도 제게 취업의 문은 그리 넓지 않았습니다. IMF를 겪은 지 얼마 안 된 한국에서는 기회조차 많지 않았습니다. 게다가 저는 5년 늦게 학교를 졸업한 늦깎이 취업 준비생이었으니까요. 대기업에 지원서를 몇 번 냈다가 서류 심사에서 떨어지는 경험을 하고 난 후, 바로 취업을 접고 메이크업 일에 매진하였습니다.

졸업 후 유럽으로 배낭여행을 다녀온 뒤인 2001년에 여의도 KBS 별관 뒤 오피스텔에서 내 생애 첫 사업자등록을 했습니다. 아주 작은 샵을 오픈했는데, 오픈하고부터 순탄하게 잘 되었습니다. 꾸준히 해 오던 일이었고, 이미 오더를 가지고 창업을 했으니 안 될 이유가 없었습니다.

대학 진학으로 붙은 자신감으로 메이크업 살롱을 잘 운영해서 성공하고 싶었습니다. 그래서 매일 밤 어떻게 영업을 할지, 어떻게 광고를 해야 효과적인지 등에 관하여 많은 생각을 하며 잠이 들었던 기억이 납니다.

저는 늘 시대에 앞서가야 한다는 생각을 하고 있었습니다. 2002년에 저는 온라인 쇼핑몰까지 오픈했었습니다. 다음 커뮤니티 초창기 시절, 저는 메이크업 관련 카페를 만들어서 운영했습니다. 그 카페가 화제가 되면서 전국에 있는 메이크업 아티스트들이 저에게 메이크업을 배우기 위해서 서울로 올라왔습니다. 커뮤니티의 힘을 그때 처음 알게 되었죠,

저는 지금도 사람 모으는 재주가 있다고 스스로 이야기하지만, 어려서부터 사람들을 몰고 다니는 재주가 있었습니다. 다음 커뮤니티에 카페를 운영하고 있었기 때문에 어떤 메이크업 촬영이 있다고 공지를 하면 전국에서 올라온 메이크업 아티스트들이 참관하기 위해 모여들었습니다. 그래서 일반 고객을 대상으로 하는 메이크업 일도 많았지만, 메이크업 아티스트를 가르치는 트레이너가 될 수 있었습니다. 오픈한 온라인 쇼핑몰도 잘 되었습니

다. 온라인 쇼핑몰이 활성화되지 않았던 시대였기에 서울에서만 판매하는 브랜드 제품을 온라인상에 올려놓고 판매를 하니까, 지방에 사는 메이크업 아티스트들에게는 아주 유익한 쇼핑몰로 인기가 있었습니다.

그무렵 대학교 졸업 사진 메이크업을 의뢰받았는데, 이 사업은 매출 측면에서 효자 노릇을 톡톡히 해줬습니다. 워낙 많은 인원의 메이크업을 도맡아 하게 되니 보름 정도의 진행으로도 많은 수익을 낼 수 있었습니다.

대량의 메이크업을 소화할 수 있는 실력과 시스템을 갖추게 되자 다양한 방법으로 영업을 진행할 수 있게 되었습니다. 그래서 아나운서 · 쇼 호스트 · 승무원 시험 응시자 등을 대상으로 한 메이크업으로 활동 영역을 확장해 나갈 수 있었습니다. 어느 순간 〈서수진 팔레트〉는 아나운서 배출의 산실이 되었고, 쇼 호스트나 승무원쪽으로도 독보적인 스타일링 샵이 될 수 있었습니다.

저는 사업에 안주하는 성격이 아닙니다. 늘 어떤 일이 잘 되면 또 다음 일을 기획하는 그런 스텝을 유지합니다. 메이크업을 할 때에도 매너리즘에 빠져본 일이 없습니다. 가장 이상적으로 피부를 표현하기 위해서 늘 새로운 제품을 찾고 방법을 바꾸고, 급기야는 마음에 드는 비비크림과 블러셔를 직접 제조해서 사용하기까지 했습니다. 그렇게 하다 보니 필요에 의해서 화장품 제조까지 사업을 넓혀갈 수 있었습니다.

무지했기에 용감하게

메이크업 살롱을 오픈하고는 쭉쭉 성장가도를 달리고 있었습니다. 그런데 어느 순간 이 사업의 한계를 깨닫게 되었습니다. 직원이 결혼 등으로 퇴사하거나 이직하면 매출에 심각한 타격을 입게 된다는 점이죠. 업무 특성상 사람에 의존해서 매출이 발생한다는 것이 문제의 원인이었습니다. 직원들이 영원히 제 샵에서 일하는 것이 아니고, 그렇다고 제가 모든 메이크업을 담당할 수 없었으니 이 문제는 저에게 아주 큰 고민거리였습니다.

결국 내가 잠자고 있을 때도 돈이 들어와야 사업이라는 생각이 들었습니다. 그러려면 어떻게 해야 할까 고민하다가 제 스스로 브랜드가 되어 제품을 런칭해서 유통해 보겠다는 결심을 하게 되었습니다.

그러기 위해서는 사업을 하고 있는 대표들과의 소통이 필요했습니다. 그전까지는 동종 업계 원장들이나 아티스트들과만 교류를 했다면, 다른 업종의 회사 대표들과 교류를 하면서 사업에 대한 기본을 배우고 싶었습니다. 당시 친하게 지내던 쇼 호스트가 있었는데, 그 친구가 〈CEO TALK〉 모임을 소개했습니다. 그 모임에 다니면서 다양한 기업을 운영하는 대표님들과 교류를 시작하게 되었습니다.

저는 뭐든 생각하면 실행이 빨랐습니다. 이런 성격은 장단점이 있는데, 장점은 속도가 빠르다는 것이고, 단점은 리스크 체크를 꼼꼼하게 하지 않는다는 점입니다. 그때까지는 개인사업자였지만, 바로 법인으로 사업자 전환을 하고 화장품 회사를 설립했습니다.

주주가 뭔지도 몰랐고, 지분이 뭔지, 투자 유치가 뭔지, 법인과 개인사업자의 차이가 뭔지 아무것도 모르면서 법인으로 전환했습니다. 게다가 화장품 회사를 경영해 본 적도 없고, 제조업을 운영해 본 경험도 없는 상태에서 무작정 법인을 설립하여 회사를 경영하면서 시행착오도 하고, 산 넘어 산으로 닥쳐오는 문제들을 어떻게 해결해야 했는지 모릅니다. 지금 생각해 보면 참 무모하게 시작했었다는 생각이 들 정도로 무지했었습니다.

이런 말이 있습니다. '무식하면 용감하다!' 저는 한마디로 너무 무지했고 용감했습니다. 워낙 긍정적이고 진취적이고 자신감이 강했기 때문에 무대뽀 정신으로 밀어붙였습니다.

결과는 아주 참담한 실패! 메이크업 살롱을 해서 벌었던 돈을 모두 날려버렸습니다. 런칭한 화장품은 품질은 좋았지만 명확한 마케팅 포인트가 없었고, 마케팅 비용도 준비하지 않고 제조비만 가지고 시작했기 때문에 마케팅을 제대로 해볼 수도 없었습니다. 화장품 사업은 마케팅비가 제조비보다 더 들어가야 한다는 사실조차 몰랐고, 화장품을 생산한 다음 창고 관리나 재고 관리 그밖의 서류 관리 등 해야 할 일들이 얼마나 많은지, 그에 따른 비용이 얼마나 많이 발생하는지 체크도 안 하고 일을 벌였기 때문입니다.

생산한 화장품은 다 팔지도 못한 채 유통기한이 지나 폐기해야 했습니다. 난생 처음 대학 입학시험에 떨어짐으로써 첫 실패를 한 이후 두 번째 대실패를 하게 되었습니다.

제1호 한류 메이크업 아티스트

그리고는 깨달았습니다. 제품은 언제든지 화장품 제조사를 통해서 지원받을 수 있으니, 판매할 능력과 영향력을 키워야 한다고 판단하고 제 자신의 브랜드 가치를 올리는 데 신경을 썼습니다. 예전에는 겉모습에 신경을 써서 비서를 2명이나 채용하여 데리고 다녔지만, 나가는 비용을 줄여야 한다는 생각에 스스로 몸집을 줄여나갔습니다. 잘 나가는 회사들이 얼마나 타이트하게 운영하는지 주변을 보면서 배워나갔습니다.

개인 브랜딩을 위해서 《서수진의 올댓 메이크업》이라는 메이크업 책을 출간하였는데, 이 책은 중국, 대만, 태국, 홍콩에서도 번역 · 출간되었습니다. 중국 시장의 잠재력을 예측하고, 중국에서의 활동도 활발하게 진행했습니다. 해외에서는 한국 메이크업 아티스트들을 원하는 곳이 꽤 있었지만, 막상 한국의 아티스트들은 해외 진출에는 무척 소극적이었습니다. 하지만 저는 적극적으로 해외로 나가서 활동을 하였습니다.

중국에서는 주로 방송 메이크업을 했습니다. 그러다 보니 신뢰도가 쌓여 그 유명한 중국의 알리바바 그룹의 엔터회사 뷰티 고문으로 계약하여 높은 급여를 받고 활동할 수 있었습니다.

해외 활동을 통해 해외의 파트너들도 생기면서, 제가 가지고 있는 화장품 브랜드 〈S2J〉는 말레이지아 화장품 회사와 로열티 계약을 하게 되었습니다. 결국 말레이지아에 〈S2J〉 화장품을 런칭해서 말레이지아 신문에 보도되기도 했고, 멀리 유럽의 이탈리아까지 가서 K-Beauty 클래스를 진행함으로써 이탈리아의 잡지에도 제 기사가 실렸습니다.

이런 해외 활동은 국내 면세점에도 알려져서 SM 면세점으로부터 모델 의뢰를 받아 한류 스타들만 한다는 면세점 모델도 하게 되었습니다. 각종 뷰티 프로그램에 고정으로 출연하고, MBC 에브리원에서 방영된 김민정 · 조세호 씨가 진행했던 〈김민정의 뷰티크러쉬〉라는 뷰티프로그램에서 서브 MC까지 맡게 되었습니다.

모델 활동은 국내만 국한되지 않았습니다. 중국에서 마케팅을 진행하고 있는 글로벌 브랜드 MAXFACTOR에서 섭외가 들어와서 중국 대표 메이크업 아티스트와 함께 프로모션

〈김민정의 뷰티크러쉬〉

촬영을 진행하기도 했습니다.

이런 모든 해외 활동으로 인한 수익은 엄청났습니다. 한번 움직이고 하루 촬영하는데, 웬만한 사람의 연봉 이상을 받을 수 있었습니다.

내가 하는 일을 사돈의 8촌까지 알게 하라

사업을 하고 싶은 분들이나, 이미 하고 있는 분들 모두 지향점이 있을 겁니다. 그럴 때는 계획을 철저히 세우는 것도 중요하지만, 우선 하고 있는 일과 하고 싶은 일을 주변에 알리는 것도 좋은 방법입니다.

저는 제가 하고 싶은 일은 주변 사람들이 꼭 알게 합니다. "내가 하고 싶은 일은 사돈의 8촌까지 알게 하라." 제가 강의에서 학생들에게 늘 조언해 주는 말입니다.

저는 오래전부터 중국에서 활동하고 싶었습니다. 정치외교학을 전공했기 때문에 중국 시장이 부상할 것을 예측할 수 있었고, 그 큰 시장에서 뷰티 사업을 하고 싶었으니까요. 당연히 주변에 늘 이야기하고 다녔습니다. 맨땅에 헤딩하는 한이 있어도 중국에 가서 활동을 해보겠다는 포부를 이야기했었습니다.

그러던 중 우리나라 방송 프로그램의 판권이 중국에 팔려서 제작에 많이 참여하는 시기가 있었는데, 중국에서 가장 먼저 요청한 부분은 바로 뷰티 파트였습니다. 출연자들의 스타일링을 한국 팀이 직접 해주기를 원한 것이죠.

전 CJ E&M China가 제작하는 쇼 프로그램에 투입되었습니다. 그 프로그램을 제작하는 피디와 작가가 제가 중국에서 활동하고 싶어 한다는 것을 알았던 거죠. 왜냐하면 제가 제 입으로 여기저기 알렸으니까요.

그렇게 해서 본격적으로 중국에서 활동을 시작하게 되었습니다. 이미 준비되어 있었던 저는 활발하게 활동함으로써 중국에서 엄청난 호응을 얻을 수 있었습니다. 중국 상해의 SMG 방송그룹 관계자들이 저에게 '신의 손'이라는 닉네임을 붙여줬을 정도로 높은 호응을 얻을 수 있었습니다.

물론 하고 싶은 일이 있으면 실력은 기본으로 갖추고 있어야 하죠. 언젠가 기회가 주어졌는데, 그때 실력이 받쳐주지 않는다면 찾아온 기회도 제대로 잡을 수 없습니다. 저의 경우 한국에서 꽤 오랜 기간 고객 만족을 위해 열심히 메이크업을 연구하고 스킬을 키웠으니, 해외 무대에서도 그동안 현장에서 쌓아온 실력을 제대로 발휘할 수 있었던 것이죠.

이런 여러 멋진 활동들을 저만 알고 있지는 않았습니다. 당시 SNS를 하고 있었는데, 특히 페이스북과 중국 위챗 그리고 웨이보를 통해서 저의 활동 소식과 사진들을 포스팅하기 시작했습니다. 주변 사람들에게는 말로 알리고, 모르는 불특정 다수에게는 SNS로 저의 활동 내용을 알리고 홍보했습니다.

이런 홍보는 생각보다 놀라운 결과를 가져왔습니다. 어느 순간 저는 제1호 한류 메이크업 아티스트가 되어 있었습니다. 인기 뷰티 프로그램인 〈겟 잇 뷰티〉로부터 출연 섭외가 들어왔었는데, 그때 저를 소개하는 MC들의 멘트가 바로 '제1호 한류 메이크업 아티스트 서수진'이었습니다.

사실 이 수식어는 제가 만든 것입니다. 뭐든 먼저 선점하는 것이 중요하다고 생각했기에 제가 방송 작가 분에게 저를 이렇게 소개해 달라고 하면서 제 경력을 설명했습니다. 방송에서 공식적으로 제가 원하는 수식어로 저를 소개하게 하는 운 좋은 브랜딩 기회를 얻을 수 있었습니다.

셀프 브랜딩이란 바로 이런 것이 아닐까요? 남이 붙여주는 수식어도 있겠지만, 스스로 되고 싶은 포지션을 정하고 그 수식어로 자신을 부르게 함으로써 자리매김하는 방법도 좋은 방법인 것 같습니다. 물론 그에 상응하는 활동을 했을 때 그 브랜딩이 힘을 발휘할 수 있다는 것은 잊지 말아야 합니다. 이후로 저는 더더욱 해외 활동을 많이 하게 되었고, 그런 활동 내용은 SNS를 통해 많은 사람들에게 알려지게 되었습니다.

비록 첫 화장품 사업은 실패했지만, 그 이후 개인 브랜딩에 더 힘을 쏟은 결과 어느덧 해외에서 제일 먼저 섭외하는 한국의 메이크업 아티스트가 되어 있었죠.

2019년 저는 남반구 최대 뷰티쇼인 호주 〈Hair Expo〉에 한국 대표로 초청받아 국제무대에서 수많은 뷰티 전문가 앞에서 한

호주 〈Hair Expo〉 갈라쇼 메이크업과 갈라쇼 무대

국의 메이크업 스타일을 가르치는 영광을 얻게 되었습니다. 또한 대형 무대에서 갈라쇼 메이크업을 하고 무대 인사를 하며 엄청난 박수도 받았습니다. 호주 〈Hair Expo〉에 초정받아, 호주 공영방

송에 나가 KPOP 메이크업 튜토리얼을 소개하는 등 한국의 메이크업 아티스트를 대표하여 멋진 활동을 하였습니다.

이 모든 것들은 저 혼자만 마음속의 열망을 가지고 조용히 움직였다면 결코 이루어지지 않았을 겁니다. SNS 채널을 적극 활용해서 알리고 공신력을 쌓았기 때문에 가능해진 것입니다. 내가 하고자 하는 일이 있다면 무조건 주변에 알려야 합니다. 내가 자랑스러운 성과를 올렸다면 주변 사람들로부터 응원과 축하를 받는 것이 당연합니다. 그런 의미에서 SNS를 적극 활용하는 것이 좋습니다.

SNS에서 팔로우하거나 친구를 맺을 때는 자기 분야와 관련 있는 사람들과 연결하는 것이 좋습니다. 저는 뷰티, 유통, 교육, 언론, 투자, IT 등의 분야 기업체 대표님들과 연결을 많이 해서

〈멋 좀 아는 언니〉 제작 발표회

활동했습니다. 확실히 의사결정권자들과 소통을 하면 배울 점도 많고, 콜라보의 기회도 많이 얻을 수 있습니다.

2000년부터 다음 커뮤니티에 카페를 운영하면서 커뮤니티의 힘을 익히 경험했었습니다. 사람을 모으고 사람들의 관심을 끌어야 하는 것이 사업입니다. 열정적인 사람만이 그런 관심을 끌 수 있습니다.

사람들은 SNS를 통해서 나약하거나 부정적인 것을 보고 싶어 하지 않습니다. 가끔 SNS에 누군가를 비난하거나 신세 한탄을 올리시는 분들이 있는데, 그런 부정적이고 힘든 부분은 가까운 친구와 나누시고, SNS에는 긍정적이고 희망차고 열정적인 내용을 올리세요. 물론 거짓된 것을 올리면 안 되지요. 세상은 좁아서 거짓은 결국 들통나게 되어 있습니다. 사람들은 진정성 있는 모습과 글에 끌립니다. 결국은 진정성이 답인 셈이죠.

제가 해외에서 활발하게 활동하니까, 서수진 메이크업 아티스트는 중국어도 잘 하고 영어도 잘하나 보다 이렇게 생각하시는 분들이 많은데, 사실 저는 외국어가 제일 핸디캡인 사람입니다. 하지만 저처럼 핸디캡이 있다고 해서 활동할 수 있는 시장에 못 나가고 머뭇거릴 필요는 없다고 생각합니다.

뜻이 있으면 길이 있는 법. 언어를 잘하면 더 좋겠지만, 하지 못해도 다 활동할 수 있습니다. 결국은 얼마나 열심히 하느냐, 이 부분도 진정성의 문제입니다.

일에 대한 철학이 프로를 만든다

저는 어떤 일을 시작하기 전에 근원적인 질문을 스스로에게 해보라고 권합니다. 나는 왜 이 일을 하며, 왜 하고 싶어 하는가? 이 일의 본질은 무엇이며, 이 일을 통해서 내가 궁극적으로 이루고자 하는 것은 무엇인가?

열심히 하지 않는데, 저절로 잘되는 사업은 극히 드뭅니다. 사람들은 사업을 시작하면 대부분 열심히 합니다. 그러다가 어느 순간 번아웃이 오죠. 그 시기를 잘 넘기려면 자기 자신의 사업에 대한 확고한 철학이 있어야 합니다. 저의 경우 누군가를 아름답게 해주는 일은 그 사람을 행복하게 해주는 일이라고 생각하고 있습니다. 그래서 자부심과 보람을 마음 깊이 장착할 수 있었죠. 단순히 돈만 많이 벌고 보람이 없었다면, 뷰티 일을 오래 할 수 없었을지도 모릅니다.

그리고 실력 측면에서 냉정한 자기 점검이 필요하다는 것을 강조하고 싶습니다. 누군가에게 돈을 받고 어떤 서비스를 제공한다는 것은 프로의 세계에 들어왔다는 것을 의미합니다. 어설픈 실력과 말빨로 고객을 압도하고 설득하려고 하는 아티스트들은 그 순간은 어떻게 넘어갈 수 있겠지만, 어떤 중요한 기회가 주어졌을 때 그 기회를 잡을 실력이 없다면 결코 성공할 수 없습니다. 스타일링을 받는 고객으로부터 유난히 수정 요청을 많이 받는 아티스트들은 자기 실력을 꼭 돌아보시기 바랍니다. 고객의 표정만 봐도 만족하는지 마음에 안 들어 하는지 알 수 있습니다.

고객을 진정한 자세로 대해야 합니다. 우리가 상대하는 대상은 감정을 가지고 있는 사람입니다. 우리의 모든 태도는 고객에게 그대로 전달됩니다.

일전에 승무원 면접 메이크업과 헤어 서비스를 받기 위해서 저희 샵에 내원한 고객들이 시간 계산을 잘못해서 시험장에 늦게 도착하는 바람에 결국 면접을 보지 못한 일이 있었습니다. 우연한 경로로 그 소식을 들은 저는 직원을 시켜서 그분들께 일일이 전화를 돌려서 환불 절차를 진행했습니다. 그분들은 멀리 울산에서 올라오셨는데, 다들 감동하셔서 다음에도 우리 샵을 찾아 주셨고, 이 일을 승무원 준비생 커뮤니티에 올려서 많은 분들에게 우리 샵 이미지를 좋게 만들어 주셨던 경험이 있습니다. 저는 고객 입장에서 조금 더 배려해드렸을 뿐인데, 그 마음을 알아주셨던 거죠.

SM면세점 모델

비즈니스도 결국은 진정성입니다. 특히 사람을 대상으로 하는 비즈니스는 섬세한 배려와 진정성이 통하는 경우가 많습니다. 고객에게도 좋고, 또 서비스하는 입장에서도 좋은 일석이조의 업무 태도라고 할 수 있습니다.

저는 지극히 내성적인 사람입니다. MBTI를 해보지는 않았지만, 제 스스로 저를 판단하면 내성적인 사람이 맞습니다. 학교에 다닐 때에도 일어서서 책읽기만 시켜도 덜덜 떨면서 제대로 못 읽는 그런 학생이었습니다. 대학에서도 처음 동기들 앞에서 발표 수업을 했을 때 얼마나 떨었는지 동기들이 숨죽여 안타까운 마음으로 저를 지켜봐야 했을 정도였으니까요.

하지만 저는 하고자 하는 일에 대한 의지가 좀 강한 편입니다. 그래서 그런 어색한 상황에 놓이면 포기하는 것이 아니라 그냥 해 봅니다. 수업 시간에 덜덜 떨면서 계속 발표를 하다 보니, 학년이 올라갈수록 점점 덜 떠는 저의 모습을 발견할 수 있었습니다. 4학년이 되어서는 발표하러 나가서 농담까지 할 정도로 떨지 않고 발표할 수 있었습니다. 학교에서 발표를 많이 했던 경험은 졸업하고 사회에 나와 일하는 저의 활동에 너무나도 큰 도움이 되었습니다.

메이크업 방송에 강사로 초청받아 카메라 앞에서 메이크업을 하면서 설명까지 하는 것은 결코 쉬운 일이 아니었지만, 학생 때 발표를 하도 많이 해봐서 그런지 떨지 않고 방송 촬영을 할 수 있었습니다.

어떤 분야에서든 사람들 앞에서 떨지 않고 자기 전문 분야를 설명할 수 있는 사람은 그렇지 않은 사람보다 기회를 많이 얻을 수 있습니다. 메이크업 아티스트도 마찬가지입니다. 메이크업은 너무나 잘하지만, 사람들 앞에 서지 못하고 강의 전달력이 떨어지는 사람이라면 브랜딩이 쉽지 않을 겁니다.

저는 그런 면에서 저의 단점을 극복한 케이스이고, 그로 인해서 많은 기회를 얻을 수 있었습니다. 저같이 내성적인 사람도 이렇게 활동합니다. 사람들 앞이나 카메라 앞에서 긴장을 많이 하시는 분들이라면 작은 모임에서부터 발표를 시작해 보시기를 권합니다. 또한 메이크업 개인 지도를 많이 해보는 것도 좋습니다. 가르치는 연습을 많이 하다 보면 세미나할 때 체계가 잡힌 교수법이 생기게 됩니다. 그리고 결국 여러 사람 앞에서도 떨지 않고 강의를 할 수 있는 날이 옵니다.

안 된다고 하고 아무것도 하지 않으면, 결국 아무 일도 일어나지 않습니다. 부딪혀서 나를 훈련시키는 방법밖에는 없습니다. 먼저 경험한 사람으로서 충분히 할 수 있다는 용기를 드리고 싶습니다.

일과 삶, 두 마리 토끼를 모두 잡는 법

바쁘게 살아오면서 일과 삶의 균형에 대한 생각을 자주 했었습니다. 사업 초기에는 거의 개인 시간이 없었습니다. 어쩌다가 여행을 가도 늘 예약 전화를 받느라고 제대로 즐겨본 적이 없었습니다. 예전에 놀러 갔던 사진을 보면 늘 전화를 받고 있는 사진만 찍혀 있더라구요. 바닷가에서도, 산에서도 누군가의 배경에 찍힌 저는 늘 전화를 받고 있었습니다.

쉬는 날이 거의 없었습니다. 예약이 있을 때는 쉬지 않고 일을 했었습니다. 부모님을 자주 찾아뵙지도 못했고, 친구들도 만나지 않는 삶을 살았습니다. 돈은 많이 벌었지만 삶은 점점 건조해졌죠. 어느 순간 이건 아니구나 하는 생각이 들었습니다. 그래서 기타 연주를 배우고, 국내외로 봉사 활동도 다니면서 제기 하고 싶은 일을 하기 시작했습니다.

제 부모님은 모두 돌아가셨어요. 12년 전에는 아버지가, 작년에는 어머니가 돌아가셨죠. 삶이 그렇게 길지 않다는 것을 깨닫고 있습니다. 사랑하는 사람들과 시간을 더 많이 보내야겠다는 생각을 많이 하게 되었습니다. 여러 일을 겪으면서 일이 보람 있지만 결코 일만 하려고 태어나지 않았다는 생각도 합니다. 돈을 버는 일도 해야겠지만, 가치 있고 보람 있는 일에도 힘을 쓰고 싶다는 열망도 갖게 되었습니다.

가끔 "여자 대표로 사업하는 게 어렵지 않느냐?"는 질문을 받습니다. 저는 주로 여성들과 일하는 분야에서 일을 많이 해왔습니다. 그런데 화장품 사업을 하면서 유통업자, 제조업자, 마케팅 전문가 등을 만나게 되면서, 남자 분들과도 많은 일을 함께 진행해야 했습니다. 그러던 중에 여성들에겐 유리천장이 있다는 얘기를 들었지만, 사실상 저는 그런 상황에 처해 본 적이 거의 없었던 것 같습니다. 워낙 제 의사가 뚜렷하고, 목소리도 저음이고, 살짝 단호한 느낌을 주는 이미지라서 그런지, 오히려 남성들로부터 제가 카리스마 있다는 말을 많이 들었습니다. 이건 제 이미지 덕을 좀 본 것입니다. 제가 살짝 강해 보이는 이미지를 가지고 있거든요.

스스로 이미지 메이킹하는 부분도 있습니다. 저는 일과 관련해서 만날 때에는 저녁 약속은 잘 하지 않습니다. 물론 술자리도 갖지 않습니다. 일은 일로 끝맺고, 사적인 교류를 그리 선호하지 않습니다. 장단점이 있지만, 저는 앞으로도 공과 사를 구분하며 일을 하려고 합니다.

세상의 변화에 민감한 사업가

세상이 너무 급변하고 있습니다. 자고 일어나면 세상이 변해 있는 듯한 느낌입니다. 사업가는 시대를 잘 읽어야 합니다. 아니 앞서가야 합니다. 시대를 앞서가려면 호기심이 있어야만 합니다. 어느 유명 방송 작가가 저를 보고는 '호기심 소녀' 라는 닉네임을 붙여준 적이 있습니다. 제게는 새로운 것에 대한 호기심이 늘 많았기 때문입니다.

지금 세계에서 필요한 사업이 무엇인가? 내 직업군은 앞으로 어떻게 발전할 것인가? 변해 가는 세상 속에서 나는 과연 지금

하는 일을 계속하면서 수익을 올릴 수 있는가? 이런 생각을 반드시 해봐야 합니다. 많은 아티스트들이 눈앞의 일에 치여서 미래에 대한 준비를 잘하지 못하고 있습니다. 미래학자가 될 필요는 없지만, 세상의 흐름에 관심을 가지고 공부하면서 하나하나 준비해야 할 필요가 있습니다.

제가 이미 2000년도부터 온라인 쇼핑몰을 운영한 것도 바로 그 호기심 때문이었습니다. 그때는 새로운 시도였어요. 지금은 대부분의 일이 온라인에서 이루어지지만, 그때는 온라인 쇼핑몰을 이용하는 인구가 많지 않았습니다.

라이브 커머스에 대한 호기심을 늘 가지고 있었습니다. 한국보다 중국에서 라이브 커머스 붐이 먼저 일어났기에, 저는 일찌감치 중국에서 왕홍(중국에서 온라인과 SNS에서 유명한 인플루언서들을 부르는 말)들과 함께 라이브 커머스를 경험해 볼 수 있었습니다. 뭐든 직접 해봐야 제대로 알 수 있다는 생각을 가지고 있어서, 궁금한 건 직접 해봅니다. 실시간 접속한 팬들과 직접 소통하며 제품을 판매하는 중국식 라이브 커머스에 출연해서 제품을 설명하고 판매를 해보았습니다. 그때 준비한 패션 아이템인 가방은 완판했었을 정도로 반응이 좋았습니다.

현재 한국에서도 라이브 커머스가 서서히 부흥하고 있는데, 이미 경험을 해 본 터라 그에 걸맞게 준비하고 있습니다. 그리고 IT 분야에도 관심이 있어서, 최근에는 IT 회사들과도 계약을 해서 일을 진행하고 있습니다. 메이크업 콘텐츠를 촬영해서 NFT

민팅하는 작업입니다. 그리고 뷰티 관련 콘텐츠를 제작해서 IT 회사에 제공하는 일도 하고 있습니다.

메타버스 내에 메이크업 클래스와 화장품 점을 내는 것도 준비 중입니다. 이미 가지고 있는 콘텐츠를 NFT로 만드는 일, 그리고 강의를 들은 수강생들에게 NFT로 수료증을 발급하는 부분도 기획하고 있습니다.

사업을 하는 사람은 흐름을 잘 봐야 한다고 생각합니다. 전통적인 방식의 산업도 시켜 나가야 하겠지만, 필름 카메라 시장이 사라진 것과 같이 세상은 급변하고 있고, 새로운 변화에서 내가 할일을 찾는 것은 너무나도 중요한 부분입니다.

반드시 호기심을 가지고 산업의 흐름을 지켜보고, 부족한 부분은 열심히 공부하고 부딪혀 보며 실행해 보는 것이 사업가의 마인드가 아닐까요?

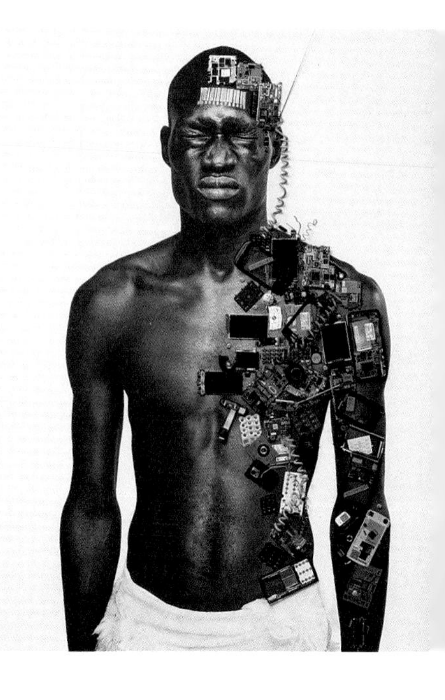

저는 요즘 NFT 공부를 열심히 하고 있습니다. 제가 만든 예술작품이 있는데, 이 작품도 NFT 민팅을 하려고 합니다. 아티스트라는 직업인답게 저는 작품 활동도 꾸준히 할 생각입니다. 영감이 떠오를 때마다 하나하나 작품을 만들어서 NFT로 민팅할 겁니다. 되든 안 되든 시도해 볼 겁니다. 시도하면서 수정하고, 또 시도하다 보면, 그 분야의 전문가가 되어 있는 저를 발견할 수 있겠지요. NFT도 그렇게 생각하고 있습니다. 그래서 다양한 방법으로 시도해 볼 생각입니다.

이렇게 도전하다 보면, 산업에 대한 이해도도 높아질 것이고, 다양한 산업군과 콜라보할 기회도 생길 겁니다. 늘 그랬듯이요.

올해는 IT 기업들과 계약한 콘텐츠 제작과 NFT, 그리고 기타 뷰티 제품 제조와 제품 해외 수출에 집중하려 합니다. 그동안 쌓아왔던 사업 경험과 네트워크, 그리고 사업 노하우를 하나하나 수익으로 만들 생각을 하고 있습니다.

요즘 N잡러의 시대라고 하잖아요. 사업도 하지만, 예술가로도 활동하고, 다양한 산업군과 콜라보하며 업무 영역을 넓혀가고 있습니다. 현대를 살아가는 사업가는 생각이 유연해야 하며, 계획도 중요하지만 융통성과 수정을 통해서 빠른 변화에 능동적으로 반응하여 실행하는 것이 중요한 덕목이라는 생각이 듭니다.

호기심이 사업 아이템으로

저는 다양한 캐릭터의 사업가입니다. 메이크업 아티스트이기도 하고, 뷰티 제품 기획자이자, 콘텐츠 크리에이터, 그리고 뷰티 광고모델이자, 유통업자, 그리고 마케팅을 할 수 있는 인플루언서이기도 합니다.

어느덧 저를 설명하는 수식어가 이렇게 많아졌습니다.

예전에는 '하나만 잘 하면 된다'라는 말을 많이 했는데, 요즘에는 할 수 있는 부분은 모두 해보고 그 영역을 넓힘으로써 모든 산업이 융합되어 발전하듯이 개인의 능력도 융합된 형태로 폭넓게 발휘될 수 있는 세상인 것 같습니다.

내가 할 수 있는 일을 가지고 융합과 콜라보를 통해 다양한 시도를 해보는 것도 재미있는 일입니다. 물론 하나에만 집중해서 사업을 해낼 수 있는 사람은 그런 방식으로 성공할 겁니다. 하지만 저같이 호기심이 많은 사람이라면 다양한 산업군과 콜라보를 하며, 다양한 경험을 쌓고, 창의적인 사업 카테고리를 만들어서 모험을 해보는 것도 나쁘지 않다고 생각합니다.

저는 직접 해보는 것을 즐기는 성격입니다. 예를 들어 축구경기를 보면서 즐거웠다면, 보면서 즐기기만 하는 것이 아니라 직접 축구공을 차보면서 필드를 뛰고 싶어하는 사람이라고 할 수 있죠. 생긴 대로 사는 거죠. 호기심 많게 태어났으니, 그렇게 다양하게 일하며, 즐기며, 그렇게 사업도 하고 싶습니다.

사업에 정도가 있을까요? 결국 자기가 즐길 수 있는 사업을 하는 사람이 그 사업에서도 좋은 결과를 낼 수 있다는 생각이 듭니다. 하지만 일을 즐기면서도 그 사업이 주는 무게감은 어쩔 수 없습니다. 사업에는 책임이 뒤따르니까요. 여러 리스크를 안고 하는 사업이 즐겁지조차 않으면 그 무게감을 감당하며 일을 하는 것은 어쩌면 불행할 수도 있을 것 같다는 생각이 듭니다.

사업가들은 욕심만으로는 채울 수 없는 열정이 있어야 한다고 생각합니다. 이 사회에 어떤 가치를 던져줄 수 있는 그런 사업을 하면 더 이상적이겠지요.

저의 동료들인 메이크업 아티스트들의 콘텐츠를 NFT로 민팅하는 일도 해보고 싶습니다. 디지털 시대에 비즈니스를 아직 제대로 준비하지 못하고 있는 아티스트들을 선도해서, 함께할 수 있는 뷰티 패션 콘텐츠 플랫폼을 메타버스 내에 만들고 싶습니다.

제 콘텐츠로만 하는 것보다 메타버스 내에 K-Beauty 존을 만들어서, K-Beauty에 관심을 가진 전 세계의 소비자들이 와서 콘텐츠를 소비하고 제품도 살 수 있는 그런 플랫폼을 만들고 싶습니다. 그래서 메타버스와 NFT, 블록체인 기술을 가지고 있는 IT 회사와 계약을 위한 협의를 진행하고 있습니다.

뷰티로 널리 세상을 이롭게 하라

저의 사업 모토는 "뷰티로 세상을 이롭게 한다."입니다. 진정한 뷰티는 세상을 이롭게 할 수 있다는 확신을 가지고 있어요. 세상을 이롭게 할 수 있는 뷰티 비즈니스로 최근에 IT회사와 함께 기획해서 진행하는 사업이 바로 시니어 뷰티 사업입니다. 고령화 사회에서 시니어들의 우울증과 치매, 고독사가 정말 큰 사회 문제로 대두되고 있습니다. 저와 함께 일하고 있는 IT 회사는 홀몸 어르신들 AI돌봄 로봇을 보급하는 〈미스터마인드〉라는 회사입니다. 저는 시니어 뷰티 사업을 담당하는 디렉터로, 젊은 시니어는 물론 홀몸 어르신들에게도 유익한 뷰티 콘텐츠를 제작하고, 제품을 개발해서 보급하는 일을 맡고 있습니다.

저도 이제 적지 않은 나이라서, 시니어분들의 마음을 이해하면서 뷰티 제품도 제조하고 영상 콘텐츠도 만들고 있습니다. 아름다워지면 자존감도 올라가고, 우울감도 위로할 수 있잖아요. 단순히 먹고 사는 문제만 해결해 주는 것이 복지가 아닙니다. 선진국으로 들어선 대한민국의 시니어 복지에는 반드시 시니어 뷰티 서비스까지 포함이 되어야 한다는 생각이 듭니다. 시니어들이 행복한 세상을 만드는 일에는 건강과 함께 뷰티도 정말 중요하다고 생각합니다.

요즘 저는 매일 시니어 뷰티 연구에 집중하고 있습니다. 이 또한 뷰티로 세상을 이롭게 하는 일이니까요. 저는 여전히 뷰티로 세상을 이롭게 하는 일을 하는 과정 중에 있고, 지금도 매일 그 과정 중에서도 행복하기를 원하면서 순간순간을 소중히 보내고 있습니다.

살아오면서 소중한 사람들을 먼저 하늘나라로 보낸 경험이 여러 번 있었습니다. 그래서 생이 그렇게 길지 않다는 생각을 자주 하곤 합니다. 그러다 보니 미래를 위해서 현재를 너무 많이 희생하는 일은 하지 않으려 합니다. 사랑하는 사람들 얼굴 한번이라도 더 보며 일하고, 어려운 사람들 챙기면서 더불어 사는 사회의 한 일원으로서의 내 할일도 하면서 사업하고 싶습니다.

글머리에서 고 이태석 신부님의 다큐영화 얘기를 했었죠? 어차피 빈손으로 왔다가 빈손으로 가는 세상이니까, 내가 세상으로부터 받은 혜택으로 잘 살았다면, 세상을 향해 그 보답을 하고 하늘나라로 가는 게 맞다는 생각이 듭니다. 살아 있는 동안과 그리고 하늘나라로 간 후에도 제가 남긴 작은 것들로 세상을 향한 보답을 할 수 있기를 바랍니다.

최근 어떤 대표님께 꿈이 뭐냐고 물었더니, 너무 멋진 꿈을 말씀하시더라구요. 꿈이 뭐냐고 물으면 강남의 고층 빌딩주가 되는 것이라고 말하는 사람들이 있는데, 그 대표님은 꿈이 "돈 걱정 없이 어려운 사람을 도와줄 수 있는 것"이라고 말씀하시더라구요. 참 멋진 꿈인 것 같습니다.

저도 그러고 싶습니다. 돈 걱정 없이 어려운 이웃들에게 많이 나눌 수 있는 그런 사업가가 되고 싶습니다.

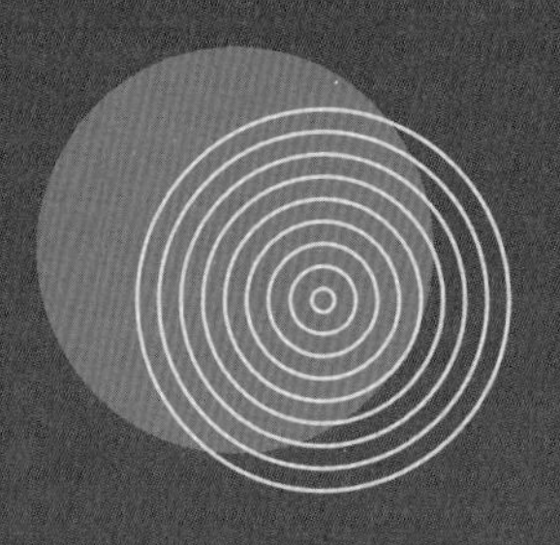

초격차의 차이를 만드는 메이크업샵
까미수피아 정은이

정은이 대표

KKAMISUPIA
MAKE UP & HAIR

헤어 메이크업이 필요한 모든 분야를 섭렵한 〈까미수피아〉 정은이 원장은 무대 · 영화 · 드라마 · 광고 · 웨딩 등 다양한 장르에서 활동을 해왔으며, 헤어 메이크업뿐만 아니라 특수분장과 의상까지 넓은 스펙트럼으로 많은 곳에서 러브콜을 받고 있다.

연극 및 뮤지컬 분장 디자이너로 참여한 작품으로는 〈해적〉, 〈미오 프라텔로〉, 〈그때도 오늘〉, 〈고향의 봄〉, 〈나와 할아버지〉, 〈프리스트〉, 〈이선동 클린센터〉, 〈난설〉, 〈돌아서서 떠나라〉, 〈루드윅〉,

〈은밀하게 위대하게〉, 〈언체인〉, 〈보이스 오브 밀레니엄〉, 〈뜨거운 여름〉, 〈달을 품은 슈퍼맨〉, 〈리멤버〉, 〈옥이〉, 〈시련〉, 〈올드위키드송〉, 〈구내과 병원〉, 〈발레선수〉 등이 있다.

가수 소찬휘의 메이크업을 담당하여 〈듀엣가요제〉, 〈히든싱어〉, 〈동상이몽〉, 〈백투 더 뮤직〉 등의 방송 프로그램에서 헤어 메이크업 스타일리스트로 참여하였고, 배우 오대환의 스타일리스트로 〈특별근로감독관 조장풍〉, 〈나인룸〉, 〈라이프 온 마스〉 등의 작품에 참여하였다. 그 외에도 가수 나훈아를 비롯한 많은 뮤직 비디오 제작 시에도 헤어 메이크업을 담당하였다.

〈봄이 왔다〉, 〈막다른 골목의 추억〉, 〈빨간 구두〉 등 다수 영화 및 드라마에서 분장과 의상을 맡았으며, 아시아투데이, JTBC, EBS, MBC 뉴스투데이 등의 아나운서 메이크업도 진행하였다.

참여한 광고 및 브랜드로는 파사디골프, 일동제약-푸레파인, 홀리카홀리카, 옥시젠슈티컬스, 두끼, 에끌라두, 터치인솔, 에잇 세컨즈, 아미 코스메틱, NYX, SNP 화장품, 피크닉 그라운드, 라이엇 게임즈, 삼성전자, 현대자동차, 벤츠 코리아 등이 있다. 수빈아카데미, MBC아카데미 뷰티스쿨, 한국진로개발교육원, 하자센터 등의 교육기관에서 교육 강사로도 활동하며, 이화여대, 용인송담대 등 대학에서 특강으로 학생들과도 소통하고 있다.

현재는 메이크업 샵을 오픈하여 지역사회에서 초격차의 차이로 유일무이한 메이크업샵을 만들기 위해 제2의 도약을 준비하고 있으며, 가상현실과 메타버스 시대를 살아갈 미래를 준비하기 위해 새로운 룩을 시도하며 아트메이크업의 창작물을 선보이고 있다.

◇ 인스타그램

개인 @eunyi85

회사 @kkamisupia_official

샵 @kkamisupia_beauty

◇ 유튜브

정은이뷰티플랩

사람은 무엇으로 사는가

《사람은 무엇으로 성장하는가》라는 책은 제가 그동안 읽었던 자기계발서의 고농축 액기스 같았습니다. 성장이 목적인 저에게 자기계발서는 비슷한 내용들이라 하더라도 읽을 때마다 새로운 영감을 주었는데, 이 책은 원론적으로 중요한 것들을 생각하게 하고 질문하고 답하게 해 주었습니다. 전 세계 최고의 리더십 전문가이자 베스트셀러 작가인 존 맥스웰의 저서로, 잠재된 가능성을 발현시켜 주며 성장에 가속도를 붙여 준 이 책을 통해 깨닫고 경험한 이야기를 나눠보고자 합니다.

저자는 성장하려면 의도적으로 노력해야 한다고 말합니다. 아무 일도 하지 않으면 아무 일도 일어나지 않는다는 말처럼 우리는 성장할 수밖에 없는 행동을 해야 하고, 그렇게 실행할 수밖에 없는 환경으로 만들어줘야 합니다. 버킷리스트 중 하나였던 책 쓰기를 이렇게 빨리 할 수 있을 줄 생각지도 못했습니다. 쉽게 용기가 나지 않았지만 공동 저자로 참여하면 어떻게든 할 수 있지 않을까 하는 생각에 책을 쓸 수밖에 없는 환경을 만들었습니다.

저자는 '좋아하는 것보다는 잘하는 것을 찾아야 행복해질 수 있다'고 말합니다. 이것을 인지의 법칙으로 설명하면서 스스로에게 원하는 것이 무엇인지 어떻게 해야 하는지 묻고 답하도록 하고 있습니다. 많은 사람들이 좋아하는 것을 해야 한다고 말하기도 합니다. 물론 틀린 말은 아닙니다.

저는 좋아하는 것과 잘하는 것 중 무엇을 직업으로 선택할지 오랫동안 고민했습니다. 좋아하는 것은 춤 · 노래 · 연기였기에 배우 생활을 하며 방황의 시간을 보낸 적도 있었습니다. 고등학생 시절에는 청소년 연극제에 나갔고, 대학 졸업 후에는 뮤지컬 아카데미에 등록해서 학원에서 살다시피 하였습니다.

그렇게 모은 돈을 학원비로 다 써버렸기에 다시 돈을 벌어야 해서 공연 분장팀에 들어가 공연 분장을 시작했습니다. 그것도 잠시 분장실에서 모니터를 보며 연습해서 오디션을 통과하여 결국 무대에 서게 되었습니다. 저에게 배우라는 꿈은 무척 간절했습니다. 생계를 위해 메이크업을 하여 돈을 벌고, 다시 연기에 도전하기를 반복했습니다. 그런데 메이크업 아티스트로는 불러주시는 곳이 많았기에 꾸준히 일을 하며 지금의 자리까지 오게 되어 지금은 메이크업 샵을 운영하고 있습니다. 사람들이 제게 메이크업을 받고 좋아하시는 게 좋아서 행복하게 열심히 일했습니다.

새벽에는 뉴스, 오후에는 강의, 저녁에는 공연으로. 그렇게 열심히 일했습니다. 하지만 제 마음 속 깊은 곳으로부터 연기에 대한 갈망이 꿈틀꿈틀 올라와 무척이나 힘들었습니다. 그때마다 신께 호소했습니다.

"저는 왜 제가 하고 싶은 거 못하고 사람들이 부르면 달려가는 수동적인 삶을 사는 걸까요?"

그렇게 물었을 때 제 마음속에서 '네가 가야 할 곳은 너를 필요로 하는 곳이고, 네가 행복한 일은 너로 인해 다른 사람이 행복할 때야'라고 대답해 주었습니다. 그리고 인정하게 되었습니다. 제가 사는 이유가 명확해지니 마음이 편해졌습니다.

직업이란 돈이라는 대가를 받는 일이기에 기본적으로 잘해야 하는 것이고, 제가 잘하는 것으로 다른 사람들을 기쁘게 하는 건 정말 행복한 일이었습니다. 그렇게 10년 이상의 방황을 끝내고 확실히 내려 놓은 후로부터 일이 잘 되었습니다.

그동안의 고생을 보상받기라도 하듯 빠른 성장으로 한 회사의 리더가 되어 잘하는 것을 직업으로 선택한 행복함을 느끼고 있습니다. 물론 강의를 나갔을 때 학생들에게 무조건 "잘하는 것을 직업으로 선택해야 해!"라고 이야기하지는 않습니다. 많은 경험을 통해 좋아하는 것을 빨리 찾아서 오래 한다면 좋아하는 것을 직업으로 삼을 수 있다고 이야기합니다.

이 책을 통해 저의 모습을 되돌아보게 되는 계기가 되었는데, 그중 하나가 '자존감을 확립하는 가장 좋은 방법은 올바른 일을 하는 것'이라는 문장이었습니다.

저는 오래전부터 매일 하루 작정서를 쓰고 있습니다. 10가지 정도의 해야 할 일을 적어 놓고 매일 체크합니다. 거기에 있었던 한 가지가 착한 일 하기, 혹은 남을 돕는 일 하기와 같은 선한 영향력을 목표로 한 실천이었습니다. 의식적으로 무거운 걸 드는 어르신을 보면 들어드리고 '오늘 하나 했다'라는 성취감을 가졌습니다. 아무것도 하지 않은 날에는 밖에 있는 쓰레기라도 찾아서 줍고 '오늘도 했다' 하며 습관을 만들었습니다. 지나고 보니 대단한 일을 하지 않더라도 '그런 작은 행동이 나의 자존감에 도움을 주었구나.'라는 생각이 들었습니다.

다음은 멈춤의 중요성입니다. 저는 지난 몇 년간 열심히 달리는 데에만 에너지를 쏟다가 스물아홉 어느 날 대상포진이 찾아왔습니다. 등부터 얼굴까지 수포가 생기고 온몸이 아파서 한 달을 거의 누워 있다시피 한 적이 있었습니다. 그리고 결혼 후에는 조금 속도 조절하며 마라톤처럼 달리나 했는데, 무리한 건지 서른일곱 살에 번아웃이 찾아왔습니다.

잠시 멈춰 자신을 돌보지 않았기에 생긴 후유증이었습니다. 무조건 앞만 보고 열심히만 달리던 저의 모습은 브레이크가 고장 난 자동차와 같았습니다. 자칫 장애물을 만나면 바로 사고가 날 수밖에 없었습니다. 달리는 속도가 빠르면 빠를수록 더 큰 사고를 만났습니다. 반강제적으로 몸이 아파서 멈추는 시간을 가졌고, 정신이 아파서 멈추는 두 번의 시간을 가지면서 멈춤의 중요성을 깨달았습니다.

그리고 책을 읽으며 성공한 사람들은 대부분 꼭 자신에게 쉬는 시간을 규칙적으로 제공한다는 사실도 알게 되었습니다. 온전히 나를 위한 시간, 휴식의 시간은 단순히 멈춰 있는 시간이 아닌 더 크게 도약할 수 있는 전략적인 시간이었습니다. 그 시간 동안 에너지를 충전하고 지난날을 피드백하며 다음 전략을 계획하는 것이 훨씬 더 빨리 가는 길이라는 것을 달릴 때는 몰랐습니다.

마지막으로 들려드릴 이야기는 환경과 멘토에 관한 이야기입니다. 가까운 사람들은 자신의 인생에 큰 영향을 끼치며 사랑하는 사람을 닮는다는 말처럼 존경하는 멘토님들을 보며 자연스럽게 닮아간다고 생각했습니다.

사람은 각자 강점이 있으므로 저는 분야별로 멘토님이 계십니다. 교육자로서의 모습을 배우며 조언을 구하는 스승님이 계시고, 자기 경영을 잘할 수 있도록 도와주시는 코치님도 계십니다. 따뜻한 마음으로 삶을 올바르게 살아가는 방법을 일깨워 주시는 교수님이 계시고, 진정한 사랑이 무엇인지 알게 해 주시는 엄마가 계십니다. 훌륭하신 모습을 본받아 그런 스승, 그런 리더, 그런 엄마의 모습이 되기 위해 좋은 멘토를 두고 좋은 관계를 맺으려 노력하고 있습니다. 그리고 멘토이신 분들의 영향을 받아 큰 어려움 없이 잘 성장해 나갈 수 있었습니다. 그분들이 있어 지금의 제가 있다고 생각합니다.

성공한 사람의 발자취를 따라가는 것만으로도 성공에 가까워진다고 생각합니다. 누군가를 짓밟으며 독하게 무언가를 하지 않아도, 환경이 어렵고 힘든 일이 자신을 막을지라도, 자연스럽게 본받을 사람을 만들고 그 길을 따라갈 때 어느 순간 내가 그리던 꿈에 가까워져 있음을 알게 됩니다.

나의 성장을 위한 도구 3P 바인더

저는 3P 자기경영연구소에서 출시한 〈3P 바인더〉를 사용합니다. 흔히 알고 있는 다이어리를 떠올리시면 되는데, 일반적인 다이어리는 아닙니다. 이 바인더는 종이임에도 특허권 등록이 되어 있으며 역사가 있습니다. 〈3P 바인더〉의 효과적인 사용을 위한 체계적인 교육 프로그램도 있으며, 교육 시스템을 위한 코치들을 꾸준히 양성하고 있습니다. 저는 이 회사의 관계자도 아니며 지분이 있는 것도 아니지만, 가까운 지인들과 직원들에게는 3P 바인더의 사용 효과를 적극적으로 알리고 있습니다.

〈3P 바인더〉를 처음 사용하게 된 것은 2015년이었지만, 제대로 교육을 받은 건 2021년이었습니다. 도구 사용법을 알고 사용하니 훨씬 효과적이었습니다. '왜 이제야 알게 되었을까?' 하는 아쉬움도 있었지만, 지금이라도 알게 된 게 다행이라고 생각하며 주변 사람들에게도 권하고 있습니다. 물론 제 바인더를 보면 '보기만 해도 머리 아프다는 사람도 있고, 쓰는 게 더 일이겠다' 라는 사람도 있습니다. 사람마다 자기계발 방법이 다르고, 일을 해

나가는 스타일도 다르므로 어떠한 도구를 사용하느냐와 사용 방법은 각자 다르겠지만, 해보고 성과를 본 사람의 추천이라면 어떠한 도구든 한번 관심을 가져보는 것이 좋다고 생각합니다.

이제 본격적으로 〈3P 바인더〉의 사명과 바인더 사용방법 그리고 효과를 말씀드리려 합니다. 다시 한번 말씀드리지만 저는 이 회사와 아무 연관이 없으며, 단지 이 책을 보시는 독자분들에게 좋은 것을 알려드리고자 하는 마음에 자세히 써보려 합니다. 꼭 이 바인더를 쓰지 않더라도 시스템을 이해하면 일과 삶의 시간을 효율적으로 잘 분배하여 자신의 성과에 도움이 될 수 있을 거라 생각합니다.

3P 바인더는 기록의 중요성을 바탕으로 하고 있습니다. 실제로 저도 목표를 기록함으로써 목표를 더욱 빨리 달성한 경험을 가지고 있습니다. 갖고 싶은 차를 적고 매일 보았더니 1년 안에 갖게 되었고, 새해 목표한 매출을 적어 매일 읽었더니 그해 목표 매출을 달성하였습니다. 그 외에도 오래 걸릴 수 있는 거대한 꿈도 매년 기록하며 꿈이 현실인 듯 항상 이미지화하고 있습니다.

매년 '하고 싶은 것', '가 보고 싶은 곳', '배우고 싶은 것', '갖고 싶은 것', '되고 싶은 모습', '나누어 주고 싶은 것'을 기록하며 다시 한번 뇌에 저장합니다. 반복적으로 보고 기억하게 되고, 다짐하게 되며, 이룬 것들은 지우며 성취감을 얻습니다.

여기서 선행되어야 할 일은 궁극적으로 내가 어떤 사람이 되고 싶은지, 어떻게 살고 싶은지가 명확하게 서 있어야 합니다. 그

후의 계획들은 생각보다 잘 세워지며, 그 후에 그것이 실패하거나 바뀐다고 하더라도 빠른 시간 내에 마음을 재정비할 수 있게 됩니다.

이것이 나의 사명 혹은 비전이 중요한 이유입니다. 자신이 살아가는 이유와 목적이 명확하게 세워져 있다면 계속해서 고난이 찾아와도 그것을 이겨낼 수 있으며 그 시간을 자신의 한계점을 한 단계 높이는 성장의 시간으로 만들 수 있습니다. 이 말은 아주 식상하고 단순해 보일 수 있지만 경험한다면 아주 쉽게 공감할 수 있다는 것입니다.

목표를 설정할 때 한 가지 팁은 목표를 아주 디테일하게 세울수록 좋다는 겁니다. 추상적이고 비현실적인 목표보다 구체적이고 실현 가능한 목표여야 합니다. 수치화한 목표도 좋으며 이미 이루어졌다고 상상하고 적는 것이 좋습니다. 이렇게 목표가 성취된 것으로 상상하면 더 구체적으로 빨리 이룰 수 있는 방법이 떠오르게 되어 목표와 가까워지게 됩니다. 예를 들면 '나는 광명시 일직동에 5층짜리 〈까미수피아〉 사옥을 가지고 있다', '나는 이탈리아 R사의 스포츠 카를 샀다.'처럼요.

〈3P 바인더〉에서 목표를 설정할 때에는 장기–중기–단기 순으로 일관되게 세워야 한다고 했습니다. 목적(사명, 비전)이 설정되면 10년 단위의 장기 목표를 설정하고, 1년 단위의 중기 목표를 설정한 뒤, 월간 혹은 주간의 단기 목표를 설정합니다. 그렇게 되면 목표를 이루기 위한 나의 실천 사항들을 구체적이고 체계적으로 정리할 수 있습니다.

우리는 선행해야 할 목적이 무엇인지도 모른 채 급하게 해치워야 하는 일들을 해결하며 하루를 살 때가 많습니다. 정말 중요한 일이라도 급하지 않은 일이 많으므로 항상 의식해서 행동하지 않는 한 계속해서 놓치기 쉽습니다.

예를 들어 정말 중요한 건강의 경우 '이제부터 좋은 약을 먹어야지'하고 약을 먹는다고 그날 바로 좋아지지 않습니다. '살이 너무 쪄서 며칠 굶어야지'라고 생각한다고 해서 바로 체중이 줄지는 않습니다. '외국 사람과 유창하게 이야기하고 싶은데, 한 달 과외 받아야지'했다고 바로 영어를 유창하게 말할 수 없습니다. 중요한 나의 인생 목표는 하루하루 조금씩 습관화되어야 이룰 수 있는 것들입니다. 저는 하루 TO-DO 리스트부터 주간, 월간, 연간, 평생 플랜까지 계획하고 실천하는 습관을 가지고 있습니다.

3P 바인더는 시간 관리의 중요성을 이야기하고 있습니다.

세계적인 석학 피터 F. 드러커는 시간 관리의 방법을 한마디로 "너의 시간을 알라."라고 했습니다. 시간을 기록하고 가시화시키면 내 시간이 어떻게 사용되는지 효과적으로 피드백할 수 있습니다. 예전에는 바쁘긴 엄청 바쁜데 막상 뭘 했는지 모르게 살았다면, 지금은 시간 관리를 통해 우선 순위의 일을 중심으로 살게 되고, 급한 일에 쫓기지 않을 수 있게 되었습니다. 시간에 지배받는 것이 아니라 시간이 나를 중심으로 흘러갈 수 있게 리드하는 사람이 되는 것입니다. 그리고 컬러 체크를 통해 균형 잡힌 삶을 살 수 있도록 해 줍니다. 주간 계획표에 주 업무와 보조 업무, 개인 생활과 자기계발 시간, 그리고 교제 시간을 컬러별로 나눠 네모 박스를 하면 내가 어떠한 영역에 많은 시간을 보내고 있는지 한눈에 알아볼 수 있습니다.

실제로 제가 번아웃되었던 시기의 스케줄을 보니 일의 비중이 너무 컸다는 걸 확인할 수 있었습니다. 결과적으로 일에만 치중하다 보니 번아웃이 오게 된 거죠. 이후 건강을 위해 일과 쉼의 시간 비중을 잘 배분해야겠다고 다짐하게 되었습니다.

잘 분류된 메모는 매뉴얼이 되며, 잘 정리된 기록은 지식이 됩니다. 그리고 나의 기록은 나의 자서전이자 역사가 됩니다. 저는 모든 일정과 생각들을 다 기억하지 않습니다. 기억할 능력도 되지 않지만, 더 중요한 것을 생각하고 고민하기 위해 웬만한 것들은 적어 두고 필요할 때 꺼내 봅니다. 요즘은 앱이 잘 되어 있어서 휴대폰이나 컴퓨터에 많이 기록할 수 있습니다. 하지만 아날로그 방식으로 직접 쓰는 것만의 장점이 있으므로 바인더를 잘 활용해 보시면 자기 경영을 잘하는 CEO로 성장해 나갈 수 있는 좋은 도구가 될 것입니다.

나는 나의 멘토의 합이다

오랫동안 학원 경영을 해오신 조주연 대표님, 신앙과 개인 경영을 도와주시는 김휘정 멘토님, 그리고 세 번의 학교를 졸업하면서 인연이 된 많은 교수님들이 모두 저의 멘토입니다.

저의 고등학교 3학년 시절, 진로를 결정하는 시기에 저는 관심 분야였던 미용학원에 다니고 싶었고 엄마를 설득해 함께 상담을 받으러 갔습니다.

그때 상담해 주셨던 분이 지금의 멘토님이신 조주연 대표님이었습니다. 처음 인연이 된 그날 친절히 상담해 주셨습니다. 그런데 저희 집은 형편이 좋지 않았으며 어머니는 아파트 청소를 하셨기에 학원비를 충당하기엔 어려움이 있어 학원 등록을 하지 못했습니다. 하지만 상담 이후 저의 상황을 아시고 책과 재료들을 선물해 주시고, 고민 상담도 해 주시며 물질적으로 마음적으로 큰 힘이 되어 주셨습니다. 그리고 학원 졸업생이 아님에도 대학 졸업 후 취업까지 연결해 주셔서 공연 분장팀에 들어가게 되었습니다. 이 일을 하게 된 시작점이 조주연 대표님을 만나게 된 것이라고 말할 수 있습니다. 학원생들을 관리하기도 바쁘실 텐데 어려운 사람을 도우시는 마음과 사랑을 듬뿍 받아 지금의 제가 있다고 생각합니다.

지금까지 대표님의 성장 모습을 보았기에 저는 교육자로서의 롤 모델로 삼으면서 저 또한 어려운 사람들에게 사랑을 실천하려 하고 있습니다. 조언을 구하거나 힘든 일이 있을 때 언제든 찾아오라고 해 주시는 분이셨으며, 언제나 그 자리에 계신 분이셨습니다. 어려운 일이 있으면 상담차 찾아뵙기도 하지만, 특별한 일이 없어도 매년 찾아뵈려고 합니다.

어느 날 대표님께서 해 주신 '사람을 가려서 만나야 한다'는 말씀도 기억납니다. '한없이 선하시고 착하신 분이 왜 사람을 가려서 만나라고 하지?'하며 당시에는 이해를 못했습니다. 세월이 지나고 나니 주변 사람이 나에게 미치는 영향이 정말 크다는 것을 알게 되고, 그 한마디 한마디 해 주셨던 이야기들이 살아가는 데 큰 도움이 되었습니다. 그리고 지금도 변함없이 정직하게 투명하게 회사를 경영해 오시는 모습을 가까이에서 보면서 많이 배우고 있습니다. 학원을 사업의 일환으로 생각하고 경영하시는 분들도 있지만, 제가 봐온 대표님의 모습은 진정한 교육 중심 그리고 학생 중심의 교육자입니다. 이러한 사람 중심의 경영을 본받아 저 또한 사람 중심의 기업이 되려고 노력하고 있습니다.

또 아낌없이 저에게 사랑을 주시는 한 분은 김휘정 멘토님입니다. 캄보디아에서 선교사로 계시다가 코로나 19로 인해 국내에 들어오셔서 작은 교회를 개척하여 사랑을 실천하시는 목사님이시며, 사람들의 성장을 돕는 자기경영 컨설팅을 해 주고 계십니다. 저의 자기경영 교육을 1:1로 코칭해 주시며 심적으로 흔들리지 않게 바로 잡아주셨고, 제가 책을 읽을 수 있도록 도와주시고 독서하는 방법을 가르쳐주셔서 함께 독서모임을 하며 개인적인 성장에 큰 도움을 받았습니다. 3P 바인더 교육 또한 김휘정 멘토님을 통해 교육을 받았습니다. 멘토님의 사랑은 무조건적이었습니다. 'give and take'의 사랑이 아니었습니다. 아! 한 가지는 있었을 겁니다. 이 사랑이 또 다른 누군가에게 흘러가기를…. 그러한 사랑을 받아 저 또한 멘티를 정해 함께 책을 읽고 받은 교육을 다시 전하고 있습니다.

누군가의 멘토가 된다는 건 굉장히 부담스럽고 어려운 일입니다. 지금도 저에게 누가 멘토님이라고 하면 굉장히 부끄럽습니다. 아직 저는 그런 자질이 안 된다고 생각하지만, 그냥 받은 사랑을 나눠야 한다는 생각에 실천하고 있을 뿐입니다. 김휘정 멘토님은 말로 교육하는 것이 아니라 삶으로 실천하는 분입니다. 스스로는 그렇게 살지 못하면서 말만 하시는 분이 아닙니다. 그 모습을 통해 도전받으며 그 모습을 통해 배웁니다. 지금 생각해보면 저는 누군가의 멘토가 된다는 것에 많이 부족함을 느끼지만 억지로라도 그러한 사람이 되기 위해 누군가의 멘토가 되기로 결심했습니다. 그것이 멘토님이 저를 멘티로 삼으시고 본인의 시간을 투자하신 이유라고 생각하기 때문입니다.

저의 성장을 돕는 또 다른 멘토는 책입니다. 직접 만나지 못해도 그분들의 경험과 조언을 들을 수 있기 때문입니다. 하지만 책을 읽을 때도 중요한 점이 있습니다.

첫째로, 좋은 책을 골라야 합니다. 좋은 사람을 멘토로 삼아야 하는 것처럼 책도 좋은 책을 골라 멘토로 삼아야 합니다. 아무 책이나 무조건 많이 읽는다고 좋은 것은 아닙니다. 안 좋은 거 많이 먹으면 오히려 독이 되는 것처럼 책도 좋은 책을 골라야 하고, 나와 맞는 책을 골라야 합니다.

둘째로, 독서의 효과적인 방법을 공부하고 책을 본다면 몇 배의 효율을 낼 수 있습니다. 사람들에게 “예전에 읽었던 책들 중에 어떤 책이 제일 좋았어요? 그 책은 무슨 내용이예요?”라고 물어보면 막상 뭐라고 설명을 해야 할지 모르겠지만, 좋긴 좋았는데 구체적이 내용이 생각나지 않는 경우도 많았습니다. 그렇게 되면 느낌만 가져갈 뿐 구체직으로 사신에게 적용하기가 어렵습니다. 한 권에서 한 가지라도 자신의 삶에 적용시킬 수 있다면 그 한 가지가 자신의 삶을 변화시킬 수 있습니다. 성공한 사람들의 독서 방법은 Youtube 영상으로도 많이 나와 있으니 꼭 공부해서 적용해 보시길 추천드립니다.

프리랜서에서 CEO가 되기까지

스무 살 초반 스타일리스트를 시작으로 메이크업 분야에서는 공연, 뉴스, 광고, 드라마, 영화, 강의까지 가리지 않고 꾸준히 성장했던 터라 밑바닥을 경험한 적은 아직 없는 것 같습니다. 저의 20대는 생계형이어서 무조건 주어지는 일은 뭐든 다 했습니다. 그리고 지금도 변함 없지만 일을 무척이나 좋아해서 묻고 따지지도 않고 일합니다.

흔히 말하는 열정 페이의 시대를 살아왔습니다. 영화 촬영에 들어가면 24시간은 흔한 일이고, 32시간까지 잠을 못 자고 일한 적도 있었습니다. 전국 방방곡곡 세계 어디든 불러주는 곳은 다 갔습니다. 덕분에 해외도 많이 나가고 국회, 판문점, 대기업의 보안실 등 보통 사람들이 흔히 갈 수 없는 곳에도 가고, 만나기 어려운 사람들도 많이 만났습니다. 열심히 살았던 저에게는 많은 사람들이 남았고, 다양한 경험은 강의에 큰 도움이 됩니다. 또한 누구보다 많은 사람들의 헤어 메이크업을 했기 때문에 실력은 흔들림 없이 꾸준히 향상되었습니다. 적은 돈을 벌더라도 버는 돈의 10%는 배우는 데 쓰는 것을 모토로 끊임없이 공부하였으므로 좋은 스승님들도 많이 만났습니다.

열심히 살아온 데 대한 보상도 많았지만, 열심히만 살았기 때문에 치른 대가도 있었습니다. 프리랜서로 다양한 일을 한 경험은 무엇과도 바꿀 수 없는 값진 경험이었지만, 경영에 대해서는 너무나 문외한이었습니다. 회사 생활다운 회사 생활은 대학 조교 시절과 학원 강사 시절뿐이었고, 대부분은 프리랜서 팀에서 일하며 투 잡 쓰리 잡으로 일을 해왔기에 체계적인 회사 생활 경험은 거의 없었습니다.

삼십 대가 되어 팀을 꾸려 일을 하려니 한계에 부딪치게 되었습니다. 얼마인지도 모르고 일했던 습관은 오너가 되어서도 없애기 힘들었고 거절하지 못하는 성격 때문에 어려운 일들을 도맡아서 하게 되었습니다. 무조건 가리지 않고 열심히 했기에 많은 일이 끊이지 않았지만, 혼자 일할 때와 책임져야 하는 식구가 있을 때는 상황이 달랐습니다. 혼자만의 고생과 희생은 이제 혼자만의 것이 아니게 되었습니다. 무리하게 일을 해왔던 제 밑에서 저를 믿고 함께 일해 주는 팀원들도 덩달아 무리하게 일하며 너무 힘들었을 겁니다.

내가 고객이나 클라이언트의 무리한 요구를 거절하지 못해 팀원들이 고생한 것 같고, 항상 예산이 부족해서 싸게 해 달라는 금액에 일을 진행했기 때문에 돈을 많이 주지 못한 것 같아 미안하기만 했습니다. 마음을 다하고 모든 것을 가르쳐주고 내가 희생하면서 팀원들을 챙기기에 힘썼지만, 그건 제 기준이었을 뿐입니다. 내가 손해보는 것은 나 혼자만의 손해가 아니라 모두에게 피해였고, 내가 팀원들을 이끌고 있는 한 내가 고생하는 것은 모두를 힘들게 하는 시간이었습니다. 지나고 보면 저의 힘든 시간은 나 혼자 힘들었다고 생각했지만 그게 아니었습니다. 내가 힘들면 같이 있는 사람들 모두 힘들었을 겁니다.

그렇게 힘든 시절에는 자의든 타의든 가족 같은 팀원들을 기도로 축복하며 보내줄 수밖에 없었습니다. 사랑하는 사람과 헤어질 때는 마음이 너무나 무거웠습니다. 한동안 자책하는 시간도 많았습니다. 하지만 무너지지 않고 그 시간들을 피드백하고 좋은 회사가 되겠다고 다짐했습니다.

영화, 공연, 드라마 등의 일정치 않은 스케줄과 수입으로는 안정적인 회사를 만들기 어려웠기에 제 나이 서른네 살 되던 해 광명시에 메이크업 샵을 오픈하였습니다. 초반에는 해 오던 현장 일이 많아 샵에 큰 신경을 쓰지 못했습니다. 오픈 후 3년 정도는 홍보를 할 줄 몰라 찾아오시는 손님들마다 “광명에 이런 데가 있는지 몰랐어요~.”라는 이야기를 지금까지도 많이 듣고 있습니다. 4주년을 앞두고 있는 지금은 입소문을 통해 많이 알려져 있어 감히 광명에서 가장 유명한 메이크업 샵이라고 말할 수 있습니다. 지금까지 다녀간 많은 분들의 후기가 증명하고 있습니다.

다른 것을 버리고 샵에 집중했더라면, 홍보에 돈을 쓰고 알리는 데 힘썼더라면, 더 비싼 비용을 받았더라면, 그렇게 했더라면 샵이 더 빨리 커지고 돈도 더 많이 벌 수 있는 있다는 것을 알긴 했지만, 그건 제게 맞는 옷이 아니었습니다. 성공하는 방법이 모두에게 통용되는 건 아니라고 생각합니다. 나에게 맞는 방법과 속도가 있기에 저는 제 강점을 살린 방법을 선택했습니다. 그 꾸준함으로 오픈한 지 2년 만에 10평으로 시작한 샵을 20평으로 확장하였고, 현재 30평으로 확장 중에 있습니다. 샵의 구성원은 원장, 부원장, 실장, 스태프로 조직화하였으며, 직원들을 적극적으로 돕고 지지하며 지금은 공동체가 더욱 단단해지고 있습니다.

어려운 시기를 극복해 나갈 수 있었던 첫 번째 방법은 나를 믿고 버티는 것이었습니다. 대단한 성취가 아니었어도 버티는 것만으로도 잘한 일입니다. 그리고 그런 자신을 적극적으로 칭찬하고 아끼고 사랑해 주는 것입니다. 리더는 오해받을 때도 있고, 인정받지 못할 때도 있고, 혹여나 비난을 받을 일이 생길 수도 있습니다. 그때마다 타인이 내 인생을 좌지우지하게 놔둬서는 안 됩니다. 자신에게 부끄럽지 않게 열심히 걸어온 길이라면 자신에게 너무 인색하게 굴지 않기를 바랍니다.

두 번째 방법은 앞서간 사람에게 도움을 구한 것입니다. 저는 평소에도 저의 멘토님들을 찾아가 조언을 구하고 상담을 잘하는 편입니다. 하지만 지금 이야기하고자 하는 것은 앞서간 사람입니다. 물론 자신의 멘토가 같은 업계 혹은 같은 일을 하고 있을 수도 있지만, 아닐 수도 있습니다. 힘든 일을 겪었을 때 그 길을 겪은 사람에게 조언을 구하는 것이 효과적일 수 있습니다.

저는 SNS로만 봐오며 일면식도 없던 분을 찾아간 적이 있었습니다. 헤어 메이크업 스타일링을 모두 한다는 점에서 공통점이 있었으며, 그분의 마인드가 너무 좋아 만나고 싶었습니다. 예상했던 대로 너무 좋은 인품에 그 일을 해나감에 있어 뚜렷한 사명감이 있는 분이었습니다.

〈스타일그래퍼〉의 이사금 대표님은 헤어, 메이크업, 스타일리스트 세 가지를 접목하여 앞서 나간 분입니다. 인간적으로도 성품으로도 훌륭함이 느껴져서 먼저 문을 두드렸습니다. 인터뷰를 요청하고 조언을 구하고 이야기를 나누면서 많은 도움을 받았고 위로를 받았습니다. 다리도 부러져본 사람만이 다리 부러진 사람을 위로할 수 있다는 이야기처럼, 먼저 경험한 사람의 조언과 위로는 사업 운영에 큰 교훈이 되었습니다.

그 외에도 좋아하는 메이크업 스타일의 샵이 보인다면 먼저 레슨을 알아보고 교육을 신청합니다. 저도 이 일을 꽤 오래 해왔기에 주변에서 "정은이 원장이 배울 게 뭐가 더 있다고 그래!"라고 이야기해 주시지만 안주하지 않으려 배움을 끊임없이 하고 있습니다.

그리고 또 다른 이유가 있는데, 그것은 바로 '관계'입니다. 그러한 만남을 통해 앞서간 사장님들의 지혜를 배울 수 있으며 친구가 되기도 합니다. 사랑하는 사람은 닮는다는 말이 있습니다. 누군가를 존경하고 따르다 보면 닮게 됩니다. 그렇기에 멘토를 잘 선택해야 하며, 좋은 멘토가 있는 것만으로도 자신의 삶에 큰 영향을 끼칠 수 있습니다.

내가 만드는 나의 가치

저는 헤어 메이크업뿐만 아니라 스타일리스트로도 활동하였습니다. 작은 영화나 광고 촬영에서는 헤어 메이크업 아티스트인 저에게 의상을 함께 맡기는 경우가 많아 자연스럽게 의상과 관련된 일들을 많이 하게 되었습니다.

가수 소찬휘 님의 헤어 메이크업을 오랫동안 담당해왔는데, 소찬휘 님을 처음 만난 건 2015년 콘서트 포스터 촬영 때였습니다. 처음에는 헤어 메이크업 아티스트로 소찬휘 님을 케어하며 함께 다니다가 스타일리스트까지 맡겨주셔서 한동안 스타일리스트로도 손발을 맞춰 왔습니다. 지난날을 생각해 보면 저는 의상에 대해서는 많이 부족했습니다. 그런데도 감독님들이나 아티스

나인룸
막내미 뚜두뚜두
리 사
진짜사나이
300
2018.09
coming soon
피지컬천재
안현수
진짜사나이
300
2018.09
coming soon
츤데레 에이스
강지환
진짜사나이
300
2018.09
coming soon
連続ドラマW
WOWOW
春が来た
あなたと出会って、明日が変わる。
2018年1月13日(土) 夜10時スタート〈全5話〉
빨간 구두

트가 저에게 의상까지 맡기신 것은 실력보다 신뢰를 바탕으로 인간적인 믿음을 드렸기에 가능했던 것 같습니다.

배우 오대환 님의 스타일리스트로 활동했던 사연도 들려드리려 합니다. 〈밀당의 탄생〉이라는 공연에서 분장을 맡으면서 첫 인연이 되었으며, 시즌 2, 시즌 3까지 함께하며 저를 봐온 오대환 님은 "나중에 나 잘되면 너 부를게."라고 하셨고, 그 약속을 지키셨습니다. 스타일리스트로서의 경력이 많지 않음에도 저라는 사람을 믿고 불러주신 거였습니다. 덕분에 〈38사기동대〉, 〈라이프온마스〉, 〈나인룸〉, 〈특별근로감독관 조장풍〉 등 좋은 작품에서 배우님과 함께할 수 있었습니다. 현재는 광명에 오픈한 샵이 잘되어 선택과 집중을 위해 스타일리스트로서의 사업은 소중한 두 분께 양해를 구하고 내려놓았습니다.

연예인의 스태프는 연예인만큼의 프라이드와 자부심이 있어야 합니다. 저는 소찬휘 님과 스케줄을 함께할 때면 공연을 시작할 때까지 컨디션을 계속 살핍니다. 아티스트가 무대에서 최상의 컨디션으로 서기까지 스태프의 역할이 중요하다고 생각하기 때문입니다. 그리고 무대를 잘 마치면 내 일처럼 기뻐합니다. 혹시 문제가 있을 땐 함께 힘들어 합니다. 일을 대하는 태도는 사랑, 관심, 애정에 따라 달라집니다.

한 예로 촬영 도중 연예인이나 모델이 포즈를 취하고 있을 때나 짧은 치마를 입었는데 신발 끈이 풀렸을 때 스타일리스트는 무릎을 꿇고 옷 끝자락을 정리하거나 신발끈을 묶어줄 때도 있습니

올드위키드송
OLD WICKED SONGS
밀레니엄 소년단
인체인
밀레니엄
옥이
소리빗다
서울, 특별한 병구씨
가족
2019.6.11.화 ~ 14.금
인체인
MUSICAL
미오 프라텔로
MIO FRATELLO
MUSICAL
스메르쟈코프
Smerdyakov
그대도 오늘
이희준 · 김설진 · 이시언 · 차용학 · 오의식 · 박은석
클래식 뮤지컬
베토벤
뮤지컬
첫사랑
마술피리
LUDWIG
루드윅
MUSICAL
달을 품은 슈퍼맨
달을 품은 슈퍼맨
귀한선물
베토벤 심포니
리멤버
ABOUT MUSICAL
난설
2019.6.22.(토) 오후 3시

다. 또 한여름에 현장에서 미니 선풍기로 배우의 얼굴에 계속 바람을 쐬어줄 때도 있으며, 계속 땀을 닦아줄 때도 있습니다. 이때 일에 대한 자부심이 없는 사람은 '내가 왜 이런 일까지 해야 하지?'라는 생각을 할 수도 있습니다. 하지만 메이크업에 대한 자부심과 직업 마인드를 가진 사람이라면 생각이 다릅니다.

스타일리스트는 옷이 가장 예뻐 보이도록 옷 매무새도 만져줍니다. 무릎을 꿇는 경우는 내가 그 일을 하기 위한 가장 편한 자세이기 때문입니다. 메이크업 아티스트는 내가 한 메이크업이 지워지지 않도록 모델의 얼굴에 흐르는 땀을 닦아주거나 선풍기를 쐬어줍니다. 스태프이기 때문에 궂은 일을 하는 것 같다는 생각을 가져서는 안 됩니다. 자신 또한 아티스트로서 내가 맡은 연예인이나 모델을 나의 작품으로 바라보아야 합니다. 자부심을 가지고 일하는 사람은 어떤 상황에서든 나의 작품인 연예인이나 모델이 최고로 예쁘고 멋있게 보이도록 하는 방법 중 하나라고 생각하고 일합니다. 그렇기 때문에 어떤 행동이든 부정적으로 생각하지 않습니다. 나의 일을 사랑하지 못한다면 대표가 되기까지의 과정이 너무 힘들 수 있지만, 자신의 일을 사랑하는 사람은 어느 순간 자신도 모르는 사이에 대표가 되어 있을 겁니다.

저 또한 '대표가 되어야지'라는 목적으로 살지는 않았지만 어느덧 대표라는 타이틀을 가지고 살고 있습니다. 준비된 자만이 기회를 잡는다는 말처럼 일을 즐겁게 해 왔던 날들이 저를 준비하게 만들었고, 파도에 밀려 배가 내 앞에 도착했을 때 저는 탈 수 있었습니다.

위기를 극복하기 위한 원칙 세우기

메이크업 전문 샵을 운영한 지 5년차가 되었습니다. 운영하면서 어려웠던 점을 이야기해 드리면 독자분들께서 시행착오를 덜 겪을 것 같습니다. 메이크업 전문 샵에는 큰 특징이 있습니다. (청담동이 아닌 일반적으로 전 지역을 통틀어) 고객이 특정한 날에만 대거 몰린다는 겁니다.

결혼식이 있는 주말에는 예약이 많이 들어와도 규모에 한계가 있기 때문에 더 이상의 예약을 받을 수 없습니다. 반대로 특별한 행사가 없는 평일에는 예약이 많이 없기 때문에 규모를 키우기 어렵습니다. 그래서 대부분은 미용실과 함께 운영하는 경우가 많습니다. 그렇지 않으면 반영구, 속눈썹, 왁싱, 네일아트 등의 아이템을 접목해 운영하기도 합니다. 혹은 드레스샵과 함께 운영하면서 스드메(스튜디오, 드레스, 메이크업) 예약을 함께 받기도 합니다.

하지만 저는 이 중에서 어느 것에도 속하지 않습니다. 메이크업의 전문성을 해치고 싶지 않다는 고집도 있었지만, 또 하나는 평일에는 외부 촬영 일정 등의 스케줄이 많아 다른 것에 신경을 쓰지 못했던 탓도 있습니다. 현실적으로 샵은 주말 위주로 사용하고, 평일에는 비워 둔다는 건 어리석은 일입니다. 지금은 해오던 출장 일들로 평일 스케줄을 간간히 메꾸고 있기는 하지만, 직원들 월급을 챙기며 샵 유지 비용을 감당하기가 쉽지 않습니다. 메이크업 샵을 운영하실 예비 사장님들은 이러한 상황을 알고 평일 혹은 저녁 시간을 활용하는 방법도 미리 생각해 보시면 좋을 겁니다.

한편 메이크업 전문 샵에는 비수기와 성수기가 있습니다. 워낙 다양한 일을 할 때는 몰랐는데, 샵에 집중하다 보니 그것이 보이기 시작했습니다. 성수기에는 매출이 오르지만 비수기에는 샵 임대료와 직원들 월급도 챙기기 힘듭니다. 저는 그래도 해왔던 외부 촬영이나 공연 등으로 유지하고 있지만, 샵 운영을 계획하시는 예비 사장님들이라면 성수기도 있지만 비수기도 있다는 것을 염두에 두시고 비수기를 버틸 계획도 미리 세워두어야 합니다.

그리고 또 한 가지는 직원 관리와 인건비에 관한 문제입니다. 이것은 저희 직업만의 문제는 아닐 거라 생각합니다. 인건비는 올라가고, 신입을 채용하면 가르치는 데 시간과 에너지가 들어갑니다. 그러다가 어느 정도 숙달되어 나가면 그 일을 반복해야 하므로 심적으로도 지치게 됩니다. 그래서 뽑을 때 신중해야 합니다. 인연이 아니더라도 그것에 감정을 많이 소모해서는 안 됩니다. 그냥 인연이 아닐 뿐이라고 생각해야 합니다. 그렇게 생각하기 전까지 저는 스스로 감정 노동을 많이 하는 편이었습니다. 하지만 지금은 정말 중요한 것에 에너지를 쏟기 위해 다른 곳에 너무 많은 에너지를 쓰지 않습니다.

저는 아직 초보 사장이라고 생각합니다. 그래서 지금도 계속 시행착오를 겪고 있습니다. 저는 정직한 회사, 투명한 회사가 되겠다는 생각으로 상반기, 하반기 일 년에 두 번 회사의 수익에서 일정한 인센티브를 주기 시작했습니다. 마음은 우리 직원들이 좋은 대우를 받았으면 좋겠다는 생각에 그리 큰 돈은 아니더라도 월급이 다 나가고 회사에 남는 수익이 있다면 최대한 남김없이 다 배분해 주었습니다. 다음에도 똑같이 벌 수 있을 거라고 생각했습니다. 아니 더 벌 수 있을 거라고 생각했습니다.

그런데 그건 교만이었습니다. 생각지도 못한 일들이 생겨나기 시작합니다. 세금 문제, 운영비 문제 등 생각지도 못한 돈이 나가게 되어 제 월급을 가져가지 못하는 일도 생기고, 코로나 19 팬데믹으로 경영에 어려움이 생겼습니다.

이런 상황이 생기면 불안해지기 시작합니다. 내가 생각하는 회사는 대기업처럼 아플 때 유급휴가를 주는 회사인데, 당당하게 그렇게 말할 자신이 없었습니다. '여유 자금이 있었다면 문제가 있을 때 유연하게 대처할 수 있었을 텐데….'하며 작아지기 시작했습니다. 큰 회사가 아니다 보니 그렇게 다 나눠주면 운영하기 힘들 수밖에 없었습니다. 작은 회사에서 큰 회사 복지만 따라가고 싶어 하니 안 될 노릇이었습니다. 일이 잘될 때는 이런 상황이 올 거라는 생각을 하지 못합니다. 이래서 회사는 여유 자금을 보유하고 있어야 합니다.

직원들에게 대우를 해주고 싶고 많은 것을 주고 싶다는 생각만 하고, 원칙을 디테일하게 만들어 놓지 않으면 문제가 발생할 수 있습니다. 결국 회사가 무너지면 이 공동체는 함께할 수 없으므로 흔들리지 않는 탄탄한 회사가 될 수 있도록 재정적으로도 준비를 해 놓아야 합니다.

그리고 무엇이든 감정적으로 하지 말고 원칙에 따라 해야 합니다. 그래야 모든 직원들을 똑같은 기준으로 동일하게 대할 수 있으며, 일도 빠르게 처리할 수 있습니다.

행복도 불행도 나의 선택

저는 결혼 6년차입니다. 결혼 전에는 모든 것을 혼자 결정했기 때문에 결정이 빠르고 자유로웠습니다. 하지만 결혼 후에는 많은 선택에 가족의 동의를 필요로 했고, 행동에 많은 제약이 따랐습니다. 결혼하신 분들은 대부분 공감하실 거라 생각합니다. 그나마 저는 결혼만 했기에 이 정도입니다. 아이가 있으면 정말 많은 부분들을 포기하고 산다고 합니다. 저도 아이를 간절히 원하지만, 그런 이야기를 들을 때마다 두려움을 느끼기도 합니다.

메이크업을 하면 정말 많은 아기 엄마들을 만나게 됩니다. 결혼하기 전에는 관심사가 결혼이었기에 엄마들에게 어떤 남자를 만나야 할지, 언제 결혼하는 게 좋을지에 대한 궁금증을 많이 물어봤었습니다. 지금은 관심사가 아이 갖는 방법이라 행동하는 것부터 시작해서 먹는 것, 병원에 대한 정보까지 온통 아이에 대한 이야기를 하게 됩니다. 난임의 시간이 오래되다 보니 덕분에 다양한 정보도 많아졌습니다.

엄마들에게 아이 키우는 데 대한 어려움을 질문했더니 대부분은 힘들지만, 어디에도 비할 수 없는 더 큰 행복도 있다고 합니다. 저는 결혼도 그렇다고 생각합니다. 자유도 사라지고 제약도 많이 생기지만, 그것을 넘어선 감사가 있습니다.

저의 에피소드를 들려 드리려 합니다. 한번은 남편이 제 SNS에 결혼 전에 찍었던 바디 프로필 사진을 보고 지워달라고 한 적이 있었습니다. 그때는 아주 쿨하게 "예스!"라고 하고 지웠습니다. 그리고는 후회했습니다. 올린 사진 말고는 저장해둔 사진이 보이지 않았기에 영영 그 모습은 사라졌다고 생각했습니다.

그리고 그 후 몇 년이 지나 결혼 5년쯤 되었을 때 다시 바디 프로필을 찍었습니다. 물론 남편이 싫어할 것을 알았기에 양보해서 다리를 다 덮는 레깅스와 운동복을 입고 아주 야하지는 않게 찍었습니다. 그런데 그 사진조차도 SNS에 올리는 것을 허락해주지 않더라고요. 제 기준에는 그게 왜 안 되는지 이해할 수 없었고, 그래서 굉장한 스트레스를 받았습니다. 어릴 적부터 자유분방했고 혼자 살아온 시간이 길었기에 그러한 제약이 제 자신에게 너무나 큰 스트레스로 다가왔습니다. 그 짧은 기간 동안 별것도 아닐 수 있는 문제를 가지고 심각한 고민을 했었습니다. 당연히 결혼하면 일정 부분 양보하고 맞춰야 한다는 걸 알지만 그게 말처럼 쉽지 않았습니다.

그래도 남편의 입장을 이해해 보려 노력했습니다. 그러던 어느 날 남편 친구와 셋이 식사하는 자리에서 그 이야기가 나오게 되었습니다. 이야기를 다 듣고 난 남편 친구 분이 저한테 물었습니다. "남편이 그거 말고 못해 주는 게 뭐가 있어?"라고 이야기하는데, 너무 속이 답답하고 화가 났습니다. 막상 생각해 보니 그거 말고 못해 주는 게 없는 것 같았습니다. 아! 너무 짜증이 났습니다. 다른 건 다 해 줘도 그것은 저한테 큰 문제라고 생각했습니다. '평생 하고 싶은 거 못하며 답답해서 어떻게 살지….'하며 며칠을 고민했습니다.

단순히 지금 그 사진을 안 올리는 것으로 해결될 문제가 아니라고 생각했습니다. 남편이 그거 말고 다 해 주는 좋은 사람이라고 생각하니 더 힘들었습니다. 그리고 문득 이런 생각이 들었습니다. 내 남편이 그렇게 싫어하는데 그걸 꼭 해야 할까! 나한테 남편보다 그게 더 중요한 걸까! 그렇게 생각해 보니 남편에게 미안했습니다. 내 남편은 내가 좋아하는 그 무엇과도 비교할 수 없는 가치 있는 사람입니다. 그리고 안 올린다고 했습니다. 그동안 제가 힘들어 하는 게 보였는지 결국에는 올리게 해 주었기에 결국 해피엔딩으로 끝났지만, 그것을 계기로 남편에 대한 나의 생각을 되돌아볼 수 있는 시간이 되었습니다.

그리고 아이가 생기기를 기다리고 있던 어느 날, 마법이 시작되어야 하는 날이 되었는데 아무일도 없는 것이었습니다. 하루, 이틀, 삼일째 되던 날 집에 구비해 놓은 임신 테스트기로 테스트를 했습니다. 그런데 두 줄이 나왔습니다. 너무 놀라서 이제 뭐부터 어떻게 해야 하나 머리가 복잡했습니다. 그리고 마음을 가다듬고 남편에게 전화로 소식을 알렸습니다. 그동안의 맘고생에 눈물이 쏟아졌습니다.

그리고 산부인과로 향했습니다. 정확한 진단을 위한 피 검사를 하고 회사로 돌아가 정확한 결과를 기다렸습니다. 임신 테스트기로 테스트하고 병원의 결과를 기다리기까지 그 시간 동안 얼마나 많은 생각이 들었는지 이미 아이를 낳은 느낌이었습니다. '아이 이름은 뭘로 하지? 딸이었으면 좋겠다. 내가 그전에 몸에 안 좋은 무언가를 하지는 않았을까? 스케줄을 앞으로 어떻게 해야 할까? 동생한테 조카 물건 안 쓰는 거 챙겨 놔달라고 해야겠다.' 등 그 짧은 시간 안에 얼마나 많은 생각이 들었는지 모릅니다.

그런데 결론적으로 검사 결과는 임신이 아니었습니다. 마음이 무너졌습니다. 저는 아이가 허락되지 않아도 스트레스 받지 않겠다고 결심하고 '언젠가 하늘에서 주시는 때가 있겠지.'라고 쿨하게 생각할 줄 알았는데, 막상 그런 상황을 겪고 나니 결국 저도 그런 척하는 거였습니다. 너무 힘들어하는 제 모습을 보고 그때 알았습니다. 생리주기가 정확했던 제가 그때 생리를 하지 않았던 건 백신의 영향이 아니었을까 생각도 해 보았지만, 임신 테스트기의 두 줄은 아직까지도 미스테리로 남아 있습니다.

많이 듣는 이야기가 있습니다. '일을 줄여야 한다. 스트레스를 받지 말아야 한다. 아이가 생길 수 있는 몸을 만들어야 한다.'

등. 그럴 때마다 저는 "저 일 지금 많이 줄였어요. 저 스트레스 안 받아요. 저 운동하고 있어요."라고 답하지만 막상 아니었던 것 같습니다. 스스로 합리화만 시켰지 나의 고집대로, 나의 기준대로 살면서 그렇게 했다고 우겼던 것 같습니다.

다 가질 수 없고, 다 할 수는 없습니다. 많은 사람들이 내려놓음을 이야기하지만 스스로 내려 놓았다고 착각하고 살 때가 많은 것 같습니다. 삶의 균형을 위해서는 말 그대로 밸런스를 맞춰야 합니다. 일은 너무 잘 돼가는데 가정에 소홀해서 불화가 생기면 행복하지 않을 겁니다. 반대로 가정에 헌신하기 위해 자신의 일을 포기해야 한다면 그것 또한 행복하지 않을 수 있습니다.

저 또한 중요한 균형을 맞추기 위해 노력하고 있습니다. 주말에 많이 바쁜 직업군이지만 남편과 함께하는 시간을 꼭 가지려고 하며, 사회에서의 인정보다 나를 가장 잘 아는 남편에게 인정받기 위해 애씁니다. 꼭 결혼을 해야 행복한 것도 아니며, 아이가 있어야 행복한 것은 아닙니다. 행복과 불행의 기준은 자신이 정하며, 그것은 자신의 선택입니다. 어떤 사람은 2등 했다고 좋아하고, 어떤 사람은 2등 했다고 자살합니다. 1등만 했던 사람에게는 2등이 비극이고, 10등 했던 사람이 2등을 하면 행복일 겁니다. 결과적으로 같은 2등인데도 말입니다.

우리에게도 그러한 모습이 많이 보입니다. 그렇게 멋진 내 남편도 남의 남편 잘된 이야기 들으면 비교하게 됩니다. 그런데 비교는 한도 끝도 없습니다.

제가 메이크업 아티스트로 열심히 활동하다가도 배우가 하고 싶어서 방황하던 때 어느 날 저에게 문득 들었던 생각이 있습니다. 금을 가지고 있으면서도 가져보지 못한 쇠에 집착하고 있는 저의 모습이었습니다. 특정 직업을 금과 쇠로 비교하는 것은 아니지만, 저에게 좋은 재능이 주어졌는데 그것을 감사하지 못하고 갖지 못한 것에 집착하는 저의 모습이 보였습니다. 그러면서 '지금 내가 가지고 있는 것을 감사함으로 받아야 내가 원했던 것이 주어져도 감사할 수 있겠다.'라는 생각이 들었습니다. 감사가 습관인 사람들은 감사할 일이 넘치는 것 같습니다. 이 글을 읽으시는 모두에게 감사가 넘치는 삶이 되시길 기도합니다.

메타버스 시대의 나의 아바타 준비하기

지난해 떠올랐던 키워드 중 하나가 부캐(부캐릭터의 줄임말)였습니다. 그리고 올해 2022년 키워드 중 하나는 아바타입니다. 이 둘의 공통점은 주체가 나 자신으로부터 시작된다는 겁니다.

요즘 MZ세대들은 매우 적극적으로 표현하며 과감하고 자유롭습니다. 연예인들의 전유물 같은 화보 촬영을 하기도 하며, 특별한 날이 아니더라도 매년 혹은 때때로 자신의 모습을 기록하기 위해 프로필 촬영을 하기도 하고, 몸을 만들고 바디 프로필을 찍기도 합니다. 이들은 보통 한번에 끝나지 않으며 다양한 모습으로 계속해서 자신을 표현합니다.

이들은 SNS 안에서도 하나의 계정이 아닌 부계정을 통해 다양한 정체성으로 살아갑니다. 소속된 직장의 일원으로 살기도 하며, 한 아이의 엄마로 살기도 하고, 고양이를 사랑하는 사람으로 살기도 합니다. 이렇듯 일반인들에게도 부캐는 자연스러운 것이 되었습니다.

코로나 19 펜데믹으로 인해 비대면 시대가 가속화되면서 가상현실과 메타버스가 주목받게 되고, 가상의 공간에서 아바타로 살아가는 것이 화두가 되고 있습니다. 지금 당장 무언가가 바로 현실화되는 건 아니지만 전문가들은 향후 5년 안에는 그러한 세상이 만들어질 것으로 예측하고 있습니다. 평균적으로 5년이기에 짧게는 3년 혹은 얼마 지나지 않아 우리는 가상현실과 현실을 넘나들며 살아가고 있을지 모릅니다.

이러한 미래를 상상하며 제가 생각한 것이 몇 가지 있습니다. 요즘에도 아바타는 많이 보이는데, 왜 아바타가 저런 모습일까? 이왕이면 나로 비롯된 나만의 개성을 표현하는 것이었으면 좋겠다는 생각입니다.

저는 오래전부터 나를 표현하기 위해 제 얼굴을 도구삼아 실험적인 메이크업을 종종 해 왔습니다. 메이크업의 가장 보편적인 목적인 예뻐지기 위함만이 아닌 나의 내면을 메이크업 창작 작품으로 표현하려 했습니다. 이 과정 또한 몇 년이 흘러 몇몇 작품들이 만들어졌습니다. 그간에 SNS에 올리기도 했는데, 그 사진을

의류, 악세사리 브랜드 헤어 & 메이크업

보고 이런 작업을 하고 싶다는 의뢰가 들어오기도 했습니다. 그것을 보니 나만의 욕구가 아니구나 라는 생각이 들었습니다.

해외의 메이크업 아티스트들 중에는 이처럼 실험적인 작업을 하는 사람이 많지만, 우리나라 아티스트들은 매우 적은 편입니다. 메이크업 아티스트에게는 상업적인 것도 당연히 중요하지만, 끊임없이 연구하고 창작하고 도전하는 것이 무엇보다 중요합니다. 그래서 저는 일반인들에게 자신을 표현할 수 있는 아트 메이크업 창작물을 만들고 NFT로 발행하거나, 그것을 자신만의 아바타로 만드는 방법을 연구하고 있습니다.

본인의 얼굴에서 만들어지는 아트 메이크업은 그 창작물이 아바타화되었을 때 가상현실에서 나를 표현하는 멋진 모습이 될 것이며, 나아가 더욱 즐겁게 그 공간을 즐길 수 있게 될 것입니다. 그리고 그 창작물은 메타버스 세계 혹은 가상현실 세계에서 거래 가능한 재미있는 아이템이 될 수 있겠다고 생각했습니다. 이것이 아바타의 세상에서 자신으로부터 비롯된 자아 표현 욕구를 실현하도록 돕는 메이크업 아티스트가 할 수 있는 역할이 될 수 있을 거라고 생각합니다.

물론 제가 프로그래밍을 할 수 있는 것이 아니므로 협업을 해야겠지만, 아바타로 만들기 전까지의 아트 메이크업 작업만으로도 충분히 좋은 아이템이 될 것으로 생각됩니다.

이러한 작업은 메이크업 아티스트의 예술성을 향상시키며 창의적인 작품을 위해 계속해서 연구하고 도전함으로써 세계적인

정은이의 자화상

아티스트로 뻗어나갈 수 있는 발판이 될 것으로 기대해 봅니다.

가상현실의 나를 실현하다

앞서 말한 자아에 관한 이야기를 해 보려 합니다. 저는 제 자신을 탐구하는 것을 좋아합니다. 가끔씩 복잡할 때는 나와 대화하는 시간을 갖기 위한 여행을 합니다. 그리고 나 자신을 깊이 들여다 봅니다. 그렇게 하면 대답은 대부분 내 안에 있었습니다.

사람들에게도 자신을 마주할 수 있도록 돕고 싶습니다. 나의 잠재력, 내가 무엇을 좋아하는지, 무엇을 하고 싶은지, 아니면 아무것도 하고 싶지 않은 그 순간에도 무언가 자신을 알아가는 과정에 제가 도움이 될 수 있었으면 좋겠다고 생각했습니다.

정체성을 모색하고 나를 찾는 일, 나를 표현할 수 있는 방법으로 저는 스스로 메이크업하고 자화상을 남겼습니다. 메이크업을 구상하는 시간은 나를 마주하는 시간이며, 나를 알아가는 시간이었습니다. 메이크업을 하는 과정은 그러한 나를 표현하는 나만의 놀이였습니다. 저에게 주어진 달란트(재능)를 통해 사람들에게 자신을 표현할 수 있는 자화상을 만들어주는 일을 하고 싶습니다. 물론 지금도 사람들을 아름답게 꾸며주며 보람되고 뜻깊은 일을 하고 있지만, 누구나 할 수 있는 일이 아닌 내가 잘할 수 있고 내가 해야 하는 일에 대한 고민을 많이 하고 있습니다.

정은이의 자화상 수중촬영

사업이라고 하면 돈이 될 수 있는 구체적인 계획이 세워져야겠지만, 돈보다 더 중요하고 가치 있는 일들을 해 나갈 때, 즐겁게 그 일을 즐기는 순간 돈은 따라올 것이라고 믿기에 지금도 예전처럼 돈을 써가며 작품 활동을 하고 있습니다.

그동안 해왔던 작업물들을 소개합니다. 아직은 미흡하더라도 그 과정을 보는 것 또한 즐거움이 되셨으면 좋겠습니다.

초격차의 차이로 행복 만들기

비전이라 하면 '세계적인 인플루언서', '200인 이상의 대기업' 같은 그럴싸한 말을 기대하실 수도 있지만, 〈까미수피아〉의 궁극적인 비전은 행복한 기업입니다.

행복이란 나, 너, 우리라는 사람으로부터 비롯되는 것이므로 리더인 저의 행복도 직원들의 행복도 고객들의 행복도 모두가 중요합니다. 그리고 행복한 기업이 되기 위한 저의 가장 중요한 실천 사항은 사랑입니다.

먼저 고객의 행복을 위한 기업의 핵심 전략을 몇 가지 말씀드리겠습니다. 저는 고객을 신처럼 대합니다. 막연하게 '신처럼 대한다'고 하면 '어떤 게 신처럼 대하는거지?'라고 생각하실 수 있으므로 제가 실천했던 몇 가지 이야기를 나누고자 합니다.

저는 특별히 분주하지 않는 이상 고객님께서 헤어 메이크업을 받고 나가실 때 길목까지 배웅합니다. 고객님은 끝까지 케어를 받는다는 느낌에 행복해 하시는 것을 느낍니다. 지방으로 가셔야 하는 손님이 택시 잡기 어려워하시면 KTX역까지 태워다 드린 적도 몇 번 있었습니다. 고등학생들이 졸업앨범 사진을 찍기 위해 메이크업을 받으러 왔을 때 늦지 말라고 메이크업을 마치고 아침에 차로 등교시켜 준 기억도 있습니다. 저에게는 너무 행복한 추억입니다.

메이크업에 들어가기 전에는 상담을 통해 용도와 스타일을 파악하여 상황에 맞는 대화를 이어나갑니다. 물론 대화를 싫어하시는 분에게는 조용히 케어를 받으실 수 있게 합니다. 면접자인 경우 메이크업을 받으며 미리 이미지 트레이닝이 될 수 있게 도우

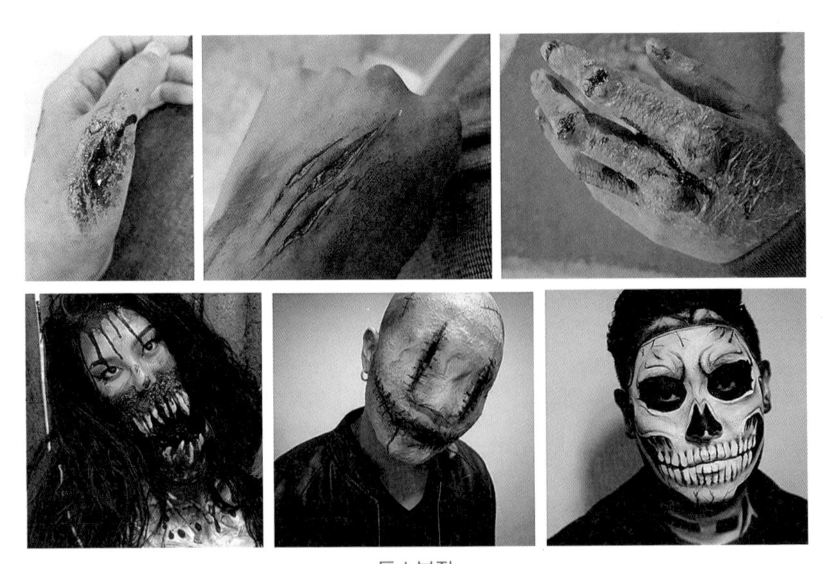

특수분장

며, 필요한 조언을 아끼지 않습니다. 언니와 같은 마음, 누나와 같은 마음으로 전하는 진심 어린 조언이 면접에 합격하는 데 큰 도움이 되었다고 감사 인사를 받은 적이 많습니다. 기술적으로 외모를 아름답게 꾸며주는 것도 중요하지만, 다른 것까지 도움이 되어 면접에 합격한다면 또다시 찾아오고 싶은 곳이 될 겁니다.

사진 촬영을 할 때는 서당개 3년인 노하우를 잔뜩 풀어드립니다. 현장에 같이 가는 일이 있다면 헤어 메이크업뿐만 아니라 그 자리에서 제가 할 수 있는 것은 무엇이든 돕습니다. 같이 가지 않더라도 가기 전까지 최상의 컨디션을 만들어드립니다. 흔히 몸은 보정이 되지만 표정은 보정이 안 된다고들 이야기하죠. 헤어 메이크업 아티스트는 사진 촬영을 하기 전까지 가장 오래 만나는 사람입니다. 고객에게 중요한 순간이 제 손을 통해 평생 남는다고 생각하면 기술적인 건 기본이거니와 행복함을 느낄 수 있도록 편안한 시간을 만들어 드려야 합니다.

또 다른 실천 사항으로 저는 스킨케어 단계에서 어깨가 뭉치거나 피곤한 상태라면 간단한 마사지를 해 드립니다. 메이크업에 도움이 될 뿐만 아니라 고객을 향한 저의 진심을 알게 됨으로써 그 뒤의 과정은 그냥 믿고 맡기시는 느낌을 받습니다. '참 힘들게 일한다, 사서 고생이다, 그러다 병난다.'라고 할 수도 있지만 한 사람 한 사람에게 최대한의 만족을 주고 그들을 행복하게 하는 것이 저의 사명이기에 힘들더라도 제 스타일을 고집하고 나갈 수밖에 없습니다.

이번엔 직원의 행복을 위한 저의 실천 사항을 말씀드리겠습니다. 물론 제가 아무리 노력해도 받아들이는 입장에서 만족을 못한다면 행복하지 않을 수도 있겠지만, 저는 행복하지 않으면 저랑 같이 일하면 안 된다고 이야기합니다. 그리고 제 기준의 행복과 상대방의 기준은 다를 수 있으므로 상대방이 어떤 선택을 하든 인정해야 한다고 생각합니다.

첫째로, 저는 직원들의 성장을 돕습니다. 성장을 위한 일이 받아들이는 입장에서 행복하지 않은 사람도 있을 수 있습니다. 그건 앞서 말씀드린 것처럼 방향성이 다르므로 억지로 끌고 갈 수 없는 일입니다. 성장을 기쁘게 받아들이고 힘들더라도 그것을 행복하게 느낀다면 서로 성장을 돕는 관계가 될 수 있습니다.

둘째로, 직원들을 섬깁니다. 저뿐만 아니라 모두가 서로 섬깁니다. 선배든 후배든 사장이든 직원이든 직급에 관계없이 섬깁니다. 누구든 서로를 도와야 할 상황에서는 적극적으로 돕도록 합니다. 차를 타 주는 것도, 청소를 하는 것도, 짐을 드는 것도 함께하거나 할 수 있는 사람이 합니다. 공동체는 서로 돕기 위해 있는 거라고 강조합니다. 스스로가 잘나서 혼자 할 수 있다고 생각하면 혼자 하는 게 맞다고 이야기합니다. 저는 사람들에게 '숫자 1 더하기 1은 2가 맞지만, 사람 더하기 사람은 무한대'라고 이야기합니다. 사람과 사람이 더해졌을 때 사랑하며 섬기는 힘은 무한대의 능력을 발휘할 수 있다고 생각합니다.

셋째로, 정직하고 투명한 회사가 되기 위해 힘씁니다. 주변에서는 그렇게까지 다 오픈하는 게 위험하다고 걱정하기도 하고, 실제로 솔직함이 오히려 독이 될 때도 있음을 느낄 때도 있습니다. 그러나 아직은 진정성의 힘이 더 크다고 생각하므로 지금은 그렇게 나아가고 있습니다. 주관을 가지고 나아가면 경험하면서 또 다른 지혜가 생길 거라 생각합니다.

끝으로 저의 행복을 위한 실천 사항입니다. 사람인지라 당연히 힘들 때가 주기적으로 오기도 하고, 여자인지라 감정 기복이 심할 때도 많습니다. 그럴 때마다 스스로 내가 사는 이유에 대해 묻고 초심으로 돌아가려고 합니다. 그들이 성장하고 주변 사람들이 행복하고 나로부터 선한 영향력이 전해 진다면 조금 손해보는 것도 상처받는 것도 오해받는 것도 사실 아무것도 아님을 다시 한번 생각합니다. 까먹더라도 다시 말입니다. 그럼 똑같은 상황에도 행복과 불행은 왔다갔다 합니다. 스스로 행복하기 위해 힘쓰고, 나로 인해 다른 사람들이 행복할 때 행복을 느끼기에 더욱 사람들을 도우려 합니다. 그것이 내가 사는 이유인 것을 알면 그 자체로도 행복함을 느낍니다.

〈까미수피아〉는 아주 평범한 메이크업 샵입니다. 제품을 파는 곳이 아니므로 그럴듯하게 소개할 만한 상품은 없지만, 고객을 최우선으로 하는 샵이기에 곳곳에 배려가 있습니다. 작은 마스크를 사용하면 얼굴에 자국이 날까봐 넉넉한 사이즈의 마스크를 챙겨드리고, “다이어트하세요?” “출출하세요?” 여쭈어 본 후

간식 봉투를 챙겨 드립니다. 데일리로 자주 받으시는 손님께는 가격이 부담스러우실까봐 10회에 무료 1회 쿠폰을 만들어 드리며, 식사하시고 립이 지워지는 것에 대비해 사용하신 립제품과 립솔·면봉 등도 챙겨드립니다.

금액적인 부분에서도 아티스트, 실장, 부원장, 원장의 직급별로 다양하게 구성하여 선택하실 수 있도록 하였습니다. 메이크업을 전문적으로 하는 샵 운영에는 많은 어려움이 따릅니다. 특정한 날에만 손님이 몰리기 때문입니다. 그럼에도 불구하고 아직까지는 메이크업을 전문으로 하며 고객이 최상으로 만족할 수 있는 샵의 컨디션을 유지하기 위해 노력하고 있습니다.

더 많이 주고 더 사랑하고 더 에너지를 쏟는다면 내가 손해보는 것 같고 내게 해가 되지 않을까 걱정하기도 하지만, 저는 그것이 흘러흘러 다시 저에게 또 다른 복으로 돌아온 것을 체험했기 때문에 이렇게 이야기드릴 수밖에 없었습니다.

고객의 가치를 높이고, 나의 가치를 높이고, 회사의 가치를 높여 다른 어떤 회사와도 비교할 수 없는 유일한 회사가 되길 바라며, 저 또한 그런 회사를 만들기 위해 계속해서 힘쓰겠습니다.

이제 막 대표가 된 저의 이야기를 통해 도전하는 예비 대표님들에게 조금이나마 도전과 힘이 되었으면 좋겠습니다.

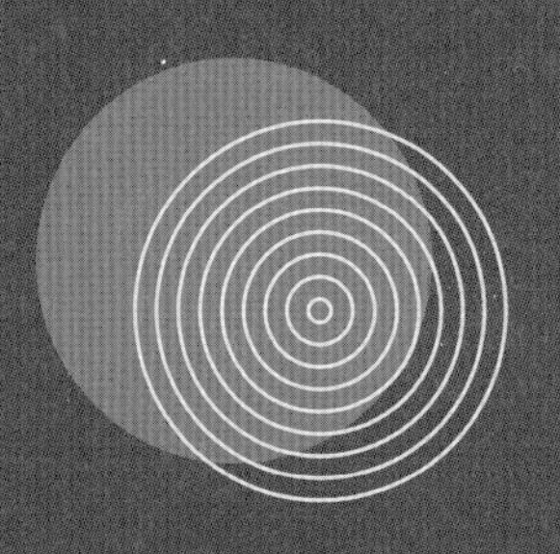

사람의 외면과 내면을 일깨우는
더웨이그룹 임태은

임태은 대표

임태은 대표는 한국과 중국에서 VIP 퍼스널 이미지메이커로 수십 년간 활동해 왔고, 현재는 〈㈜더웨이그룹〉을 창업하여 상수동 홍대 앞에서 3년째 운영 중인 사업가다.

한국과 중국의 기업 회장들 또는 임원들을 대상으로 VIP 퍼스널 이미지메이킹 활동을 해 오고 있으며, 일반인들을 위한 챠밍메이크업 클래스 강연과 직접 개발한 〈성향분석솔루션〉 TPA진단으로 다양한 상담도 소화하고 있다. 임태은 대표는 예술적 작업과 분석적 작업이 동시에 가능한 자타 공인 폴리매스이기도 하다. 가장 좋은 부품을 모아 만든 PC보다 애플의 M1칩이 무서운 이유를 그녀를 보면 알 수 있다.

한편 임태은 대표는 성향분석솔루션 TPA진단 앱 개발에 주력 중이며, 올해 TPA진단 개발 과정을 담은 단독 저서도 출간 예정이다.

상수동에 본사를 둔 〈㈜더웨이그룹〉은 뷰티 파트와 영상 파트로 이루어져 있고, 부설로 〈성향분석솔루션 TPA 연구소〉가 있다.

뷰티 파트인 〈더웨이스타일랩〉은 헤어, 메이크업, 사진 촬영, 의상 대여, 이미지 메이킹 등을 하고 있으며, 영상 파트 〈더웨이콘텐츠랩〉은 영상 제작 및 촬영 편집을 주 업무로 하고 있다.

브랜드가치플랫폼 〈더웨이그룹〉은 개인과 상품의 최적화된 비주얼 이미지를 콘셉팅하고 메이킹함으로써 돋보이는 성취 경험을 서비스하고 있다.

또한 성향분석솔루션 TPA연구소는 〈더웨이그룹〉에서 직접 연구 개발한 성향분석 프로그램으로 특허를 출원했으며, 강사 양성 과정을 통해 진로, HRD, CS등 다양한 분야의 강사를 배출하여 TPA진단을 널리 보급하고 있다.

더웨이그룹 홈페이지 www.thewaykorea.com

TPA 홈페이지 www.tpatest.com

인스타그램 @thewaygroup_lin

내 인생을 바꿔놓은 《주역》

내 인생의 책이라고 할 수 있으며, 내 서재에서 가장 많은 비중을 차지하고 있는 책은 바로 《주역》입니다. 《주역》은 제가 개발한 성향분석솔루션 TPA 진단의 핵심 이론이기도 하며, 수천 년 인류의 역사적 비밀을 품고 있는 책이기도 합니다.

처음 《주역》을 접하게 된 동기는 호기심 때문이었습니다. '도대체 《주역》이 무엇이기에 공자나 아인슈타인이나 칼 융 같은 희대의 학자들이 평생을 바쳐 연구했을까?'하는 호기심.

그렇게 《주역》의 팔괘를 연구하면서 천지 만물을 표현한 팔괘 속에 성격이 들어 있음을 발견했고, 자연의 순환 속에서 상황에 따라 시시때때로 변하는 성향을 발견했습니다. 《주역》은 공자가 그 학문의 중요성을 깨닫고 죽간을 엮은 가죽끈이 세 번이나 낡아 끊어지도록 봤다고 합니다. 또한 서양의 수학자이자 철학자인 고트프리트 폰 라이프니츠는 팔괘를 이진법으로 분석하였고, 이

진법이 세상의 근본 원리를 풀어낼 수 있다고 여겼습니다.

음과 양으로 이루어진 이진법은 지금의 컴퓨터의 기초가 되었으니 그 당시로는 엄청난 발견이었던 셈입니다. 《주역》은 건, 곤, 태, 이, 진, 손, 감, 간의 팔괘를 기본으로 하여 총 64괘로 이루어져 있습니다. 조선 시대부터 《주역》은 점치는 경으로 알려지는 바람에 사주 · 명리학 등을 연구하는 점술가들에게 사랑받기도 하였습니다. 그런데 본래 《주역》은 점술서가 아닌 제왕학 또는 처세술에 관련된 서적입니다. 그래서 아마도 한국의 CEO라면 누구나 《주역》 관련 리더십 인문학 강의나 강연 등을 들어 본 경험이 있을 겁니다. 사람이 사람답게 살아가는 방법과 상황에 따른 리더의 처세술 등을 아름다운 문장으로 표현하고 있는 《주역》.

다산 정약용은 《주역사전》이라는 저서를 남겼습니다. 그는 18년간 유배형을 받아 전남 강진에서 귀양살이를 하는 동안 《주역》에 파고들면서 긴 세월을 견디었다고 합니다. 무려 총 24권으로 된 《주역》 해설서를 저술했던 정약용. 정치적 관점으로 풀이한 그의 《주역사전》은 《주역》이 개인적 길흉을 점치는 복서가 아닌 정치가들에게 필요한 책이라고 말합니다.

만물을 음양으로 구분하듯이 세상에는 두 개의 큰 기준이 있습니다. 옳고그름의 기준과 이익과 손해의 기준. 전자는 정치인들의 판단 기준이고, 후자는 경제인들의 판단 기준으로 볼 수 있습니다. 이것을 풀이한 다산 정약용의 저서는 지금도 많은 사람들의 사랑을 받고 있습니다.

저는 《주역》의 매력에 압도되어 버린 후 《주역》 관련 서적들을 보이는 대로 모아서 탐독하기 시작했습니다. 그리고 잘 모르는 문장은 관련 연구가들께 문의해 가며 뜻풀이를 해나갔습니다. 칼 융 또한 저처럼 이 아름다운 동양의 학문에 매료되었답니다. 칼 융은 《주역》을 통해 인간의 심리를 외향적 사고형, 내향적 사고형, 외향적 감정형, 내향적 감정형, 외향형 감각형, 내향적 감각형, 외향적 직관형, 내향적 직관형의 8개로 나누어 연구하였습니다. 저는 칼 융의 연구에도 주목하였지만, 그것만으로는 부족하다는 생각에 행동심리학에 눈을 돌려 자료를 다시 수집하기 시작했습니다.

그리고 《주역》 팔괘와 음양 이치 속에서 현재 성격과 타고난 성격, 업무적 성격과 대인 관계적 성격 등을 추출했고, 그 이후 〈더웨이그룹〉이라는 법인회사를 창립한 뒤 다양한 행사에 참여하며 많은 임상 데이터를 얻을 수 있었습니다.

제가 개발한 TPA진단을 온라인프로그램으로 개발하여 누구나 어디서든 진단지 없이도 손쉽게 진단하고 바로 결과를 볼 수 있는 성향분석솔루션을 만들어 지금까지 계속 연구 개발을 더해가고 있습니다.

물론 전 세계에 현존하고 계시는 많은 《주역》 연구가들에 비하면 저는 너무나도 미약하지만. 사람들을 위한 상담 도구로 개발한 〈성향분석솔루션 TPA진단〉이 필요한 분들에게 도움이 되길 바랍니다. 사람의 성향에는 좋고나쁨이 없습니다. TPA진단에서는 나와 잘 맞는 성향과 안 맞는 성향이 도출됩니다. 그 이유는 안 맞는 사람을 배척하기 위해서가 아니라 상대방의 성향을 미리 알고 유연하게 상황을 다스릴 수 있다면 훨씬 나에게도 상대에게도 좋은 상황을 만들어갈 수 있기 때문입니다.

흑백 논리로 이 사람은 나와 맞는 사람, 저 사람은 나와 안 맞는 사람, 이렇게 선을 긋지 말고 협업할 수 있는 좋은 관계를 형성해 갈 수 있도록 TPA진단이 도움이 된다면 매우 기쁠 겁니다.

성향은 타고난 부분도 분명히 있지만, 현재 성격은 상황과 환경이 만들어 준 것입니다. 그러므로 TPA진단으로 많은 분들이 대인관계에서든, 업무적 관계에서든 좋은 관계를 맺어가며 서로를 이해할 수 있는 마중물이 되었으면 합니다.

사람의 외면과 내면을 일깨우다

성향분석솔루션을 개발하기 전, 저는 뷰티 관련 이미지메이킹 사업을 하였습니다. 헤어 스타일링이나 메이크업 등의 뷰티 서비스를 제공하면서 이미지 메이킹 디렉팅을 하는 것이 직업이었습니다. 이때에는 늘 고객이 원하는 이미지를 어떻게 구현해 드릴지를 고민하는 게 제 일이었습니다.

결과물을 도출하기까지 어떻게 해야 외면과 내면을 일치시킬 수 있을지를 고민하고 구상하는 것이 일과였습니다. 고객의 내면적 이미지가 눈에 보일 듯 선명하게 그려지면 그제야 수면에 드러나듯 외면적으로 보여지게 된다는 것을 체득하였습니다.

이러한 과정 중에서 자신의 콤플렉스를 솔직하게 보여주고, 그것을 인정하고 그 모습마저 사랑하게 될 때 외면이 변화하는 것을 보면서 고객과의 상담 도구로 성향 분석 도구가 필요함을 느꼈습니다. 그리하여 저는 시중에 나와 있는 대부분의 진단 도구들을 배우고 연구하고 자격증 과정까지 공부하였습니다. 대부분의 진단 도구들은 '나'라는 사람의 성향을 도출하지만, 그 이후의 솔루션에 대해서는 강사의 개인 역량 및 상담에 맡기고 있다는 사실을 알게 되었습니다. 대부분의 진단 도구가 '이런 타입의 사람이다'까지는 알려주지만, 그 후에 그래서 어떻게 해야 하는가에 대한 구체적인 솔루션에는 미비한 점이 보였습니다.

다양한 진단 방법을 공부하는 과정에서 만난 멤버들과 새로운 진단 도구를 만들어보자는 사명으로 성향 진단을 만들기 위해 먼저 모여서 솔루션 개발을 시작하였지만, 예상한 대로 쉽지 않은 작업이었습니다. 하나의 진단 도구가 만들어지는 과정에서 많은 장애물에 부딪쳤으나 당연한 일이라 생각하며 뜨거운 사우나 속에서 버티듯 버텨내며 차근차근 자료를 취합 · 정리하여 진단 도구를 만들기 시작했습니다.

쉽지 않은 일이었습니다. 아무것도 모르는 무지렁이 일반인이 성격진단 테스트를 만든다는 것 자체가 지나가는 개가 웃을 일이었습니다. 특히 뷰티 분야에 있는 제가 그런 진단 도구를 만든다 하니, 같은 일에 종사하는 대표님들이나 지인들은 "이미 수십 년간 뷰티 분야에서 탄탄한 커리어를 쌓아 왔고 이미 꽤 높은 수준의 실력을 가지고 있으니 굳이 새로운 도전을 하지 않아도 되지 않냐."시며 만류하셨습니다. 기존 진단 도구들도 이미 너무 잘 만들어져 있고, 자격 과정이나 강사 양성 과정이 있는데, 굳이 네가 직접 진단을 만들 필요가 있느냐며 타박도 하였습니다.

사람은 참 이상합니다. 그중에서도 제 성격은 참 외골수이면서도 묘합니다. 남들이 다 "못할 것이다. 어려울 것이다."라고 외치니 어쩐지 더 해내고 말겠다는 묘한 오기가 발동하니 말이에요. 한여름에 에어컨을 틀어 시원한 실내에서도 24시간 앉아서 진단 도구를 만들기 위해 《주역》을 읽고 또 읽었답니다. 새벽에 잠이 들 땐 엉덩이에 땀띠가 나서 남편이 약을 발라줄 정도로 한 문장 한 문장 완성될 때까지 버티고 앉아서 진단 도구를 만들었답니다.

큰 줄기를 뽑아내고, 그 줄기 속에서 디테일한 정보들을 가려내고, 그에 맞는 데이터를 가공하며 2년 동안 동료를 모아 TPA 진단을 만들어 나갔습니다. 'The way Personal Analysis'의 약자를 따서 TPA라는 이름을 붙였습니다. 이름을 정하기 전 초창기에는 '더웨이진단'이라는 이름으로 임상 데이터를 모으기도 했습니다.

진단 도구를 완성하기까지 알고리즘을 완벽히 만들기 위해 많은 시간을 소요하긴 했으나, 알고리즘을 완성하고 그 알고리즘을 프로그램화시키고 나니 그간의 노력이 보상받는 것 같아 속이 너무 후련했답니다. 그 과정을 거쳐 오면서 제가 얻은 것은 자신감이기도 합니다.

특별할 것 하나 없는 나도 이렇게 원하는 것을 만들어내고 이룰 수 있다는 자신감에서 오는 성취감은 평상시의 크고 작은 도전 역시 용기 있게 시작할 수 있게 만들어주었습니다. 이제 TPA 진단은 〈㈜더웨이그룹〉의 자산으로 특허를 내고 저작권 등록을 해서 더웨이의 모든 서비스에 함께하게 되었습니다.

퍼스널 컬러와 융합하여 〈퍼스널 진단〉이라는 품목을 만들어 업계에서 최초로 '성격진단'과 '퍼스널 컬러 진단'으로 〈프리미엄 퍼스널 진단〉이라는 새로운 서비스를 만들어 고객들에게 제공하였습니다. 아이들 눈높이에 맞춘 '키즈 진단'으로 변형시켜 초등 교육 박람회 등에 출전하여 많은 교육자분들의 눈도장을 찍었으며, 기업형으로 만든 TPA 온라인 시스템은 기업 HR에 도움이 되도록 다양한 통계자료를 제공하고 있습니다.

또한 대학생들에게 퍼스널 브랜딩과 함께 창업 아이디어를 제공하는 TPA를 활용한 퍼스널브랜딩 교육도 매년 실시하고 있습니다. 여성 취업센터에서 워킹맘들을 위한 솔루션을 제공해 드리며 사회에 공헌하고 있습니다. 이렇게 제가 만든 진단으로 워킹맘, 취준생, 사회초년생, 학생 등 다양한 사람들을 돕게 되었습니다.

힘든 순간 나를 지탱해 준 독서

어린 시절 ADHD가 심해 매우 산만하고 정상적인 수업이 힘들었던 저에게 유일하게 시간을 멈추게 해주고, 시간이 초월해지는 경험을 하게 해준 것이 바로 독서였습니다.

정확히 말하면 활자중독 현상이 ADHD와 함께 왔는데, 정상적으로 뇌가 몰입해야 할 순간과 그렇지 않은 순간을 잘 인지하지 못했던지라 활자중독이라는 과몰입 상태가 생긴 것이었습니다.

당시 집에는 동네에서 주워 온 산처럼 쌓여 있던 문학전집을 창고에 대충 마구 쌓아놨었는데, 매일 밤 그 책을 읽고 싶어서 잠을 자지 못했습니다. 온 식구가 잠든 깊은 밤이면 몰래 그 창고에 숨어 들어가 천장에 달린 작은 전구에 의지해서 밤새 책을 읽곤 했습니다.

사람들이 한 가지 착각하는 게 있습니다. 그것은 책을 많이 읽으면 공부를 잘할 거라는 것인데, 전혀 그렇지 않습니다. 왜냐하면 활자를 읽으며 안정감을 느끼게 되어 학습과는 거리가 멀었기 때문이죠. 이것이 얼마나 불편하고 일상생활이 어려운 것이냐면 혼자 버스를 탔을 때 우연히 좌석에서 신문지라도 발견하면 종점까지 가기 일쑤였습니다.

혼자 치과에 갔을 때 치과 로비에 비치된 온갖 잡지며 책을 정신을 놓고 읽느라 제 이름을 부르는 간호사의 목소리를 못 듣기도 했습니다. 늘 모든 손님이 다 나가고 텅 빈 로비에 나 홀로 앉아 책에 고개를 파묻고 있으면 그제서야 나를 발견한 간호사가 나를 끌고 치료실로 들어가야 치료가 시작되다 보니 엄마는 그런 내가 걱정되어 늘 나를 혼자 어딜 못 보내게 되었죠.

이렇게 어린 시절 내게 찾아 온 ADHD는 학교 수업에도 많은 지장을 주었습니다. 책을 한 꾸러미씩 가방에 넣고 다녀야 마음에 안정과 평화가 오는 저는 매일 수업시간마다 수업에 집중하지 못한 때가 많았습니다. 수업시간에 몰래 삼국지나 손자병법 등 재미도 없는 백과사전만큼 두꺼운 책을 한번 손에 잡으면 선생님이 화를 내도 기어이 눈을 떼지 못하는 문제아였습니다.

그 당시엔 선생님도 그것이 병이라는 것을 모르고 그저 제가 수업에 집중하지 못하는 학습 태도 불량인 학생이었습니다. 늘 선생님이 날 불러도 모르고 책에 코를 박고 활자를 읽는 내게 다가와 책을 빼앗고 교실 밖에 세워두어야 책 읽기를 중단할 수 있었답니다.

이러한 과몰입 증상은 초등학교를 졸업하며 많이 완화되었고, 중학생 때부터는 조절이 가능해졌습니다. 성인이 된 후 과몰입 상태를 즐길 수 있는 다양한 거리들이 있다는 것을 알게 되었습니다. 그후 주로 명상이나 음악 감상, 또는 업무에 과몰입할 수 있게끔 조절할 수 있게 되었습니다.

내가 회원으로 있는 네이버 카페가 하나 있습니다. 카페명은 〈아프니까 사장이다〉. 참으로 마음에 와닿는 명칭이 아닙니까.

매월 따박따박 주는 월급 받으며 살다가 이제 매달 월급을 주는 입장이 되어 보니, 어쩜 그리 월급날은 빨리 돌아오는지….

2020년 코로나와 함께 시작한 나의 법인 기업은 일 년은 적자를 면치 못했고, 2년차에는 직원들을 대폭 줄였으나 역시나 적자였고, 3년차인 올해에서야 드디어 적자를 면하는 정도입니다. 늘 경영의 어려움을 토로하고 나눌 수 있는 멘토는 나와 같이 사업을 하는 선배들이었는데, 나보다 더 오랫동안 경영해 온 선배들은 피와 살이 되는 여러 가지 조언들을 해 주었습니다.

100평 대의 단독주택을 사무실로 개조하여 사용하다 보니 마당의 조경수들부터 정화조까지 일반 사무실이었다면 안 들어가도 될 비용들이 나가기 시작했습니다. 야근이라도 하게 되는 날에는 미안한 마음에 고생하는 직원들에게 택시비를 하라며 주머

단독주택을 개조한 더웨이그룹 사무실

니에 몇 만 원씩 찔러주었습니다. 정작 저는 라면으로 끼니를 대충 때우는 일이 비일비재해졌습니다.

사람의 관계는 늘 상대적입니다. 나는 당연히 직원들에게 잘 해주어야 하지만, 직원들이 내게 잘해 주는 것은 안 해도 그만인 선택적인 일이지요. 다행히 인복은 있는 편이어서 주변의 대표님들이 입소문내 주시고 좋게 평가해 주셔서 〈더웨이그룹〉은 점차 평판이 알려지기 시작했습니다.

〈더웨이그룹〉의 서비스 품목은 영상 제작과 프로필 촬영 및 헤어 메이크업 제공입니다. 부설된 〈성향분석TPA연구소〉에서는 강사 양성, 강연, 성향 진단, 상담 등을 하고 있습니다.

하지만 저 역시 인간 관계에서 오는 여러 가지 고충이 있답니다. 10명이 채 안 되는 직원들이지만 그들의 생계를 책임지고 있다는 생각은 늘 저를 절박한 심정으로 일에 몰두하게 만들고 있지요. 그런 저에게 가장 큰 위로와 멘토가 되어 주는 것은 바로 책입니다. 시간을 초월하여 수천 년 전의 공자가 논어를 통해 저에게 조언을 해 주기도 하고, 아리스토텔레스는 수사학으로 직원들과 원활히 지낼 수 있도록 귓속말을 해줍니다.

어린 시절엔 문제아라고 손가락질 받게 했던 저의 ADHD는 이제 성인이 된 제게는 원하는 것에 남들보다 더 깊이 몰두하고 초집중하도록 해 주는 고마운 일이 되었습니다. 이것 역시 《주역》에서는 음과 양으로 설명해 줍니다. 모든 것은 상대적입니다. 좋은 것과 나쁜 것은 상호작용에서 오는 것이며, 자연의 순환원

리 또한 음과 양으로 설명됩니다.

나의 가장 큰 약점이라 생각했던 것은 이젠 나의 가장 큰 장점을 만들어주었으며, 내 주변에서 나를 문제아라고 욕하던 사람들은 사라지고 이젠 나를 좋아해 주고 칭찬해 주는 사람들로 바뀌었습니다. 어떤 위기상황도 그 한가운데 있으면 너무나도 괴로운 현재가 쭈욱 지속될 것만 같아서 포기하고 싶어지지만, 한 걸음 뒤에서 보면 힘든 만큼 보상도 크다는 것을 저는 깨달았습니다.

우리나라에서 사업을 하는 모든 여성 대표님들께 꼭 이 말을 하고 싶었습니다. 힘든 순간은 시간이 흐르면 아무것도 아니며, 음과 양의 이치처럼 좋은 순간도 분명 내 뒤에 와 있는데, 아직 내가 뒤돌아보지 못해 모르는 것뿐이라는 것을.

유일할 수 없다면 독보적이 되라

대부분의 작은 스타트업들은 가까운 지인들과 함께 으쌰으쌰 해서 창업을 하거나, 여러 구인사이트에 광고를 내서 면접을 통해 직원을 채용해서 일을 시작하게 됩니다. 동업이 무조건 관계를 망치리라는 보장도 없지만, 수많은 고민 끝에 채용한 직원이 일주일 만에 나가지 않으리라는 보장도 없습니다.

대표 혼자 1인 법인을 운영하면 당연히 나가는 인건비는 아낄 수 있지만 성장이 더딜 수밖에 없습니다. 그래서 대부분 창업을 하면 창립 멤버를 모으기 마련입니다. 지금의 회사를 만들기 전, 저는 상수동 홍대 앞에서 1인샵을 오랫동안 운영해 왔습니다. 7년 정도 한 곳에서 쭈욱 운영했었지요. 한번 온 손님은 무조건 놓치지 않는다는 게 제 신조였을 만큼 제 실력에 굉장한 자부심을 가지고 운영했습니다.

나 혼자 운영하는 곳이다 보니 매달 매출은 한계가 있었습니다. 한 달 꼬박 쉬지 않고 일을 해야 매출은 천만 원에서 천오백만 원 정도였으며, 거기에서 고정비와 운영비를 제외하면 8백에서 가까스로 천만 원 조금 넘게 내 손에 남았습니다.

20대 초반 밑바닥 막내부터 험난한 스태프 생활을 거쳐 가까스로 내 샵을 오픈했기에 20대의 저는 여윳돈만 생기면 여러 가지 미용기술을 배우기 시작했습니다. 늘 기술 연마에 목을 매고 있었던지라 내 손엔 남는 돈은 늘 물거품처럼 기술비로 사라졌습니다. 30대에는 한 가지 기술에만 집중했어야 하나 하는 후회도 잠깐 들긴 했습니다. 결과적으로 중국에서 한류 뷰티붐이 불기 시작했을 때 중국 회사로부터 젊지만 미용기술을 다 보유하고 있는 유일한 한국인 원장으로 인정받아 투자를 받을 수 있었습니다.

제가 기술을 배울 당시에도 이미 TV 등에 유명한 1세대 아티스트들이 포진해 있었고, 나도 그들만큼 잘할 수 있다는 패기는 넘쳤어도 그들이 은퇴하지 않는 이상 나의 자리는 영영 없을 것이라는 판단이 섰습니다. 그렇다면 내가 내세울 수 있는 것은 무엇일까? 나만의 유일무이한 강력한 강점은 무엇일까? 늘 고민하고 나 스스로를 브랜딩하기 위해 전국 어디서든 아무리 비싸도 제대로 기술을 전수해 주는 곳이라면 거금도 선뜻 내며 기술을 연마했습니다. '유일할 수 없다면 독보적이 되자!'는 마음으로 집 한 채 살 수 있는 돈을 기술에 투자했습니다.

그 당시에는 한국에서 퍼스널 브랜딩이라는 단어조차 생소할 때였습니다. 그 후에 차후에 내가 하고 다녔던 것이 퍼스널 브랜딩이었구나 하고 깨달았지, 그 당시에는 같은 동기들에게 저는 그저 유난스러운 여자일 뿐이었죠. 한 가지 기술만 가지고서도 충분히 먹고 사는데 왜 저 사람은 저렇게 모든 기술을 연마하려고 유난이냐는 것이 저에 대한 평가였습니다.

저를 욕하는 대부분의 사람들이 저에 대해 내린 평가는 다음과 같습니다.

한 가지만이라도 제대로 깊이 파고 들어야 전문가다

미용기술을 다 습득하려는 제가 그들 눈에는 얼마나 바보같이 보였을까요.

헤어, 메이크업, 피부, 왁싱, 붙임머리, 반영구화장, 속눈썹연장, 퍼스널컬러 등 저에 대한 평가는 그야말로 한 가지에 도통한 전문가가 아닌 잡다하게 기술을 익히는 바보 같은 사람이었습니다. 그런데 그런 제가 중국에서 원하는 인재라고 하더라구요. 세상에나.

한국인 아티스트를 여러 명 데려와서 운영을 맡겼더니 서로 다툼과 편 가르기가 많아 골치를 썩던 중국 투자자는 저 한 명이면 이 모든 고민이 끝난다며 매우 기뻐했고, 1년간의 준비 끝에 저는 중국 항저우와 광저우에서 3개의 샵을 운영하는 기술원장으로 가게 되었습니다.

이런 결과를 예상하고 공부한 것은 아니었지만, 의외의 성과였습니다. 여러 가지 미용기술을 습득하고 나니 보이는 것도 달라졌습니다.

한 사람의 고객이 오면 저는 고객과의 상담을 통해 고객에게 어울리는 헤어 스타일링과 메이크업, 인상을 바꿔주는 반영구화장 및 체형에 맞는 의상 스타일 등 머리끝에서 발끝까지 디렉팅해 주는 이미지 메이킹이 제 업무였습니다.

그렇게 저는 중국에서 VIP들을 이미지 메이킹하는 기술 원장이 되어 제게 디렉팅받기 위해 월정액으로 몇천만 원(한화)씩 샵에 선뜻 내는 고객들을 케어하기 시작했습니다. 최소 5천만 원 정도를 회원제로 등록하여도 그 금액은 제가 그 고객에게 어떻게 제안하느냐에 따라 하루면 사라지기도 했고, 일주일이면 소진되버리기도 했습니다.

그러나 중국은 부자도 많고 사람도 정말 많습니다. 한 달 내내 쉬는 날도 없이 여러 샵을 오가며 수년간 일을 하여 심신이 고갈된 저는 공황장애와 갑상선기능저하증이 생겨 몸져 눕게 되었습니다. 때마침 사드 문제가 불거져 중국의 생활을 마무리하고 한국으로 오게 되었습니다.

갑상선기능저하증을 치료한 다음 한국에서 다시 시작한 사업은 중국에서 하던 이미지 메이킹에 영상과 사진을 도입한 비주얼 이미지를 메이킹하는 사업입니다. 좀더 제 역할의 스펙트럼을 넓혀 기업과 개인이 더 돋보일 수 있는 비주얼 이미지 메이킹을 하게 된 거죠. 남들과 다른 길을 감으로써 아웃사이더 아닌 아웃사이더로 지낸 저이지만, 세월이 흐른 뒤 돌이켜보면 그 모든 것들이 지금의 나를 만들어주었다는 생각에 감회가 새롭습니다.

나 자신 또는 기업을 성장시키기 위한 원동력은 소신 있게 본인이 생각한 바를 이루려는 의지가 아닐까 싶습니다. 사람들이 가지 않는 길이라고 인정해 주지 않고 비난한다 해서 제가 중간에 포기하였더라면 저는 더 큰 기회가 왔을 때 그것을 잡을 수 없었을 겁니다. 결국 누구 탓도 할 수 없이 오롯이 제가 손해를 봤을 겁니다.

직원의 생계를 책임진다는 것

종종 메이크업이나 뷰티 분야 교육을 갓 수료한 후배들이 찾아와 자신의 샵을 오픈하기 전에 어떻게 운영해야 하는지에 대해 문의하곤 합니다. 그럴 때마다 제가 후배들에게 해주는 말은 늘 한결같습니다.

첫 번째, 자신의 실력이 고객에게 돈을 받고 그들이 만족할 수 있는 서비스가 될 수 있는지를 점검하세요.

예전 내게 메이크업을 배운 20대 중반의 제자가 내 회사에 입사해서 막내 스태프로 일을 배우고 있었는데, 체력적으로 많이 힘들어했었습니다. 어느 날 그 친구는 몸이 아프다고 병가를 내고 며칠 쉬고 있었는데, 그 친구의 애인이 회사로 찾아와 제게 면담을 요청했습니다.

잘 몰랐는데, 애인이었던 분은 꽤 재력가 집안의 아들이었습니다. 그 당시 여러 회사를 직접 운영하며 많은 수익을 올리던 중이어서 젊은 친구가 부모님 잘 만나서 스타트가 좋구나 생각했어요. 면담 이유는 자신은 당장 그 친구에게 메이크업샵을 차려줄

만큼의 재력이 있고, 자신의 주변 지인들에게 홍보해서 가게에 손님도 넣어줄 수 있답니다. 그 친구가 내게 좀 더 배우고 싶다고 억지를 부려 여기서 스태프로 일하고 있는 중이라는 것을 어필하고자 했습니다.

자신의 여자친구가 평소 입고 다니는 옷을 보았느냐고 말하며, 머리끝에서 발끝까지 자신이 명품을 입혀서 출근시킨다고 강조했습니다. 이런 이야기를 내게 하는 까닭는 자신의 애인이 고생스럽게 일을 배우는 것이 마음 아프니, 내가 그 친구에게 좀 더 편의를 봐주길 바라는 마음에서였습니다.

그분에게 저는 본인의 지인이 억지로 등 떠밀려서 온 샵에서 과연 초보 미용사가 그 고객을 만족시킬 수 있을지, 그리고 그렇게 실력이 연마되지 않은 상태에서 오픈한 샵에 직원이 계속 출근할 것인지, 그렇게 운영하는 샵이 과연 오래 갈 것인지를 물었습니다.

돈이면 안 될 것이 없고, 자신이 온라인마케팅 회사를 하기 때문에 실력이 늘 때까지 얼마든지 광고를 해줄 것이라고 대답하던 그분의 얼굴이 아직도 눈에 선합니다.

손바닥으로 하늘을 가릴 순 없지요. 제 아무리 광고에 돈을 많이 들인다 한들 실력으로 감동받은 고객 한 명의 입소문을 이길 수 없습니다. 돈을 받고 일을 하는 순간부터 기술자는 프로여야 합니다. 자신이 업으로 삼고 하는 일이라면 자신의 서비스를 가치 있는 기술로 만드는 것이 첫 번째입니다. 서비스 금액과 품질은 비례한다는 생각으로 가격을 정하고 그 가격을 받을 수 있는 실력을 갖추는 것이 진정한 기술자라고 할 수 있겠죠.

두 번째, 고객을 나의 팬으로 만드세요.

연예인은 아름다움과 매력으로 팬을 만들고, 기술자는 매너와 실력으로 팬을 만듭니다. 지금도 전 세계의 많은 헤어 디자이너와 메이크업 아티스트 등 미용 기술자들은 스스로를 다양한 방법으로 알리고 홍보해서 많은 고객을 만나고 있습니다. 그중에서 한 사람의 미용 기술자에게 정착하는 고객은 많지 않습니다.

역지사지로 고객의 입장에서 생각해 보면, 정착하기까지 고려해야 할 것들이 많습니다. 금액, 위치, 실력, 스타일 등 모든 것이 본인 마음에 쏙 들어야 팬이 됩니다. 저 역시도 누군가의 팬이기도 합니다.

실력은 기본이지만, 팬을 만들기 위한 가장 좋은 방법은 매너입니다. 영화 〈킹스맨〉에서 입 아프게 외치던 그 매너? 비슷하지만 다릅니다. 사업가에게만 비즈니스 매너가 필요한 게 아닙니다. 기술자에게도 비즈니스 매너가 필요합니다. 저는 직업상 많은 프리랜서 기술자들을 만나는 편입니다. 그래서 늘 그들을 관찰 아닌 관찰을 하게 되는데, 실력이 그리 좋지 않아도 매너 있는 선생님들은 늘 고객들이 먼저 찾는 것을 많이 보아왔습니다.

단순히 친절하게 대해 주고 고객이 원하는 것을 다 해 주는 것을 매너라고 생각하는 분들이 많지만, 저는 기술자로서의 비즈니스 매너는 따로 있다고 생각합니다. 무조건 좋은 말만 해 주는 립서비스는 고객도 그냥 하는 말이란 걸 모를 리가 없습니다. 고객에게 해 주는 칭찬은 좀더 효과적이어야 합니다.

예를 들어 단순히 내 말만 떠들어대지 말고 고객에게 관심을 가지고 고객과 대화 가능한 주제로 대화를 이끌어가야 하고, 고객이 말로 표현할 수 없는 불편한 부분이 있진 않은지 주의 깊게 관찰해야 합니다. 대화를 원하지 않는 고객에게는 굳이 말을 많이 걸지 않는 것도 매너입니다. 모든 서비스는 상호 유기적 행위이므로, 나를 찾아온 고객이 편히 서비스를 잘 받고 가실 때까지 신경쓰는 것 또한 매너입니다.

세 번째, 자신의 매장이나 회사 안에서만 매몰되어 지내지 마세요.

대부분의 기술자들은 종일 예약된 고객들을 응대하다 보면, 업무가 끝나고 번아웃이 오는 것을 잘 압니다. 저 역시도 그랬습니다. 처음에는 단지 내 사업에만 몰두하느라 회사 밖 인맥이나 인간관계에 대해서는 문을 닫고 지냈었어요. 고객에게만 집중하는 것이 맞다는 생각이었고, 내 코가 석자인데 내가 누굴 신경쓰나 싶은 생각뿐이었어요.

여러 가지 사회적 문제로 영업이 잘 되지 않고 힘들 때에는 혼자 텅 빈 회사에 앉아 자책하곤 했어요. 내가 부족해서, 또 내가 모자라서 장사가 안 되는가 봐 하면서요. 이렇게 시간이 많이 흘러서 어느새 15년차 자영업자인 지금의 내가 그 당시의 나를 돌이켜 보면 참 미련하고 안쓰럽다는 생각이 듭니다. 힘들 때 힘들다고 말할 수 있고, 같이 헤쳐나갈 수 있는 방안을 도모할 같은 여성 CEO들을 만났더라면 더 수월하게 그 시간을 버틸 수 있었을 텐데. 그땐 혼자 틀어박혀서 우울증만 더 키워갔죠.

저와 같은 뷰티 사업이나 1인 샵을 하고 싶은 후배들이 있다면 꼭 위의 세 가지를 알려주고 싶었습니다. 내가 겪었던 힘들었던 것들을 미리 알려주어 비오는 날 우산을 챙겨나가는 마음으로 힘든 순간을 더 잘 버틸 수 있기를 바랍니다.

처음 1인 샵을 시작했을 때 제가 했던 마케팅 방법은 블로그와 카페였습니다. 지금은 카페같은 커뮤니티를 잘 이용하지 않지만, 그 당시에는 가장 많이 사용하는 방법 중 하나였어요. 전단지는 들어가는 비용에 비해 정말 효과가 적었기에 반 년 정도 아파트단지에만 뿌리다 중단했습니다.

저는 내 샵에 와서 내게 서비스를 한 번만이라도 받아 본 고객이라면 꼭 다시 재방문시킬 수 있다는 강한 자신감이 있답니다. 그렇기에 초기 첫 방문을 꼭 유도해야만 했어요. 제 샵 근처 승무원 학원, 성형외과 등을 무작정 찾아가 제휴하자고 제안서를 들이밀기도 하고, 박리다매로 판매하는 티몬 같은 플랫폼도 이용했습니다.

지금 생각해 보면 가장 큰 효과는 역시 블로그 마케팅과 후기 체험단이었어요. 지금은 유튜브같은 영상이 더 큰 효과가 있을 거라는 생각이 듭니다. 그 당시엔 영상보다는 블로그쪽이 더 유용했지만, 지금은 그렇지 않으니까요. 결국 나를 알리고, 내 가게를 알리고, 내가 이곳에 있다는 것을 알리는 최선의 방법을 모두 이용해 보고 반응을 봐야 합니다.

2010년 당시 홍대 근처에서 1인 샵을 오픈하면서 들어간 비용은 대략 4천만 원 정도였습니다. 보증금 2천만 원에 월세 150만 원의 10평짜리 작은 샵을 임차했어요. 인테리어는 제가 생각한 대로 구조를 짜서 목수 아저씨에게 일당을 주고 했으며, 페인트는 제가 직접 칠했습니다. 그래서 인테리어와 집기 비용은 저렴하게 천만 원 정도 소요되었습니다.

1인 샵을 하면서 가장 큰 매출 품목은 챠밍 메이크업 수업이었습니다. 1:1 또는 1:2로 각자의 얼굴에 맞는 메이크업을 가르치는 수업을 진행했는데, 다녀가신 고객들의 입소문으로 매일 4~5명의 고객을 받아서 매월 챠밍 메이크업 수업료로만 천만 원 정도 수익을 냈던 기억이 있습니다.

1인 샵의 장점은 나가는 고정비용이 적다는 것이지만, 단점은 나 혼자 모든 고객을 응대하기 때문에 체력이 많이 소진된다는 점입니다. 그 당시 들어오는 예약을 거절하지 못해서 매일매일 밤늦게까지 강의를 하고 지쳐서 쓰러졌지만, 고객들이 나를 찾아준다는 사실에 기뻤죠. 수익이 날 때마다 저는 기술 연마와 숙련에 많은 돈을 썼지만, 마케팅에 좀더 사용했더라면 더 빨리 수익을 낼 수 있었을 텐데 하는 아쉬움이 있습니다. 이 책을 보는 예비 창업자분들에게 이러한 제 경험이 도움이 되시길 바랍니다.

코로나 19 시대, 사업 방향을 바꾸어야 살아 남는다

제가 1인 샵을 하면서 가장 조심했던 부분이 있습니다. 근처에 있던 다른 1인 샵을 보면서 저는 그러지 말아야지 했던 부분인데, 그것은 바로 당장 고객이 없다고 해서 가게 문을 닫고 놀러 가거나 퇴근해버리는 행동입니다.

예약 없이 찾아오는 고객 때문에도 그렇지만, 매일 일정한 시간에 불이 켜져 있는 샵을 고객들에게 인지시키는 것이 중요합니다. 오늘 내 샵에 오지 않아도 샵 앞을 지나가는 고객들이 불이 켜져 있는 걸 보면 잠시 들려 커피를 마시고 가기도 합니다. 카톡으로 지금 샵 앞에 지나가는 길이라며 안부 문자를 보내주는 것을 보면서 그들에게 늘 일정한 시간에 불이 켜지고 꺼지는 곳이라는 것을 꼭 인식시켜야겠다는 생각이 컸습니다. 늘 작지만 따뜻한 공간이 되었으면 하는 마음에 꼭 주인이 온기를 채워줘야 한다고 생각했습니다.

주인의 온기가 담긴 장소는 눈에 보이지 않아도 그 공간을 꽉 채우는 에너지가 느껴지기 마련입니다. 사람을 응대하는 일은 언제나 긍정적인 에너지가 제일 중요합니다. 남자가 아닌 여자들을 상대하는 일인 만큼 섬세한 서비스가 필요합니다.

섬세한 서비스란 디테일에 있습니다. 예를 들어 추운 날 오신 고객님에게는 너무 추웠겠다며 따뜻한 차라도 얼른 대접해 드리는 것처럼 작고 소소한 서비스를 말합니다. 나를 찾아오는 고객에게 당연하다는 듯이 대하는 것은 오만한 자세입니다. 한 분이라도 찾아주시는 고객에겐 고객이 지불하는 금액의 100%를 더 돌려드린다는 느낌을 받게 하는 것이 바로 섬세한 서비스입니다.

종종 유튜브나 SNS에 영혼 없이 손님을 대하는 미용실 직원을 흉내내는 콘텐츠나 전문성이 떨어지는 무성의한 샵들을 고발하는 콘텐츠가 올라오면 마치 나의 일처럼 속이 부글부글합니다. 내가 현재 사장이 아닌 직원일지라도 공장에서 매일 같은 일을 영혼 없이 하듯 고객들을 대하면 이 일을 하지 말아야 합니다.

저는 그렇게 1인 샵을 운영하다가 지금은 직원 9명의 작은 소기업을 운영하게 되었습니다. 사업을 오래 하다 보니 반짝하고 떴다가 사라지는 많은 품목들을 봅니다. 이젠 오프라인 베이스인

뷰티 사업도 온라인화하려는 노력을 해야 살아남을 수 있습니다. 제가 개발한 TPA진단 역시 활동 영역이 대부분 오프라인이었습니다.

강사가 인원수대로 종이 진단지를 준비해서 수기로 진단을 하고 채점한 다음 강사의 강의를 듣고 해석하는 구조였습니다. 코로나 19로 팬데믹 상황이 되면서 오프라인으로 모이는 인원수가 제한되고 오프라인 강의 자체가 폐쇄되자 갑자기 매출이 증발해 버렸습니다.

코로나 19 이후에는 손쉽게 온라인으로 진단하여 채점 과정을 거치지 않고 바로 결과가 나오는 간편한 로직이 필요하게 되었습니다. 따라서 이미 온라인화한 TPA진단은 다른 진단들보다 많은 행사 및 강의에 투입될 수 있었고 지금도 꾸준하게 진행되고 있습니다.

편리함을 추구하는 인간의 본능이 초고속 성장을 이루게 해준 원동력입니다. 저는 매우 급한 성격의 소유자라서 이러한 로직을 미리 구축한 것뿐인데, 코로나 시대가 오면서 너무 큰 도움이 되었습니다. 이제는 강사를 계속 교육해서 배출해 내고 서버를 계속 증축하여 전국적으로 교육받은 강사님들이 동시에 TPA진단 프로그램으로 손쉽게 강의할 수 있게 되었습니다. 더 이상 팔 아프게 무거운 종이 진단지를 들고 다니지 않아도 된답니다.

결론적으로 내가 하는 일의 온라인화가 앞으로 중요한 포인트가 된다는 겁니다. 남의 눈치 보지 말고 내가 맞다는 확신이 들면 무조건 시작해야 합니다. 돌다리도 두들겨 보고 건너는 신중함도 중요하지만, 일단 돌다리를 건너려는 용기가 우선입니다.

사업을 하다 보면 등골이 서늘한 느낌이 오는 거래와 종종 맞닥뜨릴 때가 있습니다. 내가 너무 유리한 거래는 먼저 의심해보아야 합니다. 모든 비즈니스는 기브 앤 테이크니까요.

예전에 친구를 통해 해외에서 뷰티 프랜차이즈를 크게 진행하려고 준비 중이라는 어떤 남자 회장님을 소개받은 적이 있었습니다. 딱 보기에도 서글서글한 호탕한 성격의 그 회장님은 굉장히 큰 포부를 가지고 계셨고, 진행하는 사업의 규모도 엄청났습니다. 그날 처음 만나서 같이 식사하며 비즈니스 얘기를 하면서 그 자리에서 해외 지사를 하나 맡으라며 처음 본 제게 너무 큰 사업을 아무렇지도 않게 제안하셨는데, 전 딱히 와 닿지 않았습니다. 날 언제 봤다고 그런 큰 건을 밥 한술에 건네주시는지 조금 당황스러웠습니다.

그 자리에 있던 다른 여자 대표에게도 마치 과자 나눠주듯이 지점을 하나씩 주겠다고 하는 것을 보고 그 이후 전 그 회장님과 더 이상의 교류를 하지 않았습니다. 그 여자 대표님은 얼씨구나 좋아하며 그 약속을 꼭 지키라며 그 회장님과 영상을 찍고 새끼손가락을 걸며 아주 신나 보였습니다. 이후에 다른 대표님을 통해 들은 사실은 그날 같은 자리에 있던 여자 대표님에게 그 지점 건으로 선금 5천만 원을 받고 그대로 연락이 끊겼다는 얘기를 듣고 얼마나 어이가 없었는지.

세상엔 공짜가 없고, 가족이 아닌 누군가가 내게 이유 없이 베푸는 것은 의심해야 한다는 사실을 새삼 느낀 사례였습니다. 세상에는 쉬운 돈벌이도 없고 편한 사업도 없습니다. 이것은 진리입니다.

대한민국에서 여성 CEO로 살아간다는 것

모든 사람은 사업을 시작할 때 내심 마음에 품는 생각이 하나 있습니다. '바로 다른 사람은 몰라도 난 성공할 수 있지 않을까?'라는 생각.

초보 사장 주제에 이 얼마나 발칙한 상상인지. 양심상 차마 입 밖으로는 꺼낼 수 없지만 그 생각이 나를 얼마나 득의양양하게 만들어주었는지. 어깨가 하늘까지 닿을 것처럼 치솟고 대표님이라는 호칭이 얼마나 자랑스러웠는지 모릅니다.

대략 3개월쯤 직원들 월급날마다 허덕이며 돈을 끌어와 마이너스 운영을 하다 보니 득의양양했던 나 자신이 어느새 현실 속으로 돌아오게 됩니다. 이 얼마나 허망한가! 사업적 성공이라는 달콤한 허울은 그렇게 저 멀리 어디론가 사라져버립니다.

저와 함께 십여 년을 직원으로 일을 하는 저의 오랜 친구는 어느 날 매출 고민으로 머리를 싸매고 있는 제게 말했습니다.

"너가 사업하는 걸 옆에서 보니 그렇게 힘들게 사는 게 사장이라면 난 절대 사장 따위 하지 않을래. 난 그냥 평생 니 옆에서 직원할래."

친구의 말에 웃고 말았지만, 그 말을 들은 뒤로 머릿속에 그 말이 자꾸 맴돌았습니다. 왜 난 이 힘든 대표 놀이를 계속하고 있는 걸까. 그냥 다 정리하고 남편이 벌어다 주는 돈으로 집에서 살림하고 적당히 놀고 육아도 하고 그렇게 주부 놀이도 할 수 있는데, 왜 굳이 매달 힘들어하면서도 사업을 하고 있는 걸까?

잠시 고민한 뒤 내가 내린 서글픈 결론을 다음과 같았습니다. 일은 나의 존재 이유라고. 예전에 저는 '이키가이'라는 인생 벤다이어그램을 해 본 적이 있었습니다. '이키가이'는 일본어로 '인생의 즐거움과 보람'이라는 뜻인데, '이키가이'는 4가지 영역을 우선 규정합니다.

– 좋아하는 것

– 잘하는 것

– 돈이 되는 것

– 세상이 필요한 것

제가 좋아하는 것은 사람들을 아름답게 콘셉팅하고 메이킹해 주는 것인데, 그것은 제가 잘하는 일이기도 합니다. 그러면서 돈이 되고 세상에 필요하기도 하죠. 그래서 제가 계속 이 사업을 하고 있더라구요. 제 능력을 세상이 필요로 하니까요. 이렇게 제가 사업을 하는 이유를 정리하고 나니 좀 더 명확해진 것은 바로 사업의 방향이었습니다. 어떻게 하면 더 많은 분들에게 내가 도움을 줄 수 있을까 하는 사명감이 생겼습니다.

그 이유가 이렇게 책을 쓰게 된 계기이기도 합니다.

자신의 존재 가치를 알아야 인생의 방향이 보이고, 그다음에 무엇을 해야 할지 알게 됩니다. 가끔 길을 잃고 힘들어하는 친구들에게도 이런 부분을 짚어주면 다들 금세 기운을 차리는 것을 자주 보았습니다. 누구나 자신의 존재 이유와 가치가 흔들릴 때 제일 많이 힘들어합니다. 제가 만든 성향분석솔루션 TPA진단도 그런 분들에게 도움을 주고자 만들어진 도구입니다. 앞으로 더 다양한 도구를 제작할 예정이지만 하나하나가 참 뿌듯합니다. 뭔가 세상에 한줌의 빛을 밝힌 것 같아서 말입니다.

예전에는 여자 혼자 사업을 한다고 하면 팔자가 세다는 말을 듣곤 했는데, 이제는 사회의 시선이 달라진 것 같습니다. 팔자가 세다는 말의 저의가 힘들게 산다는 뜻이었다면, 지금은 남들이 쉽게 하지 못하는 일을 하는 데 대한 부러움이라 생각합니다.

저는 결혼을 늦게 한 편이라 늦은 나이에 출산하였습니다. 다행히도 여러 가지 서비스 덕분에 육아와 일을 할 수 있게 되었습니다. 산후조리부터 산후도우미 등 정부 혜택은 당연히 이용하고 있고, 그 외에도 베이비시터 · 가사도우미 어플 등을 이용하여 육아와 가사에 도움을 받고 있습니다.

직원 한 명 더 쓰는 만큼의 비용이 육아로 들어가고 있지만, 그만큼 내가 일할 시간이 나기 때문에 감사하고 있습니다. 사업을 시작할 때부터 외부의 요인으로 사업을 그만둘 생각은 전혀 없었습니다.

그만큼의 비용이 들어갈 것을 각오하고 출산했으므로 후회도 없습니다. 나의 일만큼 내 가정도 소중하니까요. 내 가족은 내가 열심히 일을 하게 해 주는 원동력입니다. 일을 그만두고 가족을 보살피는 가사일을 하거나 열심히 일하여 경제적으로 가족을 돌보는 것도 성별을 떠나 스스로의 선택입니다.

어떤 선택이든지 자신의 선택에 확신을 가지고 살아간다면 그것만으로 충분히 성공적인 삶이 아닐까요?

앞으로 기업이 꼭 갖춰야 할 서비스

최근 저의 가장 큰 관심사는 바로 플랫폼입니다. 이미 다양한

플랫폼들이 넘쳐나고 있지만, 자신만의 독특한 커리어나 강점을 도입해 새로운 서비스를 제공하거나, 구독경제 서비스를 만들 수 있다고 생각합니다. 예를 들면 꾸까(www.kukka.kr) 꽃 정기구독 플랫폼과 같이 말이죠.

우리나라에 그렇게 많은 플라워샵이 있지만, 꽃을 정기구독할 수 있다는 걸 누가 생각이나 했을까요? 일정 구독료를 내고 상품을 빌리는 구독경제 시장은 이미 40조에 육박합니다. 최근 코로나 19가 장기화되면서 집에 있는 시간이 많아지고, 오프라인 모임이 중단됨으로써 구독경제 시장이 커졌습니다. 현재 가장 인기 있는 구독 시스템은 넷플릭스나 디즈니 플러스같은 OTT서비스입니다.

언택트 시대가 도래하면서 이제 우리 사회는 구독경제를 이용하도록 자꾸 부추기고 있습니다. 이용하지 않는 사람을 찾는

구독경제 모델별 구분

	이용 횟수형(넷플릭스형)	정기배송형	반복 대여형(정수기형)
적용상품	주류, 커피, 병원, 헬스클럽, 영화관, 동영상, 음원 및 디지털 콘텐츠 등	속옷, 생리대, 칫솔, 영양제, 면도날 등 생활용품	자동차, 정수기, 명품 의류 등 고가제품
이용방식	월 구독료 납부 후 매월 무제한 사용	월 구독료 납부 후 매달 집으로 배송	월 구독료 납부 후 품목을 바꾸면서 이용 가능
글로벌 대표 업체	무비패스 (월 9.95달러 지불 시 매월 영화관 관람)	달러쉐이브클럽 (월 9달러 지불 시 매월 면도날 4~6개 배송)	캐딜락 (월 1,800달러 지불 시 모든 차종을 바꾸며 이용 가능)

출처 : 포춘코리아(FORTUNE KOREA)(http://www.fortunekorea.co.kr)

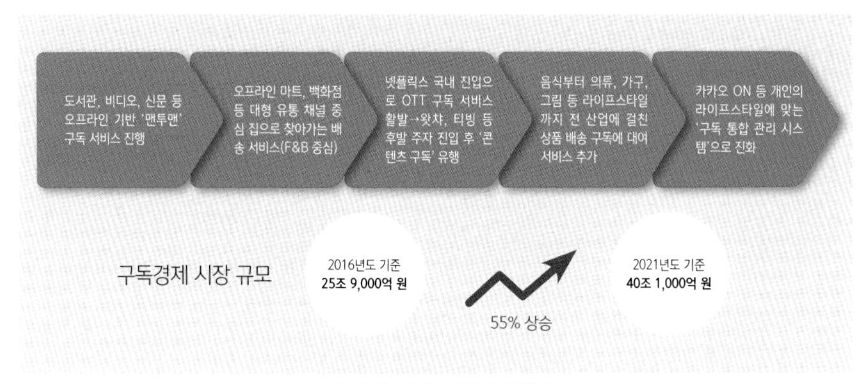

구독경제 서비스 이용 변천사
출처 : KT경제연구소

것이 더 힘들 정도지요. 이렇게 우리 생활 깊숙이 파고든 구독경제를 내가 지금 하고 있는 사업에 대입시켜 본다면 '어떤 구독경제 서비스를 만들어 볼 수 있을까?'하는 궁금증이 생깁니다.

저 역시도 구독경제 서비스를 만들어 보고자 직원들과 준비하고 있습니다. 왜냐하면 제가 하는 사업 역시 오프라인 기반 사업이므로 온라인화해야 할 뚜렷한 니즈가 있습니다. 저와 같이 오프라인 기반의 사업장들이 온라인을 준비하지 않는다면 우리는 도태될 수밖에 없다는 생각에 저도 참 마음이 조급합니다.

저 역시 제가 만든 성향분석솔루션을 기반으로 한 플랫폼에 제 본업인 이미지 메이킹을 더한 새로운 형태의 플랫폼을 만들고자 구상 중입니다. 앞으로 잠자고 있는 순간에도 돈이 들어오는 서비스를 만들어야 언택트 시대에 살아남을 수 있다는 것을 너무나 잘 압니다.

늦었지만 지금이라도 하나씩 준비해 가며 향후 3년 안에 모든 준비를 끝낼 예정입니다.

3년 후에는 저희뿐만 아니라 대부분의 크고 작은 기업들이 구독경제 서비스를 도입하지 않을까 조심스럽게 추측해 봅니다. 필요한 서비스를 편하게 매달 알아서 받아볼 수 있는 시스템. 코로나 19 시대에 꼭 필요한 서비스이자 기업에서는 꼭 갖춰야 할 시스템이라 할 수 있습니다.

이해하다 = 생존하다

그동안 뷰티 사업만 하던 제가 성향분석솔루션 TPA진단을 개발하게 되면서 시작한 사업은 바로 IT사업입니다. 종이 진단지로 불편하게 성향 진단을 하다가 온라인화하기 위해 개발한 프로그램 덕분에 폰으로 편하게 진단하고 바로 결과를 볼 수 있게 되었고, 그 프로그램으로 특허도 출원하였습니다. 현재 저는 이 프로그램을 앱으로 개발하는 작업 중입니다.

다만 이 앱을 다운받은 사람이 한 번 진단하면 다시 앱을 삭제해 버리는 1회성 앱으로 끝나나지 않고, 앱을 삭제하지 않고 계속 가지고 있게 하는 방법과 어떤 방향으로 커뮤니티를 활성화할 것인지 등을 고민 중입니다.

코로나 19로 인해 점점 예측할 수 없는 상황과 한번도 겪어보지 못한 시국을 살아가는 지금의 사람들은 당연히 불안할 수밖에 없습니다. MBTI라든지 에니어그램 같은 진단이 MZ세대에게 가십처럼 이용되고 있고, 사람과 사람이 만나는 당연한 일이 방역이란 이름으로 통제되고 있습니다.

저는 이 진단 도구를 개발할 때부터 이것을 심리학회에 발표하거나 박사학위 논문을 쓴다든가 하는 거창한 계획은 없었습니다. 상담할 때 필요한 도구였기 때문에 만들었을 뿐입니다. 이 진단 도구로 뭔가 큰 것을 만들겠다는 생각도 못했으며, 단지 저의 니즈에 의해 하나하나 단계를 밟으며 발전시켜 왔습니다.

저는 커뮤니케이션 기술이야말로 생존 기술이라는 생각을 늘 해 왔습니다. 우리는 태생적으로 자신과 다른 것을 기피하고 경계합니다. 그것은 역사적으로나 본능적으로 '내가 모르는 어떠한 것'에 대한 두려움 때문입니다.

우리가 처음으로 흑인을 보았을 때나 백인을 보았을 때, 처음 보는 곤충이나 동물, 처음 접하는 언어나 학문을 공부할 때 등 우리에게는 다르게 보이고 느껴지는 것에 두려움을 갖게 되는 현상은 그것에 대한 무지 때문입니다.

사람의 관계도 마찬가지입니다. 나와 다른 사람은 학교에서도, 회사에서도, 동네에서도 늘 있고, 반대로 나를 다르다고 느끼는 사람도 늘 있습니다. 하지만 우리가 그들의 기본적인 메커니즘을 알게 된다면 과연 두려울까요?

학습된 상태에서 맞닥뜨리는 '다른 것'은 무지한 상태일 때보

다 두렵지 않을 겁니다. TPA진단은 이런 마음에서 만들었습니다. 행동 특성으로 상대가 대략적으로 어떤 사람인지 유추할 수 있습니다. 상대방이 하는 낯선 언행 역시 덜 불편할 겁니다.

저희 회사에서 한 가지 실험을 했습니다. 퍼스널 컬러 진단을 통해 고객과의 라포 형성이 어느 정도까지 호감 이미지를 줄 수 있는지를 가늠하기 위한 실험이었습니다. 두 가지 분류로 나누어 실험하였는데, A팀은 퍼스널 컬러 진단만 진행하였고, B팀은 TPA진단을 하고 간략한 설명을 한 다음 퍼스널 컬러 진단을 진행하였습니다.

A팀과 B팀 중 어느 팀의 피드백이 더 좋았을까요? 물론 고객의 동의는 얻었지만, 진단 같은 건 하고 싶지 않다고 거부하는 고객은 패스하였습니다.

A팀의 피드백은 딱히 좋고나쁨보다 정보를 잘 알려주어 고맙다는 의견이 많았고, B팀의 피드백은 강사가 너무 친절하고 재밌고 너무 즐거웠다는 의견이 많았습니다. 고객은 같은 시간 동일하게 강사와 시간을 보냈는데, 왜 갑자기 A팀보다 B팀이 강사에게 더 호감을 느꼈을까요? 단지 뭔가 진단 품목을 추가로 해주었기 때문이었을까요?

이 실험은 라포 형성이 고객의 충성도에 얼마만큼의 영향을 미치는지 너무나 잘 알려주었습니다. TPA진단을 통해 자신의 결과를 강사가 해석해 주고 설명해 주는 것을 보고 고객은 그 강사를 더 신뢰하게 되었고, 이렇게 자신을 잘 알아주는 강사라면 다른 품목도 당연히 자신에게 도움이 되게끔 잘 전달해 줄 거라는

믿음을 준 것입니다.

이제 상대방을 잘 아는 것이 생존 기술이라는 제 말이 이해가 가실 겁니다. 이러한 실험 결과를 볼 때마다 저는 참 무한한 인류애가 샘솟습니다.

자신을 알아주는 상대에게 이렇게 마음을 활짝 열고 좋아해 주는 것 자체가 한 편으로는 안쓰럽고, 한 편으로 이 각박한 세상에 얼마나 힘들었으면 하는 생각이 들어 마음이 아픕니다. 나의 생존 기술은 과연 무엇인지 돌이켜 보고, 이 각박한 세상을 잘 살아가는 나 자신을 토닥토닥해 줄 수 있는 마음의 여유가 있어야 급변하는 디지털혁명 시대를 잘 헤쳐나갈 수 있을 겁니다.

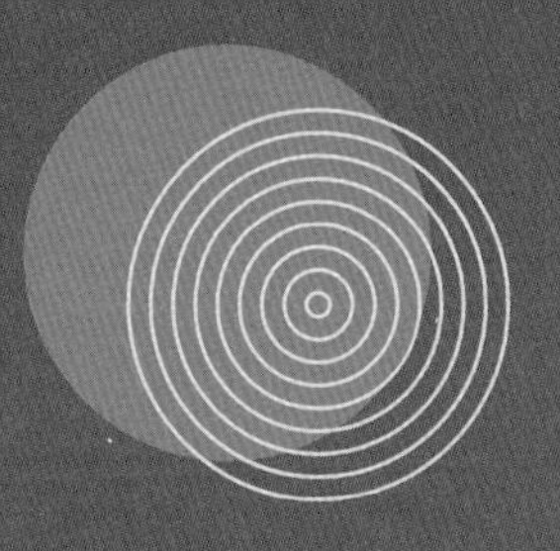

일과 삶의 의미를 연결짓는
의미큐레이터 한아름

한아름 대표

자기인지 컨설팅 서비스를 통해 '의미를 짓다'

자신을 직시하고 이를 바탕으로 치유·성장을 위한 트리거 역할을 하고자 교육 컨설팅사인 〈커리어위드〉, 교육센터 〈아크센터〉를 차렸다.

간호학과 상담심리학을 전공했으며, 전공을 통해 익힌 전문성과 본인이 겪은 시행착오를 바탕으로 사람들을 도울 접점을 발견하여 사람들의 일과 의미를 찾아주는 〈의미큐레이터〉로 활동하고 있다.

이를 바탕으로 대학과 기업, 경력 단절 여성을 대상으로 한 교육 서비스를 제공하고 있으며, 강의·기획·컨설팅을 통해 3천 명이 넘는 사람들이 스스로의 의미를 찾을 수 있도록 조력자 역할을 해왔다.

쉬지 않고 일하는 '일중독러'이면서도 흥을 부릴 줄 아는 '흥부자'이다. 이전에는 그저 친절하고 주사 잘 놓는 간호사였지만, 이제는 겸임교수, 강사, 컨설턴트, 전문위원, 한 회사의 대표 등의 역할을 하면서 이 흥을 모든 이들의 커리어 점프를 돕는 커리어 인사이트 대모가 되는 데 쓰겠다는 마음으로 세상에 조금씩 흔적을 남기고 있다.

인스타그램 @dreamarmi
@ark_center
홈페이지 https://www.careerwith.kr
https://www.arkcenter.kr

내 삶의 중심 '무소의 뿔처럼 혼자서 가라'

"가고 싶은 대로 가라.
누구를 해치지도 말고 두려움 없이 얻는 것에 만족해 하며,
내 집에 있는 것처럼 편안하고 자신 있게
무소의 뿔처럼 혼자서 가라."

'무소의 뿔처럼 혼자서 가라'라는 이 강렬한 어구는 제가 가장 좋아하는 문장입니다. 이는 불교 경전인 《숫타니파타》에 나오는 시구라고 하는데, 중학생 시절 그저 멋있는 말이라는 생각에 기억에 담은 후 지금까지 제 삶의 중심이 되고 있습니다. 이후 '무소의 뿔처럼 혼자서 가라'는 문장은 힘들거나 지칠 때마다 제 스스로에게 거는 주문이 되었습니다.

그래서일까요? 이 문장이 제목이 된 공지영의 베스트셀러 《무소의 뿔처럼 혼자서 가라》를 가장 좋아합니다. 어릴 때부터

'여성으로서 독립적으로 세상에 자리매김하는 방법은 무엇일까?' 하고 교복 입고 양 갈래 머리 딴 모습으로 많이 고민했었기에 제목에서 오는 뭔지 모를 강한 아우라에 책 내용보다는 '아, 나 이렇게 살아야하는구나.'하고 받아들였던 것 같습니다.

뭔가 강인하면서 똑똑하고 일과 사랑, 결혼과 일의 양립이 가능할 것만 같은 여성들이 나오는 스토리는 왠지 제가 나중에 겪어내야 할 일종의 과업처럼 느껴졌고, 제목처럼 어떻게 혼자서 살아 낼 것인지 주인공들의 삶을 통해 답을 얻고 싶어했던 적이 있었습니다.

이 책을 처음 접했을 때가 중학교 2학년이었는데, 친구들이랑 학교 마치면 참새 방앗간가듯 들리던 동네 대형서점에 놓여진 유독 눈에 띄던 책이었던 걸로 기억합니다. 아직도 노랑진 한복판 서점의 매대 위에 놓여진 책 모습이 마치 영화의 장면처럼 떠오르는 걸 보면 책에 대한 인상이 강렬하긴 했던 것 같습니다.

지금 읽어도 참 쉽지 않은 여성들의 스토리가 담긴 책입니다. 그런데 그 어린 시절에 뭘 안다고 좋아했는지는 모르겠지만, 지금까지도 일기 쓸 때 계속 되뇌이는 구절이 된 책이 바로 《무소의 뿔처럼 혼자서 가라》입니다.

페미니스트는 아니지만 여성의 삶에 대해 관심이 많았고, '고여 있는 물은 썩는다'며 '여자도 계속 흐르는 물처럼 일을 하며 자신의 인생을 살아야 한다'는 엄마의 말씀을 어릴 때부터 듣고 자란지라 그 실천 방법을 계속 마음에 품고 살았습니다.

그래서 '책 속의 주인공들에게 나를 대입해서 어떻게 살아야 하지? 왜 책이 이렇게 마무리되는 거야?'라며 투덜댔던 기억이 납니다. 선택을 잘하려면 어떻게 해야 하나? 엄마 말씀과 같이 흐르는 물처럼 계속 내 삶을 흐르게 하려면 어떻게 해야 할까? 중학교, 고등학교, 그다음은 대학교, 더 공부를 한다면 그다음은 대학원. 그럼 그다음은 뭐지? 결혼, 출산?

그렇게 생의 주기별 발달 단계대로 사는 게 잘 사는 삶인가에 대한 생각을 정말 심각하게 해왔던 것 같습니다. 누구나 다하는 생각이겠지만, 사춘기 시절에는 제 나름 해결해야 할 중요한 과제 같았나 봅니다.

그러다 '직업이 전문직이면 이 모든 것을 양립하는 게 가능하지 않을까'하는 단순한 결론에 이르렀고, 그래서 선택한 전공이 간호학이었습니다. 간호사가 되기 위해서 공부에 공부를 거듭해야 했지만, 전문성을 인정받을 수 있고 그만큼 돈도 벌고 말 그대로 자아실현하며 옳은 선택을 하는 것이라고 생각했습니다.

그런데 현실은 장난이 아니었습니다. 육체적으로도 힘든데 공부는 계속해야 하고, 실수하면 사람이 죽어 나갈 수도 있는 환경에서 극도의 스트레스를 받으면서 환자의 삶에만 집중하느라 제 스스로를 보듬고 사는 것에 문제가 생겼습니다.

사람이 죽는 모습도 많이 보고, 한 공간에서 생과 사, 기쁨과 슬픔이 교차하는 것도 지켜봐야 했습니다. 직업인이 되었는데도 학생 때보다 공부를 더 많이 해야 했고, 동시에 환자의 이상 징

후를 빠르게 발견하고 대처하기 위해 항상 예민하게 주시하고 긴장하며 응급 상황에 대처해야 했습니다. 이론과는 다른 실제 환경에서 일하면서 신입 간호사 시절에는 음악도 듣지 못할 정도로 예민해지기도 했습니다.

이런 힘든 환경에서 일을 하면서 더 완벽하게 일해야 한다는 강박감에 사로잡혔습니다. 손도 빠르고 몸도 가벼워서 일하는 부서에서 인정받으며 일을 해왔지만, 순간순간 힘들 때마다 '나는 과연 잘한 선택을 한 걸까. 똑똑하게 해 나가고 있는 걸까. 남의 삶 말고 내 삶을 잘 살아내는 걸까'라고 자문해 왔습니다. 의구심이 들 때마다 스스로에게 질문하면서, 업무의 무게에만 집중한 나머지 제가 저를 어떻게 데리고 살고 있는지에 대한 부분은 들여다 보지 못한다는 걸 알게 되었습니다. 그때마다 떠올렸던 것이 이 책의 주인공들이었습니다. '선택'이라는 마무리가 담긴 이 책은, 내 삶을 '나' 중심으로 가져오는 기준점이 되어 주었습니다.

이렇게 힘든 과정을 이겨냈던 힘이 제가 간호사 경력을 가지고 다른 분야로 나와 경력을 확장할 수 있는 원동력이 되었습니다. 말이 쉬워 경력 확장이지 그사이에 많은 여성들이 준비한다는 여러 자격증 과정이나 교육 과정을 수강하며 방황하고 갈피를 잡지 못해 시행착오를 하기도 했습니다. 장롱 자격증으로 묵히고 있는 피부관리사 1급 국가자격증부터 전공 외에 아동가족학사를 추가로 따서 어린이집 교사가 될 자격도 만들어 놓았습니다. 컴퓨터 자격증이나 앞으로 일자리가 많아진다는 사회복지사 공부도 하려고 기웃거려 보기도 하고, 상담심리 학위를 따면 앞으로 늘어나는 상담센터에서 일하기에 쉬워질 거라는 여러 카더라통신에 흔들려 많은 시간과 비용을 쏟아 붓기도 했습니다.

왜 멀쩡한 직업을 버리고 다른 일로 바꾼 거냐고 간혹 묻는 분들이 계신데, 제가 간호사로 일하면서 고비를 여러 번 마주하게 된 것이 지금 일을 하면서 계속적 '선택'이라는 과제를 풀어내는 터닝 포인트가 되었다고 답하곤 합니다.

첫 번째 고비는 정말 급작스러웠습니다. 지금은 아무렇지 않은 듯 그때의 이야기를 하곤 하지만, 그 당시에는 정말 무서웠습니다. 근무 중 형광등이 갑자기 나가는 것처럼 불빛이 깜빡거리다 꺼지는 듯하더니 갑자기 눈이 아예 안 보이는 일이 생겼습니다. 수간호사님께 지금 불 끄신거냐며 형광등이 나갔는지 캄캄하다고 얘기했는데, 오히려 형광등은 멀쩡했고 제 눈의 불이 꺼져 응급으로 안과 진료를 받아야 하는 상황이 벌어졌습니다. 저는 계속 눈을 뜨고 있는 상태였지만 암흑 속에 있는 듯 보이지 않았습니다. 순간 너무 두려워 몸서리쳤던 기억이 아직도 생생합니

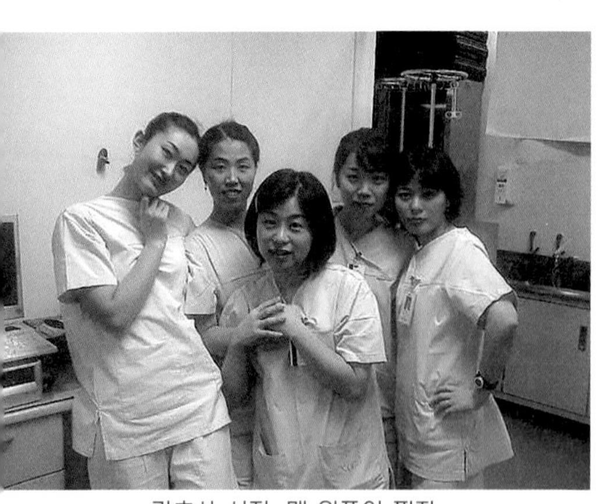
간호사 시절, 맨 왼쪽이 필자

다. 바로 응급 진료를 받고 MRI 검사까지 받아봤지만, 눈에도 뇌에도 아무 이상이 없다는 얘기만 들었습니다. 이후 시력은 점차 회복되었고, 원인은 극심한 스트레스로 추측할 뿐이었습니다. 그래도 일시적으로 그랬겠거니 하고 추스르며 열심히 간호사 생활을 했지만 다시 위기가 다가왔습니다.

출산 후 산후풍을 호되게 겪으면서 몸을 움직여 일하는 간호 업무를 하지 못하는 상태가 되었습니다. 밥 먹다 어금니가 덩그러니 떨어져 나올 만큼 몸의 상태가 이상해져 버렸습니다. 체온 조절도 잘 안 되서 정상 생활이 힘들 정도였습니다. 그러다 회복할 즈음 되니 한번 출혈이 생기면 잘 멈추지 않는 혈액에 관련된 희귀병일 수 있다는 얘기까지 듣게 되어 모든 걸 포기해야겠다고 생각한 때가 있었습니다. 이 모든 것이 한 번에 휘몰아쳐와 완전히 패닉 상태였었습니다.

처음에는 그저 건강하게만 살고 싶다고 생각했지만 점차 기력을 회복하고 나니 새로 얻은 삶을 멋지게 다시 시작하고 싶다는 생각이 들었습니다. 어떤 선택으로 나를 살게 할 것인가를 매일 생각했습니다. 어떻게 하면 평온하게 '무소의 뿔'처럼 살아갈 수 있을까를 고민했습니다.

여러 번의 시행착오 끝에 찾은 연결고리는 결국 원래 제가 했던 일을 기반으로 시작해야 한다는 것이었습니다. 간호행정을 하면서 했던 일의 연장선상으로 교육 대상자들의 니즈를 파악하고 그에 맞는 교육 프로그램을 구성했던 것이 기회가 되어 지금의 일을 하게 되었으니 말입니다.

저는 '컨설팅을 해야겠다' 혹은 '강의를 통해 누군가에게 가이드 라인을 줘야겠다'고 생각해 본 적이 없었습니다. 뭔가 의미 있는 일을 하고 싶었지만 원래 배우고 하던 일은 할 수가 없어 다른 형식으로 할 수 있는 일을 찾아야 했습니다. 아픈 사람들과 소통하고, 위로하며, 제가 배우고 익힌 것을 활용하여 필요한 이들에게 가이드 라인을 주는 것이 제가 할 수 있는 일이었습니다. 당장 눈앞에 놓인 할 수 있는 것부터 하나하나 하다 보니 강의를 해달라는 제안을 받게 되었고, 일이 자연스레 확장되어 간호학과 학생들에게 멘토 역할도 하고 진로나 커리어에 대한 고민에 컨설팅해 주면서 제 사업을 시작하게 되었습니다.

그 과정은 많이 두려웠고 결정도 쉽지 않았습니다. 그런데 이렇게 여러 도전과 시행착오를 할 수 있었던 것은 바로 이 책에서 그려내고 있는 여성의 삶에 나를 비춰보고, 어떻게 하는 것이 내 선택에 내가 떳떳할 수 있을까 라고 계속 자문했던 결과가 아닐까 싶습니다.

이런 제 삶의 태도는 제가 일할 때 여러 모습의 페르소나를 가지게 했고, 생각하고 집중했던 일을 행동으로 옮기게 했습니다. 때문에 그냥 한 여성, 엄마, 아내가 아닌 인간 '한아름'에 집중하여 삶의 중심을 가져올 수 있었습니다. 이런 선택에 결정적인 영향을 끼친 책인 《무소의 뿔처럼 혼자서 가라》를 제 인생의 터닝 포인트가 된 책으로 추천합니다.

나를 살게 하는 루틴의 힘_Small Success

- 약간의 나르시즘과 자기 인지
- small success(작은 성취)를 계속 이뤄 가기
- 혼자 집중하고 생각하는 시간 갖기
- 내 단점 인정하고 보완해 가기
- 내 감정 다스리기

저의 타이탄 도구는 바로 약간의 나르시즘과 자기 인지였습니다. '나만 멋있고 잘났어'라는 뜻은 아닙니다. 똑똑하고 잘난 많은 사람들 속에 인정받으며 일하기 위해 제가 취한 생존 방식이었다고 생각합니다. 내공이 쌓인 전문가들 사이에서 인정받으며 일을 해내야 한다는 것 자체가 두렵기도 했습니다. 이전하고는 다른 겪어보지 못한 큰 스트레스가 저를 잠식하면서 예상치 못한 공황장애도 생기고, 이전에는 몰랐던 신체 증상들이 나타날 정도로 힘들었습니다. 저에게는 '나도 할 수 있다'라는 자신감이 필요했고, 작은 일이라도 성취해 내는 성공 경험이 계속적으로 필요했습니다.

그래서 택한 방식이 '셀프 칭찬', '셀프 위로', '셀프 팩폭'의 세 가지였습니다.

입으로 소리 내어 나에게 칭찬하기, 자기 전 누워서 하루를

잘 살아냈다고 이야기하기, 실수했거나 잘못된 행동을 했을 때는 자책하기보다는 객관적으로 바라보고 스스로를 혼내기도 하며 저를 충분히 이해하고 성숙해지기 위해 노력했습니다.

그러다 보니 제가 반복해서 하는 안 좋은 습관도 인지하게 되고, 이전에는 몰랐던 저의 모습을 직면할 시간을 갖게 되었습니다. 나의 못난 모습을 받아들이려면 어떤 생각이나 행동을 해야 하는지에 집중하게 되었는데, 이것이 제가 지속적으로 자기계발을 하게 된 원동력이 되었습니다.

제가 접근하지 못한 생각을 하는 사람들을 여러 방식을 통해 접하며 생각을 확장하려 노력했고, 이미 성공한 사람들의 책이나 교육 과정에도 참여하여 그들의 방식을 제 생활에 적용하고 실천하려 노력했습니다.

하지만 남의 것을 거죽처럼 걸치기만 하니 그 어느 것도 잘할 수 있는 게 없었습니다. 그래서 성취 가능한 작은 목표부터 이뤄나가는 'small success'에 저를 많이 노출시켰습니다. 집안일을 예로 들면, 일하면서도 매일 1개 이상 새로운 반찬 만들기, 아무리 바빠도 매주 토요일 강아지와 3km 산책하기 등 아주 별거 아닌 일상 같지만 작은 목표를 세우고 달성하는 것부터 적용하기 시작했습니다. 물론 하고 나서는 해냈노라고 스스로를 칭찬했습니다.

사업에서도 마찬가지였습니다. 작은 일부터 시작하여 'small success' 만들기!

자신감을 넘어선 자기 확신이 필요했고, 작은 성공 경험이 쌓이니까 큰일에도 도전할 수 있겠다는 마음이 일어났습니다. 작은 일이라도 성취해 낸 경험은 저를 성장하게 했고, 엄두도 못낼 일에 도전하게 했습니다. 도전이라는 말 자체가 어떻게 보면 새로운 스트레스라는 뜻이잖아요. 그럼 또 그 스트레스를 건강하게 이겨내기 위해서 또 혼자만의 시간을 가지며 집중하고 다시 셀프 칭찬, 위로, 팩폭을 하면서 자연스레 저만의 성장 루틴, 타이탄의 도구가 만들어진 게 아닌가 싶습니다.

하지만 이런 노력에도 불구하고 어이없게도 큰일을 그르치는 것이 바로 제 감정 상태였습니다. 일하면서 생기는 일에 감정을 크게 소모하는 것이 일에 큰 걸림돌이 되었습니다. 감성적이고 감각이 열렸다고 말할 정도로 세심하게 받아들이는 편인지라 감정이나 상황에 잠식되어 열심히 공들인 일을 한 번에 말아먹는다거나 크게 후회하며 인간관계까지 끊어지는 일들이 일어나기도 했기 때문입니다.

비즈니스를 한다면서 쉽게 상처를 받고, 그것이 서운한 마음을 쌓아두는 일이 되고, 어느 선을 지나면 통제력을 잃어 일을 그르치는 저를 발견하고는 스스로에게 실망하는 일이 생겼습니다. 같은 일이 반복되어 일을 그르치지 않기 위해서는 조절하는 방법이 필요했고, 제 감정을 객관적으로 관찰하고 왜 그러한 감정에 사로잡혀 있는지 들여다 보며 성급하고도 감정적인 결정을 내리지 않도록 집중하는 나만의 시간을 가졌습니다. 이렇게 겪은 일

은 제 사업 아이템으로도 이어져 〈아크 의미큐레이션 센터〉의 자기인지 컨설팅이라는 콘셉트로 연결되기도 했습니다.

나의 단점을 무조건 싫다고만 할 게 아니라 보완하려는 노력을 통해 하나의 아이템을 얻게 된 것도 어쩌면 저만의 타이탄의 도구가 좋은 결과로 이어진 것이 아닌가 생각합니다. 간호사로 일하면서 알게 된 사람들의 몸과 마음에 대한 부분, 내가 실제 아프며 겪어낸 일들, 어릴 때부터 가져온 내면의 질문 등이 힘들고 포기하고 싶은 상황에서도 일상을 살아내는 힘이 되었습니다. 이것은 제 삶의 루틴으로 자리잡았기에 받아들이기 싫은 것도 받아들일 수 있었다고 생각합니다.

내 스스로를 잘 관찰하고, 칭찬하고, 격려하며, 더러는 혼내기도 하면서 작은 성취를 이뤄가는 것. 이것이 지금까지 제가 일을 할 수 있는 큰 에너지원으로, 여러분들에게도 추천 드리고픈 방법입니다.

멘토의 멘토_수퍼바이저

저는 굉장히 우연한 기회에 사업자 등록을 하면서 제 일을 시작했습니다. 그래서 사업 계획이나 다른 사업 운영에 관해서는 무지했습니다. 누군가에게 도움을 청해도 나름의 노하우라고 알려주지도 않고, 보통은 틀에 박힌 얘기들만 해줘서 사실 도움이 되지 않았습니다.

행정적인 건 세무사나 법무사에 맡기고, 나머지는 컨설팅을 받는 것 외에는 크게 도움을 받지 못했기에 사업자 등록을 한 초기에는 정말 외로웠습니다. 어떻게 해야 할지도 몰라서 그냥 사업자 등록만 한 채로 프리랜서 형태를 유지하며 일을 해 왔습니다. 어쩌면 그때 당시 제가 가지고 있던 인프라를 제대로 파악하지도 못하고 막연하게 '그냥 없다'라고 생각했던 것 같습니다.

시간이 지나고 보니 아이디어가 아예 없지도 않았고, 새 일을 시작하기 두려울 때 항상 조언을 주는 사람이 옆에 있었다는 걸 알게 되었습니다. 상담 공부를 하며 만나 뵌 교수님도 계시고, 주변에 많은 좋은 분들이 계시지만, 먼저 사업을 시작하고 경험을 쌓은 〈인컨설팅〉 '이정은' 대표님을 멘토로 생각하며 일하고 있습니다.

제가 사적으로는 '화석'이라고 장난스럽게 부르는 분인데, 성신여자대학교 겸임교수이면서 가천대학교에서도 학생들을 가르치십니다. 기업 교육을 메인으로 하는 매우 유능한 분입니다.

코로나 19처럼 메르스 바이러스가 창궐하던 시기에 집합 제한으로 모든 교육이 취소되고 직원들 급여를 주기 힘든 상황에도 잘 버텨내면서 지금까지의 커리어를 만드셨으며, 포르쉐, 메르세데스 벤츠, 재규어 랜드로버, 아우디, 포드 등 수입 자동차 브랜드에서 역량 평가 및 non-tech 파트의 트레이너로도 활동하시는 분입니다.

나이는 저랑 비슷하지만 기업 및 대학 교육업계에 화석처럼 자리매김하는 데도 불구하고 겸손하고 항상 현장 중심으로 움직이시는 분이라서 저는 존경하는 눈빛과 말투와 표정으로 '화석'이라고 부르곤 합니다. 화석, 선구자. 어떤 뉘앙스인지 아시겠지요. 그만큼 경험도 경력도 많아서 제가 어떻게 포지셔닝해야 하는지 모를 때 찾아가서 투덜대듯 말할 수 있는 멘토입니다. 예쁘고 멋진데 성격 좋고 그릇도 크고! 말씀드리고 보니 교주님 추종하는 신자같은 기분이 들긴 하지만 사실인 걸요.

이 분과는 유일하게 제 사생활을 오픈하고 공유하는 사이이기도 합니다. 같이 중학생 아이를 키우는 엄마이기도 하고, 같은 업종에서 일을 하고 있어서 협업하는 경우도 있습니다. 여러 면에서 언니처럼, 멘토처럼 의지하며 지냅니다. 여성기업 인증을 받으려고 함께 움직이기도 했었고, 일도 함께하는 사이입니다.

저한테 어떻게 하라고 말만 하는 게 아니라 실제 실천하는 모범을 보여주기 때문에 제가 그 모습을 보며 따라갈 수 있어서 멘토로 생각하는 게 아닌가 싶습니다. 조언을 구할 때마다 중심을 잡게 팩폭도 해 주시고, 따뜻한 말도 해 주셔서 당근과 채찍을 저에게 적절하게 주는 분입니다.

다른 시선에 주저하지 말고, 다른 생각에 상처받지 말고 스스로 일어서고 걸어가고 행동하라고 조언해 주십니다. 뭔가 있어 보이게 표현하긴 했지만, 참 인간적이셔서 욕도 찰지게 해 주시고, 어깨 으쓱하게 칭찬도 해 주시는데 저한텐 참 잘 먹힙니다.

사람을 대상으로 하는 일을 하고 있기 때문에 항상 내적 성찰과 사업적 균형이 중요한데, 그 균형을 맞추라고 서로 깨워주는 역할도 하고 있는 관계라고 할 수 있습니다.

제가 가진 경력 전문성을 바탕으로 새로운 시스템을 어떻게 만들 수 있는지, 왜 만들어야 하는지, 어떤 인맥과 자원을 활용해야 하는지 등에 관한 아이디어도 먼저 제안해 주시고, 본인이 도와줄 수 있는 부분을 연결해 주시기도 하고요. 사업적으로 끊어내야 하는 관계나 파악해야 할 부분을 제가 간과하고 있을 때 콕 짚어주는 역할도 해 주십니다.

같은 여성으로서 강인하면서도 부드럽게 자리매김함으로써 서로 버팀목이 되어줄 수 있도록 저도 성장해야겠다고 다시금 다짐하게 만드는 분이에요. 그것만으로도 충분히 저에게 사업과 삶의 에너지원이 되는 분이라고 말씀드릴 수 있습니다.

지금, 여기에서 시작하자

코로나 19 팬데믹 상황을 처음 마주했을 때가 떠오릅니다. 이전에는 겪지 못한 상황이 연이어 터져 힘든 시기라는 건 모든 분들이 잘 아실 거라고 생각합니다. 제가 하고 있는 분야에서도 코로나 19 상황에 처음에는 우왕좌왕했었습니다. 집합 제한이 걸리면서 모든 오프라인 교육 일정이 취소되었고, 대체할 수 있는 방법을 빨리 찾았어야 했습니다.

그동안 준비해 왔고 세팅했던 일들이 줄줄이 취소되었다는 통보에 처음에는 '그럴 수 있지.'라고 반응했지만, 나중에는 아예 일을 할 수 없는 상황에까지 놓이겠다 싶어 해결책을 찾아야만 했습니다. 나라에서 지원하는 코로나로 인한 사업자 대출이 있고, 약간의 금액으로 보상해 준다 해도 한 달 운영비도 충당되지 않았습니다.

나가는 비용은 고정되어 있는데 다같이 손 놓고 수동적으로 대처해 버리면 문을 닫을 수밖에 없는 상황이 될 것입니다. 우울하기도 하고 어떻게 해야 하나 막막하기도 하고 다른 업체의 대표님들은 어떻게 하고 계신지 묻기도 하면서 상황을 대처하려 노력했습니다.

외부 상황은 바꿀 수 없으니 바뀌어야 하는 건 저 자신이었습니다. 그 상황 속에 할 수 있는 거라곤 빠르게 생각을 바꾸고 해결책을 찾아서 할 수 있는 일을 하는 것이었습니다. 즉 판을 새롭게 다시 짜는 것이었습니다.

온라인 실시간 교육으로 진행 방식을 비대면으로 완전히 바꿔 오프라인처럼 진행하기 위해 프로그램을 다시 구성하고 운영 방식을 바꿨습니다. 처음 해 보는 것이어서 약간의 두려움도 있었고, 익숙하지 않은 온라인 환경 플랫폼에서 검증되지 않은 실험을 하는 일이었기에 스트레스도 받았습니다. 완벽하게 하고 싶다는 욕심도 일고, 이렇게 꼭 해야만 하나 하고 짜증도 일어났습니다. 코로나 같은 특이 상황이 아니라면 완벽하게 준비된 상태에서 온라인 상황으로 체제를 바꿔야 하는 게 맞겠지만, 먹고사는 문제가 걸려 있고 완벽을 기하려면 시간이 너무 오래 걸리므로 외부 환경이 불안정한 상황에서는 선택의 여지가 없었습니다.

'지금! 여기에서 시작하고! 하면서 이해하고! 빠르게 생각을 바꾸고! 지금 할 수 있는 일에 집중하는 실천력을 높이자!'는 것이 어려운 상황에서 제가 할 수 있는 유일한 방법이었습니다.

이러한 시도는 시행착오가 있기는 했지만 빠르게 결과를 만들어 냈습니다. 저의 대처 방식은 기존과는 다른 온라인 방식으로 빠르게 체제를 변환시켜 적용할 수 있게 했고, 위기를 기회로 만드는 큰 힘이 되었다고 생각합니다. 몇 년이 지나고 보니 끝날 것 같지 않은 길고 캄캄한 터널을 안전하게 지나갈 수 있는 지혜로운 방법이었다는 것을 느끼게 되었습니다.

이후에 롭 무어의 《결단》이라는 책을 보게 되었는데, 이렇게 쓰여 있었습니다.

"지금 시작하고 나중에 완벽해져라."

바로 제가 위기 상황에서 해결책을 찾기 위해 했던 행동이었습니다. 책을 읽는 내내 정말 맞는 말이라며 격한 공감을 했습니다.

완벽하려고 했다면 불가능했을 일이 오히려 좋은 결과를 만들어냈고, 빠르게 대응하면서 오히려 성장의 부스터 역할을 한 시도였기에 '바뀐다=스트레스'라는 생각을 '변화=성장한다'의 관점으로 전환하고 실천한 힘이, 위험에 대처하고 성장할 수 있는 원동력이 되었던 것입니다.

때로는 완벽함보다 조금 부족해도 실천에 힘을 쏟아야 한다는 것, 여러분들도 힘드실 때는 저처럼 생각을 바꾸고 도전해 보시라고 조언드리고 싶습니다.

인적 네트워크, 플랫폼, 그리고 업력

사람을 귀하게 여기는 마음이 제일 중요하다고 생각합니다. 사람을 대상으로 하는 교육 컨설팅업을 하는 사람은 사람을 귀히 대하는 마음가짐이 필요합니다.

그래서 저는 함께 일할 사람을 뽑을 때 다른 사람을 어떻게 대하는지, 그 마음이 태도에 반영되는지를 먼저 본 다음 채용 여부를 결정합니다. 교육 대상자들 역시 다 느끼고 있기 때문에 마인드와 실력을 갖춘 사람을 채용하시면 자연스럽게 비즈니스가 이뤄질 거라고 생각합니다.

또한 코로나 19로 인해 강제된 온라인 시스템을 활용한 교육법을 반드시 알고 계셔야 합니다. 현재 ZOOM, Webex, 구글 미트, 게더타운 등을 포함한 메타버스 플랫폼을 이용한 교육 · 컨설팅이 이뤄지고 있습니다.

학생들도 온라인으로 수업을 받고, 직장인들의 업무 수행도 온라인을 병행해야 하므로 이러한 플랫폼 활용법은 기본적으로 숙지하고 계셔야 합니다. 메타버스 활용법이나 여러 온라인 교육 방법은 유튜브나 블로그를 참조해서 기본적인 사용법을 익히시고, 클래스101처럼 현장 전문가들이 직접 내용을 전달하는 플랫폼을 이용하여 관련 직무 교육을 받으실 것도 추천드립니다.

강사를 하려면 업체에 소속되어 일을 할 수도 있고, 프리랜서로 시작할 수도 있습니다. 본인이 쌓아 온 경력이 있다면 그것을 살려 일할 수 있는 분야를 선택하십시오. 만약 처음 시작하려는 분야라면 강사 양성 교육과정을 선택하여 수료한 다음에 시작하시는 것이 좋습니다.

그런데 교육만 받는다고 다 되는 게 아니라는 건 모두 아실 겁니다. 가지고 있는 지식과 노하우를 제대로 전달하는 것과 사

람의 마음을 움직이는 진정성에 대해 끊임없이 고민하셔야 합니다. 강의와 컨설팅은 절대 너도나도 할 수 있는 일이 아닙니다.

인터넷 창만 열어도 전문적인 내용부터 쉬운 내용에 이르기까지 관련 지식과 정보가 넘쳐나는 시대이기에, 넘치는 정보를 나의 관점으로 해석하고 전달하는 중간 전달자로서 갖춰야 할 사고력과 전달 스킬이 필요합니다. 일종의 전문성이라고 말씀드리고 싶은데, 어릴 때 만났던 학교 선생님들을 한번 떠올려 보세요. 어떤 선생님은 내용을 쉽게 잘 전달해 주셔서 그 시간은 집중하게 되어 선생님의 팬이 되기도 하지만, 어떤 선생님은 내용도 별로고 재미 없어서 그 과목 자체를 싫어하게 되기도 했던 경험이 다들 있으실 겁니다. 또 매번 혼내기만 하는 분이 있는가 하면, 어떤 분은 고칠 부분은 자상하게 짚어 주시면서도 칭찬과 격려를 해 주시기도 했을 겁니다.

이러한 역할을 하는 각 분야의 전문가인 강사나 컨설턴트는 교육 대상자들을 대할 때 프로페셔널한 모습을 보여주는 것은 물론 다루는 주제에 대한 심오한 내공이 있어야 좋은 평가를 받을 수 있습니다. 또 전체적인 교육 과정에 대한 이해도 필요합니다. 이 교육 과정은 어떤 의도로 기획이 된 건지, 고객의 니즈는 어떠한지, 교육 시 어느 부분에 초점을 맞춰야 하는지 파악하는 센스도 필수적이니까요.

강의나 컨설팅을 하면, 시간당 비용을 책정하여 페이를 받습니다. 월급 개념이 아닌 시간당 페이가 교육을 의뢰한 기관의 규정이기 때문에 페이는 전문 영역별로 강사나 컨설턴트의 개인 역량에 따라 달라집니다. 그래서 강사나 컨설턴트로 활동하시는 분들은 개인의 스펙을 쌓기 위해 자기계발을 위해 많은 시간과 비용을 쓰는 겁니다.

일반 직장인처럼 안정적인 월 보수를 유지하려면 추가적인 노력이 필요합니다. 따라서 강사들 사이의 네트워크나 교육 컨설팅사 등의 업체와 긴밀하게 연계하시는 것이 필수입니다. 인적 네트워크를 통해 의뢰가 들어오기도 하고, 프로젝트 참여권부터 생각지도 못했던 기회가 주어지기도 합니다. 이러한 목적으로 많은 모임이 온 · 오프라인에서 이뤄지고 있습니다.

이전 경력이나 경험으로 강의나 컨설팅을 의뢰하는 업체에 루트가 연결되어 있지 않다면, 파트너로서 일을 의뢰받을 수 있는 작더라도 믿을 수 있는 기관의 양성 교육과정을 수료 것도 좋은 방법입니다. CS강사, 취업진로 강사, 취업진로 컨설턴트 등 여러 분야로 갈 수 있는 기회가 주어질 수도 있습니다. 그런데 이런 것들이 상술에서 끝나는 것인지 확인하고 수강하시는 혜안도 필요합니다.

지금은 코로나 19로 집합 교육이 크게 제한받고 있어서 많은 프리랜서들이 파트너 강사로 일할 수 있는 분야를 찾아 교육을 수강하거나, 아예 일을 할 수가 없어 다른 일을 찾는 현상도 나타나고 있습니다.

한편 교육 관련 업체를 설립하시려면 다른 분야의 창업과 마찬가지로 기존 경력과 인맥을 활용할 수 있는 분야로 사업 영역을 설정하고 타겟팅하는 것이 좋습니다. HR 분야인지, 중 · 고등

학생 대상 교육 분야인지, 취업 · 진로 컨설팅 분야인지 등 하고자 하는 분야를 타겟팅한 다음 차별화된 콘텐츠나 시스템을 구축하여 경쟁력을 갖추시는 게 중요합니다.

입찰로 경쟁할 만한 업력을 만들기 위해서는 다른 업체를 인수하여 사업을 이어나갈 것인지, 수익보다는 작은 프로젝트라도 기반을 다지는 데 중점을 둘 것인지를 결정하셔야 합니다. 교육 컨설팅 업계 경험이 있는 직원들과 함께하시는 게 유리하므로 처음에는 경력자를 찾는 것이 중요합니다. 그래서 보통 같은 분야에서 활동하던 분들이 동업을 하거나 함께 회사를 꾸리는 경우가 많습니다.

저는 창업 초기 자금은 거의 들지 않았고, 개인 사업자에서 법인으로 전환하면서 업력을 쌓았기 때문에 프로젝트를 얼마만큼 운영하느냐에 따라서 매출이 크게 달라졌습니다. 프로젝트 규모를 꾸준하게 이어가기 위해서 여성기업 인증을 받아 수의계약으로 계약할 수 있는 자격을 만들어 놓고 입찰이 아닌 분야부터 접근해 가기 시작했습니다.

저는 프로젝트를 진행할 때 입찰을 거치지 않는 작은 프로젝트부터 몇 개월에서 연 단위의 장기 프로젝트를 맡기도 했고, 개인으로 하는 일이 생길 때는 강연이나 평가위원 활동을 통해 프리랜서처럼 일하는 형태를 병행했기 때문에 개인 활동과 사업자 활동이 동시에 진행되는 형태였습니다.

저와 같은 업종의 초기 매출은 개인차가 크고, 활동하는 영역에 따라 크게 다릅니다. 그것을 염두에 두시고 처음부터 초석을 단단히 하시는 것이 중요합니다.

인간관계는 양날의 검이다

사람이 가장 귀하지만, 사람이 가장 무섭다는 사실을 잊지 않으셨으면 합니다.

제가 일하는 분야는 다른 비용도 들지만, 인건비를 베이스로 한 인력 시장이라고 해도 과언이 아닐 정도로 사람이 중요합니다. 그 사람의 가치관과 전달력, 일종의 퍼포먼스가 일의 결과에 직결될 정도로 영향을 미치거든요. 때문에 인간 관계를 적절하게 유지하는 것이 시행착오를 덜 겪는 방법이자 도구가 될 수 있습니다.

조금은 정제된 표현으로 말씀드리긴 했지만, 한 마디로 얘기하면 '뒤통수 치는 사람이 많으니 조심하라!'는 겁니다. 저는 '내 등에 칼 꽂았다'고 격하게 말하곤 합니다. 배신과 시기와 질투가 난무하는 분야가 바로 교육 컨설팅 분야입니다. 너무 부정적으로 표현했을까요? 시행착오나 심한 마음의 상처를 입지 않고 잘 살아내기 위한 조언으로 받아들여 주십시오.

대치동의 유명한 대학입시 강사님들이 이런 일을 겪고 난 후 사람이 싫고 무서워서 대인기피증까지 생겼다는 이야기를 TV나

인터넷 통해서 들어보신 분들이 있으실 겁니다. 아무래도 돈이 얽혀 있으니 앞과 뒤의 모습이 다를 수 있습니다. 이건 다른 업종이나 비즈니스에도 있는 일이겠지만, 사람을 상대로 교육을 행하는 업계에서 사람이 가장 무섭다는 이율배반적인 일이 왕왕 일어나서 드리는 말씀입니다.

다시 정리하면 인간 관계의 완급을 잘 지켜내야 개인적으로 일을 하거나 사업을 하면서 위기 상황이 왔을 때 버팀목이 되어 줄 수 있습니다.

제가 일하는 분야에 입문하려는 분들이 더 많아졌습니다. 내 경험을 전달하는 일이 돈으로 환산되는 온라인 강의 시장이 형성되면서 기존의 사회생활 경력을 살려 강사나 컨설턴트로 커리어를 쌓고 싶어하는 분들이 많습니다.

나를 보호해 주는 조직을 떠나 보호막이 없는 전쟁터 같은 곳에서 내 자리를 찾아간다는 건 절대 쉽지 않습니다. 그래서 처음에는 인적 네트워크 쌓기에 주력하는 분들이 많습니다.

저 또한 어떤 성격의 모임인지 모른 채 겉모습만 보고 참여하여 실망해 본 적도 있었고, 다양한 분야의 경험을 가진 사람들이 모인 집단에서 활동도 하면서 경험을 쌓기도 했습니다. 교육 과정도 많이 참여하였고, 무료로 노하우를 나누겠다는 자리에도 나가보는 등 시행착오를 겪었습니다.

마구잡이로 다니다 보니 저도 모르게 저를 내세워 입찰을 따내는 업체가 있다는 것도, 전혀 모르는 프로젝트에 제 프로필이

교육 프로그램 중

들어가 사업이 진행되고 있는 경우도 있다는 걸 알게 되었습니다. 이후에는 나를 어떻게 알려서 일을 해야 하나 혼란스럽기도 했습니다.

이처럼 어떻게 네트워크를 형성해야 할지 모르는 시기에는 경험을 쌓고 배우겠다는 마음가짐으로 시작하되, 나를 대상으로 장사를 하려는 분들도 있고, 터무니 없는 비용으로 이용하려는 분들도 있다는 사실을 명심하시고 조심하셔야 합니다.

아무래도 프리랜서들이 많이 활동하는 전문분야이다 보니 개성이 강한 분들이 많고, 분위기에 적응하기까지 시행착오를 하는 시가도 있을 겁니다.

그럼에도 불구하고 소수라도 성향과 지향이 맞는 분들과 협업하여 프로젝트를 구성하고 경험을 쌓으면서 실력을 인정받아 안정된 관계를 만들어가는 것이 중요합니다. 이는 좀 시간이 걸리는 일이고 경제적으로 힘든 시기가 있을 수 있다는 것도 염두에 두시고 시작하시기 바랍니다.

결론은 나에게 집중!

여성으로 사회생활을 한다는 것은 전쟁터에 맨몸으로 나온 것 같은 기분이라고 표현하고 싶습니다. 너무 비약한 걸까요? 그만큼 도처에 예상치 못한 상황들이 생길 수도 있다는 뜻입니다. 저는 여자라서 더 멋있다는 소리를 듣기도 하고, 여자라서 앞뒤 없이 무시당하기도 하고, 성희롱이라는 게 이런 건가 싶은 일도 겪었습니다.

프로젝트를 준비하면서 밤샘하며 일하는 날이 늘고, 지방 출장도 잦다 보니 “여자가 밖에서 자 버릇하면 못쓴다”, “벌면 얼마나 번다고 그렇게 돌아다니느냐”, 애가 편식하는 모습을 보면 “엄마가 옆에서 케어하지 않으니 입도 짧고 편식을 하는 거다”, 피곤한 모습이 보이면 “그렇게 힘든 티를 내려면 집에서 애 키우고 살림이나 하지 무슨 큰 일 한다고 세상 일 다 하는 것처럼 그러느냐” 등 정말 제 의지와 상관 없는 평가를 수없이 많이 들어왔습니다.

애가 아파도 제 탓, 집에 무슨 일이 생기면 집을 비우고 일을 한 제 탓, '기가 세서 남자의 기를 죽인다'는 등 참 별별 이야기가 많다는 걸 느끼면서 지금까지 커리어를 쌓아왔습니다. 저도 사람인지라 안 좋은 소리가 들릴 때마다 상처를 입곤 했습니다.

사실 제 면전에 대고 그런 소리를 하는 사람은 극히 드물었습니다. 꼭 뒤에서 수군수군대는 그런 거 아시죠? 특히 같이 애를 키우거나, 일하는 집단에서 우스갯소리로 하는 그런 이야기인데도 그 자체가 저에게는 참 거슬렸습니다. 반발심이었을까요? 더 잘하고 싶어 완벽한 슈퍼 우먼이 되려고 노력하고 에너지를 쏟느라 쓰러지는 일도 생겼었습니다. 아무리 바빠도 밤늦게라도 반찬을 여러 개 만들어서 냉장고에 넣어 놓기도 하고, 동네에서 같이 아이 키우는 지인들을 일부러 만들어 아이가 어울려 놀 수 있게 부탁도 하고, 고마운 마음에 장을 봐서 각 집에 배달시키고, 따로 선물도 하는 등 여러 방법을 써봤습니다.

아이가 초등학교 입학했을 때는 일부러 시간을 내서 학부모회 활동도 하며 동네 학부모들과 일부러 어울리며 뭔가 정보도 얻고 잘 지내보려 노력했던 시기도 있었습니다. 그런데 여자의 적은 여자라고 했던가요? 다 그런 건 아니지만 일하는 엄마, 일하는 여자에 대한 주변의 시선은 사실 곱지 않았고, 특히 직장을 다니는 것도 아니고 자기 사업을 한다는 데 대해 잘난 척 한다며 곱지 않은 시선으로 보는 일도 있었습니다. 앞에서는 부럽고 배우고 싶다 하면서 뒤에서는 뒷말을 하는 일들 말입니다. 그래서 더 잘하려고 노력했습니다. 살림도 육아도 일도 어느 것 하나 놓치고 싶지 않았고, 인정받고 싶은 마음도 있어서 잠을 줄여가며 할일을 다 하면서 매일매일을 전쟁처럼 살아냈던 시기가 있었습니다.

그런데 다 잘할 수는 없었습니다. 선택과 집중이 정말 필요했습니다. 그래서 저는 사람들 이야기에 신경을 쓰지 않기로 했습니다. 사실 하지 않아도 되는 관계까지 다 유지하려다 보니 오히려 내 가족에게 쓸 에너지를 뺏기는 일이 생겼으니까요. 쓸데없는 관계는 버리고 가족에 집중했습니다.

아이한테도 A부터 Z까지 다 해 주는 게 아니라, 스스로 할 수 있도록 연습시키고, 해 볼 수 있는 기회도 주고, 반드시 그에 대한 칭찬과 보상으로 제가 해 줄 수 없는 부분들을 채워갔습니다. 일 때문에 바쁠 수 있는 상황도 설명해 주고, 아이가 필요한 요구사항을 들어주기 위해 노력했습니다.

집안일도 협의를 해서 바꿔나갔습니다. 반찬은 반찬가게 정기 배달, 장보는 일은 온라인 장보기로 시간 날 때 주문해서 받을 수 있도록 하고, 집안일은 몰아서 하거나 가전제품을 좀 더 편리하고 좋은 것으로 바꾸는 등 대체할 수 있는 활동으로 바꿔나갔습니다. 이게 다 작더라도 경제활동을 하고 있었기에 가능한 일들이었습니다.

하지만 이 모든 것이 가족의 지지가 있어서 가능하다고 표현하며 해 나갔습니다. 힘들긴 했지만 따뜻한 눈빛과 표정과 말투는 기본으로 장착하고, 입 밖으로 내뱉은 말은 꼭 지키는 태도로 가족들에게 계속 메시지를 던지는 일을 계속했습니다. 가족일수록 이같은 표현이 더 중요하고, 아이가 크면 클수록 엄마를 더 이해하게 되는 바탕이라는 걸 저는 체감했기 때문입니다.

이런 방법은 특히 중학교 2학년, 그 무섭다는 사춘기를 유연하게 대처하는 데 도움이 되었습니다. 건강한 가족이란 서로의 자리를 지켜 주면서 지지해 줄 수 있는 관계라고 생각합니다. 무조건 옆에 계속 붙어 있어야만 좋은 가족이라는 의식을 바꾸시고 행동으로 표현하는 것이 건강한 관계를 지속하는 방법일 수 있으니까요.

이처럼 온전한 선택과 집중을 위해 본인의 가치관을 면밀히 들여다 보시고 일과 사랑, 일과 가정의 양립 등을 어떻게 해나갈 것인가를 결정하셨으면 좋겠습니다. 저는 이 과정을 거치는 데 6년 정도 걸렸습니다. 뭔가 혼란스럽고 분주하게 일과 가정의 양립을 계속하는 게 맞는가 고민스러운 때마다, 열심히 한다고 해도 소홀해지는 부분이 생기는 데 대한 맘을 어떻게 해야 할지 모를 때마다 오히려 외부로 에너지를 쏟지 않고 저에게 집중하는 시간을 가졌습니다.

저는 저에게 집중하는 방법으로 '마노젠아트'(MANOZENART)라는 펜 그림을 그리고 있습니다. 많이 부족하고 부끄러웠지만 전문가 속에 섞여 전시회도 했습니다. 잠도 잘 못 자고 일하는 와중에 그림을 그려내는 제 스스로가 너무 뿌듯하고 위안이 되었

습니다. 집중하는 동안은 잡생각도 없어지고 온전히 저만 볼 수 있게 되었습니다. 그림을 못 그리는 제가 그림을 그려낸다는 만족감도 얻을 수 있고, 내 감정이나 하루를 돌아보는 이미지를 펜으로 표현하면서 심리적 위안을 얻으며 내 감정과 마음을 들여다볼 수 있어서 일과 가정의 양립에 힘들어하는 스스로를 추스릴 수 있었습니다.

그래서 저는 자신에게 숨통을 트여주는 시간을 반드시 허락하라고 강력하게 말씀드리고 싶습니다. 저처럼 그림을 그리지 않아도 좋습니다. 나만의 방식으로 스스로에게 허락된 시간을 주는 활동을 꼭 하셨으면 합니다. 어릴 때 피아노를 배우고 싶었으나 못 하셨던 분들은 앱으로라도 피아노 배우기에 도전하신다거나, 꾸준히 하실 수 있는 혹은 하고 싶었으나 못했던 취미를 실천하고 지속해 보세요.

이러한 활동은 일과 가정, 그리고 나라는 트라이앵글이 건강하게 유지되는 엄청난 발판이 되어줄 뿐만 아니라 안정감을 주는 자양분이 될 거라고 생각합니다. 여성으로 감당하기 힘든 이상한 시선 속에서도 잘 처신할 수 있는 힘이 되어 주고, 버릴 건 과감히 버릴 수 있는 결단력이 되어줄 것이라고 생각합니다. 당장 눈앞에 어떤 성과가 나타나지 않아도 아주 긴 호흡으로 내 일과 사업을 만들어가겠다는 나의 의지에 버팀목이 되어줄 수도 있으니 꼭 실천해 보세요.

내가 행복해지고 집중하는 에너지를 가지고 있으면 가족도 행복해지고, 주변에 사람과 일이 몰려옵니다. 이런 예상치 못한 시너지를 경험해 보셨으면 좋겠습니다.

여러분들은 엄마이고 아내이고 여성이기 이전에 아주 소중한 사람이니까요.

오감, 육감, 실재감!

일을 시작할 때는 자신이 어느 부분에 감각이 열려 있는지 먼저 살펴 보고 접근하시기를 추천드립니다. 오감이 열려 있는 사람은 그것을 이용한 부분에, 육감이 발달된 사람은 그것을 구현할 수 있는 부분에, 실생활에서 불편하거나 필요한 부분을 빠르게 잡아내는 사람은 그것을 가지고 접근하는 방식으로 사업 분야를 정하시고 아이템을 찾으시기 바랍니다.

창업 컨설팅을 하면서 접했던 사업 아이템을 떠올리면, 자신이 평소에 불편했던 부분이나 내가 가진 강점을 어떻게 연결시킬 수 있을지 고민하며 출발한 사업이 성공으로 연결되는 경우가 많았습니다.

휴일에 몸은 아픈데 집 주변 약국은 닫혀 있고, 휴일에 오픈한 약국을 찾아서 약을 사다 줄 사람도 없지만, 편의점으로 응급약을 사러 나가기도 힘든 경험을 한 학생이 그 경험을 살려 창업 아이템을 찾고, 어플을 만들고, 시스템을 구축하는 접근을 한 적이 있습니다. 약국을 연결해서 건강 식품도 상담하고, 약 배달이 가능하도록 하는 콘셉트였는데요, 나중에는 원격 진료, 원격 처방까지 수용하는 어플로 확장되었습니다. 또 평소에 관심이 있었지만 해 보지 못했던 취미나 만나고 싶었던 다양한 사람들을 소그룹으로 만날 수 있는 방법이 무엇이 있을까 생각하면서 소그룹으로 만나는 플랫폼을 만드는 창업을 생각한 경우도 있었습니다.

이처럼 내가 평소에 어떤 부분에 불편함을 느꼈고 개선되었으면 좋겠다는 생각을 하고 있는지, 그리고 내가 그것에 접근해서 해 볼 수 있는 일은 무엇인지를 관찰하여 사업 아이템으로 구상할 수도 있습니다.

그 외에 나 자신에게 집중해서 아이템을 생각해 보는 방법도 있습니다. 본인 일상의 루틴을 찾아서 그 안에서 남들에게 하나라도 보여줄 수 있을 만한 게 무엇인가 살펴보는 것도 아이템을 찾는 좋은 방법입니다. 내가 가진 장점이 무엇인지 정리하는 것도 강점이 될 수 있고, 음식을 잘하는 것도 강점이 될 수 있고, 강아지를 잘 돌보는 것도 강점이 될 수 있습니다. 그 강점을 살려 기록하면서 사람들에게 어필되는 지점이 어느 부분인지 확인해서 아이디어에 접근하는 겁니다.

이제는 내 일상이 아카이브(archive)가 되어 그것을 인정받는 시대가 되었잖아요. 기록이 능력을 보여 주는 증거물이 되어 그걸 통해 수익을 창출할 수 있는 플랫폼이 많이 열렸습니다. 그걸 이용해서 내가 가진 일상의 능력이 돈으로 환산하면 어느 정도 가치가 있는지 점검해 보셨으면 합니다.

예를 들어 한참 주부들에게 주목받던 아이디어로 〈정리 컨설팅〉이 붐이었던 시기가 있었습니다. 단순히 집안을 깨끗이 청소하고 정리하는 데에서 더 나아가 카테고리별로 분류도 하고, 트렌디한 인테리어 감각까지 더해서 타인의 공간에 활기를 넣는 일은 감각이 있는 주부들이 잘할 수 있는 일이잖아요.

내가 평소에 잘하던 일에서 좀 더 전문성을 갖추면 할 수 있는 일이다 싶어서 주부들에게 인기가 많았었지요. 이처럼 내 일상 속 내가 잘하는 것을 들여다 보시는 게 중요하고, 그것에 사람들이 필요성을 느끼게 구현하려면 어떻게 해야 하는가가 아이템을 사업으로 연결시키는 작업이라 생각합니다(예 : 숨고, 크몽 같은 프리랜서 플랫폼).

또 다른 예를 들면 반찬을 맛있게 잘하는 솜씨가 있고 손도 빨라서 반찬가게를 창업하겠다고 가정해 봅시다. 예전에는 반찬가게를 차린다고 하면 오프라인으로 접근하는 게 기본이었습니다만, 이제는 지역 커뮤니티나 내 개인 SNS 활동 홍보를 통해서 지역 기반으로 아주 소량씩으로라도 온라인 판매를 기반으로 창업할 수 있는 시대가 되었습니다.

사업을 크게 시작할 수 있는 여건이나 명확한 창업 아이템이 있다면 아주 좋습니다만, 접근할 수 있는 작은 성공 경험을 기반으로 사업을 확장시키는 것도 의미 있는 일이라 생각합니다.

요즘엔 워낙 1인 창업이나 그에 수반되는 지원, 나의 재능을 돈으로 환산하여 활동할 수 있는 플랫폼이 열려 있으므로 조금만 찾아보시면 하나하나 내 것으로 만들어 갈 수 있는 자원이 많습니다. 제 주변에는 평범한 직장인이면서 인스타그램을 통해 인플루언서가 된 분도 있습니다. 평소 핸드폰으로 사진 찍는 것을 좋아하는 분이셨는데, 그 사진을 SNS 올리면서 팔로워가 늘어나게 되었고, 팔로워가 3천 명 이상 늘어나자 업체 협찬도 받고 공동구매를 진행하며 수입을 올리게 된 케이스입니다.

또 결혼 전에는 웹디자인을 하셨는데, 아이 키우며 경력 단절이 되어서 무슨 일을 해야 할지 모르겠다고 고민하시던 분이 있었습니다. 우연히 메타버스 플랫폼 안에서 사용하는 맵에 필요한 디자인 의뢰라는 기회를 접하고 나서 지금은 빈 스케줄이 없을 정도로 바쁘게 보내며 어마어마한 수익을 올리는 분도 있습니다. 이들의 공통점은 나의 재능을 요즘의 플랫폼에 맞춰 변형 적용하거나 익힌 것을 사업 수익으로 연결시킨 사례입니다.

이외에 기존의 교육 과정에도 참여하여 아이디어를 찾는 것도 방법일 수 있습니다. 각 지역 여성인력개발센터 같은 곳을 통해 직무 교육이나 창업 관련 무료 교육도 받고, 사업계획서 쓰는 방식부터 무료 컨설팅을 해 주는 등 전문가를 만날 수 있는 접점을 만들기도 수월해졌습니다. SNS나 영상 편집 등의 기술을 익힐 수 있는 교육도 많습니다.

인터넷에 떠도는 정보에만 국한되어 머리로만 생각하지 마시고, 교육 현장에 나가 접하고 부딪혀가며 실무 경험을 쌓으실 것을 권유합니다. 특히 나라에서 창업 지원금을 제공하는 기회들이 많이 열려 있으므로 그런 기회를 잡을 수 있는지 정책을 살펴 보고 컨설팅을 받아보는 것도 좋습니다.

다양한 사람들을 만나 생각을 들어 보고, 사업에 관련된 전문가들을 만나면서 아이디어를 찾을 수 있는 기회에 자꾸 자신을 노출시키는 것이 나에게 맞는 사업과 아이템을 찾는 방법이 될 수 있습니다.

소통과 교류, 결국 사람이 핵심이다

온라인 메타버스 안에서 교육과 소통이 이뤄지는 환경 변화에 적응하는 것, 온 · 오프라인으로 사람들이 교류하는 방식을 파악하는 것, 그럼에도 불구하고 사람 중심으로 자기 사유의 시간을 갖도록 동기부여하는 것 등이 급변하는 시대상에서 제가 하고 있는 일의 중심을 잡는 방법이 아닐까 합니다.

그래서 일부러 일하는 시간을 비워두고 구성원들 서로의 접점을 맞추는 시간을 갖는 활동을 하고 있습니다. 강사 & 컨설턴트와 기획자, 운영자의 3박자가 잘 맞아야 변화에도 잘 적응하고 일에도 좋은 퍼포먼스가 나올 수 있으니까요.

저희 회사에는 교육원인 아크센터 내에 〈의미큐레이터〉라는 파트너 컨설턴트 & 강사 과정이 있습니다. 이 과정을 통해 인연이 된 분들과 〈아크살롱(ARK Salon)〉이라는 이름으로 온 · 오프라인 시간을 가지며 새로운 사업의 아이데이션(ideation)을 하고 회사의 정보를 오픈하여 방향을 맞춰갑니다.

〈아크살롱〉을 통해 일을 하면서 생길 수 있는 오해의 간극을 줄이기도 하고, 교안을 개발하거나 교육 프로그램 관련 아이디어를 내기도 합니다. 교육에 필요한 트렌디한 주제를 세미나 형식으로 진행하기도 하면서 건강한 관계 구축을 위한 방식으로 사용하고 있습니다.

작은 기업일수록 건강한 수평 문화를 만들어가는 것이 변화의 흐름이 큰 시대에도 버텨낼 수 있는 힘이 된다고 생각합니다. 그래서 꾸준히 다양한 시도를 통해 수평적인 인간관계를 우리 회사의 강점으로 만들어가고 있습니다.

또한 고유 콘텐츠가 중요하므로 셀프 콘셉트를 적용한 마음케어 콘텐츠를 계속해서 만들고 있습니다. 디지털이 개인의 마음까지 만져줄 수 있는 건 아니니까요. 이를 위해 개인적으로 접근 가능한 워크북 형태의 책을 만들어 펀딩도 하고 〈자기인지 컨설팅 서비스〉라는 콘텐츠를 지속적으로 보완해가고 있습니다.

기관이나 집단을 중심으로 전달하던 교육 콘텐츠를 개인 중심으로 방향을 틀어 유튜브나 온라인 LMS로도 볼 수 있는 시스템을 만들고 있습니다. 이미 많은 교육업체들에서도 진행하고 있지만 저희만의 콘텐츠로 차별화하는 것이 생존을 위한 필살기가 되어줄 것으로 생각합니다.

이러한 것을 바탕으로 개인 셀프 마인드 케어부터 집단 상담, 온 · 오프라인 자기 인지 컨설팅, 초등학생부터 경력이 단절된 분들이나 제 2인생의 시기를 준비하는 분들까지 커리어에 관련된 강의를 수강하거나 컨설팅 받으실 수 있고, 필요한 전문가들과 연계해주는 시스템을 갖추고 있습니다.

또한 자신이 가진 강점과 경험을 살려 어느 분야에서 강의 또는 컨설턴트로서 혹은 기획자로서 일할 수 있는지 역량을 분석하여 매칭하는 일을 하고 있기 때문에 강사나 컨설턴트에 처음 진

유튜브 촬영 중

입하고자 하는 분들에게 가이드라인을 줄 수 있는 콘텐츠를 가지고 있다는 것도 저희 회사의 강점입니다.

하지만 아무리 유용하더라도 소비자가 찾지 않으면 무용지물이니 가용성 측면에 더 주목하여 이제는 회사를 알리고, 강사도 알리고, 저 스스로도 브랜드가 되어 더 많은 분들이 쉽게 접근하고 이용할 수 있도록 노력을 기울이고 있습니다.

당신의 의미를 큐레이션합니다

제가 하는 일은 교육 기획, 컨설팅, 강의 분야입니다. 특히 커리어에 관련된 기업 내부나 외부에 있는 다양한 사람들을 만나서 제가 알고 있고 경험이 있는 분야에 관해 어드바이스하는 일을 하고 있습니다.

교육에 필요한 다양한 분야의 전문가를 섭외하기도 하고, 강사를 양성하기도 하며, 학생들에게 인생 전반의 커리어 개념을 갖게 하는 활동을 통해서 트렌드 흐름을 읽으면서도 사람 중심의 가치를 잃지 않게 중심을 잡아주는 일을 합니다.

기업에는 HR분야 교육과 관련된 프로그램을 제공합니다. 구성원들의 성장에 필요한 교육 아젠다(agenda)를 각 기업의 요구에 맞게 구성하여 전달합니다. 예를 들어 MZ세대와의 소통이 필요한 기업에는 그에 맞는 소통에 대한 강의와 실습을 온 · 오프라인으로 제공하는 것이지요.

대학교에서는 진로나 취업 관련한 컨설팅과 특강, 장시간의

오프라인 캠프나 ZOOM, 메타버스를 이용한 온라인 프로그램을 진행합니다.

또한 강사라는 직업에 입문하고 싶은 분들, 교육 관련 전문가가 필요한 분들, 진로에 고민이 있는 대학생들부터 취업준비생들, 이직을 고려하는 분들, 경력 단절 이후 재취업 또는 창업을 준비하는 분들에게 필요한 교육 관련 컨설팅을 제공하고 있습니다.

이 외에 자기인지 마음케어 관련 콘텐츠를 책으로 만든 자체 프로그램도 가지고 있으며, 현재는 보건인력 채용 평가에 필요한 차별화된 시스템을 만들고자 기획 단계에 있습니다.

Career + With = Careerwith 커리어위드

커리어위드는 커리어를 함께 만들어가고, 일과 삶의 의미를 연결짓는 일을 합니다.

기업, 기관, 학교, 학생, 성인 등 대상별 특성을 살린 교육 프로그램을 분석하여 교육하는 교육 컨설팅 회사입니다.

산하 교육센터로 〈아크 의미큐레이션 센터(이하 아크센터)〉가 있습니다. 특히 아크센터는 '당신의 의미를 큐레이션합니다'라는 콘셉트를 가진 복합 마음 공간 브랜드로 자기인지 컨설팅, 마음케어 콘텐츠, 강사 양성 등의 프로그램으로 특화되어 있습니다.

저는 사람이 귀하다는 말을 믿습니다.

무언가 처음 시작하려는 사람, 새롭게 바꿔보려는 사람, 다시 시작하려는 사람들을 위해 좋은 가이드라인을 제공하여 스스로 길을 찾을 수 있도록 돕는 일을 합니다.

진로를 고민하는 이들에게는 자기 탐색과 다양한 진로 교육을, 취업을 준비하는 이들에게는 사회 첫 출발을 위한 방향 설정 및 다양한 취업 교육을, 커리어가 단절되었던 이들에게는 자신감과 재취업 교육을, 구성원들의 협력과 성장을 위한 내용이 필요한 이들에게는 맞춤 프로그램과 컨설팅을 제공하여 일과 삶의 의미를 큐레이션하겠습니다.

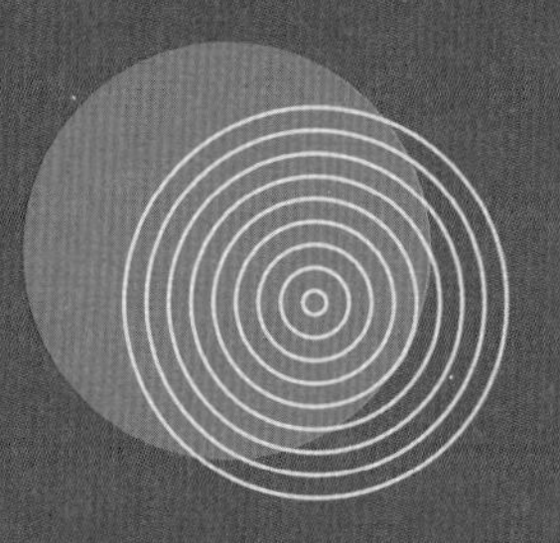

K-Beauty를 이끈 미용 교육 전문경영인 조주연

조주연 대표

〈㈜모스트뷰티〉의 조주연 대표는 건국대학교 휴먼이미지학 박사과정을 수료하고, 24년간 대한민국 미용 교육에 힘써 온 장본인으로서 명지전문대학교 겸임교수를 거쳐 교육업을 천직으로 여기며 국내에서 가장 큰 규모의 뷰티 명문 교육기관인 〈MBC 아카데미 뷰티〉를 교육의 도시 안양 평촌에 개원하였다.

탁월한 경영 능력으로 뷰티 산업에서 우수한 성과를 올리고, MBC 아카데미 뷰티 발전에 이바지한 공로를 인정받아 공로패와 감사패를 수상하였다. 그 후 서울특별시의회 교육 지도 부분 의장상 수상 및 국회의원 표창, 뷰티 산업 발전에 기여한 공로로 각 지방자치단체 및 협회의 공로상 및 최고지도자상 등을 수상하였다. 뿐만 아니라 중국 상해에서 개최된 국제종합뷰티대회의 심사위원장을 역임하였다. 매년 열리는 Global Beauty Cup 심사위원, 국내·외 각종 뷰티경진대회 심사위원장으로 활동하고 있다.

일찍이 일본 도쿄에서 진행된 글로벌 뷰티아티스트 VIP초청 엑시비젼에 한국 대표로 참가하여 K-Beauty의 위상을 알리는 데 앞장섰다. 또한 국내 K-POP가수들의 콘서트 디렉터 및 패션 문화 산업 곳곳에서 활발하게 활동하고 있으며, 현재 K뷰티 문화를 선도하는 글로벌 뷰티 교육기관의 일원으로 더욱 훌륭한 뷰티 아티스트 육성을 위한 체계적인 교육시스템 개발과 함께 양질의 콘텐츠로 뷰티 산업 교육 분야의 대중화와 발전을 위해 앞장서고 있다.

◇ 인스타그램 @mbcbeauty_anyang

◇ 홈페이지 https://off.mbcbeauty.co.kr

제자의 선물 '해빙'

눈의 반짝임이 사라지고 의욕없이 하루이틀을 보내던 어느 날, 사랑하는 제자 지효가 보낸 선물《더 해빙》이란 책은 그해 유독 신경이 예민하고 까칠해 있던 저에게 신기하게도 기막힌 타이밍으로 평소 느끼지 못했던 깨달음을 주었어요.

'부와 행운을 끌어당기는 힘'《더 해빙(The Having)》은 돈에 대해 가져야 할 우리의 마음가짐에 대해 알려주는 책입니다. 부자 마인드에 관한 책에 대한 저의 생각은 기존 관련된 책들과 크게 다르지 않을 거라 생각했어요. 하지만《더 해빙》이란 책은 읽고 나서 무언가 제 뇌리를 스치며 순간 제 심장의 두근거림을 느끼게 해 준 책 중 하나입니다.

책 주제에서 얘기하는 'Having'은 돈을 쓰는 순간 가지고 있음을 충만하게 느끼는 것을 실천해야 하는 게 핵심인데, 이 책을 읽고 나서 깨달은 것은 마음의 편안함이 갖는 힘이에요.

책 속의 주인공인 이서윤 님은 어렸을 때부터 사주와 관상에 능했고, 주역 · 명리학 · 점성학 등 동서양의 운명학을 익혀 부와 행운의 법칙을 전 세계에 전하고 대한민국 상위 0.01%의 재벌가, 대기업 오너와 주요 경영인 등이 자문을 받기 위해 찾아가는 실존 인물이에요. 그녀는 대부분의 사람들은 35억에서 80억 원 정도의 재산을 담을 수 있는 부의 그릇을 가지고 있다고 해요. 그중 해빙을 하는 사람들은 대략 25억 원에서 55억 원 정도의 부의 그릇을 타고 났지만, 해빙을 하지 않는 사람들은 부의 그릇은 10%에서 20% 정도만 채우다 죽는다고 하죠.

그녀는 10만 명의 사례와 데이터를 분석한 결과 진짜 부자들에게는 공통점이 있는데, 그건 부자들 모두가 해빙을 하고 있다는 거예요. 해빙을 하면 같은 노력을 해도 더 많은 부를 끌어올 수 있다는 거죠. 즉 진짜 부자들이 돈이 많아서 쓰는 기쁨을 누리면서 해빙을 하는 것이 아니라 해빙을 해서 부자가 된 것이라고 말해 주고 있어요.

우리는 평소 길을 걷다 커피숍을 보는 순간 '아! 난 지금 커피가 마시고 싶은데 지금 나에게 이 커피를 마실 수 있는 돈이 있어 너무 행복해. 너무 감사한 일이야'라고 하면서 돈을 쓰진 않잖아요. 하지만 책 속의 그녀는 커피를 사서 마시는 순간 느끼는 감정(기쁨, 감사)에 집중하는 작은 습관들이 결국 부와 행운을 끌어당기는 힘이라고 했어요.

대부분의 사람들은 돈을 쓸 때 불안함과 부정적인 순간들로 감정 소비를 많이 하죠. 우리 모두 그런 경험들이 있을 거예요. 저의 지인 중에 1인 미용실을 운영하시는 분이 계세요. 그 분은 늘 성실하게 열심히 일을 하세요. 하루하루 돈을 버는 데 집중을 잘 하는 분이지만, 가지고 있는 '있음'에 집중은 힘들어 하세요. 돈을 써야 하는 상황에서는 매번 '아! 이 돈이면 커트 3명 값이고, 펌 2명 값이야'라는 말을 늘 붙이시거든요.

함께 즐겁게 식사를 한 후 그 시간은 즐거웠지만 결국 각자 나눠서 계산을 할 때가 되면 불안해 하며, 오늘 쓴 금액은 내일 벌어야 할 빚으로 축적하고 있어요. 돈을 쓸 때마다 그런 마음은 오히려 불안함을 키워 매 순간 편안함을 느끼지 못하게 되지요.

책 속에 이런 문장이 있어요.

"물컵이 갈팡질팡 흔들리는데 재물이 온전히 담겨 있을 리 없죠. 마음이 편안할 때 그 안의 물도 차분하게 머무는 법이에요. 제가 만난 수많은 부자들은 대부분 돈에 대해 편안한 마음가짐을 유지하고 있었어요. 부자여서 마음이 편안한 것이 아니라 돈에 대해 가지고 있는 편안한 마음이 그들을 부자로 이끌었죠."

저는 이 책을 읽고 나서부터 돈을 쓸 때 마음이 행복해진다는 것을 함께 있는 분들에게도 제 자신에게도 표현하고 있어요.

누군가는 이런 생각을 할 수 있어요. '지금 난 돈이 없어서 그런 감사와 풍만함을 느끼고 싶어도 느낄 수가 없다.' 이런 마음을 가진 분들에게도 예로써 쉽게 설명하고 있어요. 예를 들어 나의 은행 계좌에 잔고가 3천 원이 남아 있다면 '3천 원밖에 없네'라고 하면서 '없음'에 집중하고 불안한 감정에 빠지는 것이 아니라, '잔고가 아직 3천 원이 있네!'라고 '있음'에 집중하는 것이죠. 있음에 주의를 기울이면 나를 둘러싼 세계가 다르게 인식되면서 기쁘고 감사한 감정의 파장이 나의 세상을 바꾼다는 거죠.

출근할 수 있는 직장이 있음에 기뻐하고, 혹은 주택담보대출이 있다 해도 나에게 빚을 낼 수 있는 신용이 있고 대출이자를 낼 돈이 있다는 것에 감사하는 마음! 돈을 쓸 때도 나에게 쓸 돈이 있음을 감사하게 생각하면서 기쁜 마음으로 돈을 써야 해요. 하지만 남들의 이목을 신경쓰거나 체면을 유지하기 위한 또는 질투나 분노의 감정을 소모하기 위해 쓴 돈은 해빙이 아닌 낭비와 사치라는 걸 구분시켜 주고 있어요. 불안과 두려움을 잊기 위해 부정적인 감정을 담고 돈을 쓴다면 결코 부의 흐름을 탈 수 없다고 하죠!

책을 읽기 전까지 돈을 쓰는 저의 마음가짐 또한 긍정적인 순간보다 부정적이었던 순간이 더 많았던 것 같아요. 이 책은 살면서 잊고 있던 감사의 마음과 가진 것에 대한 온전한 기쁨과 누리는 마음을 일깨워 줍니다. 저 역시 해빙을 실천하면서 오늘을 대하는 자세가 편안해지고 세상을 보는 시선이 여유로워짐을 느끼고 있습니다.

제 경험을 바탕으로 주변인들에게도 해빙 노트를 작성하게 권유하고 있어요. 이 글을 읽고 계신 독자분들도 해빙을 함께 실천해 보시면 느끼지 못했던 하루하루 일상이 감사함으로 가득할 거라 생각됩니다.

인생의 천직을 만나다

어렸을 때 명절이나 가족 행사가 있을 때면 어른들은 제게 꿈이 무엇이냐고 물어보곤 했지요. 저는 선뜻 대답을 못하고 1인 이상의 시선이 내게 집중되면 몸을 배배 꼬는 수줍은 어린이였어요. 끝끝내 대답을 들으시려는 분들에게는 들릴까 말까 하는 아주 작은 목소리로 "선생님이요!"라고 간신히 대답했던 저의 옛 모습은 지금의 저를 알고 있는 분들에겐 너무나 다른 모습일 거라 생각해요.

왜냐하면 남들이 보는 지금 저의 첫인상은 자신감 있어 보이는 당당한 모습들로 많이들 기억해 주시거든요. 어렸을 때의 꿈인 누군가를 가르치고 싶었던 저는 20대에 그 꿈을 이루게 됩니다. 입사 합격 통보를 받은 그땐 제 전공을 누군가에게 가르칠 수 있다는 것에 매우 설레어서 그날 밤은 잠을 이루지 못했었지요.

'10년이 넘도록 충실하게 하고 있는 일이 있다면, 그것은 천직이다'라는 누군가의 말처럼 저는 제 직업을 24살부터 현재 48세까지 총 24년을 지켜오고 있습니다.

친구들과 노는 것이 너무 즐거울 20대에도 친구들은 제게 일벌레, 일중독이라며 고개를 절레절레 저으며 "너는 일이 그렇게 좋니?"라고 묻곤 했죠.

신입 때는 때론 긴장되는 순간도 많았지만, 출근 자체가 설렘이었어요. 저는 명문대를 나온 것도 아니고 공부를 월등히 잘했던 것도 아니었거든요. 하지만 제 재능을 발휘해서 누군가를 가르칠 수 있는 직업에 대한 집착이 매우 컸고, 절대 일을 놓고 싶지 않았습니다.

매일 아침 8시 30분에 출근해서 저녁 10시 30분쯤 퇴근해도 힘든 줄도 모르고 달려온 그 시간들 속에서 저는 선임이었던 분들, 동료였던 분, 후임이었던 분들의 잦은 입사와 퇴사를 보았지요. 사실 저도 처음 입사했을 때는 수강생을 잘 가르치기만 하면 될 거라 생각했었습니다.

막상 일을 하면서 느낀 건 학생들의 반응을 잘 이끌어낸 수업에 대한 만족 평가보다 수강 등록을 위한 상담 능력, 전체 목표 매출 달성을 위한 개인 목표 달성 등이 업무 우선 순위라는 것이었습니다. 이 때문에 스스로 포기하고 그만두는 동료들을 볼 때면 함께 나약해지면서 저 역시 선택의 기로에 서게 된 시기도 있었습니다.

학생들을 가르치는 수업 시간은 너무 즐겁지만, '고객과의 상담 스킬 부족으로 회사의 매출에 피해를 주기보다 그냥 그만두는 게 낫지 않을까?', '매출로 인한 스트레스가 없는 직업을 다시 선택해야 하나.' 하는 딜레마 속에 지쳐가던 순간 제가 내린 결정은 자신 없는 상담 능력을 키우자는 것이었습니다.

선부르게 포기하면 다음에 제가 어떤 것을 선택해도 같은 선택을 하지 않으리란 법이 없으니 차라리 용기를 갖고 더 노력해 보는 쪽을 택한 거지요.

상담 능력을 키우기 위해 첫 번째로 필요한 것은 이미지 변화였어요. 제 나이대에 맞게 센스 있게 제 자신을 스타일링하는 건 자신이 있었어요. 그런데 20년 전에는 취업 또는 창업을 위해 배우시는 성인들이 많았고, 고등학생을 등록시키려면 학부모를 상대해야 했기에 상담 대상의 연령층은 저보다 훨씬 높았습니다.

매번 상담을 하고 나면 "근데 선생님은 몇 살이세요?"라는 물음은 듣기기 싫은 하나의 약점으로 생각했어요. '나이도 어려 보이고 경력도 얼마 안 되어 보이네'하는 시선은 곧 내가 하는 교육에 의구심이 들게 하고, 시작도 하기 전에 불안 요소를 제공하는 것일 수도 있겠다는 생각이 컸습니다. 좀 더 자신 있고 신뢰 가는 이미지를 연출하기 위해 나름의 노력했는데, 지금 생각해 보면 어른 흉내내기에 바빴던 것 같아요. 생머리보다 굵은 웨이브 일명 '미스코리아 머리'를 하고 정장만을 고집하였고, 숄을 하면 좀 더 성숙해 보일까 싶어 엄마의 숄도 빌려 연출하였죠.

하지만 가장 중요한 것은 목소리와 말투였어요. 제가 상담을 진행하면 '조금 더 생각해 볼게요.'라며 망설이던 고객을 선임 강사가 재상담을 통해 등록시키는 것을 지켜보면서 최선이 다가 아니라 어떻게 해야 결과가 달라지는지 다름을 인정하게 되었습니다.

선임 강사의 제안으로 제 목소리를 녹음하고 피드백하는 시간에는 저 스스로 부끄러운 마음에 손발이 오그라들고 그 자리에서 나와 숨어 버리고 싶더라고요. 녹음된 저의 목소리에서 전해지는 신뢰의 힘은 있었지만, 대화법을 떠나 어떤 어조에서도 확신을 줄 수 있는 자신감을 느낄 수 없었어요.

어렸을 때 수줍고 부끄럼 많은 자신감 없던 저의 모습이 떠올랐습니다. 잘하고 싶은 욕심이 커서 그 당시 마음은 답답했었어요. '변하고 싶다. 정말 변하고 싶다'를 마음속으로 외치고 있었죠. 상담은 고객의 질문에 답만 해주고 끝나는 것이 아니잖아요.

고객이 가지고 있는 성향과 연령대에 맞는 분야를 제시해 줄 수 있어야 하고, 비전을 제시하고 동기도 부여해 주어야 합니다. 보이지 않는 미래를 위해 진로를 고민하고 투자하는 과정인 만큼 길잡이 역할을 해 주는 상담 강사가 주는 신뢰는 바로 등록과 연결되기 때문에 저는 이 부분을 빠르게 극복하고 싶었어요. 주말을 이용해 스피치 학원을 다니며 말투 교정을 위해 노력하였습니다. 이때부터 배움에 매우 적극적인 자세와 마음을 다지게 된 것 같습니다.

두 번째로는 주말을 이용해 여러 학원을 돌아다니며 분야에 상관없이 상담을 받으러 다니기 시작했어요. 좋았던 상담 사례 50번의 동그라미가 채워질 때까지라는 목표를 정하고, 시간이

날 때마다 서울 · 경기권을 중심으로 찾아다녔습니다. 횟수를 거듭할수록 학원의 인테리어와 동선, 그리고 관리 시스템과 학생들과 강사들의 분위기를 감지하게 되면서 그 학원의 장단점이 들어오기 시작했어요.

그것을 기억하기 위해 하나하나 메모하였습니다. 가장 중요한 일은 관심이 없던 분야라도 상담을 해 주는 사람이 누구인지에 따라 정말 다른 결정을 할 수 있다는 것을 스스로 느끼게 된 겁니다. 그때의 저의 열정은 현재로도 이어져 "이번엔 또 어떤 걸 배우러 가시는 거예요?"하고 저와 알고 지내는 분들이 제게 질문하시곤 합니다. 가끔 저도 지금껏 배운 것들에 대해 곰곰이 생각해 보곤 해요. 대부분 제가 하는 일에 직접적이든 간접적으로든 적용하여 활용할 수 있는 과정들이 대부분이지만, 때로는 전혀 다른 분야의 과정도 많이 도전해 보았습니다. 저의 하루 루틴을 살펴보면 결코 시간적 · 금전적 여유나 마음의 여유가 있어서 할 수 있었던 일은 아니었습니다.

일에 지장을 주지 않기 위해 주중보다는 주말 시간을 이용했습니다. 그래서인지 지인들과의 만남이나 모임을 가질 때마다 매번 배우는 게 있어 참석 못할 것 같다는 말씀을 많이 드렸습니다.

돌이켜 보면 그 순간을 잘 이겨낼 수 있었던 건 나를 따르던 학생들에게 인정받음으로써 내가 선택한 직업의 가치를 느꼈기 때문입니다. 누구에겐 크게 매력적이지 않은 직업으로 보일 수 있습니다. 하지만 개인이 지향하는 가치는 저마다 다르기 때문에 다른 이의 시선과 평가보다는 스스로 그 직업의 가치를 인정할 때 천직이라고 이야기할 수 있을 겁니다.

최고의 팬!

저는 지금의 법인 학원을 운영한 지 7년차가 되었어요. 이 자리에 오기까지 저의 성장에 큰 힘이 되어 주시고, 제가 사업을 시작할 때 큰 용기와 적극적인 도움을 주셨던 저의 멘토이신 분은 제가 20대에 첫 입사한 학원의 원장님이셨고, 현재는 같은 브랜드 학원 3군데 지점의 대표님이세요. 제가 주임, 팀장, 실장, 부원장으로 승진할 때까지 원장님으로서 저의 성장을 위해 이끌어 주셨고, 함께하는 시간이 더해질수록 서로를 의지하며 신뢰가 두터워지고 있었어요.

그러던 어느 날 원장님은 제게 이런 말씀을 하셨어요.

"난 이제 사장님 곁을 떠나 내 사업을 시작해 보려고 해. 부원장이 이곳을 나 대신 잘 성장시킬 거라 믿어."

그때의 장면은 아직도 생생해서 잊히지 않는 기억으로 남아 있어요. 그 이유가 그 당시 전 20대 후반이었고, 학원을 전반적으로 운영해 오신 31살의 젊은 원장님의 위치가 제게는 최상의 자리였고, 늘 그 자리를 지키실 거라고만 생각했었지 그 위의 더 높은 곳을 향한 도전을 생각하고 계셨을 거라는 건 예상하지 못했기 때문이었습니다. 지금 생각하면 그릇의 차이인 것 같습니다.

아직도 기억하고 있어요. 그 당시 원장님이 돈의 여유가 있어서 학원을 차리신 게 아니었던 것을. 원장님 스스로를 브랜딩하여 다른 이들이 투자하게 만드셨던 과정을 저에게 설명해 주셨고, '자본금이 충분하지 않아도 사업을 시작할 수 있구나'하고 그저 가볍게 이해했던 기억이 나요. 지금 생각해 보면 정말 대단하다고 생각되는 부분이에요.

그 당시는 한동안 함께했던 원장님과 헤어져야 하는 아쉬움도 있었고, 원장님 없이 학원을 운영해야 한다는 상황에 어깨가 더 무거워지고 불안해졌습니다. 원장님께서는 그런 제게 오랜 시간을 할애하며 마지막까지 용기를 주셨습니다. 나이는 불과 2살 차이밖에 안 나지만, 생각하는 깊이도 다르고 상황에 따른 감정 표현도 매우 능하신 분이어서, 제 마음을 읽고 진심을 담아 조언해 주셨습니다. 손익에 대한 숫자 개념도 매우 빠르셔서 함께 일하면서 배운 부분도 많았습니다. 그렇기 때문에 직접 사업을 하신다면 분명 잘하실 거란 기대와 믿음은 있었지만, 당시에는 30대 초반의 여성이 직접 학원을 운영하는 사례가 드물었습니다. 대부분 자금력이 있는 높은 연령대의 남자 사장님들이셨기에, 제가 모신 원장님의 결정 · 추진력 · 실행 능력 등에 대단함을 느꼈습니다.

역시나 그분께서는 첫 학원을 개원한 후 1년 뒤쯤 다른 지역에서 다시 개원하고, 1년이 지난 후에는 또다시 세 번째 학원을 개원하며 승승장구하셨습니다. 그렇게 능숙하게 조직을 키워나가는 그 분의 모습을 보면서 저는 롤모델로 삼고 존경하게 되었습니다.

또한 함께 일할 때처럼 언제나 저와의 소통은 잊지 않으시고 서로 정보를 공유하였습니다. 저 역시 원장을 맡게 되면서 국내에서 가장 큰 규모의 아카데미를 운영하며 성과 부분에서 1위의 평가를 받았는데, 그럴 때마다 최고의 팬을 자처하며 저를 응원해 주셨죠. 뒤돌아보면 원장님이 주신 최고라는 칭찬과 신뢰 가득한 눈빛이 저 스스로 실망시키지 않기 위해 힘을 내게 한 원동력이 되었습니다.

그분께서 버릇처럼 사용하시는 '역시'라는 긍정적인 말은 없던 힘도 끌어내 주는 마법의 단어였는데, 그런 식으로 마음을 움직이는 직원 관리의 노하우를 알게 해 주셨지요. 어느덧 저는 그 성과를 바탕으로 아카데미 직영점을 맡아 아카데미 원장님들의 신뢰하에 학원 성장을 위한 전략을 진두지휘하며 직영 지점의 매출 향상에 주력하게 되었습니다.

그렇게 하다가 저 역시 꿈꾸던 저희 사업을 시작하기 위해 회사에 몸담은 지 17년 만에 퇴사를 결심하였습니다. 이때 저에게 도움을 주신 분들이 많지만, 유독 원장님께서는 적극적으로 사업을 하라고 권유해 주시고, 학원의 상권 파악부터 상가 계약 과정까지 함께 다니며 꼼꼼하게 체크해 주셨습니다. 심지어 자금이 부족한 것을 눈치채시고는 제가 부담스러워할까봐 "조 원장. 이

17년간 근무한 MBC 아카데미뷰티
본사 퇴사 전날
직원들의 서프라이즈 송별회

자 줄 생각은 하지 말고 10년 안에만 갚아."라며 자금도 지원해 주셨습니다.

그날은 제가 평생 잊지 못할 날로 기억하고 있습니다. 가족에게도 이렇게까지 해 주기가 쉽지 않은데, 그저 상사와 직원의 인연이었을 뿐인데 어떻게 이렇게까지 나를 믿고 지지해 주고 베푸실 수 있는 걸까. 나를 위해 도움을 주고 행복해 하는 제 멘토의 모습을 본 순간 저는 알았어요. 내가 평생 이 분의 감사함을 잊지 않고 살아갈 거라는 것을요. 그리고 저는 또다시 그분께 사람을 대하는 자세에 대해 한 번 더 배우게 되었습니다.

원장님은 "난 아무한테나 이러지 않아. 이건 다 조 원장이 만든 신뢰야. 난 조 원장 능력을 믿거든! 조 원장은 더 성장할 사람이고, 난 그 능력을 알아본 똑똑한 사람일 뿐이야."

일을 하다 보면 내 눈에 완벽한 직원도, 내 맘과 같은 직원도 만나기 쉽지 않습니다. 어떤 순간에는 꼰대를 자청하며 "나 때는~" 하면서 비교하는 일도 생기고, 또 직원의 사소한 실수도 용납하기 힘든 경우도 있고, 직원이 뭘 해도 성에 안 차는 경우도 있습니다. 그럴 때마다 반대로 저는 직원들에게 어떤 모습으로 보여질지, 요구에 앞서 내가 놓치고 가는 것은 무엇인지를 먼저 체크하게 됩니다.

이 직업의 특성은 사람이 재산이라는 겁니다. 나의 직원을 귀하게 여김으로써 저의 멘토를 닮아가려고 오늘도 노력하게 됩니다. 삶을 살아가면서 누구를 만나느냐에 따라 인생이 달라질 수 있고, 인생에서 가장 소중한 것은 돈과 명예가 아니라 나를 믿어주는 사람이라는 것을 저는 멘토를 통해 깨닫게 되었습니다.

누군가 "멘토가 누구인가요?"라고 물었을 때 바로 한 사람이 떠오른다는 것은 그 자체가 행운이고 축복이라고 생각합니다.

유튜브 크리에이터 특강으로 1석 2조의 효과를 얻다

교육 사업에서 가장 중요한 것은 고객이 만족할 만한 교육을 제공하는 것과 꾸준한 성과를 내는 것입니다.

학원 사업의 홍보는 대부분 검색 키워드를 활용한 노출 홍보에 중점을 두고 있습니다. 저는 대형 플랫폼의 검색 비용에 예산을 많이 투입하기보다는 학원 수강생의 니즈를 충족시킬 수 있는 방안이 무엇인지에 대해 더욱 고민하였습니다. 설문지를 배포하여 뷰티를 전공하게 된 계기, 내가 원하는 직장, 미래의 계획, 닮고 싶은 롤모델, 한 번은 꼭 만나고 싶은 사람, 듣고 싶은 강의 등의 질문을 던짐으로써 고객의 니즈를 파악할 수 있었습니다.

학원의 주요 연령층인 10대들의 니즈는 자신들의 우상을 만나는 것이고, 가장 많이 적힌 롤모델은 유명 뷰티 유튜버 크리에이터였습니다. 정보화 시대가 도래하고 스마트폰 보급률이 급증하면서 자연스럽게 미디어 플랫폼을 많이 사용하게 되고, TV 시청보다 유튜브를 시청하고 구독하는 시대에 접어들었습니다.

그로 인해 유튜브 크리에이터는 연예인 못지 않게 대중의 관심을 많이 받으며 인기를 얻고 있습니다. 뷰티에 관심이 있는 사람들은 대부분 뷰티 유튜버 채널을 구독하고, 그들이 하는 메이크업과 헤어 스타일링을 따라 하기도 하고, 사용한 제품의 정보

111만 구독자 유튜버 기우쌤

도 얻곤 합니다. 50만, 100만, 200만의 구독자를 보유한 유명 유튜버들은 뷰티에 관심이 많은 친구들에게는 롤모델이자 연예인이며, 이들 구독자는 강력한 팬덤을 이루고 있습니다.

학생들 투표를 통해 선정된 2명의 유명 유튜버 크리에이터를 많은 노력을 기울인 끝에 직접 섭외하게 되었습니다. 처음엔 바쁜 스케줄을 거론하며 거절하던 인기 유튜버들도 본인들을 롤모델로 삼고 오늘도 열심히 연습하는 후배들에게 힘을 주길 바란다며 그들에게 평생 기억될 소중한 시간이 될 것이라고 진심을 담아 전한 저의 메시지에 마음을 바꾸어 제안에 응해 주셨습니다.

정식으로 특강 일정이 공개되자 학원의 수강생들은 기쁨을 감추지 못했고, 인스타그램에 특강 일정을 올리자 학원 수강생들만을 위한 특강임에도 불구하고 문의 전화가 쇄도하였습니다. 이들의 영향력을 다시 한번 실감하게 되었죠.

물론 유명 유튜브 크리에이터인 만큼 지급한 특강비 또한 만만치 않았지만, 그 홍보 효과는 생각 외로 대단했습니다. 특강 시작 몇 시간 전부터 학원 로비는 유튜버를 보기 위해 몰려든 학생들로 인산인해를 이루었습니다. 마침내 엘리베이터 문이 열리자 환호 소리와 카메라 셔터 소리로 특급 연예인 저리 가라 할 정도의 분위기를 자아냈습니다.

당시의 상황을 찍은 영상들이 SNS를 통해 인기를 끌면서 수강생들의 의해 직·간접적으로 학원이 홍보되기 시작했습니다. 또한 특강을 해준 유튜버들의 인스타 스토리를 통해 이루어진 학원 홍보 효과도 매우 컸습니다. 시간이 흐른 뒤에도 유튜버 크리에이터의 특강을 촬영한 사진들은 학원에 상담하러 오는 수강생들에게는 큰 이슈가 되었고, 고객들에게 좋은 이미지를 심어주어 등록으로 이어지며 매출 상승에 도움이 되었습니다. 홍보 목적보다 학원 수강생의 만족을 위한 서프라이즈 행사가 학원 홍보에도 큰 도움이 되었고, 마케팅 측면에서도 성공한 사례가 되었으며, 수강생들의 만족도도 높일 수 있는 1석 3조의 효과를 누리게 되었습니다.

이후에도 전 세계를 강타한 K-POP의 대표 남성 아이돌 그룹을 포함한 많은 유명 아이돌 및 연예인의 메이크업을 전담하던 청담 샵 대표님의 특강과 부원장님들의 샵 현장 실무 강의를 개

청담 빗앤붓 박내주 대표원장의 특강

최하였습니다. 이러한 이벤트들은 저희 학원의 커다란 강점이 되었고, 추후 청담동 샵으로 취업을 희망하는 고객들에게는 선망하던 가장 핫한 샵의 아티스트를 만나고 몇 개월간 배움을 함께할 수 있는 좋은 기회가 되었습니다.

이런 기회를 제공해 줄 수 있는 인맥과 실행력은 학원의 최대 강점이 됩니다. 취업난을 겪는 청년들에게 가장 입사하고 싶은 곳의 대표원장 및 부원장님과 자연스레 스승과 제자의 관계로 인맥을 만들어 주고, 교육과정 속에서 친분을 쌓게 하며 멘토와 멘티의 관계를 지속할 수 있도록 배려하고 있습니다. 이러한 것들은 고객인 수강생에게 가장 도움이 되고 있으며, 어느 경쟁 학원에서도 먼저 이루지 못한 성과이며 저희가 내세울 수 있는 핵심 교육입니다. 수강생인 고객의 만족도를 높이기 위한 방안을 지속적으로 모색하고 실행해야만 고객의 만족을 이끌어 낼 수 있습니다. 그렇게 함으로써 매출 상승과 함께 구전 효과를 통한 신규 매출까지 올릴 수 있게 된 겁니다.

강사의 질이 학원의 성장을 담보한다

뷰티 산업의 기초가 되는 교육업은 기본적으로 각 뷰티 분야의 테크닉 전수뿐만 아니라 현 시대의 트렌드도 제시할 수 있어야 합니다. 지도자에게는 창의력, 지도 마인드, 서비스 마인드, 올바른 인성, 꾸준한 자기계발을 위한 노력, 진정성이 내포된 공감 능력 등이 뒷받침되어야만 해요.

분명 쉽진 않죠! 분야를 떠나 교육업에 종사한다는 것은 누군가의 미래를 밝혀주는, 즉 내가 걸어왔던 길을 경험 삼아 피교육자의 등불이 되어줄 마음으로 다가가야만 합니다. 그러기 위해서는 최선을 다해 위에 나열한 교육자에게 필요한 품성과 실력을 갖춰야 합니다. 미래의 뷰티 아티스트가 되기 위한 최초 루트는 학원에서의 배움이기 때문에 처음 학생들과 함께할 강사들은 그들의 롤모델이 되어 줄 수 있어야 하고, 꿈을 이룰 수 있도록 도와 주어야 합니다.

훌륭한 제자를 양성하기 위해서는 그들을 교육할 훌륭한 강사들이 필요해요. 그래서 강사 양성을 위한 지도자 교육을 다양한 방면에서 지원해야 하며, 교육에 대한 투자를 아껴서는 안 됩니다.

관리자만 투철한 마인드를 가졌다고 해서 경영이 제대로 이루어지지는 않아요. 이것이 비즈니스의 핵이 되는 실무진인 강사와 직원을 대상으로 하는 역량과 품성 교육이 꼭 필요한 이유입니다.

어느 분야든 리더들의 공통적인 고민은 뛰어난 인재를 어떻게 모을 것인가입니다. 능력은 뛰어난데 인성이 부족하고, 또는 인성은 매우 좋으나 실무 능력이 부족한 사람도 많지요. 물론 두 가지를 모두 갖춘 인재라면 좋겠지만, 현실에서는 그런 운이 따르기가 쉽지 않아요.

하지만 실제로 경영해 왔던 경험에서 보면 20~30년 경력에 실무 능력이 좋고, 해외 연수 프로그램 이수 및 석 · 박사학위 소유 등 화려한 스펙을 갖추었다 해도 커뮤니케이션 방식이 이기적이고 공감 능력이 저하된 사람이라면 함께 팀을 이룰 직원들과 배움을 위해 찾아온 고객들은 바로 손절하게 되지요.

변화된 세대의 특성을 고려하지 않은 채 경력만을 고려한 인재 채용은 실패하기 쉽습니다. 교육은 사람과 사람의 관계를 통해서 수익을 창출하는 사업이기 때문에 직원을 채용할 때는 인성을 최우선으로 고려해야 합니다. 부족한 부분을 채울 수 있게 협력해 주며, 직원들이 성장할 수 있도록 끊임없이 동기 부여를 해 주어야 합니다.

뷰티 교육 사업은 교과 및 이론을 중심으로 한 일반 학원들과는 달리 실기 부분이 더욱 중요하므로 비대면 교육이 활성화되긴 힘들지만, 자격증 취득을 위한 이론 부분은 온라인 강의 플랫폼을 이용할 수 있습니다. 온라인 강의를 들을 때 강사의 전문성이 느껴질 수 있도록 강사의 이미지뿐만 아니라 강의 전달력 향상을 위한 발음과 발성 훈련에도 많은 투자가 필요합니다.

또한 뷰티 관련 국가 자격증뿐 아니라 직업상담사 자격증이나 직업훈련교사 자격증을 가지고 있으면 국가에서 지원하는 국비 관련 사업을 통해서도 수익을 창출할 수 있어요. 마케팅 부분에서는 일반 학원의 주요 타겟층과 다른 부분이 있습니다. 과거에는 취업과 창업을 목표로 미용을 시작한 사람들이 많았으므로 수강생의 연령대는 20대부터 50대까지가 대부분이었습니다. 하지만 지금은 각 대학의 뷰티미용학과가 인기학과로 거듭나면서 중 · 고등학생들이 진로로 선택함으로써 수요층이 늘어나 대학 입시에도 초점이 맞춰지고 있습니다. 그래서 타겟층이 10대를 포함한 전 연령대가 되었으므로 모두를 아우르는 마케팅뿐 아니라 입시 컨설턴트도 할 수 있도록 강사들의 역량을 향상시켜야 합니다.

코로나 사태 이전의 학원 마케팅은 크게 온라인과 오프라인으로 나뉘어서 진행했는데, 비중을 보면 온라인 대 오프라인이

8:2 정도로, 오프라인보다 온라인쪽에 더 집중되어 있었어요.

온라인은 기본적으로 인스타 해시태그를 이용한 타겟팅 노출 마케팅과 모바일 검색 플랫폼의 네이버 파워링크, 네이버 플레이스, 파워블로거, 파워콘텐츠 광고와 언론기사 광고 등을 기반으로 하는데 월 매출액의 8~10%를 온라인 광고비로 지출하고 있습니다.

그리고 코로나 19 팬데믹 이전에는 오프라인 광고로 학교 로드 마케팅 시 판촉물 배부, 분기별로 진행되는 지역 행사와 축제 등 실습 지원을 통한 마케팅 등을 하였지만, 현재는 100% 온라인 마케팅에 주력하고 있어요. 효과적인 마케팅을 통한 신규 고객 유입도 중요하지만, 기존 고객의 소개 즉 입소문 효과가 크게 작용하고 있기 때문에 기존 고객의 관리 또한 매우 중요합니다.

학원 사업을 시작할 때의 초기 자금은 지역과 상권 · 학원의 규모 등에 따라 차이가 있지만, 서울과 수도권에서는 기본적으로 최소 4억에서 7억 원 이상이 필요합니다. 초기 월 매출은 규모에 따라서 기본 5천만 원에서 1억 원 정도를 목표로 하고, 1년이 지난 시점부터는 월 8천만 원에서 1억 5천만 원 이상을 매출 목표로 설정합니다. 즉 신규 고객의 매출과 기존 고객의 연계매출이 상승되는 시점은 1년 뒤라고 볼 수 있습니다.

학원 사업에서 가장 큰 지출은 인건비와 제품비이고, 다음이 임대료와 광고비입니다. 저의 기준을 말씀드리면 역세권에 있는 건물에 120평 정도의 사무실을 계약하고, 인테리어 비용을 포함하여 4억 8천만 원 정도를 투자했습니다. 첫 달 매출은 오픈 이벤트를 통해 8천만 원 정도였고, 총비용을 뺀 실제 수입은 1천만 원대였어요. 초기에는 인건비가 많이 들지 않기 때문에 지출이 적지만, 6개월이 지난 시점부터는 매출이 상승하는 만큼 인건비와 제품 비용도 늘어납니다.

1년 정도 지나 총 200평 규모로 확장하면서, 3억 8천 정도가 추가로 지출되었습니다. 확장 후 매출은 평균 1억 3천 이상을 유지하였고, 방학이 있는 특정 달은 1억 6천만 원 이상까지 매출을 끌어올릴 수 있었습니다. 수익은 그 달의 지출 비용에 따라 다르고, 또 지역과 경영 방식에 따라 차이가 납니다.

넘쳐나는 정보의 파도에 올라타기

뷰티 산업에서 특히 교육 사업은 자금력만으로는 절대 성공을 기대할 수 없습니다. 과거에는 유능한 원장에게 모든 것을 위임하기도 했지만, 지금은 20년 전과는 달라진 트렌드와 사업 구조를 이해하지 않고서는 뷰티 교육 사업에서 성공할 수 없습니다.

저로서는 엊그제 같지만 제 사업 브랜드는 2021년 12월로 20주년을 맞이했습니다. 세월의 흐름 만큼 세상도 크게 변했고, 이 분야의 트렌드도 놀랄 만큼 빠르게 변해 가고 있습니다. 원하는 키워드만으로도 간편하게 여러 학원의 정보를 얻고, 실시간으로 예약하거나 문자로 상담을 받는 시대가 되었죠. 시대의 흐름을 읽지 못한다면 여러 부분에서 리스크가 따를 수밖에 없어요.

과거에는 지역별로 학원의 레드오션화도 심하지는 않았고, 인건비나 광고비 비중도 크지 않았습니다. 광고비라고 해봐야 단순히 지역 신문 광고, 114 안내, 버스 광고 등이었죠. 현재는 모바일에 중점을 둔 대형 검색 플랫폼의 실시간 입찰을 통해 노출 순위가 정해지는 치열한 순위 검색 광고, 파워블로거, SNS 타게팅 광고 등 비용이 최소 10배는 증가하였습니다. 하지만 치솟는 물가에도 학원비는 20년 전과 같습니다. 참 특이한 현상입니다.

예전에는 재료비에서도 50% 이상의 수익을 남길 수 있었지만, 지금은 재료 공급업체들의 인터넷 판매 비중이 커지면서 대부분의 고객들이 재료 가격을 알고 오기 때문에 많은 학원들이 어려움을 겪고 있습니다.

학원이 내세울 수 있는 핵심 프로그램이 없거나 새로운 과정의 개설이 힘든 상황에서는 수익 향상을 기대할 수 없게 되었습니다. 코로나 19 팬데믹하에서 많은 학원들이 폐업 상황으로까지 몰리고 있습니다.

따라서 자금력이 있다고 해서 투자 일변도로 학원을 개원하기보다 실질적인 운영 능력을 갖춘 상태에서 시작해야 조직 운영의 리스크도 적고 인건비를 절감할 수 있습니다.

한편 시대의 흐름에 보조를 맞춘 마케팅 방법과 홍보 방법도 지속적으로 고민해야 합니다. 대부분의 원장님 또는 사업주들께서는 급변하는 광고 시장의 흐름을 따라가지 못하기 때문에 무조건 광고업체에 위임하는 경우가 많습니다. 하지만 지금은 정보화 시대입니다. 내가 알고 싶고 반드시 알아야 할 정보들이 가득 넘쳐나고, 누구나 쉽게 찾아볼 수 있습니다.

제가 안양 평촌 지점을 처음 오픈했을 때 본사와 제휴하고 있는 블로그 및 SNS 광고 마케팅 업체에 재직하고 계신 이사님께서 예약 건으로 저희 지점을 찾아오셨어요. 이미 다른 지점은 그 업체와 계약을 마친 상태였고요. 저는 그 업체가 믿을 수 있는 곳인지 확인하기 위해 이사님께 여러 가지 질문을 드렸습니다. 직원 수는 몇 명이며 현재 진행하고 있는 광고 마케팅 업체 수는 어떻게 되는지, 인력 대비 시간 부족을 무엇으로 메꿀 건지, 문제 발생 시 피드백은 바로바로 되는지, 네이버 로직이 자꾸 바뀌는데 대한 대책은 있는지 등. 그리고 네이버의 검색 로직 변경에 따른 블로그로 노출 현황을 검색해서 보여 주셨으면 좋겠다는 말씀도 드렸습니다.

이사님은 분명 전문가인데도 불구하고 시원한 답변은커녕 무언가 얼버무린다는 느낌을 받게 되어, 그분께 제가 실망한 부분을 솔직히 말씀드렸어요. 광고업체 이사님은 당황스럽고 놀랐다며, 솔직히 말씀드리면 지금껏 미팅을 다니면서 이렇게 구체적으로 잘 알고 계신 원장님도 처음이고, 대화가 가능한 것도 처음이라고 말씀하셨습니다. 이전에 다른 원장님들을 만났을 때, 그분들은 설명을 하면 대부분 그냥 "네네"하시며 고개만 끄덕일 뿐이었기에, 저 역시도 비슷할 것으로 생각했다는 겁니다.

저는 그 얘기를 듣고는, 같은 업계에 몸담고 있는 입장에서 부끄러움을 느꼈습니다. 저는 사업을 하기 전에는 본사에서 지점 원장님들을 관리했던 경험이 있었기에, 이 부분에 관한 문제점을 본사와 의논한 후 원장님들과 마케팅 직원들에 대한 교육의 필요성을 진지하게 조언해 주었습니다.

관리자는 전문가만큼은 아니더라도 마케팅과 홍보에 대해 전반적인 지식을 가지고 있어야 합니다. 그렇지 못하면 허술한 관리로 쓸데없는 비용을 지출하게 됩니다. 합리적 비용에 효과적인 마케팅을 진행하기 위해선 넘쳐나는 정보의 파도 위에 올라탈 수 있는 현명함이 필요합니다.

또 다른 성공 요인은 합리적인 조직 구성입니다. 많은 유명 샵에서도 이름을 걸고 아카데미를 오픈했다가 닫기를 반복합니다. 그 이유는 교육에 동원할 수 있는 인재는 많을 수 있지만, 샵과 아카데미 특성을 고려하지 않은 채 샵의 인지도만을 생각하고 쉽게 사업 영역을 넓혔기 때문입니다.

뷰티 학원은 오랜 기간 시스템화된 여러 장치들이 있습니다. 그중 하나가 바로 영업 성과에 따른 인센티브제입니다. 매달 기본급과 강의료뿐만 아니라 수강생 등록과 관리 차원에서 개인의 역량이 발휘될 때 지급되는 비용인데, 이 부분을 어떻게 활용하느냐에 따라 크게 동기부여하는 요소가 되기도 합니다.

예를 들어 매출이 일정 금액을 초과하면 인센티브 퍼센트(%)

를 달리 적용하거나, 전체 매출에 직접적인 영향을 미친 부서는 교무부이지만 그 달의 목표 달성을 위해 노력했던 교학 부서와 관리 부서에도 동일한 성과금을 지급하면 협동심과 팀워크를 이끌어낼 수 있습니다.

수업에 능한 전임강사 구성뿐만 아니라 상담과 학생 관리 능력이 뛰어난 인재를 채용하고 육성하는 부분에 힘을 써야 하는 이유가 바로 여기에 있습니다.

때로는 선택과 집중이 필요하다

저는 33살에 결혼해서 34살에 아이를 출산하여 귀한 외아들을 키우고 있는 워킹맘이에요. 귀엽기만 했던 아들은 어느덧 자라 중학생이 되어 사춘기를 겪고 있답니다. 저는 아들이 태어나기 전 출산이 임박한 만삭의 몸으로 계속해서 출근했지만, 당시에는 한 지점의 원장으로 재직 중이었기에 크게 힘든 일은 없었어요.

다만 직원들은 “원장님, 혹시 이러다 학원에서 아기 낳으시는 거 아니에요?”라며 걱정 담긴 농담을 던지며, 제가 육아 휴직을 쓰지 않고 있는 이유도 궁금해 했어요. 이렇게 말씀드리면 믿기지 않으실 수도 있지만, 저는 집보다 학원 강사 전용 화장실을 가야만 마음이 편하게 일을 볼 수 있을 정도로 학원의 모든 공간은 제게 가장 안정을 주는 곳이었어요.

비록 힘은 들었지만 제게는 일이 가장 중요했고, 오히려 중요도는 결혼보다 일이 앞섰습니다. 마음 편하게 일에 몰두할 수 없다면 차라리 결혼하지 않겠다고 생각할 정도로 말이죠. 하지만 운명이란 게 사람 마음대로 되는 것은 아니더라구요.

처음 남편을 만나게 되었을 때 따뜻하고 좋은 사람이다 생각했지만, 결혼을 진지하게 생각하진 않았었어요. 호감을 느끼고 만난 지 1년 쯤 되었을 때, 이렇게 나를 존중해 주는 사람과 결혼하는 것은 내 인생에서는 좋은 쪽으로 작용할 거라는 믿음으로 결혼을 하게 되었고, 계획에는 없었지만 곧바로 귀한 아기가 저희를 찾아왔지요.

저는 출산 후 정확히 46일째부터 다시 출근하게 되었습니다. 물론 출산 휴가를 더 쓸 수 있었지만, 저는 하루라도 빨리 출근하고 싶은 마음밖에 없었어요. 솔직히 탈출하는 느낌이었던 것 같아요.

아기는 너무 사랑스럽고 귀엽지만 하루 종일 혼자서 아이를 돌보기가 쉽지 않았어요. 일에는 자신 있는 프로의 모습이었지만, 육아에서는 아기가 왜 우는지 이유도 알아내지 못해 쩔쩔매는 초보 엄마였을 뿐이었죠. 괜히 일하는 남편을 보채며 남편이 늦게 오는 날에는 신경질마저 부렸고, 산후우울증까지 와서 집에서 아기를 돌보고 있는 시간이 무척 힘겨웠던 기억이 납니다.

한 달 후쯤 이대로는 안 되겠다 싶어 남편과 상의하였습니다. 양쪽 부모님 모두 아이를 돌봐 줄 수 있는 상황이 아니었기 때문에 아이를 믿고 맡길 수 있는 어린이집을 꼼꼼하게 알아보게 되었습니다. 다행히 같은 아파트에서 아이를 케어해 주는 어린이집을 찾을 수 있었습니다. 남편과 저는 되도록 아이가 오래 어린이집에 머물지 않도록 스케줄을 짜고 서로의 시간을 체크하면서 약속된 시간을 지키려고 나름 최선의 노력을 했습니다.

그렇게 시간이 지나고 여전히 일을 우선으로 여기던 저는 2년간 휴직을 신청하게 됩니다. 그 이유는 아이가 6살이 되었을 무렵, 영어 회화 단기 연수를 위해 3개월간 필리핀으로 가게 되었기 때문입니다. 영어 회화를 잘하고 싶다는 욕심 때문에 남편과 아이를 두고 3일도 아닌 3개월을 떨어져 지내야 한다는 것은 쉽지 않은 일이었습니다. 저로 인해 혼자서 일과 육아를 도맡아 해야 할 신랑과 그런 상황을 지켜봐야 할 시어머님도 내심 마음이 불편하셨을 거예요.

당시 저는 더 나은 미래를 위해 더 이상 지체되면 안 될 것 같다는 생각에 가족들에게 진심으로 도움을 요청하였고, 시어머님 또한 자신의 아들이 혼자 감당해야 할 어려움을 아시면서도 남편과 함께 저의 선택을 존중해 주셔서 그토록 원했던 해외 연수를 갈 수 있었습니다.

길다면 길고, 짧다면 짧은 연수 기간은 배움에도 큰 도움이 되었지만, 무엇보다 그 나라 사람들이 살아가는 모습을 보면서 많은 것을 느낄 수 있는 귀한 시간이었어요. 필리핀 사람들은 세탁기 없이 많은 양의 손빨래를 하는 순간에도, 무거운 짐을 나르는 순간에도, 어려운 일을 하는 모든 순간에도 언제나 웃음을 잃지 않고 즐거워 보였어요. 그들은 그저 일을 할 수 있는 시간이 그냥 행복하다고 해요. 어느 날은 강사 한 명이 저에게 "한국 사람들은 왜 그렇게 스트레스를 많이 받는 건가요? 우리들이 보기엔 부러운 환경에 모두가 멋지고 아름다운데, 다들 만족하지 못하고 미래를 불안해 하며, 자신감 없는 모습들이 사실 이해하기 어려워요."라고 속내를 털어 놓았습니다.

문화의 차이일 수도 있지만 어린 시절부터 치열한 경쟁을 겪으며 자란 우리는 스스로를 사회에서 강요하는 프레임 안에 가두면서 자신뿐 아니라 주변과 사회와 세상을 탓하며 살아온 건 아닌지 생각해 보게 되었습니다. 그리고 필리핀 사람들이 살아가는 모습을 들여다 보면서 지금 내게 주어진 환경이 얼마나 감사한 것인가를 진정으로 깨닫게 된 여러 가지 측면에서 제 인생의 부록 같은 시간이었어요. 반면 누군가에겐 너무도 힘들었던 시간이었겠죠. 바로 제 남편과 아들 말이에요. 3개월 만에 저를 마주하는 아들은 기뻐하기는커녕 어색한 눈인사를 한 후 아빠 뒤로 숨어버리고 말았습니다. 그 행동에 저는 무척 당황하며 아이의 모습을 계속해서 지켜보게 되었어요. 아빠의 헌신적인 노력에도 엄마의 빈자리는 컸고, 그것이 나름의 트라우마로 자리잡은 듯했습니다. 정말 미안하고 죄책감을 느낀 순간이었어요.

저는 한국으로 돌아온 후 스스로 자청해서 일을 쉬고 아이에게 집중해야 겠다는 생각에 2년간 휴직을 결정하게 됩니다.

가족과 떨어져 지낸 시간 동안에 그리움과 애틋함, 그리고 고마움을 느끼게 해준 내 소중한 사람들, 내가 사랑하는 나의 가족이 이제는 그 무엇보다 먼저였어요. 언제나 일이 우선이었던 제 삶의 기울어진 축의 균형을 다시 맞춰야 할 시기라고 느꼈습니다.

제가 지금껏 살아오면서 다시 생각해도 가장 잘했다 생각하는 순간은 그때의 선택입니다. 가장 중요한 순간의 망설임 없이 결단을 내리고 엄마의 손길과 관심이 가장 필요한 시기에 나름 최선을 다해 아이에게 집중함으로써 조금씩 달라지는 아이의 긍정적인 모습을 볼 수 있었습니다. 중학생이 된 아들은 초등학교 1학년과 2학년이었던 때가 제일 좋았다는 얘기를 종종 하곤 합니다. 다행스럽게 아이 기억 속에 제가 온전히 함께한 짧은 2년이 좋은 기억으로 남아 있다는 데 감사함을 느끼지만, 한편으로는 더 가득 채워주지 못한 미안함도 따릅니다.

너무 앞만 보고 달리다 보면 주변을 볼 수 없고, 한 쪽으로 치우쳐 달리다 보면 부딪히는 위험이 따릅니다. 누구나 일과 육아라는 두 마리 토끼를 잡기는 힘이 들 거예요. 어떤 순간엔 선택과 집중이 필요하며, 때론 잠시 쉬어가야 할 쉼표가 필요한 순간도 있습니다. 제가 무리수를 두고 떠난 필리핀 연수 기간은 한 쪽으로 치우쳐 있던 제 삶의 균형을 다시 한번 잡아 주는 좋은 계기가 되었습니다.

힐링 아이템 VS 친환경 아이템

급변하는 시대인 만큼 새롭게 등장하는 직업들로 인해 핀셋 마케팅, 개인 맞춤형 사업 아이템들이 이미 많이 등장하고 있어요.

1인 가구 비중이 커지면서 1인 가구 소비의 니즈 형태를 모델로 한 오피스텔 주거 공간이나 빌트인 가구, 1인 가전, 간편식과 밀키트 등이 큰 인기를 끌고 있죠. 창업박람회에 가 보면 비대면 선호에 따른 영향으로 업종별로 더욱 활성화된 무인 시스템 관련 사업 아이템들에 이목이 크게 쏠리고 있습니다.

무인화 시대가 본격화되면서 키오스크의 수요가 크게 늘어나고 있죠. 연관 사업도 급부상하고 있어요. 조금 더 먼 미래의 일이라고 생각되는 것들이 지금 바로 현실이 되어 버렸죠. 사람이 하던 일은 로봇과 스마트한 기계가 대체하고 있지요. 인공지능 기술의 발전으로 일상이 편리해진 것은 사실이지만, 그 이면을 보면 삭막함을 느끼게 돼요. 감정을 느낄 수 없는 회색 도시랄까. 이런 때일수록 점점 더 아날로그 감성이 그리워지기도 하고, 삭막한 일상을 벗어나 충전을 위한 여행이 간절해 지기도 하지요. 저는 보라카이의 휴양지처럼 자연의 녹음과 에메랄드 빛의 푸른 바다가 어우러진 자연적인 기운을 느낄 수 있는 힐링 공간을 선호합니다. 현재는 전 세계가 코로나 19 팬데믹으로 인해 해외로 나가기 어려운 상황이라 대부분 국내 여행을 하게 되는데, 일상의 풍경이 아닌 이국적인 장소들이 인기를 얻고 있는 듯합니다. 하지만 수요보다 공급이 적기 때문에 그런 곳을 예약하기란 쉽지 않습니다.

가끔 이런 상상을 하곤 해요. 시간과 에너지가 부족한 현대인이 쉽게 접근할 수 있는 테마별 5D 체험관을 만들어 각자의 취향대로 힐링 공간을 선택하게 하면 어떨까. 현장감 있는 특별한 경험을 체험한다면 경험을 중시하는 MZ세대들뿐 아니라 전 연령층에게 인기가 있지 않을까 생각해 봅니다.

또 다른 아이템으로는 스마트 팜이 있습니다. 세계적으로 점점 더 기상 이변이 잦아지고 있는데, 극심한 기후 변화에 대응하기 위해 ICT 기술을 접목하여 지능화된 농업 시스템을 만드는 거죠. 농촌 지역 고령화에 대한 대안책으로 대두되고 있는 스마트 팜 사업은 우리나라보다 미국에서 급속도로 성장하고 있답니다. 공간 효율을 높이고 살충제 · 제초제를 사용하지 않는 친환경 재배로 현재 청년 창업으로도 주목받고 있으며, 집에서 식물을 재배하는 소형화된 냉장고 형식의 스마트 팜도 곧 출시될 예정이라고 합니다.

이미 이케아 푸드 코너에는 스마트 팜이 전시되어 있고, 삼성전자는 식물 재배기를 만들어 공개하기도 했습니다. 기후의 급격한 변화에 따른 식량 공급의 안정성 확보 측면도 있고, 노동 강도는 줄고 수익성은 배 이상이기 때문에 많은 기업들이 개발과 투자에 뛰어들고 있어요. 심지어 현대건설은 스마트 팜 기술을 아파트에 접목시켜 단지 내에 스마트 팜을 조성하여 입주민들에게 청정 채소를 공급하는 계획을 세우고 있다고 합니다. 곧 스마트 팜이 본격적으로 확산되어 가까운 미래에는 과일과 채소를 각자 집에서 재배하는 시대가 오지 않을까 기대합니다. 이처럼 평범한 일상 속에서 생각해 내는 작은 것들이 미래에는 주목받는 큰 사업 아이템이 될 수 있습니다.

코로나 19 위기를 넘어 최고의 매출을 달성하다

뷰티 관련 국가자격증 과정은 가장 기본적인 것이어서 수익 창출 측면에서 보면 큰 비중을 차지하지 않습니다. 이미 레드오션화되어 경쟁이 심한 데다가 똑같은 기준으로 시험을 보는 국가자격증 과정의 수강료는 경쟁력이 없습니다. 그러므로 수익을 낼 수 있는 새로운 과정의 개발에 심혈을 기울여야 합니다.

각 대학의 뷰티미용학과는 수도권을 중심으로 매우 인기가 있고 경쟁률도 높습니다. 특히 4년제 대학 중에서 서경대학교는 미용학과의 서울대라고 불릴 정도로 뷰티계열을 지망하는 학생들에게는 꿈의 대학이며, 몇 년 전만 해도 내신 1등급이어야만 입학을 할 수 있는 곳이었습니다.

교과 성적으로만 입학할 수 있었던 서경대가 실기 전형 80%, 교과 성적 20%의 제도를 도입하면서 많은 학생들이 도전할 수 있게 되었습니다. 그러나 고등학교 3학년생이 감당해야 할 실기 전형 수준이 우리나라 최고의 자격증인 기능장 수준이어서 많은 학원들은 불가능하다며 서경대 입시 대비 교육을 포기하였습니다.

저희 학원에서는 나행히 기능장 출신 강사를 십외할 수 있었습니다. 누구보다 진심으로 학생을 대하고 열정을 다하는 강사님 덕분에 20명을 뽑는 실기 전형에서 한 명도 붙기 힘든 합격자를 19년도 2명, 20년도 3명, 21년도 2명, 22년도 1명씩 배출함으로써 4년 연속 실기 전형 합격자 8명, 4년 연속 특별 전형 합격자 24명, 총 32명의 합격생을 배출하여 전국에서 최다 합격생을 배출하는 성과를 올렸습니다. 실기 전형 준비는 10개월간 진행하므로 뷰티 학원에서는 가장 큰 수익을 창출할 수 있는 과정입니다. 현재 가장 홍보에 열중하고 모집에 집중하는 반이 바로 서경대 입시 실기 전형 과정입니다.

2020년 2월부터 시작된 코로나 19 팬데믹은 많은 소상공인뿐 아니라 학원 산업에도 큰 피해를 주었습니다. 일반 교과 과정을 교육하는 학원은 ZOOM 수업이나 온라인 강의로 대처할 수 있으나, 뷰티 학원은 실기 실습을 통해 자격증을 취득해야 하므로 동영상 강의가 의미가 없고, 마스크를 벗고 해야 하는 실습이 많다 보니 더욱 피해가 컸습니다.

교육청 방침에 따라 코로나 19 확산 방지 차원에서 세 차례에 걸쳐 7주간이나 휴원해야 했고, 대면을 피하려는 사회 분위기 때문에 수강 문의도 급격히 떨어졌지만, 각 과목마다 이뤄낸 합격

글로벌뷰티컵 그랜드 챔피언상 수상

과 수상의 결과는 참으로 대단했습니다.

최고의 상인 그랜드 챔피언상을 수상함으로써 트로피와 상금 2백만 원을 획득하였고, 뷰티 전공자들에게는 꿈의 대학인 서경대학교 미용예술학과에 최다 합격을 이끌어내었습니다. 뿐만 아니라 매년 전문적인 입시 컨설팅을 도입해 원하는 대학에 전원이 합격함과 동시에 공모전을 통해 수석 입학과 전액 장학생으로 선발되는 등 다양한 성과들도 이뤄냈습니다.

결국 학부모님들 사이에 입소문이 나기 시작했고, 소개에 소개가 이어지면서 모두가 힘들어하던 2020년에는 적자 없이 평균 매출을 유지하였고, 2021년도에는 최고의 매출을 기록하는 결과를 얻었습니다. 동종 업계에서는 다들 힘들다 하는데 우리 학원만 잘되는 이유가 무엇이냐고 물어보곤 합니다. 운이 좋은 것일 수도 있지만, 차근차근 쌓아온 결과들이 모여 이뤄낸 성과일 뿐입니다. 교육 사업은 꾸준히 성과를 내야 하고, 성과를 내려면 차근차근 노력해야 합니다. 그러기 위해서는 학생을 먼저 생각하는 교육에 대한 명확한 사명감이 필요합니다.

관공서에서 진행하는 각계각층의 지원 프로그램을 잘 찾아봐야 하며, 도모할 수 있는 제안서나 절차에 맞는 기준을 미리 만들어 놓으면 좋습니다. 안양시 초 · 중 · 고등학생들을 위한 꾸준한 교육 기부를 통해 인증이 까다로웠던 교육청 주관 교육기부 진로체험 인증기관으로 선정됨으로써 각 학교에서 학생들이 진로체험을 위해 학원을 방문하게 되었고, 그 체험을 통해 학원이 홍보

서울특별시의회 의장 표창장 수상

되고 등록으로까지 이어지는 효과를 볼 수 있었습니다.

이번에 안양시에서 교육 지원사업을 대대적으로 확대하며 예산을 높게 확보한 것을 기사를 통해 알게 되어 일자리 창출 지원 사업부에 경력 단절 여성을 지원하는 프로젝트 제안서를 제출하기 위해 계획을 진행하고 있습니다. 아직은 기획 단계일 뿐이지만 과거 경단녀 프로젝트를 시행해 보았던 경험을 토대로 경력 단절에서 이음으로 다시 일을 할 수 있는 기회를 제공하려고 합니다. 자격증 취득을 돕고 실무에 필요한 교육을 진행하여 수료한 이들에게 취 · 창업을 지원하는 구체적인 방안을 담은 제안서를 제출하여 협의한다면 좋은 결과를 얻을 것으로 생각합니다.

관공서의 지원 프로그램으로 1인당 2~3백만 원 정도 지원받을 수 있기 때문에 경력 단절 여성을 위한 프로그램 외에도 다른 기획안도 준비해서 관공서의 문을 자주 두드리고, 사업 분야와 맞는 지원 프로그램을 잘 활용해야 합니다. 이러한 참여를 통해 사회적 가치 실현과 함께 또 다른 성과를 이룰 수 있습니다.

미래 감성 시대에 더욱 주목받는 뷰티 산업

전 세계적인 팬데믹으로 우리의 일상이 변화되면서 비대면 서비스에 대한 수요가 증가하고, 뉴노멀 시대의 새로운 환경에 맞는 직업들이 빠르게 생겨나고 있습니다. 불필요한 감정 소비를 줄이고, 시간과 공간의 제약 없이 맞춤형 서비스를 이용할 수 있는 직종이 급부상하며 인기를 얻고 있습니다. 그럼에도 불구하고 매년 교육부와 직업능력개발원이 주관하여 실시하는 진로 교육 현황 조사를 보면 희망직업으로 뷰티 디자이너와 유튜브 크리에이터가 상위 랭킹으로 초 · 중 · 고등학생 모두의 지지를 받고 있습니다.

2021년 초 저는 "유튜브 크리에이터 직업 선택 의향 : Z세대 직업 가치관을 중심으로"라는 논문을 학회지에 게재하였습니다. 제가 이 연구를 하게 된 이유는 뷰티를 전공하여 미래에 유튜버 크리에이터가 되고 싶다는 학생들이 많기 때문입니다.

5년 전만 해도 대부분 샵에 취직하거나 창업을 목적으로 수강하는 학생들이 대부분이었지만, 짧은 기간 동안 뷰티를 배우려는 사람들의 직업관과 가치관이 크게 변화했다는 것을 느낄 수 있습니다. 이들은 일정 기간 샵에서 인턴 생활을 하며 성장하는 정형화된 취업 루트보다는, 자신의 재능을 활용하여 스스로 1인 기업을 준비하거나 자막을 활용한 글로벌 1인 미디어 크리에이터를 꿈꾸는 Z세대들입니다. 현재 글로벌 뷰티 유튜버를 꿈꾸는 많은 학생들이 학원의 문을 두드리고 있습니다.

최근 〈Global Scholarships〉이라는 글로벌 교육정보 기관에서 미용 공부를 하기 좋은 나라 TOP 7을 선정했는데, 우리 대한민국이 4위로 선정되었다고 합니다. 그만큼 미용을 배우기에 좋은 교육 환경을 갖추고 있고, K-POP과 K드라마가 전 세계적인 인기를 얻고 있는 데 힘입어 한국 문화와 함께 K뷰티에 대한 관심은 시간이 갈수록 점점 더 높아지고 있습니다.

미래 감성 시대에 주목받고 있는 뷰티 산업은 급격하게 발달하는 인공지능과 기술의 발전에도 불구하고 기계로 대체되기 힘든 감성의 영역입니다. 헤어/메이크업/특수분장/네일아트/피부미용/화장품 제조사 과정뿐만 아니라 퍼스널 컬러 진단을 비롯한 다양한 분야에서 개인 작품의 저작권 또한 가질 수 있습니다.

뿐만 아니라 현재 대학에서도 뷰티전공이 크게 각광받고 있으며, 원하는 대학을 가기 위해 실기 전형을 준비해야 하고, 자격증과 대회 입상 경력도 갖추어야 하기 때문에 대부분의 학생들은 뷰티 학원을 찾게 됩니다. 뷰티 교육 사업은 성인뿐 아니라 대학 진학을 꿈꾸는 청소년들, 진로 탐색을 위한 초등학생까지 전 연령층을 대상으로 수익을 창출할 수 있게 되었습니다.

하지만 뷰티 학원 역시 교육 사업이라는 본질에 충실해야 합니다. 사람의 성장을 돕는다는 본질을 잃으면, 그 사업의 가치를 잃는 것이기 때문에 이윤 추구보다는 인재 양성을 위한 교육의 질을 우선으로 해야 합니다. 나아가 K-Beauty가 전 세계를 이끄는 뷰티 리더 역할을 할 수 있도록 뷰티 산업에 사명감을 가지고 뷰티 교육에 이바지하는 자세가 필요합니다.

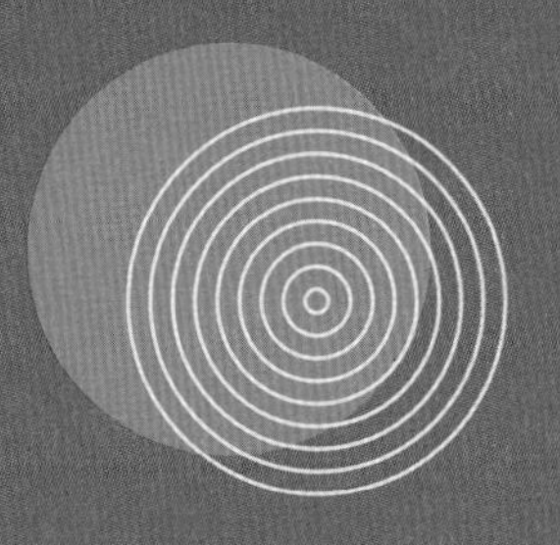

고객의 삶을 기획하는
금융쇼핑 Advisor 윤상숙

윤상숙 대표

과거 동양종금, 하얏트호텔 그리고 푸르덴셜생명 등에 재직하였고, Personal Finance Society 전문 재무컨설턴트, 관공서, 병원 & 학교 경제교실 강사, 《얘들아, 엄마랑 금융쇼핑하자》 작가.

현재 3개의 직업을 가진 1인 사업가이자 〈The One Asset Management〉 부대표.

합리적인 금융 솔루션으로 재정적 자유를 보장하는 금융쇼핑 전문 Advisor.

▶ 윤상숙을 소개합니다(Notion Homepage)

https://www.notion.so/advisor-financialshopping/Jessica-Yoon-456c7cd5313a40eeb0a6a176fef9b70a

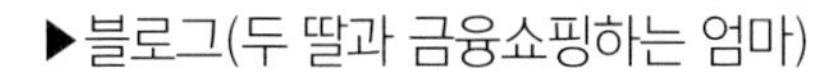

▶블로그(두 딸과 금융쇼핑하는 엄마)

https://blog.naver.com/jessicay0605

▶카카오채널 (윤상숙의 금융쇼핑 Mall)

http://pf.kakao.com/_xfxasMK

▶카카오채널 (Jessica의 여제재무클럽)

http://pf.kakao.com/_pxaERb

▶금쇼맘 tv

▶인스타그램(금융쇼핑 Advisor 금쇼맘)

https://www.instagram.com/since7565/

▶카카오 오픈방 (금융쇼핑하는 엄마)

https://forms.gle/fJTPXPc5xFRZ37fWA

▶저서 : 《얘들아, 엄마랑 금융쇼핑하자》

나를 우물 안에서 꺼내준 토니 로빈스

제 인생을 바꿔 놓은 한 권의 책을 꼽으라면 토니 로빈스의 《Money》입니다. 많은 분들이 읽는 책은 아닙니다. 하지만 토니 로빈스는 많은 분들이 기억하실 겁니다. 세계적으로 1,000만 부 이상 판매된 앤소니 로빈스의 《네 안에 잠든 거인을 깨워라》의 저자 앤소니 로빈스가 바로 토니 로빈스입니다.

인간의 탁월함과 무한 잠재력을 좇아 내면의 심층적 변화를 이끌어내는 데 정통한 동기부여 분야의 세계적인 전문가이자 변화심리학의 최고 권위자입니다. 1997년에는 세계에서 가장 영향력 있는 100인 안에 들어간 분이기도 합니다.

토니 로빈스의 《Money》는 2015년도에 우리나라에서 번역되어 출간되었습니다. 이 책에서는 토니 로빈스가 존경받는 세계적인 투자자 50인과의 인터뷰를 통해 얻은 돈에 대한 지혜와 통찰을 바탕으로 보통 사람이 금전적 자유와 풍족함을 누리는 방법을

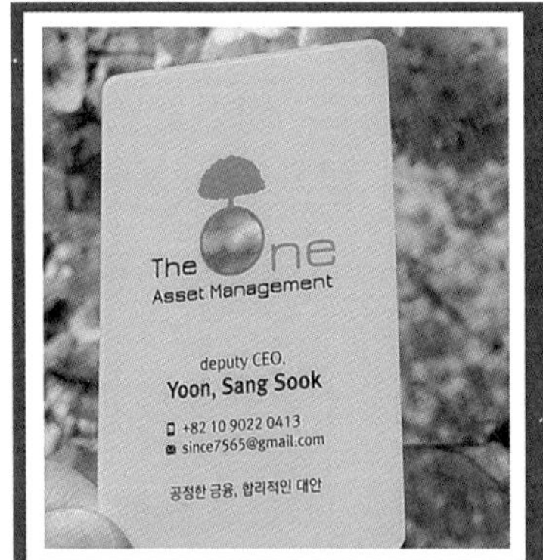

우물 밖에서 찾은 투명한 금융 솔루션을 뜻하는 명함

제시하고 있습니다.

제가 이 책을 선정한 이유는 3가지로 풀어서 말씀드릴 수 있습니다.

첫 번째는 부를 이룬 사람들이 가진 모든 노하우를 아낌없이 전해 줍니다. 평범한 사람들이 부를 이루는 것은 쉽지 않습니다. 소비자들이 독학으로 금융회사에서 만든 금융상품들을 본인의 것으로 만드는 것은 결코 쉽지 않습니다. 어려운 금융 용어들, 금융회사가 숨겨둔 비밀들, 특히 수수료나 보수, 그리고 상품마다 달라지는 세금들까지. 소비자들이 알아야 하고 공부해야 할 것들이 한두 가시가 아닙니다. 본업이 있는 소비자들이 이런 금융상품들을 공부하고 선택하기까지 많은 시간이 걸립니다. 대부분 그러다 지쳐 공부를 포기하고 주변 지인들의 소개를 받아 적당한 금융상품을 선택하는 일이 다반사입니다. 그러다 보니 평범한 사람들은 부를 이루기까지 많은 시행착오를 겪을 수밖에 없으며, 오랜 시간 동안 실패를 거듭하게 됩니다.

이미 억만장자인 토니 로빈스는 이렇게 평범한 우리들이 부를 이루지 못한 것을 안타까워하며 알려주고 싶은 것들을 책에서 말하고 있습니다. 너무 고마운 일이죠. 그리고 이렇게 얘기합니다. 부를 이미 이룬 사람들이 걸쳐간 7단계를 알려 줄 테니 절대 조급해 하지 말고 스텝 바이 스텝으로 그 단계를 올라와야 한다고요.

한 단계도 소홀히 건너뛰면 안 된다면서 차근차근 단계를 밟으며 올라가자고 얘기합니다. 그리고 그 단계마다 중요한 포인트들, 금융회사가 알려주지 않는 비밀들을 우리에게 알려주고 조심하라고 충고합니다. 수수료를 어떻게 하면 최대한 아낄 수 있는지, 세금을 어떻게 하면 합법적으로 세이브할 수 있는지를 알려줍니다. 이 모든 노하우들은 이미 부를 이룬 투자자들이 활용한 방법임을 꼭 기억해야 합니다.

두 번째는 독자들에게 다양한 질문들을 던집니다. 역시 동기부여로서 '내가 왜 부자가 되어야 하는지?', '왜 투자를 하는지?', '돈을 얼마나 벌어야 하는지?', '아니면 얼마나 모아야 하는지?'를 끊임없이 물어봅니다. 그 질문들을 반복해서 듣다 보면 정말로 나의 니즈를 정확하게 파악할 수 있게 됩니다.

이것이 왜 중요할까요? 우리가 무슨 일을 하든 항상 WHY 부분을 정확하게 파악해야만 그다음 단계인 HOW가 나오게 되지요? 맞습니다. 우리가 부를 이루려면 전략이 필요한데, 그 전략의 전제 조건인 WHY에 따라 그 방법이 달라집니다.

예를 들면 누군가는 단기간에 부자가 되고 싶을 테고, 누군가는 평생토록 마르지 않는 샘물과 같은 Cash Flow를 만들고 싶을 겁니다. 그 목적에 따라 돈을 모으는 전략이 달라집니다. 이 책에서의 핵심 질문은 '재무적 자유'라는 목표를 위해 어떤 전략을 세워야 하는가 입니다. 그리고 이미 부를 이룬 억만장자들만의 Secret을 이 책에서 처음으로 공개하고 있습니다. 또 현재 우리나라에는 없지만 세계에는 존재하는 다양한 금융상품들도 알려줍니다. 우리는 그 전략들 중에서 나의 것을 찾아 따라하기만 하면 됩니다.

세 번째는 토니 로빈스는 누군가에게 베풀 때 나의 사업이 더 잘된다고 얘기합니다. 사업이 잘되기 위해서 베푸는 것이 아니라, 나를 필요로 하는 사람들한테 선한 영향력을 주면서 베풀면 그것이 부메랑이 되어 나의 사업이 더 잘된다는 얘기입니다. 그러면서 자산관리사들에게 노하우와 포트폴리오를 공개하라고 끊임없이 얘기합니다.

한편 본인이 금융회사의 내부자만이 알고 있는 비밀을 모두 알려줍니다. 그리고 어떻게 해야 이기는 게임이 되는지 그 노하우도 아낌없이 알려줍니다. 토니는 자산관리사들에게만 요구하는 것이 아닙니다. 이미 억만장자가 된 본인을 포함해서 다른 억만장자 투자자들에게도 그들의 노하우를 대중들에게 공개하라고 얘기합니다.

저는 재무컨설팅을 통해서 고객의 자산을 관리해 드리는 일을 13년째 하고 있습니다. 현재는 어떤 금융기관에도 소속되어 있지 않고, 다양한 금융회사의 파트너로써 폭넓은 금융을 고객에게 소개하고 중간에서 관리하는 일을 합니다. 프리랜서로 일하기 전에는 우리나라 대형 증권사와 미국 보험회사에 근무했습니다. 즉 토니가 이야기하는 금융기관의 내부자였습니다.

토니 로빈스가 자산관리사들에게 충고하는 것처럼 저 역시 고객들이 머니 게임에서 이길 수 있도록 금융상품에 대한 팩트 체크를 먼저 해 드립니다. 열심히 돈을 벌고 열심히 저축하고 투자했지만 왜 돈을 많이 모을 수 없었는지 그 이유에 대한 팩트를 알려드립니다.

그 사실을 처음 알게 된 고객들은 많이 힘들어 합니다. 모든 금융상품이 그런 것은 아니지만, 특히 장기 금융상품들은 시간이 지나갈수록 처음 가입했을 때의 의미가 많이 퇴색되기 마련입니다. 다시 말해 시대의 흐름을 금융상품이 좇아가지 못합니다. 그리고 금융회사들은 그 금융상품이 시대에 맞는 모습을 유지할 수 있도록 책임져 주지 않는다는 겁니다. 저도 과거에 그런 금융상품을 판매한 사람으로서 이실직고한다는 것은 결코 쉬운 일이 아니었습니다. 왜냐하면 나의 과거를 부정하는 일이니까요. 하지만 그것이 옳은 일이라는 믿음을 가지고 꾸준히 진실을 얘기했습니다.

어느덧 사람들이 나의 진심을 이해하기 시작하였고, 그 진심이 나의 경쟁력이 되어 많은 사람들이 나를 찾아오게 되었습니다. 이는 나의 사업을 꾸준히 성장시켜 주게 된 동기부여가 되었습니다.

나를 더 강하게 만들어 주는 나만의 무기

제가 가지고 있는 타이탄의 도구는 크게 3가지입니다.

첫 번째는 선택과 집중을 잘하는 것입니다. 환경의 변화가 필요하다고 느꼈을 때는 과감하게 변화를 추구합니다. 그것이 자주 있는 일은 아니지만, 변화해야겠다는 생각 자체가 기존의 방식을 버리거나 변경해서 새로운 것을 찾아야 한다는 것을 뜻하므로 기존의 것들에 미련을 두지 말고 변화하려고 과감하게 행동합니다. 그렇게 결정된 것은 단기간에 집중해서 빨리 성장하려고 많이 노력하게 됩니다.

39세에 10년 넘게 다녔던 안정적인 직장을 그만두기로 결정했습니다. 그 이유는 금융을 공부해서 재정적 자유를 빨리 찾고 싶었기 때문입니다. 그것을 위해 아예 금융기관에 입사해서 제대로 배워보자고 생각했습니다. 39세에 입사할 수 있었던 금융기관은 푸르덴셜생명이었습니다. 물론 주변에서는 난리가 났지요. 안정적인 호텔 팀장 자리를 그만두고 보험설계사로 일한다는 것을 이해해 주는 사람은 정말 한 명도 없었습니다.

하지만 저의 생각은 확고했기에 결심하고는 1달 만에 호텔을 그만두고 푸르덴셜생명에 입사하였습니다. 그리고 6개월 동안 정말 열심히 배우고 공부했습니다. 그리고 점점 소득에 변화가 생기기 시작했고, 당연히 삶에도 변화가 생겼습니다. 호텔을 그만두고 job change를 했다는 것이 다른 사람들 눈에는 모험처럼 보였겠지만, 지금 생각해도 인생에서 잘한 결정 중 하나입니다.

"여러분은 현재 어떤 선택을 앞두고 계십니까? 그리고 집중할 준비가 되어 있으십니까?"

두 번째는 본받고 싶은 롤모델을 찾아 무작정 따라하는 것입니다. 내가 가고자 하는 곳에서 이미 성공한 롤모델을 찾은 뒤 무작정 100% 따라합니다. 그렇게 계속 따라하면서 점점 나의 것으로 만들어갑니다. 그렇게 만들어진 나만의 것은 더 단단한 시스템으로 굳어지면서 또다시 나는 누군가의 롤모델이 되어갑니다. 푸르덴셜생명에서 2년 동안 열심히 일했지만, 더 다양하고 폭넓은 금융에 대한 갈증이 점점 심해졌습니다. 아무래도 하나의 금융회사에 소속되어 있다 보니 제한된 것들이 많았습니다. 그래서 2년 되는 해에 푸르덴셜생명을 그만두었습니다.

더 넓은 세상으로 나가 더 많은 것을 배우고자 했던 저는 당당히 프리랜서를 선언했고, 재무컨설팅을 제대로 배워 보기 위해 재무 관련 전문 조직에 들어갔습니다. 보험회사에서 배운 걸 모두 지우고 다시 배우고 공부하고 자격증을 따야 했기에, 가족들에게 6개월만 소득 없이 공부만 하더라도 이해해 달라고 양해를 구한 뒤, 또 6개월 동안 열심히 했습니다. 그리고 그 조직에서 제일 잘하는 선배 한 명을 따라다니면서 배웠습니다. 출퇴근 시간 등 이동 시간에는 항상 이어폰으로 선배의 강의를 들으면서 단어 하나, 조사 하나 틀리지 않게 그대로 따라했습니다.

그렇게 6개월이 지나자 점점 나의 실력도 쌓여갔고 고객과의 상담도 잘 진행되었습니다. 선배의 것을 똑같이 1년 동안 따라하다 보니 어느덧 응용력도 점점 생기면서 나의 실력이 빠르게 향상되어 어느덧 나만의 상담 노하우가 완성되기 시작했습니다. 7년이 지난 지금은 내가 완성한 그 노하우가 나를 롤모델로 하는 누군가에게는 소중한 것이 되었고, 자연스레 나에게 배우고자 하는 사람들이 늘어나게 되었습니다.

또한 6년 전 자녀에게 경제 교육을 시켜야겠다는 생각을 한

고등학생을 대상으로한 경제 세미나

뒤, 서점에 가서 자녀 경제 교육에 관한 책을 많이 사서 읽고, 그 중 한 권을 나의 롤모델로 선정한 뒤 그대로 따라했습니다. 그 책을 따라서 두 딸과 함께 5년간 실천한 나의 스토리를 책으로 만들어서 2021년 크리스마스 이브에 나의 책을 출간하게 되었습니다.

성장하고 성공하고 싶으신가요? 그러면 이미 그런 사람들을 만나거나 그런 책을 읽고 그대로 따라하시면 됩니다. 그러다 보면 나만의 응용이 자연스레 생겨나게 됩니다. 그것은 나만의 성공 아이템이 되어, 나는 또 다른 누군가의 성공 롤모델이 됩니다.

세 번째는 나의 단점을 알고 받아들이면서 경쟁력 있는 기회로 전환하는 것입니다. 처음부터 단점을 받아들였던 건 아닙니다. 재무 컨설팅 상담을 잘하게 되면서 강의 요청이 들어오기 시작했습니다. 하지만 저는 무대 울렁증이 있어서 사람들 앞에 나서서 말을 잘 못했습니다. 그래서 강의만은 시키지 말아 달라고 부탁했을 정도였습니다. 지금은 오프라인과 온라인을 합쳐서 일주일에 최소 6번 이상 강의하고 있습니다. 그리고 강의 잘한다고 소문이 나서 구청, 도서관, 학교, 병원 등에서 강의 요청이 들어오고 있습니다. 이제는 자녀 경제 교육과 부모 경제 교육, 그리고 〈산모 경제 교실〉 강사라는 또 하나의 직업이 생겼고, 당연히 소득도 늘어나게 되었습니다.

처음 나의 모습을 생각하면 상상도 할 수 없었던 일입니다. 하지만 어떻게 강의를 시작하게 되었을까요? 그것은 바로 코로나 19 때문입니다. 물론 그 전부터 산부인과에서 〈산모 경제 교실〉의 강사를 하고 있었지만, 한 달에 2번만 하는 거라 자주 강의를 하지는 않았습니다. 코로나 19로 인해 고객과의 대면 만남이 어려워짐으로써 ZOOM을 통한 화상 미팅을 많이 하게 되었고, 조직 내에서도 화상 교육을 많이 하게 되었습니다.

다행히도 온라인으로 하는 교육은 떨리지 않았고, 내 목소리가 온라인 강의에 적합하여 내용 전달이 또렷하게 잘 된다며 교육받은 팀장님들의 반응이 좋았습니다. 그렇게 시작하게 된 온라인 교육과 미팅은 온라인 강의로 발전하게 되었습니다. 교육하고 강의한 내용들을 블로그에 올리기 시작했고, 이제는 블로그를 통해 경제 교육에 대한 강의 문의가 많이 들어오고 있습니다.

저는 사실 학교 다닐 때 제일 못했던 것이 글쓰기였습니다. 글짓기 대회에서 한 번도 상을 받은 적이 없었습니다. 하지만 시대가 온라인 마케팅을 요구하고 있었기에 더 늦기 전에 블로그를 쓰기 시작해야 했습니다. 워낙 글쓰기 재주가 없었기 때문일까요. 블로그 한 편 쓰는 데 3시간이나 걸렸습니다. 새벽에 1시간 쓰고, 점심에 1시간 쓰고, 밤에 1시간 쓰고 이렇게 하루에 3번 쪼개서 겨우 한 편 완성했습니다.

블로그 쓰기가 너무 힘들어서 일주일도 안 돼서 포기하고 싶을 정도였으니까요. 하지만 사람들에게 1일 1포(하루 한 개 포스팅하기) 한다고 공표해 둔 상태였기에 어쩔 수 없이 써야만 했고, 어찌어찌 한 달이 지나갔습니다. 그때부터 사람들의 반응이 나오기 시작했습니다. 어려운 경제 · 금융을 가독성 좋고 이해하기 쉽게 썼다며 칭찬하기 시작했습니다. 그 칭찬이 저를 춤추게 만들었을까요? 그후 더 열심히 블로그를 쓰게 되었고, 그 소재는 고객들을 만나 상담하면서 느꼈던 인생과 돈에 관한 것들이었습니다. 내 블로그 속에서 다양한 모습으로 살아가고 있는 우리들의 인생이 보였을까요? 블로그를 본 사람들의 요청에 따라 온라인 커뮤니티를 만들었는데, 금방 300명의 사람들이 모이게 되었습니다.

또한 5년 전부터 자녀들과 함께한 해외 주식 중심의 금융쇼핑에 대한 에피소드를 엮어 책을 출간했습니다. 비록 1년이라는 긴 세월이 걸렸지만 학창 시절 글짓기를 제일 못했던 제가 책을 내서 작가가 된 것만으로도 단점을 극복해서 또 하나의 경쟁력을 갖추게 되었다고 생각합니다.

《얘들아, 엄마랑 금융쇼핑하자》 저자 특강

지금은 저자 특강으로 바쁜 나날을 보내고 있으며, 이렇게 또 하나의 책을 쓰고 있습니다.

여러분이 쫓아갈 황대헌 선수는 누구입니까

가까운 곳에 내 성공의 롤모델이 있고, 그래서 함께할 수 있다는 것은 정말 큰 행운입니다. 같은 사업 목표와 비전 그리고 비슷한 핵심 가치를 가지고 계신 대표님이 계십니다. 내가 원하는 사업 모델을 이미 가지고 계신 분입니다. 그렇다고 나보다 많이 앞서 계시지도 않습니다. 항상 나보다 몇 발자국 앞서서 꾸준히 성장하시며 성공해 가고 계십니다.

저는 그 분 뒤에 서서 그 길을 조용히 쫓아갑니다. 때론 쫓아가는 것만으로도 벅찰 때가 있습니다. 그 속도를 맞추지 못해 종종거리다가 넘어질 때도 있습니다. 잠시 쉬고 싶을 때도 있습니다. 그럴 때마다 앞을 보면 대표님은 묵묵히 길을 가고 계십니다. 분명 천천히 가고 계신 것 같은데 속도를 따라잡을 수가 없습니다. 나의 속도가 느려지면 대표님과의 간격이 너무 벌어질 것 같아 힘들다며 징징거리고 있을 수가 없습니다. 부지런히 쫓아가야 합니다.

사업체의 대표로서 항상 안정적이고 평온한 모습을 보여주십니다. 하지만 저는 대표님이 얼마나 열심히 노력하고 계신지 알고 있습니다. 마치 잔잔한 호숫가의 백조가 우아한 모습을 보여주기 위해 호수 밑에서 수없이 많은 발길질을 하고 있는 것처럼. 대표이기 때문에 더 노력해야 되는 거겠죠. 빠르게 변화해 가는 세상에서 도태되지 않고 경쟁에서 뒤쳐지지 않으려면 항상 깨어있어야 하겠죠.

사업체 대표로서의 책임감과 무게감이 대표님을 움직이게 하는 원동력이 되는 걸까요? 항상 책을 읽고, 매일 운동으로 체력관리를 하고, 다 알고 있을 것 같은 것도 또 강의를 들으며 공부를 하고, 그렇게 만든 시스템을 다 사람들에게 공짜로 나눠주고, 또 새로운 것을 찾아 공부하고 나눠주고…. 솔직히 처음에는 이런 대표님의 모습이 이해가 가지 않았습니다.

본인이 가진 노하우를 사람들에게 대가를 받지 않고 줄 수 있다는 것은 경쟁사회에서 정말 쉽지 않은 일입니다. 그것이 얼마나 어려운 일인지를 저는 알기 때문에 그 이유를 대표님께 물어봤습니다. 대표님의 대답은 "두 손 가득 움켜쥐고 있으면 더 좋은 것이 왔을 때 어떤 손으로 받을 건데요?" 머리로는 이해하겠지만 그렇게 하는 것이 어디 쉬운 일인가요? 아무나 그렇게 하지 못합니다. 하지만 그래서일까요? 대표님의 사업은 점점 확장되고 있습니다. 그런 분이 내 성공가도 위에 계신 것만으로도 내가 왜, 어떻게 열심히 해야 하는지에 대한 충분한 이유가 됩니다.

여러분도 성공하고 싶으시다면 크게 성공하신 분들의 이야기를 들으며 따라하시는 것도 좋지만, 가까이 계신 분 중에 여러분보다 조금 더 앞서 계신 분의 뒤를 쫓아가시는 것도 좋습니다. 그럼 너무 현실 괴리감도 없고요, 조금만 더 노력하면 될 것 같은 자신감도 생기고요. 당장 어떤 노력을 해야 하는지도 보일 겁니다. 그리고 은근히 경쟁심이 생겨서 더 내가 발전하게 되는 계기가 되기도 합니다.

2022년 베이징 동계올림픽 남자 쇼트트랙 1,500m 경기에서 은메달을 차지한 캐나다의 뒤부아 선수는 경기가 끝나자 인터뷰에서 다음과 같이 감격적인 소감을 전했습니다. "1등을 하고 있는 황대헌 선수를 따라갔더니 내가 할 수 있는 최고의 자리에 올랐어요." 이번이 그의 생애 첫 올림픽 메달이라고 합니다. "여러분에게는 쫓아갈 황대헌 선수가 있습니까?"

영어로 진행하는 가정 재정 컨설팅

저와 함께 산에 오르실래요

사업을 성장시키고 성공하기 위해서는 반드시 함께하는 사람들이 있어야 합니다. 같은 방향을 바라보며 비슷한 속도로 전진하고 있는 동료가 1명이라도 나와 함께하고 있다는 것은 천군만마를 얻는 것보다 더 큰 힘을 가져다 줍니다. 내가 하고 있는 사업을 하고 싶어서 찾아오는 사람들은 많습니다. 하지만 나와 같은 목표와 비전, 그리고 사명감을 가진 사람을 찾아 함께한다는 것은 정말 어려운 일입니다.

가끔은 사업에 대한 사명감을 잊어버리고 달콤한 유혹에 빠질 때가 있습니다. 조금은 더 쉬운 길을 선택하고 싶을 때도 있습니다. 사업이 잘 안 될 때는 오랜 시간 슬럼프에 빠지기 십상입니다. 그럴 때마다 충고해 주고 격려해 주고 응원해 주면서 나의 나침반이 되어 주는 동료가 있어야 합니다. 그럼 또 힘을 내서 다시 시작할 수 있게 됩니다.

"현재 여러분에게 가장 큰 힘이 되어 주면서도 따끔하게 충고해 줄 수 있는 동료가 있습니까?"

지난 13년 동안 재무컨설팅을 하면서 만나 고객이 된 분들이 1,000명이 넘습니다. 그리고 온라인 커뮤니티에 약 500명 정도 계십니다. 예전에는 나와 같은 방향을 바라보는 사람들이 동료만 있다고 생각했었습니다. 하지만 일을 오랫동안 꾸준히 하다 보니 이제는 고객들이 동료가 되어가고 있습니다. 투자는 오랜 세월 꾸준히 해야만 합니다. 단기간에 반짝 공부했다고 해서 목표를 달성할 수 있는 것이 아닙니다. 장기간 공부도 꾸준히 해야 하고, 변하는 경제 흐름 속에서 시의적절하게 전략을 변경해줘야 합니다.

그런 의미로 저는 고객과 커뮤니티 회원들에게 3C를 제공해 드리고 있습니다. Care, Coaching & Coordinating이 그것입니다. 한 달에 한 번씩 책을 선정해서 함께 읽으며 공부할 수 있게 care하고 있으며, 도움될 강의를 한 달에 4번씩 정기적으로 열어서 coaching해 드리고 있으며, 한 달에 한 번 투자 전략 레포트를 드리면서 투자 포트폴리오를 coordinating해 드리고 있습니다. 이렇게 함께하는 고객들과 커뮤니티 회원들이 있으니 내가 게을리할 수가 없습니다. 이들과 함께한다는 것은 나를 계속 움직이게 하고 성장하게 해 주는 채찍과 당근이 되고 있습니다.

생활의 루틴이 깨져가고 있을 때, 마음이 나태해질 때, 다른 잡다한 생각들로 일의 추진력이 떨어질 때마다 저는 다른 사람을 내 삶에 끼어들게 만듭니다. 매일매일 하루가 참 바쁩니다. 그럴수록 나를 위한 시간은 점점 줄어들게 되고, 그러다 보면 일의 핵심가치와 비전을 잊어버리게 되어 기계처럼 일만 하게 됩니다.

그럴 때마다 지는 사람들을 모집합니다. 함께 책 읽을 사람들입니다. 바빠서 시간이 없으니 새벽에 딱 한 시간만 책을 읽어서 마음을 재정비하자는 의미입니다. SNS를 통해서 공모하면 모르는 사람들까지 함께할 수 있습니다. 새벽마다 ZOOM으로 화면을

켜서 책 읽는 모습을 보여주면서 조용히 각자 책을 읽습니다. 그렇게 내가 주도해서 또 하나의 모임을 만들면 그 책임감으로 인해 새벽에 자동으로 눈이 떠지고 한 달에 몇 권씩 책을 읽게 됩니다. 그러면서 마음이 다시 평온해지면서 집중할 수 있게 됩니다.

방학 때는 독서와 운동을 함께하는 것으로 확장합니다. 그러면 방학을 맞이한 자녀들과 함께할 수 있습니다. 이미 독서를 하고 있던 부모님들도 자녀가 함께하는 순간 더 열심히 할 수밖에 없겠죠? 무조건 해야만 하는 이런 강제 시스템은 내게 적절한 긴장과 함께 삶의 루틴을 만들어 줍니다.

돌이켜보니 저는 참 의지가 약한 사람입니다. 그래서 다양한 사람들을 내 삶에 동참시키나 봅니다. 사업을 함께할 동료들, 투자 공부를 함께할 고객들, 삶의 긴장감을 줄 루틴을 함께 만들어가는 온라인 친구들, 그리고 가족들, 항상 이들과 함께하면서 나도 그들에게 힘이 되어 주고, 그들도 나에게 힘을 주는 그래서 함께 성장하며 성공의 길로 달려 갈 수 있는 원동력이 되어갑니다.

The Golden Circle. WHY, HOW, and WHAT

비즈니스를 시작하기에 앞서 또는 어떤 일을 하기에 앞서 저는 항상 'WHY'에 대해 생각합니다. "나는 왜 이 일을 하는 걸까? 왜 이 일을 해야 할까? 왜 이 일을 열심히 하는걸까? 왜 이 일을 사랑하는 걸까?"

하지만 처음부터 그랬던 건 아니었습니다. 39세에 안정적인 직장을 그만두고 금융업계에 뛰어들었을 때는 단순히 금융을 잘 배워서 내 소득을 높여 부를 쌓기 위함이었습니다. 단순했습니다. 나와 내 가족이 잘 먹고 잘 살기 위해서는 다시 한 번 금융을 배워야겠다는 생각뿐이었습니다.

그러다 보니 고객을 만나서 상품을 세일즈해야만 나의 소득이 커진다고 생각했습니다. 하지만 지금은 고객을 세일즈의 대상으로 보는 것이 아니라, 금융전문가인 내가 도와줘야만 하는 평범한 이웃으로 생각합니다. 특히 요즘처럼 갑자기 투자 열풍이 커져 있을 때는 더 그렇습니다. 저금리 시대에 은행만 거래하던 많은 사람들이 투자에 눈을 돌리기 시작했고, 이제 그들은 마음이 급해졌습니다. 주변 동료들은 벌써 몇천만 원을 벌었다고 자랑하는데, 저는 이제 막 주식을 시작한 주린이라는 마음에 불안감이 커집니다. 그러다 고수익을 내어 준다는 리딩방 같은 곳으로 빠지기 마련입니다. 또는 투자에 대한 공부나 지식 없이 주변 사람들의 얘기에 솔깃해서 투자를 시작하는 경우를 종종 봅니다. 그 손해는 모두 고객의 것이 됩니다. 시간 지나고 돈 잃어버리고, 정말 마음고생이 심해집니다.

지난 13년간 약 1,000여 명의 고객을 만나서 재무컨설팅을 하면서 제일 크게 느낀 점은 밖에서 보이는 우리의 사는 모습은 참 많이 달라 보이지만, 그 안의 고민과 걱정은 모두 비슷하다는 것이었습니다. 우리 이웃들의 고민 대부분은 가족과 돈이었습니다. 돈이 없어 자녀의 꿈을 꺾으면 안 되니 부지런히 돈을 모아야 하고, 나이 들어 가족에게 폐 끼치고 싶지 않아 돈을 부지런히 모아야 하며, 사랑하는 가족과 더 좋은 집에서 살고 싶어서 돈을 부지런히 모아야 한다는 것이 평범한 우리 이웃들의 모습이자 고민이고 저의 고민이기도 합니다.

저는 금융을 하는 사람이지만, 나를 찾아오는 사람들은 사랑하는 가족과 행복하게 살고 싶어서 나를 찾아옵니다. 그들의 마음이 곧 나의 마음과 똑같습니다. 저 역시 과거에 그런 마음으로 이 일을 시작했고, 그런 고객들을 볼 때마다 과거의 제가 생각나서 열심히 할 수밖에 없습니다. 그래서 저는 이웃 같은 평범한 나의 고객들에게 제대로 된 금융 솔루션을 드려야만 합니다.

나를 만난 고객들은 지금부터는 앞만 보고 실수하지 않고 똑바로 갈 수 있도록 따박따박, 단계별로 돈을 제대로 모아야 합니다. 밖에서 보기에는 이 방법이 느려 보이지만 올바른 방향으로 가는 것이므로 시간이 조금만 지나면 복리의 효과가 더해져서 훨씬 큰 값으로 고객들의 삶에 행복을 가져다주게 됩니다.

지금 이 책을 읽고 계신 독자 분들도 스스로 생각해 보시기 바랍니다.

"여러분은 왜 이 일을 하려고 하십니까? 또는 왜 하고 계십니까?"

"고객들은 수많은 재무컨설턴트 중에서 왜 다른 사람이 아닌 당신을 만나야 합니까?"

"당신은 당신을 찾아온 고객에게 무슨 솔루션을 주실 수 있으십니까?"

두 번째는 How입니다. "어떻게, 어떤 방법으로 고객들에게 맞춤형 금융 솔루션을 드릴수 있지?"입니다. 그리고 How의 첫 번째 단계는 프리랜서로 일하는 겁니다. 그리고 내 이름 석자가 브랜드가 되어 책임 있게 일해야 한다는 것입니다. 아무래도 한 금융기관에 소속되어 있다고 하면 그 회사의 상품만 판매해야 되겠죠? 물론 교차 판매라든지 다른 금융기관의 상품을 다룰 수는 있습니다만, 아무래도 소속된 금융기관의 상품을 판매해야만 본인의 커미션이 많아질 수밖에 없습니다.

슬기로운 금융생활_의사 세미나

이런 구조적 한계를 가진 현실이 많이 안타깝습니다만, 고객에게 좀 더 폭넓고 다양한 솔루션을 제공하고 싶다는 마음이 크다면 우리가 감당해야 된다고 생각합니다. 저 역시 고객에게 재무컨설팅을 통해 다양한 금융 솔루션을 드리고 싶었기에, 제가 가장 먼저 한 일은 푸르덴셜생명이라는 미국계 보험회사를 그만두고 재무컨설팅을 잘한다는 조직을 찾는 것이었고, 그 조직에 들어가서 무조건 배우고 또 배우는 것이었습니다. 그때 다시 깨달은 것이 있습니다. 새로운 것을 배우려면 기존에 가지고 있던 것을 비워야 한다는 것을.

다시 말해 보험회사에서 배웠던 교육들과 내가 가졌던 오래된 편견을 모두 내려놔야만 새로운 지식들과 생각들로 다시 채울 수 있다는 것을 알게 되었습니다. 이렇게 하는 건 굉장히 어렵습니다. 하지만 제가 그렇게 할 수 있었던 것은 이 방법이 맞다는 확신이 있었기 때문이었습니다.

그때부터 저의 일상은 다음과 같았습니다. 8시 반에 출근해서 다른 팀원들과 미팅, 그후 오전 시간에는 오늘 상담할 고객 상담 준비, 점심 먹고 외근 시작해서 하루에 고객 3명~4명 만나 1:1 상담하기, 저녁 7시까지 귀사, 그리고 팀원들과 세션 시작, 이때 주로 오늘 상담한 내용을 고객별로 얘기하고 선배들로부터 one point 듣고 다음 미팅 때 적용하기, 그리고 새벽 1시까지 오늘 미팅 내용 정리하고 자료 만들고 다시 내일 미팅 준비하기. 주말에는 시험 공부하기. 이런 생활을 꼬박 6개월 동안 지속적으로 했습니다. 6개월 동안에는 많은 상담을 했음에도 불구하고 결과가 하나도 없었습니다만 포기하지 않고 견뎠습니다.

그럴 수 있었던 이유는 이 길이 맞다는 확신 때문이었습니다. 7개월차에 들어섰을 때부터 결과가 나오기 시작했습니다. 그 결과는 보험회사 때보다 2배 이상으로 꾸준히 복리처럼 불어나기 시작했습니다. 저는 그사이 보험 상품을 떠나서 증권사의 펀드, 주식 등을 권유할 수 있는 '펀드투자상담사', '증권투자권유대행인', '퇴직연금모집인', 그리고 재무컨설팅 자격증인 'AFPK' 총 4개의 자격증을 딸 수 있었습니다. 그래서 지금은 고객들에게 절세에 대한 플랜, 더 나아가서 국내에 한정된 금융이 아닌 해외에 있는 금융까지 폭넓고 다양한 금융 솔루션을 제공할 수 있게 되었습니다.

저는 현재 영국에 본사가 있는 Personal Fianacial Society의 Asia Pacific Member(우리나라에는 몇 명 없는 전문 재무컨설턴트 회원)가 되었습니다. 대단하지요?

저는 아직도 꽉 찬 하루를 살고 있습니다. 오히려 예전보다 더 고객 수가 늘어났고, 일의 양도 많아졌습니다. 혹자들은 제가 워커홀릭이라고 얘기합니다. 저도 인정합니다. 하지만 오히려 하는 일이 점점 더 재미있고 즐겁습니다. 여기에는 일한 만큼의 결과가 나오기 때문이겠죠? 아직도 프리랜서가 되어서 더 많이 공부하고 더 많이 노력해야 하는 걸 망설이고 계신가요? 그럼 프리랜서 선언한 지 6년 만에 소득이 5배 이상으로 증가했다면 해 볼

해외의 선진금융을 만나다

만 하시겠습니까?

세 번째는 'WAHT'입니다. 그래서 제가 고객들에게 드릴 수 있는 고객 맞춤형 금융 솔루션은 무엇일까요? 저는 합리적이고 폭넓은 금융 솔루션을 우리나라가 아닌 금융이 발달한 나라에서 찾았습니다. 그 이유는 간단합니다. 우리나라에는 합리적인 금융 대안이 많지 않기 때문입니다. 여러분이 공부를 잘하고 싶다면 어떤 선택을 하셔야 합니까? 당연히 공부 잘하는 친구와 함께 공부하거나 잘 가르치는 학원을 선택하셔서 배우고 공부하셔야겠지요. 금융도 마찬가지입니다. 이미 증권사와 국내 보험회사를 다녔던 저는 국내의 금융상품으로는 고객들의 니즈를 맞추는 것이 쉽지 않다는 것을 알고 있기에 여러 책을 통해서 해외 금융 선진국의 금융들에 대해 공부했고, 직접 찾아다녔고, 그렇게 발견한 해외 금융 솔루션을 고객들에게 제공해 드리고 있습니다.

미국을 예로 들어보겠습니다. 1983년부터 401K라고 하는 퇴직연금 제도가 생겨났습니다.

지금까지 약 40년간을 평범한 근로자들이 직접 주식과 채권 등의 투자를 통해 본인들의 은퇴자금을 키워가고 있습니다. 반면에 우리나라의 퇴직연금은 미국의 401K를 모델로 삼아 2005년 도입은 되었으나, 2011년 6월 30일 근로자퇴직급여보장법을 개정하여 2012년 7월 26일 전면 시행하기에 이르렀습니다. 역사가 10년 좀 넘는 것 같습니다.

우리도 퇴직연금을 잘 운영해서 은퇴자금을 키우고 싶다면 40년의 역사를 가진 미국의 401K에서 교훈을 얻는 건 어떨까요. 그래서 저는 미국 퇴직연금의 40년 역사 속에 있었던 다양했던 투자의 환경에 대해 알게 되었고, 금융 위기 때마다 어떤 투자 리스크가 있었으며, 어떤 방법이 투자 리스크를 최소화할 수 있는지 알게 되었습니다. 그래서 투자 리스크를 헷지할 수 있는 금융 솔루션을 고객들에게 제시해 드리고 있습니다. 이것이 제가 다른 재무컨설턴트들과 차별화되는 점입니다.

이렇듯 우물 밖에는 더 넓은 세상이 있습니다. 물론 그곳에는 영어라는 언어의 장벽이 있고, 처음 접하는 어려운 이론들도 많이 있습니다. 하지만 그 장벽을 조금만 뛰어 넘는다면, 우리는 고객들에게 그 누구도 주지 못하는 합리적이고 현명한 금융 솔루션을 드릴 수 있습니다. 그리고 고객의 만족도는 당연히 클 수밖에 없습니다.

또한 금융, 투자를 다루는 우리들은 시대의 변화에 특히 민감하게 반응해야 합니다. 코로나 이후 비대면 문화가 많이 발전했습니다. 특히 젊은 친구들은 사람을 만나서 애기하는 것을 많이 꺼려 합니다. 부담을 느끼는 것 같습니다. 그러다 보니 ZOOM을 통한 화상 회의를 주로 하게 됩니다. 처음에는 좀 어색했지만 자꾸 하다 보니 비대면 시대에 ZOOM을 통한 미팅이 전혀 이상하지 않고 오히려 더 편리합니다. 저 역시 움직이지 않고 온라인으로 상담하다 보니 시간도 아끼게 되고, 오히려 지방에 계신 분들과도 장소에 구애받지 않아 상담을 더 많이 하게 되었습니다.

그리고 이제는 더 이상 전단지를 돌리는 시대가 아니지요. 다양한 SNS가 발달해 있고 많은 사람들이 SNS를 통해 소통을 합니다. 그렇다면 나 역시 다양한 SNS를 통해서 많은 사람들과 소통을 하며 나의 일을 알리는 작업을 해야 합니다. 이제는 얼굴을 본 적도 없는 온라인 친구들이 많이 생겨나서 하루에도 SNS를 통해서 또는 ZOOM 미팅 등 다양한 온라인 방법으로 고객들과의 미팅이나 상담을 하게 됩니다.

또한 코로나로 인해 외출을 많이 못하다 보니 많은 사람들이 집에서 ZOOM 강의를 듣고 있습니다. 그래서 1년 전부터 저는 온라인으로 강의를 하고 있습니다. 그 결과는 어떨까요? 당연히 제 온라인 강의를 듣고 있는 고객의 수가 점점 많아지고 상담 문의도 늘어났습니다. 물론 강의를 하면서 저의 능력은 더 커지고 있으며, 나의 마음을 이해해 주는 온라인 팬들이 많이 생기고 있습니다.

만약 온라인으로 하는 것이 서투르시다면 시간제 직원을 쓰시는 것도 좋습니다. 컴퓨터를 다루는 기술도 좋고 온라인 SNS로 홍보할 수 있는 능력을 갖춘 재택근무가 가능한 젊은 친구들

호텔 초청 고객 세미나

이 좋습니다. 그 친구들은 여러분의 소중한 시간을 많이 아껴줄 것이고, 일의 능률은 훨씬 올라가게 됩니다.

동시에 오프라인으로 나만의 공간을 만드시라고 말씀드리고 싶습니다. 그 공간은 일을 하는 사무실이면서 고객과 상담할 수 있는 미팅룸이어야 합니다. 언제까지 전전긍긍하시면서 커피숍을 다니실 건가요? 크지 않더라도 아담하고 포근한 나만의 작업 공간 그리고 미팅 공간을 꼭 만드시길 바랍니다.

이 공간에 오시는 고객들은 조용한 편안함을 느끼게 되실 거고, 그 상담은 더 집중력 있게 잘 진행될 겁니다. 그리고 고객들이 찾아오시기에 교통편이 편리한 곳이라면 더 좋겠지요? 이 느낌을 알고 싶으시다면 분당에 있는 제 개인 사무실에 놀러오세요. 제가 느끼게 해 드리겠습니다.

사업 리스크를 헷지해 줄 수 있는 안전 그물망들

금융계에 종사하고 계신 분들은 금융상품을 판매하시면 안 됩니다. 무슨 얘기냐고요? 여러분이 제시하는 금융상품은 고객의 인생을 행복하게 완성해 줄 수 있는 제일 합리적인 솔루션이라고 생각하셔야 합니다. 금융상품은 판매하는 것이 아니라 고객의 인생을 행복하게 완성해 주는 솔루션입니다. 항상 이 점을 기억하시고 고객과 상담하셔야 합니다.

'고객은 무슨 고민이 있어서 나를 만나러 왔을까?', '어떻게 하면 고객의 그 고민을 해결해 드릴 수 있을까?', '어떤 솔루션을 드릴 수 있을까?" 이런 마음으로 고객을 대하세요. 그리고 많은 질문을 통해서 고객의 진짜 고민은 무엇이고, 어떤 니즈가 있는지 알아봐 줘야 합니다.

가끔 이런 고객들도 있습니다. "정말 내가 이런 걸 원하고 있는지 몰랐어요. 윤 부대표님은 어떻게 아셨어요?"라며 놀라워합니다. 그리고 저보고 점쟁이라며 무섭다고 합니다. 제가 처음 본 고객의 속마음을 어떻게 알았겠습니까.

현대인들은 너무나 바쁘게 생활합니다. 그러다 보니 미쳐 자기 자신에 대해 생각하는 시간은 많지 않습다. 그래서 나를 찾아온 고객이 진짜로 원하는 걸 그 고객도 모르고 있을 수 있다는 얘기입니다. 이건 질문을 통해 서로 대화하다 보면 어느덧 고객의 진심을 발견할 수 있게 됩니다.

제가 처음부터 상담을 잘했을까요? 제가 처음부터 고객의 니즈를 잘 파악할 수 있었을까요? 아닙니다. 1,000여 명의 고객들을 만나 상담하면서 많은 시행착오를 겪었습니다. 그때마다 마치 오답 노트를 쓰듯이 고객 상담일지를 썼고, 마침내 나만의 소중한 상담 매뉴얼이 만들어졌습니다.

나의 상담 매뉴얼에는 스토리텔링으로 된 자기 소개서, 상황별 맞춤 100개의 질문 리스트, 그리고 전체 상담의 스텝별 매뉴얼이 있습니다. 그리고 그 스텝별 매뉴얼마다 사용하는 툴(tool)이 다릅니다. 금융을 다루다 보니 나의 주관적 의견보다 객관적인 자료나 수치가 필요할 때가 많습니다. 객관적 자료와 수치는 고객들이 스스로 선택할 수 있는 기준점이 되어 주거든요. 그래서 저의 툴은 주로 공신력 있는 보도자료들이나 정확하게 수치로 계산해 줄 수 있는 재무 계산기입니다. 누구나 사용하는 재무 계산기가 아닌 엑셀로 나만의 재무 계산기를 만들었고, 엑셀 재무 계산기는 고객에게 질문을 하면서 고객 니즈를 파악할 수 있는 완벽한 상담 툴입니다.

투자 상품으로 고객이 자산을 키워야할 때 가장 힘든 일은 바로 투자 수익을 주기적으로 꾸준히 모니터링하는 일입니다. 특히 저는 고객분의 장기 플랜인 은퇴 후 재무적 자유를 얻을 수 있는 금융 솔루션을 제공합니다. 앞으로 수년간 어떤 일이 벌어질지 모르는 것이므로 장기간의 자산 관리가 필수적인 은퇴 설계 관점에서 투자의 리스크를 최소화할 수 있다는 것은 굉장히 중요한 일입니다. 이 점을 해결하는 것이 무엇보다 중요했습니다. 이 해결 방안을 국내 금융에서 찾지 못한 저는 해외로 고개를 돌렸습니다.

특히 미국 등 금융이 발달한 선진국들은 2000년 닷컴버블과 2008년 금융위기를 겪으면서 금융의 패러다임이 많이 바뀌었다고 합니다. 그건 바로 투자의 수익이 마이너스되는 손실을 최소화할 수 있는 시스템을 가진 투자상품이 발달하기 시작한 것입니다.

실제로 수익률 마이너스를 헷지할 수 있는 시스템을 가진 투자상품은 수익률이 그렇지 않은 투자상품보다 수익이 2~3배 더 높다는 통계가 나오기 시작했습니다. 그래서 저는 제 고객들이 은퇴 플랜으로 이 금융 솔루션을 소개하고 제공해 드리고 있습니다. 얼마나 좋습니까! 내가 장기간 모니터링을 통해 투자수익을 관리해 주지 않아도, 알아서 리스크를 최소화할 수 있는 시스템을 가진 금융 솔루션이 있다는 것이요? 이것이야말로 고객 만족도 1위입니다.

어떤 고객과 미팅을 하더라도 고객의 니즈를 파악해서 고객을 만족시킬 수 있는 상담 매뉴얼이 있고, 투자상품의 장기적 리스크를 헷지해 줄 수 있는 시스템을 가진 금융 솔루션이 저에게는 있습니다. 이것이 제 사업의 리스크를 없애줄 수 있는 강력한 무기이자 안전 그물망입니다.

엄마의 능력을 자녀에게 어필하라

능력 있는 많은 여성들이 일을 계속하고 싶어도 가정일과 육아로 인해 포기하는 경우가 상당히 많습니다. 솔직히 이 점에 대해서는 저는 운이 상당히 좋은 편입니다. 제가 단 한 번도 쉬지 않고 꾸준히 제 일을 하면서 사회생활을 할 수 있는 건 친정 부모님의 전적인 보살핌과 희생, 그리고 두 딸의 넓은 이해가 있었기 때문입니다. 태어나 보니 엄마가 워킹맘인 제 두 딸들은 이제는 엄마의 가장 든든한 후원자가 되었지만, 처음부터 그랬던 건 아니었습니다.

큰딸이 유치원생일 때 장래 희망이 '4층 자영이 엄마'가 되는 것이었습니다. 너무 놀란 저는 그 이유를 물어봤습니다. 딸의 대답은 더 충격적이었습니다. "4층 자영이 엄마는 회사에 일하러 가지도 않고 늘 집에서 아이들과 놀아주시잖아. 난 그런 엄마가 될 거야" 그동안 내색은 많이 안 해서 몰랐는데 큰딸의 마음에는 일하는 엄마에 대한 불만이 컸었나 봅니다. 뜻밖의 딸의 얘기를 들은 저는 고민을 많이 했습니다. 하지만 내 일을 너무 좋아했고 돈도 벌어야 했기에 당장 회사를 그만둘 수 있는 단순한 문제는 아니었습니다.

그래서 생각한 것이 엄마가 무슨 일을 하는지 보여주자는 것이었습니다. 저는 그때 호텔에 근무하고 있었기에 딸의 친구 3명을 호텔로 초대했습니다. 제가 유니폼을 입고 외국인과 대화하는 모습을 보여줬습니다. 그리고 호텔을 구경시켜 주고 맛있는 핫초코와 빵도 사줬습니다. 말로만 들었던 호텔리어 엄마의 모습은 유치원생이었던 큰딸 눈에도 멋져 보였나 봅니다. 그리고 같이 간 친구들이 너희 엄마 멋있다고 해주니 더 뿌듯했나 봅니다.

딸들이 커가면서 함께해야 할 시간이 더 절실해졌습니다. 그래서 택한 것이 근로자보다 시간적 여유가 있는 사업가가 되자는 것이었고, 이것이 보험회사에 입사하게 된 또 다른 이유입니다. 보험회사에 입사해서도 딸들에게 엄마 회사를 구경시켜 줬고, 제가 하는 일을 구체적으로 설명해 줬습니다.

이렇게 저는 업종을 전환할 때마다, 또는 새로운 일을 시작할 때마다, 아니면 특별한 이벤트가 있을 때마다 딸들에게 보고를 합니다. 그렇게 함으로써 다른 엄마들보다 많은 시간을 함께 보내지는 못하는 아쉬움은 항상 있지만, 엄마가 밖에서 어떤 일을 하고 있으며, 어떤 사람들을 주로 만나는지, 그들과 주로 어떤 얘기들을 하는지 알게 되고, 그래서 이제는 제가 하는 일을 전폭적으로 응원해 주는 든든한 후원자가 되었습니다.

물론 아이들이 저에게 느끼는 시간적 공백은 크겠지요. 그래서 더 질적으로 가까워지려고 노력하고 있습니다. 요즘은 방학기간이라서 아이들이 늦게 잡니다. 제가 밤 10시쯤 귀가하면 두 딸과 식탁에 앉아서 과자를 먹으며 하루 동안 서로 어떤 일들이 있었는지 자연스럽게 돌아가면서 얘기합니다. 그리고 주말에는 제 사무실에 와서 같이 책도 보고 영화도 보면서 시간을 최대한 같이 보내려고 노력합니다. 이런 엄마의 모습이 자연스럽게 두 딸에게는 교훈 내지는 교육이 되지 않을까요? 정말 많은 어른들이 치열한 경쟁을 통해서 성실히 살아가고 있고, 나이가 들어가도 꾸준히 공부하고 성장해야만 살아갈 수 있는 거구나 라는 교훈이요.

이제 두 딸들은 저를 엄마이기도 하지만 성공을 향해 열심히 자기 일을 하는 커리어 우먼으로 인정해 주고 응원해 주고 있습니다. 이런 엄마의 모습을 본 두 딸의 생활은 어떨까요? 예상하시는 대로 두 딸은 굉장히 성실하고 책임감도 있고 본인들의 일을 아주 자립적으로 잘하고 있습니다.

가정일은 '온 가족의 분업화'로 하고 있습니다. 요즘 더 많이 바빠진 저는 가정일에서 제외되었고, 식사는 어머니가, 청소 등 집안일은 남편과 아버지가, 그리고 손녀들 학원 라이딩은 아버지가 담당하고 계십니다.

제가 가끔 주방에 들어가면 친정어머니는 제게 본인의 직업을 빼앗지 말라면서 나가라고 하십니다. 참 감사하지요. 또한 80세가 되신 친정아버지는 두 손녀들의 학원 라이딩을 해 주시면서 틈틈이 손녀들과 대화도 하십니다. 80세 할아버지와 10대 손녀딸이 대화를 한다는 것이 상상이 가시나요? 식당의 무인 주문기계 앞에서 머뭇거리시는 할아버지를 보고, "할아버지, 기계에 순서대로 다 적혀 있어요. 순서대로 차근차근 하시면 돼요." 10대

손녀는 시대의 변화에 둔한 할아버지에게 오늘도 한 수 가르쳐드립니다.

가족의 구성원들에게는 그 사람의 나이와 위치에 맞는 각자의 역할을 부여해 주세요. 그리고 서로를 독립적인 존재로 인정해 주세요. 그리고 거기에 대한 댓가를 반드시 주세요. 세상에 당연한 것은 없습니다. 그러므로 역할에 대한 정당한 보수를 드려야 합니다. 이건 꼭 지키셔야 합니다. 그래야 본인의 역할을 더 즐겁게 하게 되어 서로에게 미안한 마음이 덜 생깁니다.

특히 자녀들에게 엄마의 시간적 부재로 인한 것을 결코 미안해하지 마시고, 엄마가 이렇게 일하기 때문에 자녀들이 받는 금전적 혜택에 대해서도 꼭 알려주셔야 합니다. 그리고 엄마가 하는 일에 대해 자주 얘기해 주세요. 함께하는 시간적 부재를 핑계로 서로의 공감대가 끊기면 안 됩니다. 그걸 유지하는 가장 좋은 방법은 우선 엄마가 하는 일을 아이들에게 자주 들려주는 겁니다. 그러면 아이들도 자신의 이야기를 부모에게 들려줍니다.

관점의 전환이 주는 새로운 사업 아이템

많은 사람들은 디지털혁명 시대에 걸맞는 사업들을 구상합니다. 왜냐하면 지금도 앞으로도 제4차 산업혁명 시대이기 때문입니다. 저는 오히려 그 관점을 깨서 디지털혁명 시대에 도태되어 점점 더 외로워지고 있는 사람들을 위한 사업을 해 보고 싶습니다. 바로 어르신들을 위한 사업입니다. 그리고 인구 구조상 어르신들의 수는 점점 늘어나게 될 것이기 때문에 시니어 시장은 점점 더 커질 수밖에 없습니다.

돈이 있어도 무인 단말기에서 음식을 주문하지 못해 매번 식사를 못하고 발길을 돌리셔야만 하는 어르신들이 생각보다 많습니다. 통상 60세에 은퇴해서 평균수명 90세까지 산다고 하면 직업 없이 약 30년 정도를 살게 됩니다. 은퇴 후 구체적인 플랜 없이 퇴직을 맞이하게 된 시니어분들은 그 긴 세월 동안 느슨한 시간을 보내게 되니 절망이 아닌 무망 속에서 지내셔야 합니다.

금융권에서 일하고 있는 저는 항상 은퇴 플랜을 재무적 관점에서 바라봅니다. 그러다 2년 전에 '50+생애설계' 강사 과정을 수료하면서 비재무적 관점도 이해하게 되었습니다. 은퇴 후 돈이 많다고 해서 다 행복한 건 아닙니다. 건강해야 되고, 같이 공감할 수 있는 친구들도 있어야 하고, 무엇보다도 해야 하는 일이 있어야 합니다.

그러면서 은퇴하신 지 20년이 되신 친정아버지가 하신 "은퇴 후 삶이 생각보다 길다."는 말씀이 생각났습니다. 저희 아버지는 매일 스포츠 센터에 가서 운동도 하시고, 한 달에 한 번 동창회에 나가서 친구들을 만나시고, 일주일에 한두 차례 그림을 배우고 계십니다. 하지만 이런 생활들이 아버지에게 큰 성취감과 만족감은 드리지 못하는 것 같습니다.

한번은 고객과의 미팅이 있어서 스타벅스 서울시청점에 간 적이 있었습니다. 고객을 점심 때 만나서 약 2시간 정도 상담을 한 뒤 주위를 둘러보니 손님 중 2/3가 남성 어르신들이었습니다. 제 아버지 연배쯤 들어보이는 두세 분들이 한 테이블에 앉아 계셨고, 그런 테이블이 4~5개 정도 되었는데, 서로 대화를 하고 있는 곳은 단 한 곳도 없었습니다. 각자 핸드폰을 보고 계시거나 밖에 지나가는 사람들을 구경하고 계셨습니다. 맞은 편에 앉은 친구들과 대화를 하고 계신 분들은 없으셨습니다.

평생을 생산성 있는 일에 종사하시면서 사회적 위치 상승을 목표로 치열한 삶을 사셨던 저희 아버지를 포함한 남성 어르신들은 회사 퇴직 후 본인의 역할이 사라진 것에 대한 상실감 · 무기력함 등으로 우울한 나날을 보내고 계십니다. 세상에서 나의 역할이 없다는 건 곧 존재의 의미가 없다고 생각하시는 걸까요?

이 분들에게 존재의 의미를 부여해 드리는 사업을 해 보는 건 어떨까요? 저는 굉장히 값진 일이 될 거라고 생각합니다. 예를 들면 시니어 학교를 만드는 겁니다. 매일 아침 서류 가방을 들고 출근하셨던 아버지는 이제 가방을 들고 시니어 학교로 등교하시는 겁니다. 그리고 학교에는 여러 선택 과목이 있어서 마치 대학처럼 선택해 듣는 겁니다. 탁구 · 요가 등의 체육 시간, 그림 · 악기 · 노래 등의 취미 시간, 스마트폰 사용법이나 인터넷을 자유롭게 활용할 수 있는 스마트 시간, 영어 · 중국어 등을 배우는 어학 시간 등이 있고, 점심 시간과 식사 후 산책 시간도 있습니다.

선생님은 공고를 통해서 지원자를 받을 수도 있고, 어르신 학생들 중에 재능 기부를 받아서 어르신 학생이 한 과목의 교사가 될 수도 있습니다. 지금도 문화센터 등에서 이런 과정들이 있습니다. 하지만 1달 또는 일주일에 한 번씩 듣는 단기 과정이 아니라 학기제나 학년제로 운영을 하는 장기 프로젝트여야 합니다. 과정을 이수할 때마다 수료증을 드려 성취감을 키워 드리고, 선발해서 교사로 채용해 역할을 드리고, 월급을 드리는 겁니다. 또한 이런 사업을 지역 관공서나 기관들에 널리 알려서 후원금을 받아 사업 자금으로 조달하여 돈이 충분히 많지 않은 어르신들에게도 장학금을 드릴 기회를 만드는 겁니다.

만약 사업 초기 자금이 충분하지 않아서 장소가 없다고 하면, 먼저 ZOOM을 통한 영상 수업으로 진행합니다. 하루 일과표를 만들어 드립니다. 그리고 각자의 공간에서 짜여진 시간표대로 영상으로 수업을 듣습니다. 산책 시간에는 산책 모습을 찍어 인증샷을 올립니다.

또한 ZOOM 수업의 장점은 여러 지역의 사람들이 모일 수 있다는 겁니다. 그러므로 한 달에 한 번씩 같은 반 친구를 만나러 가게 되면 자연스럽게 소풍이 되고 여행이 될 수 있습니다. 이 분들에게는 함께할 친구들이 있다는 것, 짜여진 시간표대로 움직이면서 뭔가를 배울 수 있다는 것, 시간을 헛되이 보내지 않는다는 것, 그리고 의도하지 않았던 소득도 올릴 수 있다는 것만으로도 희망을 가지시게 될 겁니다.

제가 이런 사업을 생각하게 된 계기는 많은 분들을 상담하다 보니 나이 들어서 자녀들에게 짐이 되고 싶지 않다는 소망을 가진 분들이 정말 많다는 걸 알게 되었기 때문입니다. 저 역시 그런 마음에 동의할 수 있기 때문에 시니어 타운에 들어갈 예정이고, 이에 대한 재무적 플랜을 가지고 있습니다. 물론 꽤 큰 목돈의 보증금이 필요하며, 매달 내야 할 관리비도 많습니다.

즉 현실에서는 많은 분들이 시니어 타운에 들어가기 쉽지 않다는 겁니다. 하지만 시니어 시장은 앞으로 점점 커질 수밖에 없는 구조를 가지고 있고, 아직 개발이 덜 되었기 때문에 저는 충분히 경쟁력이 있다고 생각합니다. 큰 사업 자본금이 없다면 위에서 얘기한 것처럼 ZOOM을 통해 함께할 수 있는 프로그램들을 먼저 생각해 보는 것은 어떨까요?

나만의 필살기, 3C Program

아이폰은 2007년 6월 세상에 처음으로 모습을 나타낸 이후로 빠른 속도로 팔려나갔고, 삼성 갤럭시도 2010년 첫선을 보였습니다. 이후 세상은 스마트폰 위주로 돌아가고 있다고 해도 과언이 아닙니다. 불과 12~14년 전 처음으로 등장한 스마트폰인데, 우리는 지금 스마트폰이 없는 세상은 상상도 할 수 없으며 생활의 모든 면과 업무에서 스마트폰에 의지하며 살고 있습니다. 오죽하면 요즘을 현기증 나게 급변하는 세상이라고 표현할까요?

세계 기업 중 시가 총액 3위 Alphabet(Google), 5위 Amazon, 그리고 6위 Metaplatforms(Facebook) 등은 무엇으로 기업 이윤을 추구하고 있을까요? 전 세계 사람들은 스마트폰을 통해 유투브 속 정보를 얻고 여가를 즐기고 있으며, 페이스북과 인스타그램을 통해 SNS를 하고, 아마존 앱을 통해 온라인 쇼핑을 합니다. 즉 이 기업들은 공장이 존재하지 않는 IT Software 산업들입니다.

우리는 현재 이런 세상에서 살고 있으며, 앞으로는 더 디지털

월 300이상 연금이 받는 공무원 교사들의 현실 고민 I 윤상...

자녀 부자 만들고 싶으시죠? 금융전문가 윤상숙님 - 얘들아 엄마랑 금융쇼핑하자!

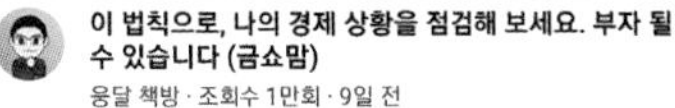

윤상숙 대표의 "얘들아, 엄마랑 금융쇼핑하자" | 제91회 김형환의 경영인사이드 라이브

다양한 유투브 채널에 출연

혁명이 일어날 것이라는 걸 예상하고 있습니다. 그럼 이런 시대에 금융 일을 하는 저는 이 변화를 어떻게 받아들이고, 어떤 준비를 해야 하는 걸까요?

일단 사람들을 만나야 하지요. 어떻게 만날 수 있을까요? 어떻게 나란 존재를 사람들에게 알릴 수 있을까요? 저는 금융하는 사람이니까 이렇게 표현해 보겠습니다. 기업들의 시가 총액이 점점 커진다는 건 무엇을 의미하나요? 많은 사람들이 이용하면서 기업이 커진다는 것을 뜻하지요. 그럼 만날 사람을 찾아야 하는 저는 그 기업들을 활용하면 되겠네요.

사람들은 위에서 말씀드렸던 세계 시총 3위, 6위 하는 기업들, 즉 유투브, 페이스북, 인스타그램으로 나를 알리며 많은 사람들과 커뮤니케이션합니다. 그리고 우리나라 기업 중 시총 5위 네이버의 블로그, 그리고 시총 8위 카카오의 카카오 오픈채팅방을 활용합니다.

저는 앞에서 고객에게 상품을 판매하지 말고, 고객들의 삶을 행복하게 해 주고, 인생을 즐기게 하는 것이 우리의 역할이라고 누차 강조했습니다. 그래서 저는 3C, 즉 고객들을 Care, Coaching 그리고 Coordinating하고 있습니다. 일단 기존 고객들을 돌보기 위해서 카카오 오픈채팅방에 커뮤니티를 만들었습니다.

기존 고객들은 그 곳에서 다양한 강의도 듣고 서로 응원하고 위로받으며 투자를 하고 있습니다. 제 커뮤니티가 유익하다고 생각한 분들이 주변 사람들에게 소개하게 되고, 카카오톡 커뮤니티에는 사람의 수가 점점 늘어나고 있습니다. 그리고 올바른 방향으로 투자할 수 있도록 꾸준히 알려드려 금융지식을 키워 드려야 합니다. 즉 고객을 코칭하는데, 고객에게 도움이 될 투자 강의를 한 달에 최소 4번 이상 진행합니다.

이때는 ZOOM으로 강의해서 다른 지역에 계신 분들도 장소에 구애받지 않고 참여할 수 있는 편리함을 제공합니다. 그리고 강의한 내용을 짧게 편집해서 유튜브에 올립니다. 또한 글로 써서 네이버의 블로그도 올립니다. 그럼 직접 ZOOM 강의를 듣지 못한 사람들은 유투브를 통해, 그리고 블로그를 통해 저의 미래 잠재 고객이 됩니다.

저는 더 많은 사람들을 만나야 하므로 저의 커뮤니티에 국한되지 않고, 페이스북이나 인스타그램을 통해 홍보해서 더 많은 사람들이 저의 오픈채팅방 커뮤니티에 유입될 수 있도록 합니다. 1:1 미팅 또는 교육을 통해 저에게 자산 관리를 받는 고객들의 자산 관리를 규칙적으로 모니터링해 드립니다. 이때는 카카오채널이라는 툴을 이용해서 고객을 그루핑(grouping)해 둡니다.

그런 다음 모니터링에 필요한 정보들을 그룹별로 나눠서 보내드립니다. 이렇게 하나 보면 저에게 자산 관리를 받는 기존 고객들의 만족도는 높아지고, 소개가 이어지고, 새로운 고객들은 커뮤니티에서 다양한 교육을 받으면서 저의 전문성을 알게 되고, 시간이 지나면서 신뢰감이 더욱 증가합니다.

지금은 그동안 했던 강의들을 VOD로 만들어서 온라인 클래스 플랫폼에 업로드를 위해 준비 중입니다. 저는 이걸 저의 아바타 작업이라고 표현합니다. 즉 제가 강의를 안 해도 VOD로 만든 온라인 강의가 저에게 소득을 가져다주겠지요. 이 모든 것을 혼자 하려고 하면 시간이 많이 들고 지칠 수 있습니다. 기술적인 것을 도와줄 수 있는 시간제 직원을 두는 것도 추천드립니다.

윤상숙의 V2MOM

앞 장에서 내 인생을 바꿔 놓은 책으로 토니 로빈스의 《Money》를 소개했습니다. 그 토니 로빈스의 책을 보고 강연을 듣고 세계적인 CRM(고객관계관리) 기업을 창업한 사람이 있습니다. 바로 〈세일즈포스닷컴〉의 CEO인 마크 베니오프입니다. 또한 그는 토니 로빈스의 통찰과 전략을 종합해 V2MOM이라는 놀라운 도구를 만들었습니다. 그것은 비전(Visions), 가치(Values), 방법(Methods), 장애(Obstacles), 측정(Measurements)을 의미합니다.

마크 베니오프는 일과 개인 생활에서 정말로 원하는 것에만 초점을 맞추기 위해 V2MOM을 이용하며, 지금도 1만 5천 명 직원들이 이 프로그램을 이용하고 있다고 합니다. 저 역시 매년 〈세일즈포스닷컴〉의 직원들처럼 이 V2MOM을 통해 경영 전략을 세우며 삶과 일의 질을 높이고 있습니다.

이 프로그램은 5가지 질문으로 정리할 수 있습니다.

첫 번째는 Visions입니다. '내가 정말로 원하는 것은 무엇인가'. 제 사업의 비전은 '고객들의 더 나은 삶을 돕고, 더불어 나의 삶도 더 나아지는 것'입니다. 그래서 항상 생각합니다. '고객의 고민은 무엇일까', '자본주의 시대에 살고 있는 우리들은 어떤 금융을 통해 부를 이루며 삶의 질을 높을 수 있을까?', '어떤 금융 솔루션으로 고객들의 인생을 아름답게 완성해 드릴 수 있을까', '내 위치에서 어떤 도움을 드릴 수 있을까?' 그리고 그 솔루션을 찾아 공부합니다.

고객에게 맞춤형 금융 솔루션을 제공하려면 다양한 금융을 알아야 합니다. 그것이 투자일 수도 있고, 절세 플랜일 수도 있으며, 국내에는 없어서 해외까지 나가서 찾아와야 할 수도 있습니다. 해외에서 찾은 솔루션을 드리다 보니 고객들이 언어때문에 곤란을 느끼게 됩니다. 그래서 저는 또 영어를 공부합니다. 해외에서 찾은 금융 솔루션을 언어의 장벽 없이 전달해 드리기 위함입니다. 어느 누구도 제시하지 않았던 폭넓은 솔루션을 제공하므로 고객들의 만족도는 커지고, 고객들의 삶은 훨씬 좋아집니다. 그리고 고객들은 고마움을 꼭 표현합니다. 어떻게요? 주변 사람들을 제게 소개해 주십니다. 그렇게 함으로써 저의 사업은 점점 확장하게 됩니다.

두 번째는 Values입니다. '중요한 것은 무엇인가?' 제 사업에서 가장 중요한 것은 제가 하는 일 모두입니다. 즉 저의 3가지 직업인 재무 컨설턴트, 온가족 경제 선생님 그리고 자녀 경제 교육 작가입니다. 재무 컨설턴트는 단지 고객의 돈을 다루는 사람이 아닙니다. 돈이 목적이 아니고 고객이 원하는 삶을 살도록 도와주는 일을 합니다. 우리가 원하는 삶을 살기 위해서는 돈의 역할을 정해 놓고, 돈이 갈 길을 정해 주는 것이 중요합니다. 돈이 우리 삶의 주인이 되는 것이 아니라 우리가 돈의 주인이 되어야 하고, 그렇게 하여 자유롭게 자신이 원하는 삶을 누릴 수 있어야 합니다.

저는 항상 스스로에게 질문을 던집니다. 그리고 답을 찾으려고 노력하고 움직입니다. '왜 고객들은 다른 재정 컨설턴트가 아닌 윤상숙을 만나야 하는가?' '나만이 가지고 있는 차별화된 전략은 무엇인가?' '어떻게 나의 가치를 높여가야 할까?' 이런 반복적인 질문들은 저에게 온가족 경제 선생님과 자녀 경제 교육 작가라는 또 다른 직업을 만들어 주었습니다.

세 번째는 Methods입니다. '어떻게 얻을 것인가?' 항상 고민되는 부분입니다. '내 브랜드 가치를 어떻게 높일 것인가?', '다양한 금융 솔루션을 어떻게 찾을 것인가?', '그 가치를 어떻게 전달할 것인가?', '누구와 함께할 것인가?' 폭넓은 금융을 찾기 위해 국내뿐 아니라 해외의 사이트, 관련 도서를 찾아 공부합니다. 고객 스스로 금융 지식을 키워갈 수 있도록 경제 교육을 많이 합니다. 강의를 언제든 영상으로 접할 수 있도록 〈유튜브〉를, 글로 읽을 수 있도록 〈블로그〉를 열심히 하고 있으며, 올해 안에 또 다른 금융 관련 서적을 집필할 계획입니다. 기존 고객과 신규 고객들을 Care, Coaching & Coordinating할 수 있는 〈카카오채널〉과 〈노션〉을 계속 활성화하고 있습니다. 또한 나 대신 강의를 할 아바타인 VOD를 제작해 클래스 플랫폼에 올려 둘 계획입니다.

그리고 저에게는 2가지의 '전문 재정 컨설턴트 양성 프로그램'이 있습니다. 하나는 나와 같은 비전과 밸류를 가진 금융계 종사하는 여성들을 위한 〈여성 전문 재정 컨설턴트〉 과정입니다. 이 과정의 이름은 〈여제 재무클럽〉인데 이미 1년 전부터 분기별로 진행하고 있습니다. 이 과정을 통해 6명의 전문 재정컨설턴트가 탄생했고, 이 분들은 계속 저의 코칭을 받으며 1인 사업가로 거듭나고 있습니다. 두 번째는 일반인들을 위한 〈전문 재정 컨설턴트 양성 프로그램〉입니다. 올 4월에 런칭할 계획입니다. 이 2가지의 〈전문 재정 컨설턴트 양성과정〉을 통해 제 사업을 더욱 확장해 나갈 겁니다.

네 번째는 Obstacles입니다. '그것을 얻는 데 걸림돌은 무엇인가?' 이 일을 하는 데 최대 걸림돌은 나의 게으름입니다. 이를 극복하기 위해서 다른 사람들과 함께 성공 루틴을 만들 수 있는 모닝 미라클과 모닝 독서 모임을 하고 있습니다. 저의 꾸준함 때문인지 함께하는 사람들의 수도 점점 늘어나고 있고, 더 재미있게 오래할 수 있게 되었습니다. 학교 다닐 때 아침잠이 많아 고생하던 제가 미라클 모닝을 시작한 지 벌써 만 2년째가 되어가고 있습니다. 이건 정말 미라클, 즉 기적입니다. 게으름을 인정하고 다른 사람에게 공표하고, 다른 이의 도움을 받으며 극복해 나가고 있습니다.

다섯 번째는 Measurements입니다. '내가 성공했는지 어떻게 알 수 있는가?' 내가 잘 하고 있는지 정량적으로 확인하는 것은 고객 수 증가과 매출액 추이를 엑셀로 정리하면 알 수 있습니다. 매달 그 데이터를 정리해 둡니다. 정성적으로 확인하는 것은 고객과의 미팅 후에 또는 강의 후에 고객들의 반응을 물어보는 것입니다. 상담이 잘 진행되었다면 어떤 점이 고객의 핫버튼을 눌렀는지 물어보고, 잘 되지 않았다면 어떤 점이 거절의 포인트였는지 직접 고객에게 물어보거나, 상담한 내용을 정리하며 오답 노트를 적어봅니다. 이런 오답 노트들이 저를 더 바쁘게 움직이게 만듭니다. 이런 바쁨들이 다시 매출로 이어집니다.

재무 컨설턴트 일을 한 지 이제 13년째입니다. 다른 직업들도 마찬가지겠지만, 특히 금융을 다루는 저의 일은 저의 욕심보다는 고객을 위하는 진심이 우선되어야 합니다. 비록 그 길이 쉽지 않더라도 초심을 잃지 않고 계속 그래야만 합니다.

5년 전부터 해외 금융을 다루는 저에게 오래된 고객들이 얘기합니다. "부대표님, 남들처럼 쉬운 길을 가요. 왜 어렵게 영어로 된 걸 공부하면서 더욱이 사람들에게는 낯선 해외 금융을 주로 하십니까?" 아마도 오랜 세월 저를 지켜본 고객들은 제가 어렵게 하는 것이 안타까우면서도 제가 고집 있게 계속 할 것이라는 걸 알기에 걱정스러운 마음에 하신 말씀일 겁니다. 저는 우리나라의 증권회사와 보험회사를 모두 거쳐왔고, 그 금융들로는 우리 소비자들이 돈을 잘 모으기에는 장애물이 너무 많다는 것을 잘 알고 있습니다. 그 장애물을 넘기에는 우리들은 너무 바쁘고, 공부할 시간도 없고, 금융이 너무 어렵습니다.

그래서 본업이 있기에 금융과 투자 공부를 할 시간이 없는 평범한 우리들이, 금융 지식이 많이 없고 공부하기도 힘든 평범한 우리들이 속 편하게 자산을 굴리며 원하는 삶을 살 수 있도록 도와주는 고마운 금융 솔루션을 해외에서 찾기 시작한 겁니다. 물론 쉽지 않았습니다. 그 낯선 금융들을 먼저 이해해야 했고 공부해야 했습니다. 그 시간만 1년이 걸렸습니다. 하지만 검증은 몇 해 전에 끝났기에 이제는 자신있게 제가 해외에서 찾은 합리적이고 마음 편한 금융 솔루션을 소개해 드릴 수 있습니다.

그것은 바로 우리나라에는 없지만 금융이 발달한 선진국에는 존재하는 배당을 받는 Income Insurance입니다. 이 금융 솔루션의 특징을 간단하게 세 가지로 소개합니다.

첫 번째, 세계 Top 자산운용사가 고객 대신 투자 운영을 해준다는 것입니다. 운영 후 난 수익의 약 90%를 배당해 줍니다. 주식만 배당해 주는 것이 아닙니다. 오히려 배당받는 보험의 역사가 훨씬 더 깁니다. 우리만 모르고 있는 이런 금융 솔루션들이 세계에는 많이 존재하고 있습니다. 이런 금융을 모르는 무지가 우리의 가난을 대물림하고 있었습니다.

두 번째, 은퇴 후 죽을 때까지 배당을 받을 수 있다는 겁니다.

토니 로빈스의 《Money》에 이런 내용이 나옵니다. "나이 들어 일거리를 전전하지 않아도 먹고 살 생활비 걱정을 할 필요가 없고, 통장의 잔고가 떨어지는 사태가 생기지 않을 것이라고 자신할 수 있는 확실한 소득 창출 방법은 Income Insurance밖에 없다." 은퇴 후 월급이 없더라도, 내가 일하지 않더라도 제2의 월급통장이 생긴다는 이야기입니다. 언제까지? 내가 죽을 때까지, 아니 내 자녀 그리고 손자 세대까지 계속…. 이것이 진정한 유대인들의 부 대물림 플랜입니다.

세 번째, 투자 상품인데도 하방 위험이 최소화되어 있고 상방 수익은 누릴 수 있는 안전 그물망을 씌워 둔 투자 상품입니다. 그러니 금융 위기가 오더라도 내 자산의 잔고가 반 토막 날 걱정 없이 정말 속 편하게 은퇴를 준비할 수 있습니다. 이로써 우리는 진정한 재무적 자유를 얻을 수 있게 되고, 우리가 원하는 삶을 누릴 수 있게 됩니다.

여러분은 왜 투자를 하고 계신가요? 재무적 자유를 얻음으로써 원하는 자유로운 삶을 살기 위함일 겁니다. 그래서 투자의 목적은 '평생 소득 흐름'을 만들 수 있어야 합니다. 내가 무슨 일을 하든, 어디에 있든 주식시장이 어떤 상태이든, 내가 죽을 때까지 마르지 않는 평생 소득 흐름을 만드십시오. 이것이야말로 여러분이 진정 원하는 삶을 사실 수 있도록 자유를 드립니다.

여러분의 더 나은 삶을 돕겠습니다.

1인미디어 전문가

미디어콘텐츠그룹 리뷰팩토리 김지현

리뷰팩토리 김지현 대표

'여성의 사회 진출'이라는 화두를 던지고 자신만의 스토리를 풀어가는 두 남매를 둔 12년차 워킹맘이다. 숱한 '경단녀' 중 한 명이었던 김지현 대표는 회사 재직 시절부터 활발한 SNS 활동과 꾸준한 미디어 매체 활동을 했던 경험을 살려 〈리뷰팩토리〉를 6년째 운영 중이고, 2020년에는 〈한국여성1인미디어협회〉를 설립하였다.

그 외 1인미디어 전문가로서 2만 팔로워를 보유한 인플루언서이며, 네이버카페 <안양마님>, 유튜브 <안양마님TV>, <인생로랑> 등을 운영하고 있다. 1인미디어 전성 시대에 자신의 성향에 맞는 플랫폼을 활용해 1인미디어 시장에서 자신만의 입지를 굳혀 나갈 수 있도록 다양한 활동을 독려하고 있다.

◇ 인스타그램 @jh23love

◇ 홈페이지 http://review-factory.co.kr

◇ 한국여성1인미디어협회 http://kwoma.co.kr

가정과 일, 너의 선택은

결혼을 하고 아이를 임신한 후 냉혹한 현실과 직면하면서, 앞으로 아이를 낳아 기르며 엄마로서 어떻게 살아야 할지 고민을 참 많이 했습니다. '좋은 아내, 좋은 엄마의 삶은 어떤 것일까?' 고민하면서 계속해서 일을 병행하는 워킹맘으로서의 삶은 쉽지 않은 선택이었습니다. 아침은 아침대로 저녁은 저녁대로 분주하고, 회사에서는 업무로 바쁘고, 출산과 동시에 치열한 하루하루의 연속일 수밖에 없었습니다. 그무렵 내게 가장 힘이 되어 준 것은 김미경 선생님의 《언니의 독설》이라는 책이었습니다.

워킹맘이라는 삶을 선택한 후에도 내 자신과의 갈등은 계속 이어졌고, 직장 생활을 하면서 나의 마음속 한구석에는 주변의 육아 맘들에게조차 털어놓을 수 없는 갈증이 있었습니다. 하지만 그 갈증은 육아에서, 또 워킹맘으로도 선배였던 분이 쓴 책을 읽으며 조금씩 풀려갔습니다.

비싸지 않은 책 한 권이지만, 나와 비슷한 선택을 했던 인생의 선배가 던지는 값진 조언은 내게 큰 힘이 되었고, 지금도 내 삶의 이정표가 되어 주고 있습니다.

저는 사실 책을 다독하는 편은 아닙니다. 다만 갈증이 나고 해결되지 않는 부분이 있을 때에는 해답을 찾기 위해 책을 읽거나 유튜브 등을 통해 지속적으로 인사이트를 찾아 와닿는 부분이 있으면 바로 적용합니다.

결혼 이후 대개의 여성들이 고민하는 것처럼 저도 비슷한 고민이 생겼습니다. 또래 여성들의 고민들이 다 비슷해서 그런지 책을 읽거나 맘카페에 올려진 글들을 보면 다 거기서 거기인 고민의 흔적들이 적혀 있기 마련입니다.

어떤 선택을 했든 10여 년이 지난 지금은 크게 후회하지 않고 살았겠지만, 워킹맘의 삶을 선택하고 살아오면서 제 자신이 많이 성장했다고 느꼈고, 그동안 제 아이들도 잘 커주었다는 겁니다. 한 분야에서 커리어를 쌓으며 엄마로서, 그리고 사회 구성원의 일원으로서, 또 회사를 운영하는 리더로서 꾸준히 성장해 온 데 대해 만족스럽게 생각합니다. 앞으로도 아이와 함께 꾸준하게 성장할 수 있기를 바랍니다.

일과 가정이라는 어찌 보면 참 풀기 어려운 문제를 심플하게 바라볼 수 있도록 용기를 준 책에 힘을 얻어 워킹맘으로 살아갈 것을 결정하였고, 지혜롭게 사업체를 운영해 나가고 있습니다.

우리 참 잘하고 있어요! 세상의 워킹맘들 모두 파이팅입니다!

여행처럼 경험을 즐기자

"세상의 모든 경험은 소중하다. 헛된 경험은 없다."

저는 20대의 대부분을 온라인에서 다양한 상품을 판매하고 마켓을 운영하는 경험을 쌓으며 지냈습니다. 그러던 중 29세 되는 해 3월 첫아이를 출산하고 엄마의 삶을 시작했죠. 하지만 경력을 놓고 싶지 않던 저는 워킹맘 생활을 하며 끝까지 버텼습니다. 출산 후 도움을 받을 곳이 없었던 저는 블로그와 육아 카페를 통해 정보를 얻고 공유하며 자연스럽게 온라인 활동도 늘어나게 되었습니다. 그러다가 워킹맘 카페를 직접 만들어 모임도 주선하기 시작했습니다.

시작은 나의 어려움을 공유하고 함께할 수 있는 사람을 찾기 위한 것이었습니다. 그렇게 워킹맘으로 살아가면서 겪는 어려움을 온라인을 통해 해결해 나갔습니다. 이것이 지금 하고 있는 사업의 기반이 되리란 것은 당시에는 전혀 몰랐습니다.

블로그를 본격적으로 운영하면서 체험단이라는 새로운 세계를 알게 되었습니다. 내가 필요로 하는 제품을 제공받고, 사용 후기를 작성하는 일에 재미를 느끼게 되었습니다. 틈나는 대로 구미가 당기는 곳에 신청하고, 일정을 정해서 육아용품, 숙박업소, 맛집 등 다양한 분야에서 리뷰어 활동을 하기 시작했습니다. 직장 생활, 육아와 리뷰어 활동을 병행하면서 자연스럽게 성취감도 느낄 수 있었습니다.

빠듯한 시간에 세 가지 일을 병행하기 위해 스케줄을 매우 촘촘하게 짜야만 했고, 둘째를 낳고서는 잠을 3시간밖에 못잘 정도로 열정적으로 활동했습니다. 그러한 노력 덕에 수입으로 이어지는 포스팅이 많아지기 시작했고, 수입 금액도 늘어나기 시작했습니다.

체험단으로 꾸준하게 활동하다 보니 해당 업체의 본사 임원이나 대표님께서 직접 연락 주시는 경우도 있었습니다. 그럴 때마다 용감하게 다양한 제안을 했습니다. 업체를 상대하는 업무를 많이 하다 보니 두려움도 없었고, 오랜 체험단 활동을 통해 파워블로거 단톡방이 만들어지면서 인맥도 늘어났기에 대행 업무를 소화할 수 있었습니다.

다니던 회사에서는 매출 상위 쇼핑몰의 컨설팅과 마케팅 때문에 쇼핑몰의 대표님들과 자주 이야기를 나누곤 했습니다. 저 스스로 직접 체험단 활동을 하고 포스팅도 하다 보니 대표님들의 입장과 블로거의 입장을 자연스럽게 경험하게 되었습니다. 대표님들과 직접 체험하는 파워블로거 양쪽 입장을 모두 경험한 것은 제 사업을 확장해 나가는 데 중요한 밑천이 되었습니다.

대행사 관계자분들과도 친분을 유지하며 일을 수주하기도 했습니다. 제가 워킹맘이다 보니 육아 관련 업종에는 제품의 종류도 다양하고 광고량도 많기 때문에 일을 주시면 거절하지 않고 끝까지 책임지고 완수함으로써 업체의 신뢰를 쌓아나갔습니다.

그러다 보니 일은 점차 늘어나 월급의 두 배가 되는 돈이 통장에 찍히게 되었습니다. 지금도 그때 생각만 하면 가슴이 두근두근하는데요. 부업으로 그렇게 돈을 벌다 보니 자신감도 점점 커졌습니다.

저에게 타이탄의 도구는 블로그와 온라인 카페였습니다. 그렇게 블로그와 카페를 운영하고, 경력들이 하나둘 쌓이면서 프리랜서로 독립할 수 있었고, 결국 창업으로 이어졌습니다.

내가 좋아하고 가장 잘할 수 있는 일에서 시작해서 조금씩 성장해 나가는 것이 창업의 정도라고 생각합니다. 저는 지금도 사업 확장을 위해 미디어 분야에 대한 도전을 계속하고 있습니다. 제가 인플루언서로서 유튜버, 쇼호스트 등 다양한 활동을 하는 것 역시 앞으로 미디어 시장의 가능성을 보고 차근차근 준비해 나가는 것입니다. 이런 다양한 경험들을 통해 도전과 실패를 경험하여 여성 리더로서 지속적으로 성장하고 싶습니다.

꾸준함이 주는 선물

처음에는 저 혼자 작은 사무실을 임차하며 시작하였습니다. 그럼에도 하나하나 발생하는 비용들이 정말 크게 느껴졌습니다. 어느 것 하나 쉬운 게 없었습니다. 모든 것이 낯설고 두려웠지만 용기 하나만 가지고 버틴 시간들이었습니다.

저의 무기는 그동안의 경험과 꾸준함밖에 없었습니다. 그래도 그때까지 한 분 한 분 좋은 관계를 유지했던 대표님들이 많이 계셔서 열정적으로 영업을 진행하면서 오롯이 감당할 수 있었습니다. 당시에는 특별한 전략보다는 제가 가장 잘할 수 있는 영역을 밀어붙이고, 열정적으로 영업에만 몰입했습니다. 이미 벌려놓은 사업이라 그 상황에 집중하여 어떻게든 꾸려가기 위해 매출 증가에만 매달릴 수밖에 없었습니다.

그무렵 큰 힘이 되어 주신 분은 제가 이전에 대행하였던 회사의 대표님이셨습니다. 그 대표님의 제안으로 그 회사의 부장 역할과 대행사를 함께하면서 1인 사무실에서 2인 사무실로 작은 변화가 생겼습니다. 혼자만이 아니라 도움을 주고받으며 시너지를 낼 수 있는 파트너가 주변에 있다면 얼마든지 좋은 방향으로 이끌어 갈 수 있을 거라고 생각합니다.

바이럴 마케팅 대행사 〈리뷰팩토리〉를 운영한 지 벌써 6년차가 되었는데요. 3년차가 되기까지는 매출의 기복도 심했고 어려움이 정말 많았습니다. 3년 정도 지나서야 조금씩 안정되기 시작했습니다.

이렇게 사업을 진행하면서 느

낀 점은 나 혼자 모든 일을 다 하겠다는 자세는 좋지 않다는 겁니다. 부서별로 일을 분담하고, 직원 각자가 맡은 분야에서 최고의 성과를 끌어낼 수 있도록 돕는 것이 대표의 역할이라고 생각합니다. 내 마음대로 되지 않는 상황이 도래하다라도 넉넉한 마음으로 받아들이고 위기를 극복하려고 노력해야 합니다. 넘어져도 다시 일어나 목표를 향해 계속 달려야 하는 것이 대표의 삶이요, 리더의 자세가 아닐까요.

실수나 실패는 늘 있게 마련입니다. 하지만 그 상황을 비관하는 데 체력과 정신력을 소진하지 않으려면 마음을 담대하게 먹을 필요가 있습니다. 저보다 앞서 사업을 시작하신 대표님들과의 만남을 통해 리더십과 마음가짐을 배울 수 있었습니다.

모든 문제의 해답은 연결에 있다

사업에서 무엇보다 중요한것은 꾸준한 매출입니다. 매출이 안정적으로 유지되어야 인력을 충원하고 사업도 확장할 수 있습니다. 제 경험을 토대로 꾸준한 매출을 유지하는 방법을 말씀드리겠습니다.

1. 가지고 있는 인프라를 총동원하라

처음에는 프리랜서로 활동하며 조금씩 외형을 키우면서 〈카페24〉를 통해 관계를 맺어오던 업체와 연락을 계속하면서 바이럴 마케팅 관련 제안을 했습니다. 그 업체와는의 그동안 신뢰가 쌓여 있었기에 대표님께서 자연스럽게 업무를 맡겨 주셨습니다. 그렇게 인연을 맺었던 대표님들과 업무 제휴를 이어갈 수 있었습니다. 당시 초보 운전자였던 저는 매일 2시간 이상을 운전하며 열정적으로 영업을 진행했습니다.

물론 그 와중에는 거절도 많이 당했지만, 대표님들께서는 처음 들어보고 안면도 없는 광고 대행사보다 일면식이라도 있던 저의 순수한 열정을 보고 선뜻 일을 맡겨주셨습니다. 그렇게 매출이 조금씩 늘어났고, 현재까지도 거래를 이어가고 있습니다. 이처럼 창업 초기에는 인프라 확보가 무엇보다 중요합니다.

제가 체험단 및 카페를 운영할 때 대행사를 창업하신 선배님들이 있었습니다. 대행사 대표님들과의 만남을 통해 제 창업을 알리고 일을 주실 수 있도록 관계 형성을 시도했습니다. 사업을 꾸준하게 유지하고 있는 업체라면 효율적인 인사 관리와 업무 분장을 위해 업무를 효율적으로 분배하고 협업할 수 있는 업체를 찾기 마련이므로 제가 진행하고 있는 사업과 자연스럽게 매칭되었습니다. 꾸준히 일을 받아 잘 처리하며 신뢰를 쌓아갔습니다.

창업 후 2년 정도는 많은 업무를 홀로 감당하며, 직접 발로 뛰며 사업영역을 확장해 나갔습니다. 그러면서 많은 시행착오도 겪었습니다.

여러분도 창업하시기 전에 서비스를 구매할 고객에 대한 고민을 미리 해 보시기 바랍니다. 그 어떤 창업도 구매할 고객이 없다면 성공할 수 없고, 아무리 좋은 상품과 서비스라도 구매할 고객이 없다면 금세 도태되기 마련입니다.

2. 단골 클라이언트를 확보하라

인프라를 총동원해서 영업하더라도 업무 수주가 일회성에 그친다면 지속적인 운영에는 어려움이 따르기 마련입니다. 어느 업종이든 가장 중요한 것은 단골 고객의 확보입니다. 단골 고객은 충성 고객으로 이어져서 입소문을 내는 데 중요한 역할을 합니다. 단골 고객을 확보하기 위해서는 서비스 만족도가 중요한데, 서비스 만족도는 다시 발주 업체가 만족할 만한 수준의 결과물, 기일 엄수, 업무 진행 시의 성실함과 진정성, 적절한 비용 등으로 충족시킬수 있습니다.

업무 의뢰가 일회성이 그치는 이유는 위에서 말씀드린 서비스 만족도를 충족시키기 못한 부분이 있기 때문입니다. 단골 고객이 꾸준히 확보되어야 회사 운영도 안정적으로 이루어지고, 성장을 위한 계기도 마련될 수 있습니다.

그렇기 때문에 일차적으로는 서비스 만족도를 높이고, 그런 후에 단골 고객을 확보할 다양한 방안을 모색하시기 바랍니다.

3. 안정적인 플랫폼을 구축하라

제 사업은 온라인상의 업무를 기반으로 하고 있기 때문에 온라인 플랫폼을 꾸준히 활용하면서 동종업계와 협업할 수 있는 부분을 늘 찾고 있습니다. 저는 대행사와의 협업 시스템에서 실행사 역할을 맡고 있습니다. 대행사의 특성상 늘 협업을 통해서만 작업이 이루어지므로, 다양한 업체와의 미팅을 통해 시스템 확장을 꾀하고 있습니다. 다양한 고객을 확보하고 있는 대행사 여러 곳과 계약이 이루어진다면 자연스럽게 매출 증가로 이어집니다.

요즘은 온라인 플랫폼이 정말 다양합니다. 〈숨고〉, 〈크몽〉, 〈오투잡〉 등이 대표적인 플랫폼이지요. 매출 신장이 안 되어 고민이 많으시다면, 본인의 재능을 판매할 수 있는 여러 온라인 플랫폼이 존재하니 하나하나 검토하시어 매출 신장에 도움을 받으셨으면 합니다.

예전에는 〈중고나라 카페〉, 현재는 〈당근마켓〉을 통해 중고가 아닌 중고를 실제 판매하는 사례를 볼 수 있습니다. 대행사 커뮤니티도 활용할 수 있습니다. 저는 〈아이보스〉와 같은 대행사 커뮤니티를 통해서 많은 정보를 얻었고, 실제로 영업으로까지 이어진 사례도 있습니다. 과거에는 직접 발로 뛰며 오프라인에서 영업했다면, 코로나 19 팬데믹으로 인해 온라인을 통한 영업이 무엇보다 중요해졌습니다. 오프라인 영업의 한계성을 극복하려면 플랫폼을 통한 온라인 영업을 기반으로 하고, 오프라인 영업을 병행해야 합니다.

처음부터 잘하는 사람은 없다

처음 시작할 때는 누구나 어렵고 막막합니다. 저도 처음 사업자등록을 하면서 막막하고 어려워했던 기억이 납니다. 사업에 도전한다는 것은 무에서 유를 창조하는 과정이므로 결코 쉽지 않습니다. 그동안 쌓아온 경험과 실력이 있다 하더라도 직접 사업체를 운영하려면 용기와 노력이 필요합니다.

저는 블로그에 몰입하면서 수익을 내고 인프라 확장을 통해 성장한 케이스인데요. 여러분도 처음부터 크게 하려고 하지 마시고 조금씩 다양한 시도를 하면서 시행착오를 거쳐 확장해 나가시기 바랍니다.

사업 초기에는 비용 하나하나가 정말 크게 느껴집니다. 사업을 시작하시려면 세무 관련 기본적인 지식은 꼭 필요합니다. 부가가치세 관련 지식과 세금 감면 방법을 잘 공부해 두셔야 합니다. 세금 관련 업무를 전혀 모르고 사업을 진행하면 나중에 세금 때문에 큰 어려움을 겪을 수 있습니다. 사업의 목적은 이윤 창출에 있기 때문에 기본적인 세무 지식을 가지고 시작해야 미리 대처할 수 있습니다.

인프라를 통한 수익 확장은 제가 하고 있는 온라인 마케팅 사업을 물론이고, 대부분의 사업에서 중요한 영역을 차지합니다. 예를 들어 출장 산후 마사지, 산후 도우미, 집 정리 전문가 등 각 분야에서 마케팅과 영업망이 구축된다면 수입으로 이어질 수 있는 사업 아이템은 많습니다. 여기서 핵심은 '영업이 가능한가?'와 '실제적으로 매출이 발생하는가?'입니다.

성장에 도움을 주는 긍정의 힘

처음에 혼자 사업을 운영하다가 점점 성장하면 직원 채용에 대해 고민하게 됩니다. 직원을 채용하고 사업을 확장해 나가는 것은 성장에 따른 필수적인 부분입니다. 혼자서 사업을 운영하다 반복되는 업무가 많아진다면 정규직원이나 아르바이트 직원을 고용해서 업무를 분담시키는 것이 좋습니다. 당장의 수익은 줄겠지만, 업무 분담을 통해 수익 창출에 집중할 수 있는 시간을 벌 수 있게 됩니다.

저는 직원을 채용하지 않고 지인의 도움을 받았는데, 이 경우 업무 지시가 수직적으로 하달되기 때문에 서로 감정이 상하는 일이 발생할 수 있습니다. 가까운 지인을 선택하기보다는 모르는 사람이라도 업무에 능숙하고 비슷한 성향인 사람을 채용하여야 안정적인 사업 운영에 도움이 됩니다.

어느 정도 사업이 확장되면 업무 분장과 안정적인 프로세스 구축이 필요해집니다. 직원 한 명이 퇴사한다고 하더라도 크게 흔들리지 않는 조직 구조를 만들어야 합니다. 그리고 늘 성장을 위해 노력하는 직원을 채용하고, 성장을 위해 서로 협력하는 분위기를 만들어야 합니다.

현재 저의 사업은 안정 궤도에 올랐지만, 지금까지 늘 기복이 있다 보니 항상 리스크를 염두에 두고 운영하고 있습니다. 급변하는 시대에는 미래를 예측하면서 지속적으로 다양한 시도와 도전을 할 수밖에 없습니다. 지금의 기업 환경은 성장이 없다면 결국 퇴보하기 마련입니다. 개인과 조직 모두 성장을 목표로 하지 않으면 결국은 도태될 수밖에 없습니다.

직원 문제는 늘 어려움이 따르지만, 대표자의 확고한 마음가짐이 있다면 결국 극복되기 마련입니다. 세상은 스스로 돕는 자를 돕는다 했으니 어려운 상황 속에서도 긍정적으로 사고하면서 성장을 위해 매진한다면 결국에는 좋은 결과를 얻을 수 있을 거라고 확신합니다.

자기다움으로 두 마리 토끼 잡기

여성은 결혼과 동시에 복잡한 삶을 살 수밖에 없습니다. 엄마로서 자녀들도 키워야 하고, 아내로서 남편도 챙겨야 하며, 시댁과 친정의 가족들도 챙겨야 합니다. 또 가정과 사업을 함께 지켜나가려면 손 가는 곳이 한두 군데가 아닙니다. 모든 것을 완벽하게 하기가 불가능하므로 언제나 적당한 선을 지킬 필요가 있습니다.

하지만 삶의 균형을 유지하기 위해 꼭 필요한 부분, 즉 아내로서, 엄마로서 챙겨야 할 부분은 제대로 해결해야 합니다. 저는 아이들 아침은 꼭 챙겨주고, 준비물 · 숙제는 늘 봐주고, 제가 할 수 없는 부분은 과감하게 저를 대신할 사람을 고용해서 해결했습니다.

블로그를 한참 운영하던 시절, 수입은 많지 않았지만 남편도 한가한 사람이 아니라서 제3자의 도움을 받기로 했습니다. 남편도 처음에는 반대도 하고 싫어하는 눈치였지만, 결국 그 결정이 가정의 평화를 유지시켜 주고 각자 일에 집중할 수 있도록 하는 좋은 선택이 되었습니다. 제 시간을 아껴서 조금 더 효율적인 부분에 쓰자는 생각이지요.

가끔 부부싸움을 할 때도 있지만 적당한 정도의 선을 유지하며 가정을 지켜왔으며, 직원들과도 그 관계와 선을 명확하게 구분해 왔습니다. 최대한의 선택과 집중을 통해 최소한의 선을 지켜서 육아에서도 아이들이 독립적이면서도 책임감 있게 스스로를 챙길 수 있도록 키워 왔습니다. 물론 항상 부족한 부분이 있고 완벽은 불가능합니다. 하지만 부족함을 용납하고 그 안에서 최대한 잘하려고 노력합니다.

요즘에는 요리를 좀 해야겠다는 생각을 종종 합니다. 아이들의 추억 속에 엄마가 늘 바쁘기만 한 사람으로 기억될까봐, 조금 신경 써서 요리를 해 주었더니 너무나 행복해 하는 아이들을 보니 힐링이 됩니다.

가정과 일 두 마리 토끼를 잡느라 늘 바쁘고 힘들지만 그래도 이런 과정 속에서 여자로서, 엄마로서, 사업가로서 자리를 잡아가는 제 자신이 너무나 대견합니다. 자신을 사랑할 때 진정한 자기다움이 나온다고 생각합니다. 자기답게 당당하게 살아가는 엄마의 모습을 보면서 성장할 아이들은 그 모습을 고스란히 배우고 닮아가리라 생각합니다.

1인 크리에이터의 위상

현재는 코로나 19 팬데믹 영향으로 비대면 소비 문화가 확산되면서 어느 때보다 라이브 커머스가 주목받고 있습니다. 대기업부터 소상공인까지 라이브 커머스 대열에 탑승하고 있는데, 라이브 커머스는 기존의 유통 채널이 갖지 못한 강력한 장점을 다방면으로 갖춘 채널입니다.

라이브 커머스의 특징을 한마디로 요약하면 온라인 상거래에 라이브 방송을 접목한 새로운 형식의 유통 채널인데, 실시간으로

양방향 소통이 가능하다는 점에서 온라인 상거래의 새로운 지평이 되고 있습니다. 특히 라이브 커머스 시장은 셀러가 능력만 갖춘다면 방송 경력이 없어도 자신만의 콘텐츠로 상당한 매출을 올릴 수 있습니다. 셀러에 대한 신뢰와 호감, 친근감이 팬덤으로 이어져 매출이 폭발적으로 상승하기도 합니다. 그래서 라이브 커머스에서 팬덤은 매우 중요한 요소로 부각되고 있습니다. 이 팬덤을 형성시키는 원동력이 바로 창의적인 콘텐츠입니다.

라이브 커머스 셀러를 다른 말로 표현하면 '1인 미디어 크리에이터'라고 할 수 있습니다. 이들은 소비자와의 긴밀한 소통을 통해 창의적인 콘텐츠를 생산하는 능력을 갖춘 사람들입니다. 실력 있는 1인 미디어 크리에이터들 덕분에 콘텐츠가 질적으로 어마어마하게 성장하고 있어서 1인 미디어 크리에이터를 통한 사업은 앞으로 계속 발전할 수밖에 없을 테지요.

실제로 자신만의 콘텐츠로 라이브 커머스 시장에서 큰 성공을 거둔 사례는 많습니다. 평범한 정육점 대표가 라이브 방송에서 발골 장면을 선보였습니다. 그것이 고객들의 호응을 얻어 온라인 매출이 오프라인 매출을 넘어선 사례도 있습니다. 과수원을 운영하는 평범한 생산자가 라이브 커머스로 사과 80톤을 팔아치웠고, 생산한 농산물을 조기 완판하는 기록을 해마다 경신하기도 합니다. 이런 사례들을 살펴보면 라이브 커머스가 누구에게나 열려 있는 놀랍고도 새로운 기회의 장이라는 것을 알 수 있습니다.

현재 유통업계를 들여다 보면 대한민국 국민이라면 누구나 다 아는 대기업, 거대 플랫폼 기업들이 라이브 커머스에 공을 들이고 있는데요. 최초의 라이브 커머스 전용 플랫폼인 〈그립〉, 대형 포털사이트인 〈네이버〉와 〈카카오〉·〈쿠팡〉·〈티몬〉·〈인터파크〉 등 기존의 이커머스 업체들, 오프라인 대형 백화점과 TV 홈쇼핑에 이르기까지 거의 모든 유통업체들이 라이브 커머스 시장에 진출해 치열한 각축전을 벌이고 있습니다.

그 안에서 1인 크리에이터들의 역할은 독보적이라고 할 수 있습니다. 생방으로 진행되는 라이브 방송을 부담스러워 하는 판매자들의 고충을 해결해 주는 〈그립〉의 그리퍼 제도, 라이브 방송을 통해 매출 성장을 이룬 판매자들을 섭외해 노하우를 전수해 주는 〈네이버〉의 멘토링 프로그램은 1인 크리에이터들이 라이브 커머스 시장에서 갖는 위상을 잘 보여주고 있습니다.

최근에는 〈카카오〉가 그립의 지분 50%를 인수해 〈그립〉의 최대주주가 되었는데, 여기에는 〈그립〉이 구축한 인프라를 활용해 판매자들을 인플루언서로 성장시켜 충성도 높은 이용자를 확보하려는 시도가 깔려 있습니다. 라이브 커머스에서 1인 크리에이터의 역할과 비중이 어느 정도인지 단적으로 보여주는 사례라고 할 수 있습니다.

그 외에도 유통 공룡이라고 불리는 〈쿠팡〉은 라이브 방송을 기획할 수 있는 역량은 갖추고 있지만, 판매할 상품이 없는 크리에이터들에게 라이브 커머스에 도전할 수 있는 기회를 주고 있습니다. 〈티몬〉도 콘텐츠 경쟁력 제고를 위해 1인 미디어 기반의 〈아프리카 TV〉와 〈틱톡〉과 업무 제휴를 하였습니다. CJ가 런칭한 〈CJ 올라이브〉에서는 뷰티&헬스 전문 채널을 런칭하면서 발 빠르게 뷰티 관련 인기 유튜버를 판매자로 섭외하여 인플루언서로 활용한 전략도 선보였습니다.

위에서 언급한 사례들만 봐도 1인 크리에이터들이 유통업계

도전을 두려워하지 않는 슈퍼우먼,
'라이브커머스'에 빠지다
김지현 미디어콘텐츠연구그룹 리뷰팩토리 대표

에서 어떤 역할을 맡고 있는지는 아주 선명하게 드러나고 있습니다. 국내뿐만 아니라 해외 진출의 문도 활짝 열려 있는데, 라이브 커머스 열풍의 진원지인 중국은 물론 미국과 유럽에도 1인 크리에이터들을 위한 기회는 차고 넘치도록 많습니다. 유통업계의 패러다임이 영상으로 옮겨가는 것이 세계적인 추세인 만큼 1인 크리에이터들의 역할과 위상은 앞으로도 크게 상승할 겁니다.

미디어 경험을 발판삼아 여성 일자리 창출

저는 미디어 관련 사업을 하면서 육아를 병행했습니다. 그러면서 사회 전반에서 경력 단절된 여성들을 위해 다양한 지원 사업을 하고 있음에도 불구하고, 출산 후 육아 또는 개인 사정으로 직장 복귀가 쉽지 않아 경력이 단절된 여성들을 많이 보아왔습니다.

제가 누군가의 도움을 받아 일과 육아의 균형을 찾을 수 있었듯이, 저 또한 여성들을 돕고자 하는 마음으로 2020년에 〈한국여성1인미디어협회〉를 설립하였습니다. 현재는 미디어 관련 솔루션을 제공하여 전국의 맘들에게 도움을 주고, 실제적인 수익을 창출해 드리고 있습니다.

최근 저는 새로운 사업을 구상하고 있습니다. 매월 수많은 신규 광고주들과 소통을 하다 보니 능력 있는 콘텐츠 제작자, 1인 미디어 진행자, 마케팅 대행사 등을 찾고 싶어 하는 니즈가 강하다는 것을 알게 되었습니다. 사실 시장에 전문성이 결여된 자칭 '전문가'들이 난립하다 보니 이런 부분에 대해 변별력을 가지는 것이 광고주들에게도 굉장히 필요한 일이라는 생각이 들었습니다.

그동안 저는 직접 협업을 해봤거나 꾸준히 지속되어 온 관계를 통해 검증된 전문가들을 소개해 왔는데, 의외로 이런 부분에 대해서 무척 고마워하시는 것을 봤습니다. 그러다 보니 좋은 광고주와 실력 있고 검증된 전문가들을 연결해 드리는 일에 매력을 느끼게 되었습니다. 다행히도 그간 꾸준한 협회 활동을 통해 '경단녀'라는 이름으로 저평가된 수많은 맘 전문가들과 함께하고 있는 상태이기 때문에 광고주 분들과 맘 전문가들을 포함한 신뢰할 수 있는 실력자들이 상호간에 직접 소통할 수 있는 장을 만들어 드리기로 결심했습니다.

그런 의미에서 추후 발표될 중개 플랫폼은 이러한 니즈를 반영하고 구체화시킨 '결과물'이라고 보시면 좋을 것 같습니다. 중개 플랫폼을 통해 광고주들은 자신들이 찾고자 하는 전문가 또는 그룹을 보다 손쉽게 찾을 수 있게 될 것이고, 실력은 충분하지만 다양한 이유로 자신들의 '판'을 찾는 데 어려움을 겪었던 전문가 분들에게는 자신들의 능력을 한껏 펼칠 수 있는 장이 마련될 것이라 기대합니다. 또한 보다 신뢰할 수 있고 효율적인 마케팅 중개 플랫폼으로 거듭날 수 있도록 다양한 시스템을 녹여낼 생각입니다.

중개 플랫폼을 활용해 탄탄한 인프라를 구축하면 여러 가지 이유로 경력이 단절된 여성들이 1인 미디어 활동을 통해 새로운 돌파구를 찾을 수 있을 거라 확신합니다. 저 역시 그런 과정을 거쳐 왔기 때문에 맘들에게 실질적인 도움을 주기 위한 준비를 꾸준히 하고 있습니다.

미디어콘텐츠그룹으로 성장하다

제가 운영하고 있는 바이럴 마케팅 대행사인 〈리뷰팩토리〉는 현재 업계 최초로 전국 맘들의 네트워크를 구축하여 빠르고 유기적으로 움직이고 있습니다. 실제 맘들께서 매월 100개 이상의 업체로부터 일을 받아 본인의 계정으로 자연스럽게 온라인 마케팅을 실행하고 꾸준한 거래를 이어가고 있습니다.

이에 더해 저는 '검은 호랑이의 해'로 불리는 2022년에는 근엄한 호랑이의 기운처럼 꽤 높은 조직적 성과를 도출하고자 노력하려고 합니다. 그간의 운영 경험을 토대로 〈㈜마님온컴퍼니〉 법인을 통해 영업 상품 확대 및 영업 조직 확장을 꾀하고 있으며, 미디어 콘텐츠그룹으로 발돋움하기 위해 병원 · 유통 분야로의 확장도 기획하고 있습니다. 앞으로도 뉴 미디어 광고 제작 및 대행 분야에서 뚜렷한 족적을 남길 수 있도록 여러 업체와 상호 유기적인 관계를 맺어나갈 생각입니다.

사실, 저 또한 그간 많은 '맘'들의 도움을 받아 성장해 온 만큼 다양한 활동을 통해 궁극적으로는 대한민국 경력 단절 여성들의 사회 재진출을 위해 꾸준히 노력하고자 합니다. 〈한국여성1인미디어협회〉의 활동 또한 꾸준히 이어나가 그동안 받아 온 여러 도움과 온정들을 되돌려드릴 수 있도록 최선을 다하겠습니다.

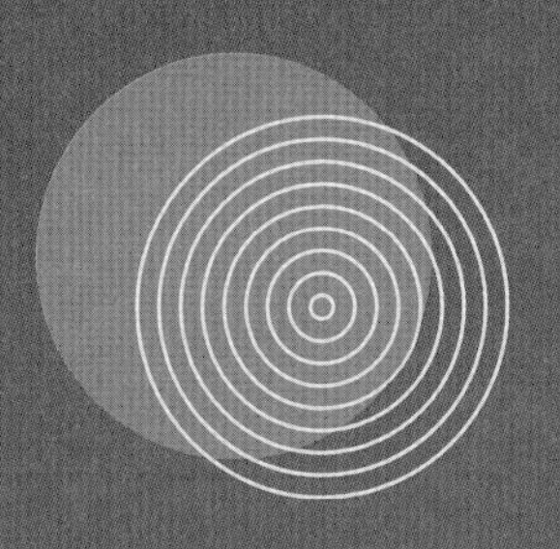

대한민국 여성들의
강력한 자립 멘토! 조윤미

조윤미 대표

미미 대표는 2015년 살던 집 월세 보증금을 빼서 매장을 차렸다.

의류 매장을 오픈하기 전에는 정수기 판매, 카드 판매, 학습지 교사, 보험 설계사, 전화 상담사 등 기혼 여성이 해봄직한 모든 직업을 다 거쳤다. 하지만 계속해서 실패하고 죽음까지 생각했지만 생활고를 이겨내기 위해 창업을 했다.

오프라인 매장 창업 후 5평 매장에서 하루 매출 100만 원을 찍으며 가난 탈출에 성공, 이후 그녀처럼 경제적으로 힘든 경력 단절 여성들을 위해 창업 멘토로 활약 중이다. 지하철 100평 매장 운영, 15,000명 회원의 〈네이버 밴드〉 운영, 〈밴드라이브〉 매출 월 3,000만 원 이상, 〈스마트 스토어〉 15일 매출 1,000만 원 이상, 〈그립〉 입성 후 매출 700만 원 이상. 그녀가 손을 대는 모든 플랫폼에서 수익을 실현하고 있으며, 이 모든 노하우를 함께하는 여성들과 나누고 있다.

생활고에 시달리던 한 사람 한 사람의 여성이 경제적으로 자립해 나가는 모습을 볼 때, 가장 큰 행복을 느낀다는 조윤미 대표는 현재 미혼모, 한부모가족 및 국내 거주 외국인 여성들의 경제적 자립을 위한 교육을 확장해 나가고 있다.

오픈채팅방 https://open.kakao.com/o/ghMq8mPd

카페 https://cafe.naver.com/gameplay77

광고비 0원으로 키운 15,000명 밴드

https://band.us/@subin1234

예쁜옷쟁이 그립

미미대표 유튜브

치유, 나 자신을 사랑하기

지금까지 살아오면서 정말 많은 책을 읽었던 것 같아요. 아이를 키울 때는 육아 관련 서적이 집안 곳곳에 쌓여 있었고, 마음 치유가 필요할 때는 성철 스님, 법륜 스님이 집필한 온갖 마음 관련 책들이 널브러져 있었어요. 그러다 돈을 벌어 부자가 되고 싶다는 생각을 했던 어느 날인가부터는 집안의 모든 장소와 책장에 부와 관련된 책들이 쌓이기 시작했습니다.

이렇게 저는 인생의 답을 책 속에서 찾으려 했던 것 같아요. 《시크릿》, 《머니룰》, 《가장 빠르게 부자 되는 법》, 《부자의 운》, 《운이 풀리는 말버릇》, 《하느님과의 수다》, 《신과 나눈 이야기》 등 신기하게도 어느 날부터 제가 사 모으고 읽기 시작한 책들은 모두 '마음' 아니면 '돈'과 연관된 것들이었어요. 지금도 제게 가장 많은 영감을 주고 도움을 주는 책들은 이런 류의 책들이랍니다.

그중에서 저에게 가장 많은 영향을 미친 책은 루이스 헤이의

《치유》입니다. 돈에 대해 알면 알수록 돈이라는 건 마음과 관련이 깊다는 것을 알게 되었습니다. 그러면서 자연히 자기 정화나 내 마음의 심상, 혹은 오랫동안 내 생각을 지배하고 있던 돈에 대한 두려움, 고정 관념, 타인에 의해 만들어진 나의 관념 등을 깨달아가는 치유의 과정이 시작되었습니다.

가장 처음 접했던 책은《호오포노포노》였습니다. 이 책은 '미안합니다. 감사합니다. 사랑합니다. 용서하세요.' 이 네 마디의 말로 자신을 정화시키고, 자기 주변의 나쁜 에너지들을 정화하고, 그것을 실천해 나가도록 해 주는 책입니다. 그 책을 접하고 매일 눈뜨면 계속 그 말을 하고 다녔어요. '미안합니다. 감사합니다. 사랑합니다. 용서하세요.'

이 무렵 찍었던 유튜브가 〈감사합니다 1만 번 도전하기〉였는데, 유튜브 알고리즘이 그 영상을 예쁘게 봤는지 요즘말로 떡상해서 순식간에 2만 뷰를 돌파하기도 했답니다. 그렇게 자기 정화와 긍정 확언을 실행해 가며 루이스 헤이의 치유를 만났습니다. 그리고 지금까지 내가 나에 대해 정의하고 있던 대부분의 생각이 실은 주변 사람들의 생각이었다는 것, 나 자신을 사랑하는 연습, 미워하는 대상을 용서하는 연습, 돈에 대한 부정적인 생각을 버리고 긍정적인 생각을 심는 연습 등을 통해 아주 오랜 시간 거슬러 내려오던 부정적인 생각의 대물림을 끊어낼 수 있었습니다.

특히 우리들 대부분이 조금씩은 가지고 있을 부모님에 대한 애증 역시 부모님들 역시 세습된 가치관의 피해자이며 당신들이 아는 세상에서는 최선을 다해 우리를 사랑해 주었다는 것을 깨닫는 순간 마음의 평온을 찾을 수 있었어요. 왜 부모님이 미웠고, 어떻게 그분들의 마음을 아프게 하며 살았는지는 이 책에서 굳이 설명할 필요는 없을 듯합니다. 하지만 그 원인을 하나하나 파악하고 나 스스로를 치유해 가는 과정에서, 나를 둘러싼 상황은 결국 내 마음 깊은 곳의 심상이 표면으로 나타나는 것이라는 것을 알게 되었어요.

여러분! 부자가 되는 가장 빠른 방법은 바로 내 안에 사랑을 가득 심는 것이랍니다. 결국 '즐거움, 보람, 사랑'이라는 에너지는 우리 인생에 돈을 만들어내는 귀한 자원이에요. 그러니 뭐든 조바심내지 마시고, 스트레스받지 마시고, 우리가 원하는 목표를 향해 나아가는 과정을 즐겨 보세요. 그리고 내 자신부터, 나의 가족부터, 더 나아가 친구들과 지인, 그리고 이 세상을 사랑해 보세요. 그때부터 여러분 안에 가지고 있는 부의 톱니바퀴가 서서히 돌기 시작할 겁니다.

절망이 내게 주는 선물

여러분 혹시 맹자의 이 구절을 아시나요?

"하늘이 장차 그 사람에게 큰 사명을 주려 할 때는 반드시 먼저 그의 마음과 뜻을 흔들어 고통스럽게 하고, 그 힘줄과 뼈를 수고롭게 하고, 그의 몸을 굶주리게 하며, 그의 생활을 궁핍하게 만들어 그가 하고자 하는 일을 흔들고 어지럽게 하나니. 그것은 그가 타고난 작고 못난 성품을 인내로써 담금질하여 하늘의 사명을 능히 감당할 만하도록 그 기개와 역량을 키워주기 위함이다."

저는 이 구절을 참 좋아해요. 제가 여러분께 알려드릴 타이탄의 도구는 바로 긍정입니다.

《시크릿》, 《머니룰》, 《신나이》 같은 책들을 읽으며 제가 깨달은 것 중 하나가 바로 '어려움은 세상이 내게 주는 시련이 아닌 정말 좋은 것을 주기 위한 선물'이라는 사실이었어요.

코로나 19로 너무나 힘들었던 시절, 잘 나가던 오프라인 매장에 파리 새끼 한 마리 지나다니지 않던 그때. 그 순간에도 제가 의연하고 즐겁게 그 시기를 성장의 동력으로 만들 수 있었던 것은 바로 이 구절 덕분이었습니다.

맹자는 우리에게 인내를 배우라고 이 이야기를 해 주었지만, 저는 이 글에서 긍정을 배웠습니다. 그리고 제가 읽었던 수많은 책들 속에서 더 큰 확신을 갖게 된 원동력이 되었지요.

위기가 기회라는 말 들어보셨지요? 저 역시도 예전에는 그 말을 들으며 '그래 위기가 기회가 될 수 있지.'라고 생각하며 그냥 흘려보냈어요. 그러나 세상의 흐름을 깨닫기 시작한 지금은 위기가 곧 내게 주어진 선물이라는 사실을 정말 뼛속 깊이 깨달아가고 있는 중이랍니다. 코로나 19가 터지고 매장에 사람이 없던 그 시기에도 저는 생각했어요.

'아! 우주가 또 나에게 성장의 기회를 주는구나. 이 시련을 잘 이겨내고 나면 나는 엄청나게 성장해 있겠지. 그리고 큰 선물을 받을 거야.'

무엇보다 큰 선물은 늘 나의 성장이었지요. 이번에도 이런 생각을 하며 질문을 시작했습니다.

"자, 코로나 19로 손님이 없어. 어떻게 하면, 어떻게 해야 매출을 올릴 수 있지? 어떻게 하면 이 상황을 잘 극복해 낼 수 있지? 어떻게 해야 할까?"

끊임없이 생각하고 또 생각하고 생각나는 아이디어를 종이에 적으며, 우주가 선물로 나에게 준 과제를 열심히 풀었어요.

예전의 나라면, '내가 이럴 줄 알았어. 내가 하는 일이 다 그렇지 뭐. 나는 뭘 해도 안 되는구나. 이제 어떻게 해야 하나? 왜 나한테만 이런 일이 생기는 거야.'라며 세상을 원망하고, 나 자신을 책망하고 비난하며 하루하루를 절망으로 보냈을지도 몰라요. 하지만 여러분! 시련은 고난이 아닌 선물이라는 사실을 알고 나면, 신이 내가 무엇을 하든 능히 해낼 수 있는 인간으로 단련시키고 있는 과정이라는 생각이 제 마음의 중심을 잡아 줍니다.

이 과정을 잘 넘기면 선물처럼 엄청난 성장이 기다리고 있다는 사실을 깨닫고 나면, 차분하게 앉아 현재의 상황을 파악하고 어떻게 하면 이 상황을 극복할 수 있을지 답을 찾아갈 수 있어요.

코로나 19 시기에 모두가 매장 문을 닫고 힘들게 버티고 있을 때, 전 오프라인의 일은 잠시 미루고 온라인에 전념했습니다. 오프라인에 집중하기 위해 잠시 내려 놓았던 〈예쁜옷쟁이〉라는 네이버 밴드를 다시 가동하기 시작했고, 기능이 있어도 사용하지 않던 밴드의 라이브 방송 기능을 사용하기 시작했습니다. 가뜩이나 집 밖으로 나가지 못해 스트레스를 받고 있던 밴드 회원님들의 엄청난 호응을 받으며 밴드 라이브 방송으로 오프라인보다 더 큰 매출을 올릴 수 있게 되었어요.

역시 우주가 주는 숙제를 잘 풀고 나면 성장이라는 큰 선물을 받는다는 공식이 또 맞아떨어지는 순간이었습니다.

그 이전에도 이후에도 여전히 세상은 나에게 크고 작은 숙제들을 던져 주지만 늘 나의 신념은 같아요. 모두가 내 성장의 과정이며 모든 것이 선물이라는 것, 그리고 늘 같은 질문을 하죠. 어떻게 하면 이 숙제를 잘 풀 수 있을까?

스승을 만나던 날

하나님과 제 남편 다음으로 제가 세상에서 가장 믿고 의지하는 저의 멘토는 한국비즈니스협회의 심길후 회장님입니다.

처음 그곳을 찾았을 때 저는 그저 동네에서 작은 구제의류 가게를 운영하고 있는 동네 아줌마에 불과했어요. 그 당시 정말 부자가 되고 싶다는 간절함에 부의 시스템을 만들 수 있다는 네트워크 사업에 빠져 들었고, 그 사업에서 성공하기 위해 한국비즈니스협회를 찾았습니다.

네트워크를 잘하기 위한 방법을 알고 싶어서 왔다고 하자 회장님은 왜 다른 사람의 시스템이 되려고 하느냐, 그냥 네트워크 회사를 차리라고 말씀하시더군요. 정말 허무맹랑한 그 소리에 어이가 없어서 “아니, 어떻게 그런 회사를 차릴 수 있습니까?”하고 묻자 “네트워크 회사도 어차피 사람이 만든 겁니다. 누군가가 했으니 사장님도 할 수 있겠죠.”라고 말씀하셨습니다.

지금 생각해도 참 황당한 말이었지만, 왠지 이 사람이 나를 도와줄 수 있을 거라는 확신과 함께 아주 비싼 수업료를 내고 비즈니스협회의 수업을 듣게 되었습니다. 물론 지금의 저를 만들어 주신 분이니 지금 생각하면 그 수업료는 싸도 너무 싼 수업이었어요. 어쨌든 제가 학생이 되고 첫 컨설팅에서 회장님은 저에게 네트워크를 잠시 내려놓으라고 하시더군요. 네트워크 사업 잘해보자고 비싼 돈을 주고 수업을 받으러 왔는데, 그게 무슨 소리냐며 욱하는 저에게 회장님이 말씀하셨습니다.

“지금 사장님은 두 다리 다 영양실조 상태예요. 한 다리라도 튼튼해야 다음 걸음을 걸을 수 있지 않을까요?”

사실 방 보증금까지 빼 임차한 6평 매장에서 매일 100만 원 이상 매출을 올렸었는데, 네트워크에 빠지면서부터 엉망이 되어 버렸습니다. 매일 세미나 쫓아다니고, 제품 팔러 다니느라 사업은커녕 매장 문도 열지 않는 날이 많았습니다. 매장을 찾는 손님들에게 옷 팔 생각은 안 하고 네트워크 이야기만 하다 보니 손님이 점점 끊기고 매출 역시 떨어지고 있었습니다.

회장님은 그런 제게 "일단 네트워크를 잠시 내려 놓고 딱 3개월만 내가 하라는 대로 하십시오. 그렇게 3개월에 3,000만 원의 매출을 내면 네트워크를 정말 잘 하는 방법을 가르쳐 드리겠습니다."라고 하셨습니다. 지금은 너무 저렴하다고 생각하지만, 그때는 정말 비싸게 느껴졌던 수업료를 낸 직후라 어찌되었든 해보자는 생각으로 회장님의 미션을 받았습니다.

그렇게 시작된 매출 3,000만 원을 위한 3개월간의 여정. 회장님의 첫 미션은 유튜브였습니다.

"유튜브를 시작하세요."

"뭘 하면 좋을까요?"

"뭐라도요!"

그 말을 들은 다음 날 핸드폰 하나 들고 유튜브를 시작했습니다. 그리곤 부자가 되는 방법들에 대한 책을 모조리 읽었습니다.

다음 미션은 '강의하기' 미션이었습니다.

강의? 태어나서 강의라고는 해본 적도 없는데 강의를 하라니.

"어디서요? 어떤 강의요?"

"제일 잘하는 거 강의하세요. 구제의류 전문가시잖아요."

세상에! 영어도 아니고, 무슨 전문지식도 아니고, 구제의류 강의를 하라니. 또 어이가 없고 황당한 순간이었습니다. 같은 업종에 있는 사람들도 비웃을 일이지, 구제의류 강의를 하라니.

황당하고 어이 없고 당황스러웠지만, 생각할 틈이 없었습니다. 네트워크 잘하는 방법을 알아야 하니까 '그래, 무조건 하라는 거 다하자! 하라는 거 다하고 안 되면 할 말이라도 있으니까.'라는 생각으로 정말 주어지는 모든 미션을 생각도 안 하고 다 했습니다.

강의를 한 다음에 어떤 미션이 주어졌을까요? 그 다음에는 내가 가장 잘하는 분야의 교육 과정을 개설하고, 그것을 판매하는 일이었어요. 한마디로 나의 노하우를 전하는 메신저의 길을 알려주셨던 거지요.

그래서 결과는 어땠을까요? 3개월간 유튜브를 하고, 강의를 하고, 교육을 판매하며 제가 지닌 노하우를 전수했습니다.

첫 강의 때는 강의 내용 전체를 프린트해서 파일에 꽂고 읽으며 하는 바람에 '전문성이 떨어진다', '어설프다'는 쓴소리도 들었지만, 진정성이 있는 강의였다는 말과 함께 컨설팅을 신청하시는 분들도 계셨답니다.

내 생애 처음으로 갑작스레 주어진 메신저라는 직업, 그리고 통장에 쉴새없이 들어오는 거액의 수업료. 이걸 내가 받아도 되나, 두렵기도 하고, 설레이기도 한 3개월이 지나고 3개월 전의 약속대로 매출 3천만 원을 찍었습니다.

"회장님, 매출 3천만 원 찍었으니 이제 네트워크 잘하는 방법 알려주세요."

"그렇게 돈을 잘 버시는데 네트워크는 왜 하려고 하세요? 그냥 쭉 이 길로 가시지요."

결국 네트워크 사업을 압도적으로 확장시키는 마법 같은 테크닉 따윈 배우지도 못했지만, 나의 삶은 이 분을 만나기 전과 후로 나뉠 만큼 많은 것들이 변화했습니다. 생각의 확장이 일어나고, 인맥의 확장이 일어나고, 내 삶의 모든 주파수가 바뀌기 시작했습니다. 지금도 난 어려움이 있거나 도망치고 싶을 때에는 회장님께 연락을 드린답니다.

그럴 때마다 회장님은 "사장님은 누구보다 빛나는 분이십니다. 뭐든지 할 수 있는 분이십니다. 당연히 해내실 분입니다."라며 말도 안 되는 격려를 해 주십니다.

간장 종지처럼 작던 나의 그릇을 키워주시고, 늘려주시고, 나를 가로막고 있던 작은 틀을 깨부수는 방법을 알려주는 나의 멘토가 있어 오늘도 전 더 성장해 나갈 수 있습니다.

빗속에서 춤을 추는 법

누구나 사업을 하며 크고 작은 어려움을 겪기 마련이지요. 안정적인 수입원과 실패 없는 지속 성장을 원하는 마음은 모두가 같을 것이라 생각됩니다. 안 될 것을 미리 생각하고 최악의 상황을 상정해 본 후에 사업을 시작하시는 분들은 정말 드물 거라는 생각이 듭니다.

저라는 사람은 워낙 '해보자. 부딪혀 보자'라는 무모함으로 모든 사업을 시작하기 때문에 위기 상황에 대한 깊은 생각 없이 시작부터 해버리기 일쑤입니다. 그러다 보니 누구보다 위기를 많이 겪었고, 정말 바닥의 바닥도 자주 접해 보았습니다.

특히 월세 3,000만 원짜리 매장을 운영할 때는 정말 태어나 그렇게 힘든 적이 없었을 정도로 최악의 나날을 보냈죠. 물론 지금 생각하면 그 시기에 도망가지 않고 그곳을 지켜내고 견뎌온 제 자신이 대견하다며 칭찬해 줄 수 있습니다. 하지만 그때는 하루하루가 숨이 조여 오는 고통의 나날이었답니다.

월세 3,000만 원을 내지 못해 하루에 100만 원이라는 일세로

매장을 운영하였기에, 매출이 연속 3, 4일만 떨어져도 며칠 만에 빚이 몇 백이 생기는 아찔한 상황이었습니다. 제품을 팔아도 제품값이 회수가 안 되고, 더 이상 제품을 구매할 돈도 없고, 매장의 세는 며칠째 밀리고, 상가 주인과 제품을 외상으로 가져 온 거래처로부터 독촉 전화가 오는 그 상황. 바로 그 가게 자리를 버리고 도망갔다는 전(前) 주인들의 마음이 100만 배 이해되는 날들의 연속이었습니다.

정말 하루에도 수십 번 '도망가면 편할까?'하는 생각을 하다가도 그 뒤에 몰아닥칠 상황과 미래의 삶을 생각하며 마음을 다잡았습니다. 그때도 지금이나 제가 어려움에 대처하는 자세는 늘 같습니다. 바닥을 치던 그때에도 지하 4층 매장에서 매일 지상 1층으로 올라가 하늘을 보며 빌었어요.

"하나님, 우주님, 부처님, 돌아가신 아버지, 시어머니, 시아버지. 저 좀 도와주세요. 저 살고 싶어요. 저 무너질 수 없어요. 저 꼭 이 상황에서 탈출하게 해 주세요. 저 도와주세요. 저 살고 싶어요. 제발 제게 힘을 주세요. 제게 힘을 주세요. 아이들과 나와 이 모든 것들을 지켜낼 힘을 주세요."

두 눈이 빨개지도록 울고 또 울며 두 손을 모아 기도했던 간절함, 그리고 포기하지 않는 마음, 최악의 상황에서 벗어날 수 있다는 믿음, 간절히 바라면 반드시 돌파구가 생긴다는 믿음. 앞도 뒤도, 옆도 보이지 않던 그 시절에도 살 수 있다고, 도와달라고, 도와줄 거라고 믿으며 바라고 또 염원했습니다.

그렇게 울면서 하늘을 보며 ‘어떻게 하면 이 상황을 이겨낼수 있을까?’ 고민하며 간청하던 그때, 한줄기 빛처럼 후광이 비추던 그 순간은 지금도 잊지 못합니다. 한참을 울며 기도하고 다시 매장으로 내려가던 그 순간 어버이날을 맞아 카네이션을 세팅하고 있던 지하철 1층의 미니샵을 보았습니다. 그 샵을 본 순간 두 주먹을 쥐고 눈물을 닦으며 하늘에게 우주에게 세상 모든 것에 감사했던 기억이 납니다.

“그래, 저거야, 저거면 나 살 수 있어, 감사합니다. 감사합니다. 감사합니다.”라고 떨리는 목소리로 감사의 말을 외치며 그 샵의 운영자에게 다가갔습니다.

“안녕하세요! 제가 지하 4층에서 100평짜리 매장을 운영하고 있는데, 이 카네이션들을 위탁 판매하고 싶어요.”

그 매장의 카네이션들은 일반 카네이션이 아닌 스투키 화분에 카네이션 장식을 한 제품들이라 가치도 있고 가격도 비싼 아이템이었기에 잘만 팔면 밀린 일세는 갚을 수 있는 상황이었습니다. 문제는 그 샵의 대표님이 허락을 하느냐 마느냐 였지요. 그렇게 생사의 갈림길에 서 있었습니다.

누구나 마찬가지겠지만 정말 간절하면 사람은 어떻게든 무엇이든 실행하기 마련이죠. 샵의 운영자를 지하 4층 매장으로 안내하여 직접 보여주며 믿을 수 있는 사람임을 계속 어필하면서 간청 드린 결과 카네이션 스투키 화분을 공급받을 수 있게 되었습니다. 어버이날 며칠 전부터 새벽 5시에 나가 밤 1시, 지하철이 모두 문을 닫을 때까지 화분을 팔았어요.

그리고 너무나 감사하게도 밀린 일세들을 정리할 수 있게 되었고, 그렇게 숨통이 트인 후에 하루에 한 가지씩 현재 상황에서 할 수 있는 것들을 찾아서 실행하게 되었습니다. 단가가 몇 배는 더 싸면서도 품질이 좋은 거래처도 알게 되었고, 전보다 더 많은 시간을 일하면서 더 힘들고 손이 많이 가도 매일 새벽같이 더 싼 거래처에 가서 물건을 싣고 왔어요.

그렇게 내 인생에서 바닥을 친 순간, 내 인생이 나락으로 떨어질 바로 0.1초 전에 탁구공처럼 튕겨 비상할 수 있었던 건 바닥을 치면 솟아오를 일만 남는다는 그 믿음, 세상이 날 도울 거라는 그 믿음, 분명 해답이 있을 거라는 그 믿음, 그 믿음을 있게 한 간절함이라고 생각해요.

기술적인 솔루션과 전략들이 정말 필요한 시대이지만, 그럼에도 불구하고 사업을 운영할 때 가장 절실하게 필요한 것은 사업체를 운영하는 오너의 마인드, 정신 상태, 그리고 간절함이라고 확신합니다.

태풍을 만드는 나비의 날개짓

저를 통해 우리 독자님들이 얻어 갈 것들이 참 많아요. 그중 우리 독자님들이 가장 먼저 시작했으면 하는 사업은 바로 라이브 방송입니다. 전 누구에게도 라이브 방송을 배운 적이 없어요. 구제의류 창업도 마찬가지였지만, 늘 삶의 확장선상에서 어제보다 오늘 조금만 더 아주 조금만이라도 더 성장하고 싶은 마음, 잘 살고 싶은 마음들이 만들어낸 결과입니다.

사업을 시작하기 전 너무나 가난해서 30대 젊은 나이에 친정엄마에게서 쌀과 반찬을 얻어다 먹고, 7층 아파트 옥상에서 아래를 내려다 본 적도 있는 저이기에 누구보다 잘 살고 싶은 마음이 간절했고, 돈을 벌고 싶은 마음 또한 간절했어요. 하지만 한 달에 180만 원을 벌어오는 남편의 월급만 가지고는 절대로 그 가난의 굴레에서 벗어날 수가 없었습니다. 그냥 그렇게 부모님처럼 저 역시 시간 노동자의 삶을 살아야 했고, 내 의지와 내 뜻만 가지고는 무엇도 할 수 없는 무기력한 삶을 살아가야했어요.

그러나 늘 더 나은 삶을 꿈꿨고, 더 나은 미래를 원했기에 지금 당장 할 수 있는 것들을 찾게 되었어요. 매달 들어오는 180만 원의 월급을 제외하면 더 이상의 추가 소득이 없는 상황에서 단돈 100원이라도 더 벌어보겠다는 간절함은 사람들에게 받는 모든 것을 가계부에 적도록 만들었습니다. 가계부에서 현금화된 수입들을 보며 조금 더, 조금 더 벌고 싶다는 생각을 계속했습니다.

옆집 언니가 먹으라고 건네주었던 가지 한 개 500원, 아는 동생이 사 준 아메리카노 1,500원, 엄마가 주신 쌀 5kg 3만 원, 이런 식으로 사람들에게 받은 물품을 현금수입으로 적다 보니 '아!

내가 못 벌고 있던 게 아니었어, 나도 수입이 있었어. 난 많은 것을 받고 있는 사람이었어. 난 가진 게 없는 사람이 아니었어.'라는 생각의 전환이 일어났습니다.

그러자 수입을 조금 더 늘리는 방법을 간절하게 찾게 되어, 안 입는 아이들 옷, 제 옷, 책, 각종 집기들을 맘카페를 통해 판매하였습니다. 그러다가 구제의류 도매시장을 찾게 되고, 거기서 구입해 온 옷들을 사진 찍어 올리고 공동구매를 추진하기도 하였습니다. 이렇게 간절함이 만들어낸 나의 행동들이 점점 더 확장되며 제가 수익화할 수 있는 아이템들도 늘어났습니다. 결국 세상 모든 것들을 수익화시키는 안목을 갖게 되었고, 그 안목이 오늘의 저를 만들었습니다.

지금 아무것도 아니어도 괜찮아요, 가진 것이 없어도 상관 없어요. 이미 우리는 시작했고, 점점 더 확장해 나가면 됩니다.

어떤 교육도 필요 없고, 자금도 필요 없어요. 그냥 사업자를 내고 라이브 방송 플랫폼에 가입하고, 지금 내게 있는 작은 것들부터 판매하면 되는 거예요. 그렇게 매일 방송을 하며 신뢰를 쌓고, 그 신뢰를 바탕으로 점점 더 많은 것들을 팔아보는 거죠.

초기 자금은 영상 촬영을 위해 핸드폰을 세워놓을 다이소에서 파는 천 원짜리 거치대 하나 값 정도면 충분해요. 그게 없다면 창틈에 올려놓든, 벽에 기대어 놓든 맘만 먹으면 언제든, 어디서든, 무엇이든 팔 수 있어요. 무엇보다 중요한 준비물은 단 하나, 시작하겠다는 마음입니다. 어제보다 더 나은 오늘을 살고 싶

은 마음, 조금 더 벌어 보고 싶은 마음, 그 마음 하나면 돼요.

스스로 마음먹은 순간 행동이 일어날 거고, 그 행동은 반드시 우리에게 결과를 가져다주니까요. 그러한 반복이 계속되면 작은 눈덩이를 굴려 커다란 눈사람을 만들 듯, 우리가 가진 작은 자금이 시스템을 통해 점점 불어날 거예요.

우리가 생각할 것은 오직 하나, '어떻게 하면 수익을 더 낼 수 있을까?'입니다. 이 생각은 분명 행동을 유발합니다. 자신의 판매 채널을 홍보하기 위해 인스타그램을 시작하고, 블로그를 하고, 유튜브를 하고, 더 많은 수익 창출을 위해 판매 채널을 하나 더 개설하고, 단가가 조금 더 낮은 거래처를 찾고, 나와 함께 판매할 사람들을 구해 보세요.

자신의 모든 행동과 생각은 돈을 만들어내기 위한 나비의 날개짓이라 생각하고 행동해 보세요. 여러분의 삶에도 분명 회오리바람이 휘몰아칠 거예요.

나는 나의 경제적 독립을 선포한다

어떤 분이 저에게 이런 말씀을 하셨어요.

"저는 대표님께 사업을 배우고 싶어요. 대표님처럼 사업을 하고 싶어요. 그런데 사업이 무서워요. 저는 꼼꼼하고 겁이 많은데다 완벽주의자라 무엇을 시작할 때 완벽하지 않으면 시작할 수가 없어요. 그래서 실패하고 싶지 않아요. 실패하지 않기 위해 대표님처럼 지금 잘되고 있는 분께 사업을 배우고 싶어요."

이 분께 제가 뭐라고 했을까요?

"사업은 배우는 게 아니라 하시는 겁니다. 사업은 그냥 일단 시작하시는 거예요."

안전한 사업, 실패 없는 사업을 누구나 꿈꾸지만, 잘 생각해 보시면 세계적인 부호인 워렌 버핏, 빌 게이츠, 마윈 중에 실패 한 번 없이 정상의 자리에 오른 사람이 있던가요.

내 스스로 돈을 벌고 나의 시스템을 만드는 일들을 할 때 혹시 정말 한 번의 실패도 없이 성공하고 싶으신 분이 계시다면 과감하게 창업이 아닌 취업을 권유해 드리고 싶어요.

안정적인 삶, 위험 요소가 없는 삶은 심지어 월정 급여가 보장된 직장에서도 일어나기 힘든 일이죠. 회사가 힘들어지면 가장 먼저 하는 일이 인원 감축이라는 사실이 바로 그 증거입니다. 그런 상황에서 늘 움직이며 유동적으로 변하는 창업 시장에서 사업을 시작하며 안전하기를 바라시는 건 그냥 바로 앞에 대어 포인트를 두고도 배를 타는 것이 두려워 나가지 않는 것과 같다고 보시면 돼요. 어차피 시작하면 어떤 만반의 준비를 갖추고 출격하더라도 깨지기 마련이고, 문제가 생기기 마련입니다.

피한다고 피해지면 삼성도, 대한항공도, 카카오도 늘 호재만 있겠지요. 그러나 그런 큰 회사들도 작은 이슈 하나에 주가가 바닥을 치고, 부도 위기에 놓이기도 해요. 그러니 처음 사업을 시작하는 우리들에게 수많은 문제적 상황과 시련은 당연한 거겠죠. 그럼에도 불구하고 라이브 방송을 시작하는 일에는 어떤 리스크도 없다고 감히 말씀드리고 싶네요.

〈그립〉, 〈네이버 스마트스토어〉, 〈네이버 밴드〉, 〈인스타그램〉, 〈유튜브〉, 그 어떤 라이브 방송 채널도 신규로 개설하는 여러분에게 돈을 요구하지 않습니다. 그뿐인가요? 첫 아이템으로 100원짜리 양말을 팔든, 1,000원짜리 액세서리를 팔든, 옆집 언니의 옷을 대신 팔아주든, 다른 창업 아이템들처럼 거액의 종잣돈이 들지도 않고 재고 또한 남지 않습니다. 혹여 재고가 걱정된다면 판매대행 채널을 이용해 재고 없이 상품을 판매할 수도 있어요.

물론 더 잘하고 싶다면 〈스마트스토어〉나 〈그립〉 관련 교육을 받기 위해 소정의 투자금이 발생할 수 있죠. 그러나 가급적 여러분이 원하는 모든 것들을 유튜브를 통해 해결해 보시기를 권장드립니다.

저의 성향상 쌍방 소통이 가능한 ZOOM 수업을 추천드리지만, 오로지 혼자 관리하고 학습해야 하는 온라인 강의는 보통 의지로는 끝까지 완주하기 힘들다는 게 게으른 저의 결론입니다. 지금까지 몇십 만 원부터 몇백 만 원까지 교육비를 들여가며 수많은 교육을 들었지만, 그나마 과제 수행을 하고 끝까지 마친 교육과정들은 대부분 오프라인이나 줌 수업이었어요.

중 · 저가의 온라인 강의들도 들어봤지만 프로그램 설치부터 힘이 들었고, 어디서 무엇부터 봐야하는지도 모르겠고, 궁금한 것이 있어도 물어볼 곳도 없고, 물어보면 앵무새처럼 같은 대답만 하고, 따라가지 못하는 사람을 저능아 취급하며 멀쩡한 사람을 바보로 만들어버리는 업체들도 많습니다.

사실 온라인 수강에 대한 제 생각은 결코 긍정적일 수는 없어요. 물론 오픈 톡방을 만들고 수강생들끼리의 소통과 강사의 피드백이 함께 진행되는 멋진 곳들도 많지만 라이브 방송, 〈인스타그램〉, 〈스마트스토어〉, 〈블로그〉 등을 활용하는 교육을 받을 때 온라인 강의는 추천드리고 싶지 않아요. 여러분이 원하시는 정보들은 유튜브와 네이버, 구글에 대부분 나와 있다는 점 잊지 마세요. 또한 시행착오를 많이 겪을수록 본인의 스킬이 그만큼 쌓인다는 점도 잊지 마세요.

라이브 방송은 하다 그만둬도 언제든 다시 방송을 할 수 있는 본인만의 채널이 생긴다는 점에서 정말 어떤 리스크도 없는 사업임에 틀림없습니다. 그러나 매일 꾸준하게 나의 판매 채널을 키워나가려는 마음을 갖기보다 방송 몇 번 해 보고 '이거 안 되네.'라며 다른 채널을 계속 찾아다니고, 여기저기 교육기관을 옮겨 다니며 이것저것 배우는 방식은 옳지 않습니다.

〈그립〉을 예로 들면 저에게 배우신 분들 중에도 매일 꾸준하게 하는 분도 계시고, 아직 시작조차 못하시는 분도 계시고, 한두 번 해봤는데 반응이 없어서 계속 해야 하나 고민하는 분들도 계세요.

혹시 가장 많은 매출을 올리고 가장 많은 팔로워를 보유하고 있는 〈그립〉 유저가 누군지 아세요? 바로 접니다. 방송 시작한 지 두 달 만에 팔로워 500명에 가까워지고 있어요. 더 놀라운 사실을 말씀드릴까요? 첫 달 매출 170만 원, 두 번째 달 300만 원, 세 번째 달은 시작부터 700만 원을 넘기고 시작했습니다.

과연 이 매출과 이 팔로워들이 생겨난 이유는 뭘까요? 심지어 〈예쁜옷쟁이〉 그립은 제가 직접 운영하는 일도 거의 없답니다. 시간 급여를 받고 라이브 방송을 하는 직원과 프리셀러들이 방송을 하고 있어요. 그럼에도 불구하고 누구보다 빠르게 성장하는 이유가 뭘까요? 그것은 바로 마음가짐입니다.

〈그립〉의 경우 언제든 할 수 있으니 오늘 해도 되고 내일 해도 되지만, 반대로 하고 싶지 않을 때는 하지 않으면 되는 아주 자유로운 수익 공간입니다. 그러다 보니 정해진 시간에 하지도 않고, 오늘 하려다 안 하고 1주일이고 2주일이고 그냥 놀리기도 하지요. 그럼 〈예쁜옷쟁이〉 채널은 어땠을까요? 〈예쁜옷쟁이〉 그립의 주인은 저였지만, 방송은 제가 고용한 저의 직원이 매일 같은 시간 방송을 했습니다.

혹시 차이점이 느껴지시나요? 저 혼자 운영하는 채널이라면 방송 시간이 불규칙하고 하지 않는 날도 많았겠지만, 직원이 운영한다면 과연 그럴까요? 컨디션이 좋지 않아도, 우울해도, 즐거워도, 약속이 있어도, 추워도, 눈이 와도, 어떤 상황에서도 정해진 시간에 방송을 해야겠죠. 왜냐하면 저는 직원의 시간을 샀고, 그시간 동안은 직원은 저를 위해 노동력을 제공해야 하니까요.

그래서 〈예쁜옷쟁이〉 밴드는 매일 낮 12시에 정확하게 방송이 켜진다는 그 사실을 인지한 유저들이 팔로우하고 방송을 보러 온 겁니다.

라이브 방송에는 스킬도 무척 중요합니다. 전문성도 중요하고, 지식도 중요합니다. 그래서 우리는 쇼호스트 학원에 가서 그런 스킬들을 배우고 익힙니다. 그러나 여러분! 정작 시작하지 않으면 아무 소용이 없습니다.

자신의 채널을 만드는 그 순간부터 내가 나를 고용했다고 생각하세요. 내가 나에게 월급을 주는 사장이자 월급을 받는 직원이 되는 거죠. 회사에 고용되었을 때의 10%의 시간과 열의만 쏟는다면 라이브 방송 채널이 유령 채널이 될 일은 없습니다.

명심하세요. 누군가에게 고용된 직원이 아닌 내가 내 스스로 나를 고용해서 타인의 판매 채널이나 타인의 회사가 아닌 자신의 회사, 자신의 판매 채널을 키워나가야 한다는 것을….

하루하루는 흘려보내는 것이 아니라 채우는 것

제 남편이 사람들과의 술자리에서 늘 농담 삼아 하는 말이 있습니다.

"이 사람은 내 덕에 성공한 거예요. 내가 돈도 잘 벌어다 주고 잘 살았다면 절대로 이렇게 성공 못 했지요. 다 내가 돈을 못 벌어다 줘서 이렇게 성공한 거예요."

어쩌면 남편의 말대로 남편이 유능하고 수익이 좋았다면 저게 사업에 뛰어들 기회조차 없었을지도 몰라요. 물론 지금은 저희 남편도 저 못지 않게, 오히려 저보다 돈을 더 잘 벌어오고 있으므로 이런 농담도 편하게 할 수 있는 거겠지요.

제가 지금껏 살며 벌어 본 돈보다 더 많은 돈을 몇 달 사이에 벌면서 정신 없이 바쁘게 살았던 적이 있습니다. 매일 미팅을 하고, 관계자들을 만나고, 오프 수업을 하며 프리마켓과 같은 행사들도 하며, 남자고 여자고 가리지 않고 사람을 아주 많이 만날 때가 있었어요. 워낙 성격 자체가 밝고 사람들과 어울리기 좋아하는 저이기에 남자든 여자든 만나면 금세 말장난을 건넬 정도로 친해지곤 했습니다.

그 무렵이 아마 남편과 제가 가장 많이 싸웠을 때가 아닌가 싶어요. 원래도 자주 다퉜지만 그땐 정말 매일매일을 이혼까지 각오하며 소리를 지르고 싸웠습니다.

제가 돈을 잘 벌기 시작할 무렵 남편은 일을 거의 하지 못했고, 제가 강의를 다니거나 사람을 만날 때마다 데려다 주거나 데

리러 오거나 혹은 함께 행사에 참여하곤 했습니다. 그런 와중에 제가 다른 사장님들과 대화하면서 즐겁게 웃거나 장난스런 행동을 하면 그날은 불같이 화를 내며 싸움을 해야 했죠.

"왜 당신은 나한테는 웃지도 않으면서 그 사람들한테는 그렇게 웃어?"

"남자, 여자 사이에 친구가 어디 있어? 어떻게 그렇게 장난을 칠 수가 있어?"

"옷을 꼭 그렇게 입고 나가야 되니? 못 보여줘서 환장했어? 지금 시간이 몇 시야? 몇 시에 들어와?"

"누구랑 있었어?"부터 실시간으로 전화하고 확인하고 의심하고 싸우고, 그때 든 생각은 단 하나, '아, 이 사람이 나의 날개를 꺾는구나. 난 아주 멀리 멀리 날고 싶은데, 창공을 비상하고 싶은데, 이제 날아오를 일만 남았는데, 이 사람이 내 날개를 꺾는구나.'라는 생각에 정말 더는 살고 싶지 않았어요.

그러나 저에겐 사랑하는 두 딸이 있고, 이 아이들에게 아빠를 빼앗고 싶지 않았기에, 날아오르려던 그때 어쩌면 남편을 핑계로 저의 날개를 접었는지도 모르겠습니다.

날개를 접은 뒤 그냥저냥 그런 삶을 살았던 것 같아요. 사업이 아닌 그냥 장사를 하며 삶에 안주하며, 아이들 성장하는 것을 지켜보고 가족과 함께 식사하는 것에 행복감을 느끼며, 힘들어도 그렇게 하루하루 소소한 행복을 느끼며 살아가는 사람이 되어갔습니다.

하지만 한번 펼쳐진 날개를 접고 있기가 그렇게 쉬운가요? 저는 다시 날아오를 준비를 했고, 남편에게도 잘 설명을 했죠. 여전히 보수적이고 집착이 심한(사랑이라고 표현해 보도록 하죠) 남편이지만 예전에 비해 아주 많은 부분을 양보해 주고 있고, 저 역시 가급적 업무 미팅 외에 술자리나 사적인 자리를 만들지 않으려고 해요.

그리고 우리 부부는 2022년 1월 1일을 기점으로 다시 사귀기 시작했고, 사귀는 날짜를 세어가며 애정을 회복하고 있답니다.

어쩌면 남편도 느꼈을지 모르겠어요. 내 삶은 늘 어제보다 나아야 하고, 오늘 조금 더 발전해야 해요. 그것이 제 삶을 유지하는 가장 큰 즐거움이니까요. 제 나이 이제 마흔둘, 정말 오래 살아도 50년, 60년인데, 이 찰나를 살며 내가 하고 싶은 것들도 못해 보고 죽는다면 얼마나 억울할까요.

저의 가장 중요한 목표는 바로 매일 사랑하며 웃으며 즐겁게 사는 거예요. 매일 사랑하며 살 수 없다면, 매일 웃고 대화하고 서로의 추억을 만들어 주고 삶을 공유하는 그런 삶이 될 수 없다면, 매일 싸워야 하고, 미워해야 하고, 증오와 비난의 말을 쏟아내며 살아야 한다면, 그때 저는 과감하게 행복해지기 위한 길을 택할 거라는 사실을 제 남편도 저도 너무나 잘 알고 있기에 지금은 서로의 행복을 위해 노력하고 있답니다.

정말 최선을 다해 노력하고 사랑하고 이 삶을 살아가야죠. 그러나 정말 오랜 시간 노력하고 사랑하기를 원함에도 불구하고 서로가 서로에게 상처만 준다면 그 때는 서로의 행복을 위해 서로를 놓아주는 것이 좋을지도 몰라요. 그렇게 사랑마저도 사업처럼 도망칠 곳을 만들어 두지 않고 서로에게 간절하게 사랑을 해나가면 어떨까 합니다.

일을 하는 이유, 돈을 벌어야 하는 이유는 바로 나의 가족, 나의 어머니, 아버지, 나의 아이들, 나의 행복을 위한 거니까, 가족을 희생하며 돈을 버는 것이 아니라 잠시의 시간이라도 좋으니 서로가 살아 있어 좋다, 함께해서 행복하다고 느껴지는 순간들을 만들어가며 하루하루를 채워나갔으면 합니다.

온라인에서 건물주 되기

제 별명이자 저의 시그니처는 '멀티커머스 메신저 미미'랍니다. 라이브 커머스, E커머스 등 다양한 공간에서 수익 활동이 일어나는 지금 하나의 공간에서만 수익을 내던 예전의 커머스 방식은 이미 구닥다리에 불과해요.

재래시장에서 라이브 방송을 하고, 정육점에서 라이브를 하고, 양말 등의 잡화를 포함한 세상 모든 것이 라이브 방송 안에 들어오고 있습니다.

그렇다면 우리는 라이브 커머스만 잘하면 되는 걸까요?

아니오. 우리가 커머스 활동을 할 수 있는 채널들은 하루가 멀다하고 더 생겨날 것이고, 그 방법들도 더 다양하게 확장되겠지요. 〈인스타그램〉에는 나의 일상만 올리는 것이 아니라 제품을 공동구매할 수도 있고, 바로 라이브를 통해 판매를 할 수도 있고, 나의 〈스마트스토어〉에 연결시켜 매출을 일으킬 수도 있어요.

〈유튜브〉를 하며 브이로그나 먹방을 할 수도 있지만, 맛집을 소개하며 돈을 벌 수도 있고, 내가 판매하는 제품의 링크를 걸고 리뷰를 쓸 수도 있으며, 실시간 방송으로 소개하거나 판매할 수도 있지요. 심지어 강의나 교육, 세미나 등도 유튜브를 통해 소개하고, 〈스마트스토어〉에 결제창을 만들어 결제할 수도 있어요.

〈밴드〉로 에어로빅 · 댄스 동호회도 할 수 있지만, 라이브 방송을 통해 에어로빅 수업을 할 수도 있고, 댄스 수업은 물론 댄스복, 에어로빅복을 판매할 수도 있지요.

나의 〈밴드〉에 〈스마트스토어〉, 〈그립〉, 〈인스타그램〉을 연결해서 다른 채널의 사람들을 유입시켜 수익화할 수도 있고, 〈그립〉 프로필에 나의 〈유튜브〉, 〈인스타그램〉을 연동시키고 그렇게 모인 팔로워를 또다시 나의 판매 채널에 넣어 수익을 일으킬 수도 있지요.

내가 가진 작은 지식을 PDF 파일로 만들고 전자책 커버를 씌우고 나의 〈스마트스토어〉, 〈블로그〉, 〈인스타그램〉을 통해 판매할 수 있어요.

온오프믹스라는 강의 사이트를 통해 나의 오프라인 강의를 홍보하며 줌 링크를 연결하고 스토어 결제창을 연결하고 〈밴드〉, 〈카페〉를 연결해 커뮤니티를 일으키고 2차 수익화를 꾀할 수도 있어요.

라이브 커머스 교육, 쇼호스트 양성 과정, 모바일쇼호스트 교육 등 라이브 방송에 관한 교육은 너무나 많지만 사실 우리가 진짜 배워야 할 것들, 해야 할 것들은 라이브 커머스를 배우고, 모바일 쇼호스트가 되는 것만이 아닐 수도 있습니다.

자신만의 판매 채널을 개설하고 그 안에서 시스템을 만들고 궁극적으로 오프라인 상에서 아직은 우리가 갖지 못한 오프라인 상가의 주인이 되기 위해 온라인상의 내 판매 채널인 온라인 상가의 주인이 먼저 되는 일이예요. 거기서 나도 매출을 일으키고 나의 온라인 상가에서 다른 사람도 수익을 얻을 수 있는 시스템을 만들 때, 우리가 늘 말로만 듣던 인세 소득자가 되는 겁니다.

내가 잠든 사이에도 돈이 들어오는 방법을 알아야 부자가 된다고 말한 워렌 버핏처럼, 우리가 잠든 사이에도 돈이 들어오는 상가 · 건물을 갖는 것, 그것이 먼저이고 그것이 시작입니다.

시스템의 일부가 될 것인가? 시스템을 소유할 것인가?

장사와 사업의 차이가 뭘까요? 장사는 나의 노동력과 나의 시간으로 돈을 버는 것을 말합니다. 사업은 어떨까요? 사업은 타인의 시간과 타인의 노동력을 사서 그들이 나 대신 일하는 시스템을 만드는 것, 그것이 바로 사업이라고 전 이해하고 있습니다.

그렇다면 나의 개인 채널에서 내가 방송을 하고 수익을 내는 것은 사업일까요? 아니면 장사일까요? 개인 채널, 개인 방송이 과연 시스템으로 확장될 가능성은 있는 것일까요?

이런 이야기를 들은 적이 있으세요? 어느 실패한 사업가의 이야기입니다. 엄청나게 큰 유통업을 하던 사장님의 이야기입니다. 어떤 일을 계기로 한순간에 사업체가 무너져 그 사장님께는 이제 막 배를 타고 들어온 개구리 모양의 장난감 재고만 몇만 개 남았습니다. 아무것도 남지 않은 알거지가 된 상황에서 그분은 고민해야 했습니다.

'어떻게 하면 재기할 수 있을까? 나에게 남은 건 이 개구리 장난감뿐인데….'

이런 상황에서 그분이 만일 그 많은 개구리 장난감을 혼자서 팔았다면 아마 죽을 때까지 길거리에서 개구리 장난감을 파는 노인으로 남았을지도 모릅니다. 혹은 도매나 땡처리하는 사람에게 아주 헐값에 그 장난감들을 넘겼다면? 아마 빚은 갚지도 못하고 평생 일을 해서 빚을 갚으며 살아가야 했겠지요.

그러나 그는 두 가지 방법을 모두 쓰지 않았습니다. 유통업을 크게 하던 사업가였기에 바로 시스템을 만드는 작업에 돌입했지요. 먼저 승합차를 소유한 팀장급 인원 10명을 모집했고, 그들 각자에게 개구리 장난감을 팔 시간이 아주 많고 무료한 노인들을 10명씩 섭외하게 했습니다. 그리고 각 노인들에게 많이도 아니고 하루 딱 10개씩만 팔라며 개구리 장난감을 나눠주었습니다. 결과는 어떻게 되었을까요?

심심하던 차에 소일거리를 만난 노인들은 신나게 장난감을 팔고 수익의 일부를 할당받았습니다. 봉고차로 물건을 조달한 팀장들도 매일 수익을 할당받았죠.

그렇다면 그 유통업을 하던 대표님은 어떻게 되었을까요? 그냥 장난감을 배분해서 나눠주고, 매일 2,000만 원 이상의 수익을 내셨어요. 결국 1년 만에 30억의 순익을 내고 은퇴하셨다고 하네요. 이 일은 실제 있었던 일입니다.

라이브 방송에는 이런 일이 생기지 말란 법이 있을까요? 자신의 아이템을 내가 10시간 방송하는 것과 10명의 사람이 10시간 방송을 하는 것에는 엄청난 차이가 있지요. 본인 혼자 하루 20만

원을 팔면 그냥 매출 20만 원이지만, 하루 20만 원을 팔아주는 판매 조직 10명이 생긴다면 금액은 10배인 200만 원이 되고, 판매 조직 100명이 된다면 2,000만 원이 되겠지요. 이 시스템에서 손해보는 사람이 있을까요?

누구든 팔기만 하면 돈을 버는 시스템, 함께 팔면 더 많이 버는 시스템, 현재 저는 이 시스템을 구축 중이며 이미 일부가 가동되고 있습니다. 제 사업 시스템의 목표는 저의 주력 아이템인 구제의류로 개구리 장난감을 팔아 수익화를 했던 성공 사례를 벤치마킹하는 것입니다. 이젠 아이템이 훨씬 많아진 상태에서 함께 돈을 벌고 수익을 창출할 나의 동료들을 늘릴 일만 남았습니다. 급변하는 이 시대에 살아남을 수 있는 유일한 길은 자신만의 시스템을 만드는 겁니다.

민들레 영토

〈예쁜옷쟁이 밴드〉, 〈예쁜옷쟁이 그립〉, 〈예쁜옷쟁이 스마트스토어〉, 이 공간들에서 수많은 사람들이 각자의 재능으로 수익을 창출해 내고 있습니다. 〈예쁜옷쟁이〉를 통해 개인의 〈밴드〉, 〈그립〉, 〈스마트스토어〉를 개설하여 운영하고 계신 우리 사장님들도 이미 30명이 넘어가고 있습니다.

〈예쁜옷쟁이〉 파트너십으로 양말, 악세서리, 빈티지 의류, 동대문 의류, 브랜드덤핑 의류를 공급받아 개인의 판매 채널에서 판매하고, 직접 소싱한 제품들도 판매하고 있습니다.

그러나 우리의 사명, 우리가 뭉쳐 함께하는 이유는 이것만이 아닙니다. 우리의 비전은 세상 모든 여자들이 경제적으로 독립하는 것이고, 우리가 만든 플랫폼 안에서 더 많은 동료들이 경제적으로 독립할 수 있는 툴을 익히고 그것을 더 많은 사람에게 전파하는 일입니다.

이미 제 교육을 수료하신 사장님들은 3개 이상의 개인 플랫폼을 갖고 계십니다. 그 안에서 본인이 직접 판매 활동을 합니다. 그리고 자신의 지인들을 셀러로 참여시키고 있습니다. 이미 온라

인 건물주가 되고, 그 안에서 타인의 시간과 노동력으로 수익을 내고 있습니다.

그러나 우리는 세상의 고용주가 그랬듯 그 분들을 우리의 시스템의 일부나 소모품으로 사용하지 않습니다. 함께하는 기간 동안 저의 라이브 채널에서 판매 활동을 하는 동안 라이브 방송을 익히게 합니다. 그 후에 개인의 판매 채널을 개설할 수 있게 도움을 주고 그분들에게 아이템을 제공합니다.

그렇게 우리의 영토를 확장하고 동료를 확장하고 한 분 한 분이 경제적 독립을 할 수 있도록 시스템을 만드는 법을 알려드리고 있습니다. 저희들끼리 한마디로 우리는 '경제독립군'이라고도 하고, '경제독립투사'라고도 말합니다.

아이가 어린이집 차량에서 내릴 때마다 키즈카페에 가자고 했지만, 돈이 없어서 데려가 주지 못했다며 울던 어린 엄마는 이제 남편에게 회를 사주고 아이에게 수박주스는 물론 매일 키즈카페에 데리고 가고 부모님께 용돈을 드릴 만큼 성장했습니다.

12년의 경력 단절로 저의 매장에서 다시 경제 활동을 시작하셨던 실장님도 지금은 어엿한 온라인 건물주가 되어 시스템을 만들어 수익을 내고 있습니다. 이렇게 한 분 한 분 누군가의 소모품이 아닌 자신의 주도적인 삶을 살아가며 즐겁게 변화해가는 모습을 보는 것이 저의 사명이며 〈예쁜옷쟁이〉의 비전입니다.

우리가 아는 많은 사람들이 경제적 부를 이루었습니다. 그 이야기가 우리에게 주는 희망은 무엇일까요?

'그가 했으니 나도 할 수 있는 일입니다.'

우리는 능히 모든 것을 해낼 수 있는 사람들입니다. 〈예쁜옷쟁이〉의 핵심 제품은 바로 우리들의 재능입니다. 각자의 재능이 우리의 가장 큰 핵심 제품이며, 그 재능을 아낌없이 발휘해 경제적 독립투사가 되어 또 다른 경제적 노예를 해방시키는 것이 우리의 사명입니다.

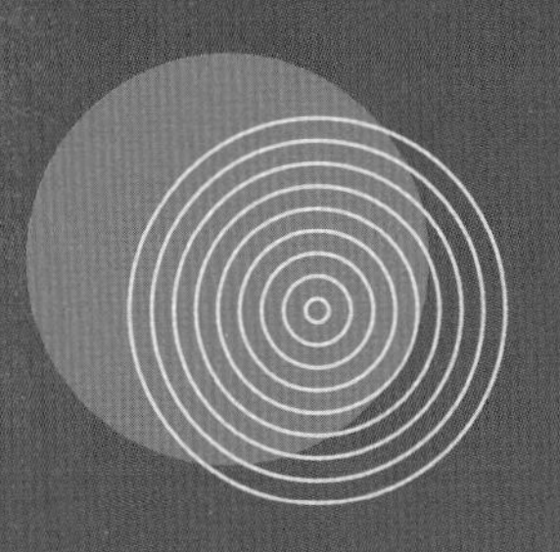

피부가 말하는 온 가족 친환경화장품
라홍 홍정혜

홍정혜 대표

"내 피부가 말하는 것처럼 친구가 자꾸 만지려 해요."

고객이 통화 중 들려 준 후기를 첫 책의 타이틀로 정한 홍정혜는 〈라홍화장품〉 대표이다. '좋은 성분, 착한 가격'으로 천연화장품의 장점을 살려, **Ra**—이집트 태양신, **홍**—홍정혜를 따서 태양처럼 밝음을 주는 회사 〈라홍〉을 창업하였다.

〈라홍〉 창업 초기, 홍 대표의 임신·출산으로 인하여 자연스레 엄마와 아이가 필요한 제품들로 라인업이 꾸려졌다. 일하는 40대 임산부는 퇴근 후 씻는 것도 귀찮아 크림 하나만 바르면 좋겠다 싶어 만든 영양크림, 아토피 피부의 딸을 위해 얼굴·몸에 피톤치드 로션을 발라주고 테스트하여 만든 로션 등 그렇게 하나씩 홍 대표가 필요한 제품들을 만들었다.

〈라홍〉을 운영하면서 회사를 접어야 하나 싶은 생각이 들 때, 제5회 대한민국 지방자치박람회 서울시 대표 화장품 회사로 선정되어 제품력을 인정받게 되었다.

제품으로 말을 해야 한다는 철학을 가진 홍 대표는 고객으로부터 "고맙다"는 인사를 들으며 "〈라홍〉 하기를 잘했다"고 이야기한다.

홍정혜 대표는 늘 "오늘도 으랏찻차"로 자신과 타인이 함께하는 에너지를 높인다.

◇ 페이스북 https://www.facebook.com/ihongcom

◇ 인스타그램 @rahongcom

◇ 홈페이지 https://www.rahong.com

자리리타(自利利他)

손바닥 만한 불교 명상록에서 찾아낸 '자리리타(自利利他)'란 타인을 이롭게 하면 나에게도 이롭다는 뜻입니다. 이 말은 이집트 태양신의 이름인 Ra와 홍정혜의 성을 따서 만든 RaHong, 즉 '태양처럼 밝음을 주는 홍이라는 회사'의 기업 이념이 되었습니다.

어릴 적 아빠는 중풍으로 한쪽 다리를 절었고, 엄마는 지게 지고 농사일을 하다가 면 소재지에 있는 작은 식당을 덜컥 계약하고 이사를 하였습니다. 촌 구석의 식당은 그나마 5일장이나 되어야 북적일 정도라, 평일이면 엄마는 또 들일하러 가셨습니다. 추석 전날이 장날이라 식당에 손님도 많았던 어느 날, 기분이 좋아진 아빠는 남은 술을 얼큰하게 드시고는 잠이 드신 후 영영 깨어나지 않으셨습니다.

나는 장날에 설거지를 마치고 두 동생들과 걸어서 30분 거리에 있는 큰댁으로 갔습니다. 추석날 아침 대추를 가져오시기로

한 아빠가 오시지 않아 집으로 갔더니 아빠는 여전히 일어나지 않으셨습니다. 그때 엄마는 식당을 물청소하셨고, 저는 다시 큰댁으로 돌아왔습니다.

차례를 지내고 11시쯤 되었을 때 울먹이는 엄마의 전화 목소리에 심상치 않음을 알았습니다. 주무시다가 편안하게 하늘로 가신 아빠는 33살의 세 아이의 엄마에게 큰 슬픔을 남겨 주셨습니다. 엄마는 장례 기간 내내 울부짖다 쓰러지고 다시 일어나면 울부짖고…. 식사는커녕 세 자식조차 안중에 없었습니다.

그때 초등학교 3학년이었던 나는 슬플 짬도 없이 동생들을 챙기느라 정신이 없었습니다. 그때는 '죽은 줄만 알았던 사람이 북한에서 살아서 돌아왔다'는 뉴스로 떠들썩한 시기여서, 어린 마음에 '우리 아빠는 안 죽었어, 북한에서 살고 있을 거야'라고 스스로를 위로하기도 했습니다.

'약을 먹여 남편을 죽였네'라는 엉뚱한 소문이 돌지를 않나, 아빠 친구분들이 갚지도 않은 술외상값을 다 갚았다고 큰소리치고, 또 아빠의 부채까지 떠맡게 되어 마음병이 생긴 엄마는 "일찍 죽고 싶다"며 먹지도 못하는 술을 드시고 구토를 하시다가 잠드시면 그걸 치우고 뒷정리하는 것은 모두 내 일이 되었습니다.

남동생들은 세상 모르고 자는데, 나만 엄마가 걱정되어 잠을 설치곤 했습니다. 엄마가 힘들어하는 게 못내 싫어 산업체 고등학교로 진학하기로 했지만, 수학 과목을 유독 잘해서 아껴주시던 수학 선생님께서 무척 아쉬워하시던 기억이 납니다. 낮에는 공장에서 일하고, 밤에는 야간 고등학교에서 공부하며 대학교에 갈 만큼 저축도 하고 성적도 되었으나, 엄마가 덜컥 사기를 당하여 나의 대학등록금은 우리집 방 한 칸 얻는 데 쓰이고 말았습니다.

글을 쓰면서 새삼 돌이켜 보니 고등학교 때부터 지금까지 한 번도 일하지 않은 적이 없었던 것 같습니다. 일하면서도 틈틈이 디자인학원을 다니면서 디자인을 배웠는데, 쾌활한 성격과 일머리 덕에 59:1의 경쟁률을 뚫고 지역 신문사에 입사하게 되었습니다.

우리 가족 형편도 조금 나아져 임대 아파트에 입주하여 따뜻한 방안에서 온 가족이 〈의천도룡기〉 등의 비디오를 빌려 보았던 기억이 납니다. 엄마는 그동안 고생한 탓에 허리병이 생겨 6개월을 누워 계셨습니다. 내가 퇴근하면 누워 있던 엄마는 아픔에 울면서 투정 부리셨지만, 애기같은 엄마를 웃게 하는 농담과 함께 맛있는 밥을 지어 대접하니 회복이 빠른 편이었습니다. 솔직히 그리 힘들거나 슬프지는 않았습니다. 엄마를 잘 케어하고 수영장 회원권을 끊어 1개월 동안 모시고 다녔더니 그다음부터는 엄마 혼자서도 수영장에 잘 다니시게 되었습니다. 그 이후 지금까지 수영을 하시면서 건강히 사시는 것이 참으로 고맙습니다.

직장 생활을 하면서 늦은 나이에 야간 대학을 다니게 되었는데, 대학교에서는 나이 어린 동생들과도 스스럼 없이 어울리게 되었습니다. 그 중에서 은영이라는 이쁜 동생과 친하게 되었습니다. 그 친구는 키도 훤칠하고 유명 연예인을 닮은 얼굴에 밝고 쾌

활한 성격이라 인기가 많았습니다.

제가 유독 은영이를 좋아하여 매일 같이 이것저것 챙겼는데, 은영이는 밥보다 핫도그로 끼니 때우는 걸 좋아했고, 입이 짧아 못 먹는 게 참 많았습니다.

어느 날 내가 좋아하는 선짓국 집에 가서 못 먹는다는 은영이의 말은 들은 척 만 척하며 선짓국 2개를 주문하고는 “어, 안 먹어? 그럼 내가 먹을 게.”하고 은영이 국그릇을 가져와 두 그릇을 먹어버렸습니다. 네 번 정도를 그렇게 하니 깍두기 반찬만으로 밥을 먹던 은영이는 화가 난다면서 자기도 먹어 보겠다면서 선짓국을 먹게 되었습니다. 그런 식으로 은영이는 못 먹는 음식들을 하나둘씩 먹게 되었습니다. 절대로 안 먹겠다던 오징어 회도 두 접시를 비울 정도가 되었습니다.

먹는 것은 그나마 좀 나아졌지만, 다리 살이 찐 편이었던 은영이는 절대 치마를 입지 않았습니다. 오죽했으면 친구들이 “네가 치마 입으면 사준다.”고 했겠습니까. 그래서 은영이를 데리고 백화점에 가서 “그냥 입어만 보자. 그냥 궁금해서 그래.”하면서 갈 때마다 치마를 입혔습니다. 그렇게 1년 쯤 하다 보니 바지보다 치마가 예쁜 걸 알게 되면서 은영이 스스로 치마를 사서 입게 되었습니다.

은영이의 친구들은 “정혜 언니, 진짜 대단하다.”고 했습니다. 저는 그저 은영이가 좋으니 그 친구가 세상의 다른 것들을 좋아할 수 있도록 계속 권유했고, 은영이도 제가 좋으니 싫다 하면서도 나의 제안에 응해준 덕에 우리는 좋은 친구가 되어 함께하는 것들이 더 많아졌습니다.

그렇게 함께한 시간이 흘러 은영이는 마음속에 있는 이야기를 털어놓게 되었습니다. 가족 때문에 힘들어 하고 있다는 이야기였는데, 저는 그저 덤덤히 웃으며 그녀에게 말했습니다.

"가족이란 건 선택할 수 없는 건데, 가족을 짐처럼 들고 다니니 몸이 무겁지. 너 돼지갈비 못 먹을 때 있었지, 지금 봐, 한 번씩 먹고 싶지. 봐, 사람은 변할 수 있어. 그저 그 생각에서 벗어나서 네 인생 살아. 그렇다고 너 없다고 가족이 어떻게 되진 않아. 그리고 이 언니한테 잘하고."

어깨를 들썩거리며 흐느끼고 있는 은영을 말로나마 웃겨 주었습니다. 그때 제가 좋아한 은영이에게 했던 것처럼 좋은 걸 내어주는 사람이 되면 좋겠다는 마음이 바로 '자리리타(自利利他)'로 이어졌습니다.

세상에 공짜는 없다

저는 제법 늦은 나이에 결혼하였습니다. 제 나이 43살에 우리에게 온 딸 소은이에게 늘 "세상에 공짜는 없어. 네가 먼저 주는 사람이 되고, 무언가를 받으면 말이나 물질로 꼭 고맙다는 표현을 해야 해."라고 자주 말해 주었습니다. 소은이가 여섯 살, 유치원에 다니던 때였습니다. 어느 날인가 봉투를 달라더니 자기의 전 재산이던 1,970원을 봉투에 넣었습니다. 왜 그렇게 하는지 물었더니 "어제 유치원 원장님께서 세뱃돈을 주셨어요. 그래서 제가 원장님께 세뱃돈을 드리고 싶어요. 엄마가 받으면 꼭 인사를 해야 한다고 했잖아요."하는 게 아니겠어요. 엄마 말을 기억하고 행동하니 대견하여 칭찬하였습니다.

그날 세뱃돈을 받은 원장님께서는 36년 유치원 원장 인생에 처음으로 원생한테 세뱃돈을 받았다며 귀가하는 아이를 데리러 온 엄마들한테 소은이 칭찬을 하셨는데, 그 칭찬이 돌고돌아 제게도 들려왔습니다. 아이를 키우면서 그 아이의 행동이 부모의 모습을 그대로 닮는다는 사실을 새삼 깨닫는 계기가 되었습니다.

세뱃돈을 주고받은 이야기로 소은이에게 "어때, 원장님이 너에게 좋은 것을 주시니 너도 좋은 걸 드렸지. 그게 자리리타(自利利他)야."하고 자연스레 말할 수 있었습니다.

"스스로 자(自), 나를 먼저 행복하게 이롭게 하는 건데, 엄마가 기분이 좋아야 네 앞에서도 웃을 수 있거든. 엄마가 먼저이듯이 너도 너 자신이 먼저여야 해. 그리고 네가 행복한 걸 나누는 사람이 되면 넌 세상에서 제일 큰 힘 있는 사람이야." 소은이에게 하는 말은 저 자신에게 하는 말이기도 했습니다.

제 밝은 성격은 어디에서 왔을까요? 어렸을 때 큰댁에서 할머니, 큰엄마, 사촌오빠, 우리 가족 다같이 살았습니다. 어른들 밥상에 할머니, 아빠와 사촌오빠가 아닌 제가 앉아서 먹었습니다.

우리 할머니는 다른 손주 3명보다 손녀인 정혜를 이뻐하셨는데, 아빠와 할머니는 귀한 반찬은 제게 다 먹여주셨어요. 이제 생각해 보니 그 사랑이 제가 밝은 모습으로 자라게 한 원천이 되었던 것 같습니다.

뙤약볕에 서 있는 것 자체가 힘든 여름날, 할머니는 여섯 살 먹은 손녀를 고추밭에 꼭 데리고 다니셨습니다. 어린 나이에 시원한 곳에서 놀고 싶지 뜨거운 고추밭에 가고 싶지 않았겠지만, 할머니는 조막만한 손녀가 함께하니 일하는 것이 힘들지 않았을 거라고 생각하니 그 모습이 내 마음에 남아 지금도 가슴이 먹먹합니다.

할머니의 사랑을 듬뿍 받아 아빠보다도 할머니가 살아계셨으면 하는 마음이 많았는데, 그 할머니를 사랑하는 제 마음이 저를 행복하게 합니다.

그래서 소은이가 태어나자 할머니 사랑을 느꼈으면 하는 바람으로 한 해 동안 친정 엄마에게 양육을 부탁드렸습니다. 허리가 좋지 않은 엄마는 한 해를 다 채우진 못했지만 수시로 대구에서 서울로 올라오시어 소은이를 돌봐 주신 덕에 소은이는 엄마 아빠보다 '박두옥 할머니'가 세상에서 제일 좋다고 합니다.

소은이는 할머니가 대구로 가실 때 만 원을 할머니 손에 쥐어 주면서 "맛있는거 사드세요."라고 합니다. 괜찮다는 엄마에게 "엄마가 소은이한테 할머니 사랑 듬뿍 주었으니 그 사랑 받은 소은이가 주는 돈은 그 값이에요. 사랑도 공짜가 아니니깐."이라고 말씀드렸습니다.

뭘 모를 땐 30만 원짜리 크림도 써봤지

내 피부는 비싼 화장품을 발라도 세수하고 나면 얼굴이 따가울 정도로 약건성 피부였습니다. 당시에는 무관심해서 그런지 지금 생각하면 피부에 해로운 참 바보 같은 행동을 많이 했습니다.

천연화장품 회사에 이사로 근무하면서 알게 된 천연화장품의 효과는 기대 이상이었습니다. 남편이 행사 중에 어르신들이 주시는 낮술을 마시고 자전거 타다 넘어져 몇 군데 상처를 입었습니다. 이때 귀 뒤쪽에는 알로에겔을 발라주고, 손등에는 연고를 바른 후 연고 밴드를 붙여 주었습니다. 며칠 뒤 귀 뒤쪽의 상처는 깨끗하게 나았으나 손등의 상처는 시커멓게 자국이 생기더니 거의 6개월이 되어서야 없어졌습니다. 그때 알로에 겔을 우겨가며 발라줬더니 상처가 좋아진 걸 보고는 남편도 천연화장품에 대한 인식이 바뀌었습니다.

천연화장품은 장점은 많지만 비싼 편이라 '좋은 성분, 착한 가격'이면 좋겠다는 생각이 들었습니다. 그래서 제조사와 협의하였으나 논의는 쉽게 진전되지 않았습니다. 우연찮게 기회가 오게 되어 화장품과 사업에 대해 공부를 시작하고 〈라홍〉이라는 회사를 창업하였습니다.

회사를 차린 후 콘셉트에 맞게 하나하나씩 제품을 테스트하면서 준비하던 시기에는 사업자금, 인력, 마케팅 등 어느 것도 제대로 꾸려지지 않아 늘어나는 것은 부부 간의 다툼뿐이었습니다.

부족한 자금은 남편의 퇴직금 중간 정산으로 마련한 목돈과 대출로 충당하였는데, 저로서는 '없는 돈이 생기네.'하며 신기해하였습니다. 사무실을 얻고 직원을 채용하고 그동안 제품 테스트한 마지막 테스터를 직원들에게 나누어 주었습니다. 고등학교 3학년 사촌동생의 여드름성 피부에 팩과 세럼을 발라준 한 직원은 다음날 "본 제품 언제 나오느냐?"며 사촌동생으로부터 전화가 왔다고 하였습니다. 저는 제품만 나오면 곧 대박날 것 같아서 마음이 설레었습니다.

〈라홍〉이라는 이름을 단 몇 가지 제품들이 출시되면서 제게도 우주의 축복처럼 아이가 찾아왔습니다. 사업을 준비하던 때 한 해에 두 번이나 유산하여 아이는 생각지도 못했는데, 제게 엄마라는 이름을 붙여주는 선물이 왔던 것입니다. 하지만 현실은 사업 초기이므로 작은 기업의 대표는 멀티플레이어가 되어야 하는데 임신한 몸이라 모든 일들이 쉽게 풀리진 않았습니다.

초기에는 온라인에 치중하면서 오프라인 진출이 쉽지 않았던 상황에서 서울산업진흥원, 중소기업유통센터 등에서 지원하는 사업에 모두 신청하였습니다. 아이 출산과 더불어 서울시청 지하 시민청 매장에 입점하였고, 중소기업명품마루 서울역점 등의 오프라인 매장에 입점하였습니다. 서울시청 시민청 매장에 입점할 때 서울시 전문가 평가와 시민 평가에서 화장품 부분 1위로 입점한

서울시청 시민청 매장 소개 카탈로그에 실린 라홍

덕에 시민청 매장 카탈로그 제작 시 〈라홍〉은 2페이지에 소개되었습니다.

그때 대표의 사진을 보내달라고 요청이 와 임신과 출산으로 염색을 하지 못한 나는 흰머리를 감추기 위해 모자를 쓴 사진을 보낼 수 밖에 없었습니다. 중소기업명품마루 서울역점 오프닝 행사에서 직접 제가 판매를 하였는데, 이때 모자 쓴 제 모습을 사진에서 봤다며 알아보시는 분들이 있었습니다. 그날 이후 지금까지 트레이드마크처럼 모자를 쓰고 있습니다.

아이를 키우면서 일하는 것은 정말로 쉽지 않았습니다. 투자를 받기 위해 몇 분과 미팅했으나 제 생각과 다른 부분이 많아 투자로 이어지지는 않았습니다. 게다가 제품은 좋으니 케이스를 바꿔서 다단계 판매업체에 제품을 공급해 달라는 제의를 받기도 했습니다. 하지만 저부터도 좋은 제품을 착한 가격에 사고 싶었고, 제 딸 소은이가 커서 〈라홍〉이라는 브랜드를 자랑스러워하기를 바라는 마음으로 제품력 향상에 더 힘을 싣기로 했습니다.

내가 필요해서 만든 거라니까

43살, 임신부였던 저는 지하철을 타고 좌석에 앉기만 하면 쏟아지는 졸음에 어쩔 줄 몰랐습니다. 집에 들어오면 만사가 귀찮아져 〈라홍〉 제품인 클렌징젤로 세수하고 스킨워터젤을 바른 후 수면팩만 바르고 잤습니다. 그것도 막달이 되니 귀찮아져 수면팩만 발랐습니다. 그렇게 6개월 정도 사용하니 겨울철이면 세수할 때 따갑기만 하던 제 피부의 건조감이 훨씬 줄어들었습니다. 이것이 바로 피부를 촉촉하고 팽팽하게 하고픈 마음을 담아 수면팩을 영양크림으로 새롭게 만들게 된 계기가 되었습니다.

아줌마 마인드로 '양은 많게 하고, 좋은 재료를 쓰고, 가격을 낮추자'는 〈라홍〉의 기본적인 룰에 따라 120ml의 대용량으로 하고, 케이스는 우리 엄마가 좋아하시는 고운 분홍색으로 만들었습니다. 출산 후 몇 달 동안 엄마가 대구에서 서울로 오시어 소은이를 봐주시면서 〈라홍〉 영양크림을 테스트할 때부터 본 제품 출시 이후까지 사용하셨습니다. 그 후 대구로 돌아가시니 친구분들이 입을 모아 "서울 물 좋나? 왜 이리 어려졌노?"라며 놀라셨다고 합니다. 그래서 영양크림은 〈분홍동안크림〉이라는 예쁜 별명을 얻게 되었습니다.

작년부터 〈라홍〉 제품이 미국에서도 조금씩 판매되고 있습니다. 그것은 〈라홍〉 화장품을 오래 쓰셨던 고객 분이 아이들과 부인이 사는 미국 LA 오렌지카운티의 얼바인 지인들에게 선물로 보냈더니 반응이 좋다시면서 판매하고 싶다고 연락해 주셔서 판로를 개척할 수 있었습니다.

미국 MissUSA 대형 커뮤니티에서 "50대의 나이에 500달러에서 30달러까지 다양한 영양크림을 써봤는데, 이 크림 이름이 '촉촉팽팽' 영양크림이거든요. ㅎㅎ 정말 이름처럼 촉촉하고 아주 팽팽해지네요. 가격이 비싸지 않아서…. 가격 대비 아주 좋은 영양크림"이라고 〈라홍〉 영양크림 후기를 올려주셨는데, 그분 덕분에 미국에서 호평을 받고 있습니다.

아토피성 피부인 소은이를 위해 아이 피부에 맞춘 제품을 만들게 되었습니다. 아이를 씻긴 후 얼굴과 몸에 천연오일을 사용하는 〈라홍〉 로션을 발라주니 편백 향 때문에 발라주는 제가 머리가 맑아져 힐링이 되었습니다. 그렇게 로션의 성분을 10%, 20% 다르게 하며 8개월간 케어해 주니, 아이 피부가 반들반들해져 로션을 덜 발라도 될 정도가 되었습니다. 이렇게 몸의 건조를 방지하기 위해 소은이 전용 소은샴푸 & 바디클렌저도 만들어지게 되었습니다.

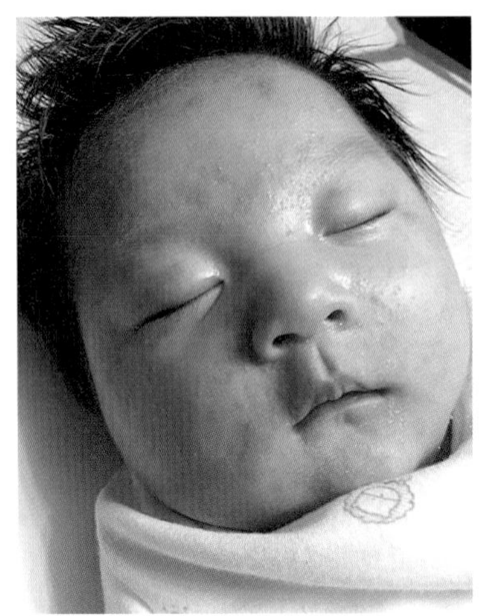

아기 사진은 엄마인 저를 항상 울컥하게 합니다. 건강히 자라는 우리 소은이

제 아이를 위해 만든 로션은 어느 스님의 손마저 낫게 하였습니다. 손 가려움이 쉽사리 낫지 않아 고생하시다 도반이 선물해 준 로션을 반신반의하면서 바르시고는 다음날부터 근무하는 복지관에 가지고 가서 열심히 바르시니 직원 분이 놀라서 무슨 제품인지 캐물었다고 합니다. 그 편백나무 로션이 삶에 도움이 되는 제품이라고 말씀해 주시어 〈라홍〉의 캐치 프레이즈로 '삶에 도움 되는 화장품 라홍'을 사용하게 된 이유가 되었습니다.

소은이의 아토피를 좋아지게 한 덕분에 나오게 된 피톤치드향의 피톤스타로션의 판매량은 많지만, 울트라에센스가 매출액이 가장 많습니다. 중소기업 우수제품을 판매하는 중소기업명품마루 서울역점에서도 화장품 부분 1위를 한 제품입니다. 처음에

1개 사용해 보시고는 3개짜리 세트를 재구매하시니 매출이 높아지는 결과로 이어졌습니다.

처음에는 기능성 팩으로 만들기 위해 테스터 제품을 판매 직원 두 분께 드렸는데, 한 분이 "대표님, 이거 에센스로 만들면 좋을 것 같아요. 매일 바르니 주름이 조금 옅어졌어요."라고 사용 소감을 말씀해 주셨습니다. 당연히 피부 탄력과 관련된 기능성 성분들이 들어 있으니 그럴 수 있다 싶었습니다. 그래서 바르는 보톡스라 불리는 유효 성분을 높이고 "좋은 에센스를 좋은 가격에 사용하자"라는 콘셉트에 맞게 〈라홍〉의 효자 상품인 〈310 비비드 울트라 탱탱에센스〉가 되었습니다. 울트라 에센스는 중소기업 우수 제품에 선정되어 〈SBS 생활경제 TV〉 프로그램에 소개되었고, 각종 언론에도 보도되었습니다.

중국 뷰티 프로그램에 중소기업청 지원과 기업 부담으로 소개하는 코너가 있어 울트라 에센스를 출품하였으나 선정되지는 못했습니다. 그러나 제품이 좋은 것 같으니 기업의 비용 부담 없이 제품만 보내주시면 소개하겠다고 연락이 와서 중국의 뷰티 TV 프로그램에도 소개되었습니다.

저에게 필요해서 만든 제품들을 하나씩 알아봐 주시고 홍보까지 해 주시니 홍보력이 없던 저에겐 가뭄에 단비 같은 일이라 매번 "고맙습니다."를 외쳤습니다.

최소 세 번은 만나 봐야지

회사 여직원과 지인 동생의 소개팅을 주선하였는데, 저는 무조건 '세 번은 만나야 한다'는 조건을 걸고 미팅 자리에 나가 저녁을 사주었습니다. 둘은 첫 번째 만남에선 스타일이 서로 마음에 들지 않았으나, 두 번째에서는 낯설지 않고 친근한 느낌이 들었고, 세 번째 만남은 반가움에 농담도 하고 여유가 생겼다면서 "세 번 만나라고 하신 이유가 있었네요."라며 둘은 연인이 되었습니다.

사람과 사람이 세 번을 만나는 것은 멀리 느끼던 30m 선의 먼 시각에서 30cm 시각으로 들어오게 되는 과정입니다. 물론 사람에 따라 이효리처럼 10분만에도 그것이 가능한 사람도 있을 겁니다. 광고에서 같은 내용을 반복하는 것도 인지도를 높이고 친숙함을 주기 위해서인데, 중소기업은 제품 제조에 전력을 다하다 보니 고객과 세 번을 만나볼 여력이 부족한 경우가 많습니다. 그런 이유로 좋은 제품을 만들어도 판로, 유통, 마케팅 등 몇 개의 산을 넘다가 정상에 오르지도 못하고 내려가는 기업도 많습니다.

얼마 전 〈현대백화점〉 행사에 나가 직접 홍보하였는데, 브랜드 인지도가 없는 제품이라 샘플조차 받아가려 하지 않아 애를 먹은 적이 있었습니다.

“처음 보는 브랜드인데, 믿을 수 있어요?”

이런 말을 하는 분도 있었고, 샘플을 받더니 다시 던지고 가는 고객 분도 계셨습니다.

그러던 중 먼저 다가온 40대 주부가 백화점 매대 중앙에 걸린 ‘착한 친환경화장품 라홍’이라는 문구를 보시고는 “11살 딸이 바를 만한 게 없는데 추천해 주세요.”라고 하셔서 피톤스타로션을 발라드렸더니 편백의 천연향을 맡아 보고 놀라워 하셨습니다. 또 엄마를 위한 영양크림을 추천하니 수분감이 장난 아니다 하시면서 두 가지 제품과 선크림까지 구매하셨습니다. 아이를 위한 제품을 원해 찾아 오셨지만, “엄마도 아빠도 자연스레 친환경, 온 가족 화장품으로~”라는 제 콘셉트를 알아주시는 것 같아서 기분이 좋았습니다.

〈라홍〉은 두 가지 브랜드를 가지고 있습니다. 〈숲속요정〉은 온 가족을 위한 제품으로 소은이가 태어나면서 가족 화장품이 되었고, 〈310〉은 '3분 케어 10년 동안'을 지향하는 기능성 제품으로 화장품을 바르는 데 3분도 안 걸리는 저를 위한 콘셉트 제품입니다. 그리고 라홍의 전 제품은 하이서울인증(서울산업진흥원의 우수제품인증)을 받았습니다.

중소기업이 좋은 제품을 만들어도 소비자가 구매하지 않으면 기업은 사라집니다. 아주 단순한 논리이지만, 좋은 제품을 알아보는 소비자의 눈도 높아지는 것도 사실이라 먼저 찾아주시는 분을 보면서 〈라홍〉도 희망을 가지게 되었습니다.

유명 백화점 매장과 다양한 행사에 참여한 〈라홍〉 화장품

우수 중소기업 제품들과 함께 행사를 하면서 저도 모르게 "여기 제품들은 브랜드가 알려지지 않았지만 제품력은 최고입니다."라고 다른 업체 제품들도 소개합니다.

많은 분들이 '세 번' 보는 마음으로 〈Made in KOREA 중소기업〉을 봐 주셨으면 좋겠습니다.

태양처럼 라홍이 뜨다

제품 출시 후 오프라인 매장과 각종 행사를 통해 입소문이 뒷받침이 되자 온라인 매출도 조금씩 늘어나기 시작했습니다. 그러나 〈라홍〉이라는 브랜드 이미지 부족과 제작 단가 대비 저렴한 가격 때문에 마진이 적어 유통, 수출, 투자 측면에서 전반적으로 어려움을 겪었습니다.

우선 국내에서 브랜드 인지도를 높이는 데 집중하기 위해 대형 백화점에 진출하였지만, 신규 브랜드의 낮은 인지도와 부족한 운전 자금, 코로나 19로 인한 펜데믹 상황까지 겹쳐 결국 백화점 매장에서 철수하게 되었습니다.

매장 확장은 자금 손실로 이어졌지만, 기존 〈라홍〉 고객분들의 응원과 입소문 덕에 〈라홍〉은 견뎌 낼 수 있었고 회사가 살아날 수 있었습니다.

해마다 좋은 일을 하는 곳에 제품을 기부하고는 있지만, 앞뒤

안 가리고 다양한 곳에서 화장품 협찬을 요청해 오곤 합니다. 신기하게도 SNS로만 인사를 나누는 사이인 분들이 본인 출판기념회를 한다고 제품 몇 백 개를 협찬해 달라거나, 연예인 누가 뭐한다고 협찬해 달라고 연락이 옵니다. 화장품의 가치는 생산 원가로 보면 안 되며, 실제 판매가로 보면 결코 적은 금액이 아닙니다. 〈라홍〉의 홍보나 마케팅에 크게 기여한 적도 없고, 구매한 적도 없는 분들이 그저 제품만 받으려 하니 기분이 좋지 않았습니다.

오히려 〈라홍〉 고객님들에게 연말에 특별 상여금처럼 제품을 보내드린 것이 더 의미가 있습니다. 유명인보다 제 제품을 사주는 분께 협찬하는 것이 더 의미 있는 일이 되었고, 고맙다는 전화를 주시고 새해 복 많이 받으라며 좋은 후기도 남겨주셨습니다.

그러던 중 제5회 대한민국지방자치박람회 서울시 대표 화장품 회사로 〈라홍〉이 선정되었습니다. 전국 각 지역에서 6개의 대표회사를 선정하는데, 〈라홍〉은 화장품 부문의 대표회사로 선정되었습니다. 시청 직원 분이 사무실을 방문해 “서울시 대표가 되셨으니 좋은 제품 많이 알려주십시오.”라는 당부를 하고 가셨습니다.

〈라홍〉보다 크고 브랜드 인지도가 있는 회사가 많은데 〈라홍〉이 선정되어 기쁘면서도 놀라서 그 이유를 여쭤보니 서울시청 시민청에 입점할 때 시민 평가에서 1위를 한 내력이 있어서 선정된 거라고 하셨습니다.

“내가 좋은 일을 하면 우주가 도와 주는구나.”

그때는 기분이 좋아서 뭐든 다 잘될 것 같았습니다. 온 가족이 여행을 겸해서 여수로 가서 박람회를 진행하여 좋은 반응을 이끌어냈습니다. 하지만 지속적으로 이끌어갈 홍보 마케팅이 부족하여 중소기업의 한계를 느끼기도 하였습니다.

제5회 대한민국지방자치박람회 서울시 대표 화장품 라홍

하지만 〈라홍〉 브랜드가 생소한 분들에게 서울시 대표로 선정된 이력을 홍보 문구로 활용하여 〈라홍〉을 고객들에게 자신 있게 설명할 수 있는 것에 늘 감사합니다.

소은이가 숲유치원을 다닌 덕에 주 3일은 산과 들로 갔었습니다. 어느 날 소은이가 여행 중 조명 스탠드를 만져 화상으로 생긴 물집에 알로에겔을 발랐더니 흔적 없이 나은 후부터는 산에서 친구들이 다치면 발라준다며 가방에 〈라홍〉 알로에 겔을 넣고 다닙니다. 또한 아이 생일 때 예쁜 케이스에 담긴 선크림을 몇 개 받았는데, 이것저것 써보고는 "〈라홍〉이 젤 좋아!" 하면서 외출 전 〈라홍〉 선크림을 바르는 아이를 보면 제품을 만든 엄마로서 마음이 뿌듯합니다. 아이는 엄마가 시킨다고 절대로 듣지 않는다는 걸 엄마들은 다 알거든요.

출산과 함께 육아가 힘든 점도 있었지만, 아이가 성장하는 만큼 〈라홍〉도 온 가족 화장품으로 성장해 나갔습니다. 여기에는 소은이의 영향이 아주 컸습니다. 딸과 함께한 그 시간이 축복이었기에 늘 고맙게 생각합니다.

엄마가 되게 해준 소은이와 〈라홍〉을 응원해 주는 고객들로 인해 서울시 대표 화장품회사로 선정되었고, 태양처럼 빛날 수 있습니다.

기회는 아는 자가 가져간다

박람회, 행사, 모임 등에서 다른 업체 대표님들을 만나보면 정부와 지자체에서 중소기업을 지원하는 다양한 사업들을 모르시는 경우가 많습니다. 만약 서울에서 사업을 시작한다면, 사업을 시작하기 전에 서울창업스쿨에서 기본적인 것을 배우고 창업 지원 자금, 다양한 홍보 지원 등의 혜택을 받을 수 있는데, 그걸 모르는 분들이 많았습니다. 또한 직접 신문에 광고를 하거나 기사를 내는 것은 매우 힘든 일이지만, 중소기업 관련 지원 업무 중 신문광고와 기사 지원도 있습니다.

중소기업유통센터에는 다양한 정보들이 많이 있는데, 그중에서 창업넷, 서울산업진흥원, 서울유통센타, 각 지역 창업지원센타, 소상공인지원 등을 기본적으로 살펴봐야 합니다. 〈라홍〉 화장품도 중소기업 우수 제품으로 선정되어 기사와 신문광고도 진행하였습니다. 물론 비용은 당연히 들지 않았습니다. 또한 SBS TV 등에 직접 출연하기도 했습니다. TV 방송 제작비를 지원해 주는 사업에 선정되어 저렴한 금액으로 방송에 나가기도 했습니다. 물론 방송 후 제품 홍보 효과를 톡톡히 보기도 했습니다. 그렇지만 방송이나 각종 홍보는 지속적이 못하면 영향력이 그리 크지는 않습니다.

다른 업체 대표님 한 분이 여러 언론사에 기사가 났으므로 잘 되실 거라고 말씀하신 적이 있습니다. 언론사 홍보기사만으로는 매출 향상이 쉽지 않다는 것을 잘 알고 있는 저는 제가 알고 있는 몇 가지 노하우를 알려드렸습니다. 그 분께서는 매출이 곧바로 향상되었다며 식사 대접이라도 하고 싶다고 하셨지만, 아이가 어린 데다 시간이 나질 않아 완곡하게 거절하였습니다. 그랬더니 인천 송도의 최고급 호텔 숙박권을 보내주셔서 지인 가족과 38층 오션뷰를 보면서 연말 여행의 추억도 쌓을 수 있었습니다. 멋진 호텔 숙박권을 얻게 된 것도 기뻤지만, 제가 아는 정보가 다른 사람에게 도움이 되었다는 게 너무 기분이 좋았습니다.

제품 판매는 온라인에만 치중하시지 마시고, 각종 단체에서 오프라인 판매를 지원해 주는 다양한 프로그램들이 많으니 오프라인 행사에 참여해서 온라인으로 유입할 수 있도록 교두보를 만들어 두시면 좋습니다.

이번 백화점 행사에서 수저를 판매하는 업체의 경우 〈라홍〉보나 매출은 많았지만 온라인 매출로 연결되지 않아 행사 매출이 전부였습니다. 〈라홍〉은 샘플 제공을 통해 재구매로 이어지면서 지속적 구매로 이어져 누적 구매액이 200만 원을 넘은 회원 분도 있습니다.

중소기업 간담회에서 업체 대표 중 한 분이 "OO전자 다닐 때는 제품 1개당 기본 마케팅비가 20~30억이라 진행하는 게 어렵지 않았는데, 중소기업을 경영하시는 아버님이 힘들어하시어 제가 직접 해 보니 중소기업에서 마케팅비로 쓸 수 있는 금액에는 한계가 있어 쉽지 않습니다."라고 하셨습니다. 그게 사실이기도 합니다.

제품 한 가지를 1억의 비용을 들어 제작하면 마케팅비는 최소 3억이 들어가야 하니 제품 단가를 올려야 하는데, 브랜드 이미지가 낮으니 가격을 올리지도 못하는 실정이기 때문입니다. 저는 중소기업이 최소 5년 이상 되었다면 그 제품력을 믿어도 되니 안심하고 제품을 구매하라고 이야기하고 다닙니다.

집에 있는 정수기는 중소기업 제품입니다. 남편이 유명업체 정수기를 설치하자는 것을 "여보, 중소기업이 10년 넘으면 무조건 괜찮은 거야. 중소기업은 견뎌 낸 세월만큼 실력이 있는 거거든."하며 중소기업 제품을 고집했습니다. 그리고 제가 선택한 정수기 회사의 물맛을 보고는 정수기 선택을 잘했다고 합니다.

한 가지 제품을 런칭하기 위해서는 제조 단가와 판매 단가의 합리적인 책정이 기본이고, 구매 고객층 분석도 필요합니다.

어느 업체의 상품을 본 고객이 "이 업체 사장은 봉사 활동하려고 사업하나."라고 말했다는 이야기를 판매하는 직원 분한테 들었습니다. 그 고객은 유통을 좀 아는 분이구나 싶었습니다. 〈라홍〉도 처음에 착한 가격을 지향하며 가격을 낮추었더니 제품은 곧잘 나가는데, 수익 낮아 경영에 어려움이 생겼습니다. 그 경험을 바탕으로 상황에 맞게 개선해 나가니 수익이 조금씩 개선되었습니다.

K뷰티 붐이 불면서 〈뷰티협업모임〉에서 만난 화장품 제조 경험도 없는 한 CEO가 유명 제조 회사에서 자기 화장품을 제작해 주기 때문에 잘될 거라고 이야기하는걸 보면서 처음 만난 사이에 뭐라고 하기는 그랬지만, 사실 이 말씀을 드리고 싶었습니다.

"아모레의 모든 제품이 성공한 게 아닙니다. 유명 회사 제품이라고 무조건 다 잘되면 얼마나 좋겠습니까."라고 말입니다. 물론 그분이 마케팅을 잘해서 잘될 수도 있겠지만, 막연히 긍정적으로 기대하기 보다는 실패하지 않기 위해 제품에 대해 더 공부하고 다양한 전략을 수립해야 한다는 사실을 알아 주었으면 하는 바람이 있습니다.

CEO는 제조업이든 서비스업이든 자기 사업에 대한 기본적인 인식을 가지고 있어야 합니다. 중소기업이란 말 그대로 작은 회사이므로 대표가 모르는 것을 직원이 알리 없기 때문입니다. 잘

못되면 모든 것이 대표의 책임으로 돌아오기 마련입니다.

중소기업 창업과 성장에 도움을 주는 여러 프로그램과 기회가 있으니, 창업을 준비하는 CEO는 준비하고 공부하여 실패의 확률을 낮추고 기회를 잘 살려야 합니다.

저는 이쁜 홍입니다

저의 SNS 첫 아이디는 〈이쁜홍〉이었습니다. 스키를 좋아해서 가입한 스키동호회에서 "내가 젤 이뻐."라며 어깨를 으쓱하면 얼굴이 이뻐서도일 테지만 밝은 내 에너지 덕에 다들 맞짱구치며 "맞아!"라며 웃음으로 동의해 주셨습니다. 제가 이야기하는 이쁨은 사람 그 자체의 이쁨을 이야기하는 것이니 그것에 긍정하시는 것이겠지요.

일상이 디지털화되어 가면서 모든 정보가 스마트폰에 담겨져 있고 홍보 수단으로 큰 효과가 있으므로 라홍 회원들을 찾아다니면서 유튜브 영상을 찍어보려고 합니다. 유명 연예인, 인플루언서의 영상이 아니어도 진솔한 고객의 목소리를 담은 후기 영상이 라홍 브랜드와 어울릴 것 같아서 몇 분을 섭외해 촬영하려 합니다.

페이스북 물물교환 그룹에서 〈라홍〉 영양크림을 교환하게 된 분 중에 유명 화가분이 본인 얼굴을 올리며 멋진 후기를 올려주시면서 무료로 모델도 할 자신이 있다고 말씀하셨습니다. 몇줄

안 되는 후기도 잘 안 올려 주시는 〈라홍〉 회원분들이 많은 터라 그분을 귀하게 생각했는데, 마침 기회가 닿으니 그분부터 시작하려 합니다.

유명 인플루언서 한 분이 자기가 〈라홍〉 모델이 되면 어떻겠냐고 말씀하셨는데, 〈라홍〉은 온 가족 화장품을 지향하기 때문에 미모가 너무 뛰어난 분은 〈라홍〉 이미지와 맞지 않는다며 거절했습니다. 화장품 모델은 기본적으로 얼굴이 예뻐야 된다는 것이 지금까지의 통설이지만, 〈라홍〉은 우리 가족 화장품이라는 콘셉트이니 내 가족같은 이미지, 사람 자체의 이쁨인 〈이쁜홍〉 이미지를 나타내고 싶었기 때문입니다.

고객으로 이어진 인연으로 직접 만난 적도 있는 제주도에 사는 은정 씨는 귤 한 박스를 올해도 보내주셨습니다. 한번도 만난 적은 없지만 건강에 도움이 된다며 건강식품, 잠옷, 마사지 기도 보내주시고, 신년 축하 메시지도 보내 주시는 고객 분들의 응원이 제게는 아주 큰 힘이 됩니다.

얼마 전 작은 상점을 운영하시는 분께서 ㅇㅇ오일을 오랫동안 사용하다가 〈라홍〉 영양크림을 사용해 보시고는 "피부가 맑아져서 사람들이 자꾸 얼굴을 만져보려 해요."라면서 직접 제품을 판매해 보고 싶다는 연락이 왔습니다. 그렇게 어느 골목에서나 〈라홍〉을 만날 수 있고, 입에서 입으로 소문이 나서 온라인 구매로 이어지는 가족 브랜드가 되려 합니다. 천천히 가도 결국에는 이기는 거북이 같은 〈라홍〉이고 싶습니다.

라홍 화장품은 피부가 말해요

책을 내게 되었어요. 10분의 멋진 여성 CEO분들과~

책 속에서 나를 설명하는 제목으로 뭘로 하면 좋을까요.

1. 홍정혜 - 착한 친환경 화장품 라홍(기존 브랜드명)

2. 홍정혜 - 삶에 도움이 되는 화장품 라홍(고객 후기 반영)

3. 홍정혜 - 피부가 말하는 온 가족 친환경화장품 라홍(고객 후기 반영)

4. 서울시 대표로 선정된 라홍화장품 홍정혜

다른 것도 추천해 주세요.

이렇게 단체톡방과 페이스북 등에 올리니 3번이 압도적인 표 차이로 1등을 해서 책의 소제목으로 넣게 되었습니다.

책 이야기를 하며 "〈라홍〉이 작은 기업이라 어쩌지?"하며 걱정하는 저에게 "언니, 제품력으로 서울시 대표도 되었는데, 진심을 담았는데 뭘 걱정해요!"라며 힘을 실어주는 지인의 한 마디에 자신감 듬뿍 담아 책을 쓰게 되었습니다.

예전에 리더십 코스 강사로 4년 6개월 동안 봉사 활동을 한 적이 있었습니다. 수강자들이 강사들이 보여 준 예시를 따라 발표하면서 말하는 법과 생각하는 것들이 조금씩 변화해가는 것을 보고는 저도 큰 배움을 얻었습니다.

그때 한 분이 10주 코스 중에 3~4번 정도 오셨음에도 "강사님, 다 못 들었는 데도 마음에 뭔가가 들어왔습니다!"라고 하셨고, 다음 기수에는 그분의 부인이 등록하셨습니다. 매번의 인사 시간, 발표 시간에 저는 수줍음 많던 부인을 무조건 불러냈습니다. 손사래를 치며 못한다던 부인이 적극적인 스타일로 변하셨고, 늦둥이 아들 덕에 6학년 학부모회 회장까지 하게 되었습니다. 교육이 끝난 후 두 내외분은 저에게 "강사님, 우리 가정에 행복을 주시어 참 고맙습니다."라며 문자를 보내주셨습니다. 미혼이였던 저는 그때 참 값진 경험을 얻었습니다.

남편 분 졸업식 때 부인은 저 멀리 계셨었는데, 부인이 뒷기수로 졸업할 때는 두 분이 손을 꼭 잡고 앉아 있는 모습에 내가 받는 감동이 아주 컸습니다.

한편 노숙자와 독거 노인들을 위한 무료 급식을 하러 매주 다닐 때에는 머리가 희끗하신 어르신들이 1시간을 줄 서 있어도 덩치 좋은 노숙자 분이 새치기하며 그앞에 서면 아무도 뭐라 말하지 못하는 광경을 보면서 공짜밥보다 마음을 바꾸는 교육이 필요하구나 싶었습니다.

엄만, 꿈이 뭐야?

"엄마는 좋은 제품을 만들 듯이, 사람들에게 좋은 교육을 해주고 싶어. 돈을 기부하는 것보다 마음을 바꾸는 교육을 하면 가정이 행복하고, 가정이 행복하면 나라도 행복해지고, 부자가 되거든!"

소은이한테 나의 〈행복부자학교〉 꿈 이야기를 했습니다. 또한 딸기를 사면 맨 윗줄 밑에 있는 것들은 사이즈가 작거나 질이 떨어지는 것들이 들어 있는데, 이걸 소은이에게 보여 주면서 안 보인다고 해서 이런 행동을 하면 안 된다고 이야기합니다. 이런 기본적인 교육을 통해 소비자와 생산자, 그리고 판매자가 모두 행복해지는 거라고 설명하니 잘 알아들었습니다.

"서울시 대표 화장품 회사 되기 쉽지 않아예~!"라는 말 대신에 그냥 〈라홍〉이라는 이름만으로 쉽게 선택하는 브랜드가 되어야 겠다는 각오를 다시 해 봅니다. '좋은 제품 만들어 주셔서 고맙습니다', '부자 되세요.'라는 고객의 후기처럼 피부 부자가 되고 태양처럼 밝은 빛을 주는 〈라홍〉이 될 겁니다.

우리 어느 순간에 〈라홍〉을 만나면 반갑게 인사해요. 그리고 항상 제가 하는 끝말을 함께해요.

"오늘도 으랏찻차"

대한민국의 모든 중소기업을 응원합니다.